大运河畔的家族

| 下部

赵吉臣 著

北方文艺出版社

下部

第十章

秋季是农村的大好季节，收获的季节，繁忙的季节。村委会大院的两辆大卡车上，几个农民在装载一箱箱紫红的葡萄。一辆辆农用柴油车上装载着成箱的葡萄，"嘟嘟"作响，车主们满脸轻松地等候着。

树山在村委会门前对一个中年男人说："你是外地人，到我们这里收购葡萄，村里给你这个大院使用，你方便了，我们村民也方便了，这叫两好变一好，是吧？"中年男人微笑着说："那是，谢谢老兄了！"这时，树山的'大哥大'响了，他赶紧接听。"大哥，你快到家来吧！孩子他奶奶不行了！"田家英在电话里火急火燎地说。

树山急忙找到村里的大夫，坐上轿车，直奔家里。在车里，他打电话叫救护车。他到了家，只见继母上气不接下气。村里的大夫见状，说："我看不行了，准备后事吧！"救护车也到了，他们还是将老人抬上了车。老人在半路上咽气了。

老人的葬礼是隆重的，亲戚朋友闻讯纷纷前来吊唁。树山披麻戴孝，接待着前来吊唁的人们。从门口一直到村中心街，吊唁的人驾驶着各种轿车，你来我往，络绎不绝。刘家门前人头攒动，可谓空前。这个瘫痪了十几年，极普通的农村老人的葬礼，客观上了展现了树山的为人，及其社会价值。

树山和树江，在丧礼的方式上发生了严重的分歧。树江为了使他的生母有场风光的葬礼，提出了：第一，孝子游街；第二，叫两拨吹鼓手；第三，买两口"五七"尺的好棺材，与他父亲合葬；第四，出丧那天，送丧车不少于二十辆。树山的观点是，与村里其他丧礼一样，低调发丧。树山的大伯、三叔，还有树民、树海，也反对树江的做法。继承了母亲的偏激性格的树江听不进劝："我妈一辈子没有享福，她死了，我让她风光一场。"树民说："你这样不好，咱们在村里开了这个先例，大哥以后无法说话。""我不管，我光听大哥的了，谁听我一回？"固执的树江一口回绝了。树山压着火气，找到续舅。续舅伸出布满老茧的手，理了一下花白的头发，很为难："刚才我劝过树江了，他听不进去。"顿了一下又说，"大外甥，你等着，我再劝劝他。"驼背的老头儿找树江去了。大约过了一刻钟，老头儿皱着眉头回来了，说："我是说不动了，唉，这孩子这么犟！"树山又耐着性子去找树江。他一进屋，树江耷拉着脸。"树江，你听大哥一句话，在这方面铺张，不好……"树江打断他的话："大哥，不就是多花几个钱吗，这费用全算我的！""你……我是心疼钱吗？啊？"树山愤愤地走了。后来，经过刘金水、刘金东等长辈说和，去掉了游街环节，减掉了几辆送葬车。

晚上，刘家宽敞的院子里，灯火通明，人山人海，奠礼仪式持续了近两个小时。仪式过后，两拨吹鼓手拉开了阵势。为了一争高低，两拨吹鼓手使出浑身解数，唢呐吹得花样繁多，到了无以复加的地步，什么顶盘吹、鼻子吸烟吹、鼻子吹、一张嘴吹两只唢呐等，都亮了相。杂七杂八的表演，把树山继母的"喜丧"推向了高潮，刘家大院被围得水泄不通，人们大饱眼福。

火化那天，十六辆黑色高级"小王八盖子"轿车，尾随着火化车，在新立沽的中心街上缓缓前行，轧着新铺的柏油路面，"咔咔"作响，鞭炮更是炸响不绝。这场面更让新立沽的人们惊叹不已。出殡那天，八人抬着里面只盛着老人的骨灰的大棺材，向村北沟边的刘家坟地而去，这坟地是风水先生指定的风水宝地。树山打着幡，后面跟着送葬的人流。

这场葬礼，在农村来说，可谓体面隆重。老人入土为安了，事并没有完结。

树山虽然在继母的葬礼期间分得了十几万元的随礼钱,但他并不高兴,他让同父异母的弟弟树江当着亲戚和朋友的面儿向他道歉,因为树江挑战了他这个大哥的权威。谁知树江一改固执的脾气,当着亲戚朋友的面儿,向大哥认了错:"大哥,我错了!"亲戚朋友都看着树山,他阴沉着脸,站了起来,喘了一口长气,说:"以后把你大哥当回事就行了!"

树山忙完了继母的丧事,回到村里,在村"两委"班子会上主动为继母的葬礼大操大办进行了检讨,并根据村里的规定,在葬礼违规罚款二百元的基础上,增加了十倍。但是,这并没有打消庄富贵借机报复他的用心。在林金龙的暗示下,庄富贵写了两封信……没过几天,李家沽乡的牛书记把树山叫到乡里,他看了看树山,说:"……老弟啊,老兄我实在没办法,区里交代下来了,不给个处分说不过去。按照乡党委的意见,就按照最轻的党内处分来吧,你看行吗?"树山乐了,说:"谢谢牛书记对老弟的关照,我接受乡党委的处理意见。"牛书记安慰道:"村里的工作,该咋干就咋干,千万别有包袱啊!"其实,庄富贵举报树山,正好迎合了牛书记,他也能借此发泄一下对轻视他的树民的怨恨,同时敲打一下势头正旺的树山。林金龙和庄富贵为此着实暗自高兴了一阵。

母亲逝世后,刚过百天,树江便搬到了城里,村里的人很羡慕,田家英确实兴奋了一段时间。然而,好景不长,就在他们搬到城里的第二年秋天,三十三岁的刘树江拈花惹草,在一家酒楼结识了二十三岁的陈美娣。为此,他跟生了两个丫头的妻子闹离婚,非要娶这个陈美娣。此事传到新立沽的刘家,树山异常气愤。八十多岁高龄的刘金水得知此事,刚进树山的外屋,便骂开了:"这个王八羔子,真是胡作!树山,你拉着我,上那小王八羔子家去!我非把他的门砸了不可!"王春梅忙过来劝:"你老消消火。"树山从里屋出来,把老人让进里间屋,问:"你老听谁说的?""还用听谁说?村里都嚷嚷开了,我又不聋。"老人对树山瞒着他,颇有不满。刘金水说:"他大嫂,不是我生气啊,这小王八羔子刚挣了点儿臭子儿,就不知天高地厚了。你说丢人不丢人?""你老这么大岁数了,就别管了,让树山管去吧!"王春梅安慰道。"不行！我跟他丢不起这个人！"老头儿气更大了。树山说："你老别生气，气出个好歹咋办？你老还不相信我？""树山啊，不是你大伯不相信你，我是不放心啊！小江媳妇，按说是好媳妇，嘴是直点儿，说话不会藏着掖着。那年我托人把她娶进来，人家不嫌咱，一进门就得伺候瘫在炕上的婆婆，端屎端尿都是人家，一伺候就是七八年。如今，嫌人家了，说不要就不要人家了，树山你说说，这事真是这么办了，人家不把咱老刘家大牙笑掉了？人家娘家怎么看咱们？"树山点上一支烟，他知道大伯的脾气，不住地劝。王春梅也帮着老爷子骂了一通树江："这小花子，真是胡作啊……"好不容易，树山让妻子送他大伯回家了。

晚上，树山本想打电话让树江到他家来，又一想，他是不会来的。他叫上司机，坐上轿车，很快来到了区里的繁华地段，在"暴发户"三层小楼别墅区的一栋楼前下了车。树山见树江的楼里亮着灯，大门却紧锁着，按了一会儿门铃，不见有人出来。他拿出了"大哥大"。此时，树江正在一家饭店，陪着漂亮的陈美娣吃饭，他接起了电话："喂，大哥。""我在你家门口呢！"树山也不问他在哪儿。"你先在这里待着，我大哥来了。"树江轻轻拍了一下陈美娣，下了楼。他驾车回来了。下了车，他沉着脸与大哥对视了一下，没有说话，开了门。树山进了客厅，阴沉着脸问："她们娘仨呢？""她带着孩子上她娘家去了。"树江并不怎么紧张，忙着给大哥泡茶。树山坐到精致的红漆靠背椅上，从精致的茶几上拿了一支"三五"牌香烟，点上后，绷着脸问："又因为啥？"树江有些尴尬："她太不识抬举，整天跟我闹。""你放屁！"树山腾地站起来骂道。"她为什么跟你闹？你当我不知道你在外面干的那些缺德事？我告诉你，明天必须把大人孩子给我接回来！"树江一听大哥这口气，并不惧怕，说："大哥，我是不要她了，我还想多清静几年呢！""你！"树山火冒三丈，强压怒火，压低嗓门儿，"好啊，你刘树江有钱了，是吧？想咋干就咋干？我告诉你，这事绝对不行，门儿都没有！"树江也站了起来，魁梧的身体像一面墙，挡在树山面前，神情严肃起来，拧着眉头说："大哥，你知道我今年多大了？三十三了！我得让你管我一辈子？""你……你……这事我一定要管！"树山冲到树江面前，"啪啪"两记耳光，树江被打蒙了，直愣愣地看着大哥，一动不动。树山看也不看他一眼，一屁股坐回到原位上。同父异母的兄弟，一阵沉默……不知不觉，两个人都眼含泪花了。不知过了多久,树江眼里含泪,似乎很委屈,说:"这么多年,我受这罪,挨那累,为了啥?不就是为了多挣钱吗?熬到今天,活得像个人了,容易吗?我这么多家产,以后给谁?我不死心!"树山冷冷地说:"哼!你跟我讲委屈?我整天跑,向谁讲过委屈?现在你有钱了,不满意了,嫌人家了,嫌人家不生儿子?那时家英下地回来,还得伺候孩子奶奶,一伺候就是七八年,当时你咋不嫌弃她?"树江哑口无言,好半天才说:"现在说啥也晚了!"树山不解:"你说清楚!""美娣再过两个月就给我生个儿子。"树山听了,头嗡嗡作响,腾地站起来,指着树江:"你啊!你啊!你真是丢人现眼啊!"他气得在屋子里来回踱着步。树江坐在椅子上,阴沉着脸。虽然他有着根深蒂固的重男轻女思想,但是生儿子并不是他这么做的唯一动机,更重要的是那个女人的脸蛋和身段深深地迷住了他。树山停下脚步,质问道:"你想咋办?"树江已不知羞耻为何物了,说:"如果她容我给美娣在别处找个房子,我就不跟她离婚;如果她不容,我就跟她离婚,娶美娣。"树山的眼睛瞪得大大的,强压着心中的怒火,一只手叉着腰,一只手用力点着茶几:"你还嫌咱刘家不乱?不行!给她一笔钱,让她走人!""不行!我不干!"树江一口回绝了。"必须这样!你不答应,我天天找你!我跟你丢不起这个人!"树山一甩手走了。

  树山回到家里,已是夜里十一点多了,王春梅还没有睡,见丈夫阴沉着脸,问道:"见着他了?"树山没有说话,一屁股坐在炕沿上。"咋回事啊?"王春梅又问。"老娘儿们家家的,问多了是病!睡觉去!"树山没好气地说。"你这个人,我又没惹着你,你跟我发哪门子火?"王春梅气呼呼地坐到炕沿上,不说话了。树山拿出烟,点上一支,压低声音说:"他给人家弄出孩子了,都七八个月了!"王春梅吓了一跳,跳到地上,刚想提高嗓门儿,又立刻小声追问:"你说的是真的?"树山瞟了她一眼,没说话。王春梅骂道:"这小花子啊,咋敢做这种丢人现眼的事啊!这可咋办啊!"她希望得到丈夫的回答。"到你这儿打住,别给我往外瞎传!"树山叮嘱道。"哎哟,这丢人现眼的事,我还有脸往外白话,我都嫌磕碜,这小花子啊!"情急之下,她说,"唉,咋不随根儿,也得随点儿!"树山骂道:"闭上你的臭嘴!"王春梅小声争辩:"本来嘛。"树山沉下脸,不搭理她了。

  夜里,树山又做梦了,梦见了疼爱他,没有享过一天清福,服毒自尽的奶奶，梦见了弟弟树河，梦见了早逝的寡言少语的父亲，还有性格偏激的继母，在地震中死去的母亲……"奶奶……呜呜……"睡梦中的他哭出了声。"你又做梦了。"妻子捅了他一下。树山醒了，喃喃地说："唉，我咋又梦见他们了……""准是因为跟树江这小花子生气，心里不痛快呗！""我一想起过去的那些糟心事，就想哭……"树山哽咽着。

　　树山和王春梅来到田家英的娘家。他们一进门，没说上两句，田家英就抹起泪来。王春梅安慰她："他老婶啊，这事你也别着急，摊上了，得有耐心。"又转过头来对田家英的老母亲说，"你老也劝着她，让你老笑话了，树江八成是让人家勾了魂，鬼迷心窍。人家是冲着钱来的，他傻去吧！我和他大哥来，就是让他老婶别着急上火，我和他大哥说啥也不能让他由着性子胡来……"田家英的母亲满脸皱纹，头发花白，皱着眉头，气愤地说："不是我当着你们两口子的面儿说话不中听，当初提亲的时候，我不大愿意，家英不愿在家白吃白喝，心疼我，就同意了。她一进你们刘家的门，就伺候瘫在炕上的婆婆，这回咋样？给你们老人伺候走了，人家说不要她就不要了，他还有没有良心啊，良心让狗吃了？说啥来着，家英没有给他生儿子？噢！不生儿子，赖我闺女？那你种的高粱，能长出大豆来？"田家英被母亲这么一说，哭诉起来："不是我说话直，大哥、大嫂，你们不是不知道，我在你们老刘家享啥福了？打我到你们老刘家，他妈不都是由我一个人端屎端尿？他这个没良心的，在外面耍流氓，把那个女人弄出了孩子，你们老刘家兴这个啊？给我逼急了，叫上几个人，非打瘫他不可……"田家英胡乱说着，树山夫妇十分难堪，只好沉默。王春梅打破沉默："家英，你别说了，你大哥和我看你心眼儿好，怕你想不开，今儿个才急着来看看你。"树山对老人说："你老说的，我都理解，树江做出这事，我这个当大哥的也有责任。你老消消气，刚才她大嫂也说了，我绝不能让他这样胡来……"他们临走时，田家英抹一下眼泪，说："大哥、大嫂，刚才我们娘俩说的，中听不中听，别往心里去。"王春梅见田家英这样，强忍着心里的酸楚，说："我们没事，你还劝我们？你想开点儿。""我早想了，走哪儿算哪儿！"田家英流露出无奈。

　　事情的结局，是不随树山的意愿的。他气没少生，唾沫星子没少费，但树江执意娶陈美娣，已没有丝毫回旋余地。他说："大哥，你就是打死我，也变不了了！"宽敞的楼房内只有他们兄弟。"你就作吧！"树山无能为力。

哥俩沉默了好长时间。树山长叹一口,冷冷地说:"你说吧。"树江意识到大哥妥协了,说:"家英要孩子,孩子都归她,我给她们买两室一厅的房子,给五十万生活费。""这就够了?"树山沉着脸。树江愣了一下,说:"将来孩子上学、出嫁,都归我管。"树山皱着眉头站起来,说:"树江啊树江,这些日子,我的话你一句都听不进去啊,你翅膀硬了,有你后悔的那一天!"说罢愤愤离去。

树江和田家英离婚了。田家英搬家那天,树山觉得愧对她,说:"大哥无能啊!"田家英眼含泪花,说:"大哥,啥也别说了……"她说不下去了。树山当着她娘家人的面儿说:"请你们放心,家英的事,我会管到底的,树江将来做不到,我刘树山绝对不会不管!"

树山夫妇很沮丧。回到家,王春梅忙着做晚饭,树山在炕上侧躺着,无目的地看着房顶。晚饭后,刘金水溜达到他屋里,听到了树山对田家英的安顿,唉声叹气:"唉,树山啊,你这样做就对了,大伯赞成啊!树江这孩子,咋这么会随啊!"树山明白大伯的意思,他是说,树江随了他爷的花心,随了他父亲的犟,随了他娘的无情。老人又无奈地念叨:"小人乍富啊,不知天高地厚了!"

树江让外边的女人怀孕,然后和妻子离婚的事,在刘家掀起了很大的波澜,久久不能平息。这在新立沽也是没有先例的,它所带来的影响是无形的冲击波,不时就会冲击到某些人的心灵深处。

一九九四年春天,正值日本樱花盛开的时候,日本的加藤先生来函,邀请机械铸造加工厂的林金江到日本做客,林金江一阵兴奋,高高兴兴找到树山,商量此事。树山笑着说:"人家是特邀你的,我就不掺和了。""大哥,你这是寒碜我啊!大哥不去,我也不去了。"林金江笑着说。"哎呀,别把我当回事。"树山继续兜圈子。林金江小眼睛一眯,小嘴一咧,说:"大哥,点将吧,小弟恭候了。"两人打了几句哑谜。人选确定了,五个人:林金江、刘树山、林金龙、王宗斌,还有林金江的厂里的车间主任小李。

半个月之后,他们一行五人,加上陈代理,坐上了飞往日本的飞机。

在飞机上，树山隔着飞机的窗户向外望去，白色的云雾如起伏的山峦，在飞机下面静静地飘移。陆地上的城市、群山、河流似乎披着薄薄的纱。这是他第二次身处几千米的高空，他感觉自己置身于浩瀚缥缈的世界里，很感慨。

王宗斌打趣地说："大哥，你看这天空，白云缥缈，怪不得当年七仙女下凡，到人间找了个牛郎呢，可是这玉皇大帝愣给她拉回天庭，太没有人情味了，哈哈……"树山笑了："咱们这帮土包子又坐上飞机了，还是到国外兜一圈，真是没想到啊！"林金江自豪地说："咱们先别说地面的事，要不咱们哥几个借这个机会，找找玉皇大帝的大门口，拜访拜访他，尝尝天庭的仙桃是啥滋味，哈哈……"林金龙也笑了。

在日本，树山一行由加藤亲自陪同，参观了加藤的公司，游历了日本著名的富士山。他们又体验了京都的风情，还专程参观了一个乡村。总之，每到一处，他们都被整洁的环境、现代化的设施吸引，感慨万千。尤其是日本的乡村，给树山留下了深刻的印象。

树山一回到家乡，恨不能马上修改他早先制订的规划方案——现在他觉得那不是现代意义上的规划。他对王宗斌说："有些事情咱们不是做不了，而是脑袋瓜子里没有这个总的思路，总以为自己做得不错了，到了外边一看，差的不是一星半点儿。"林金龙泼冷水："那都是钱堆出来的。""你说得也不完全对，栽树、种花、种草这些，家家户户花不了多少钱就可以办到，问题是咱们没有规划，没有要求，村民没有把这些事当正经事来做。"树山反驳道。"家家户户的柴火、门口的垃圾，就是大问题，比不了城里，人家不烧柴火，有专人清扫垃圾，农村行吗？"林金龙不以为然。"万事开头难，只要做，就比不做强！"树山就不信这个邪。"大哥，要不先在咱们村搞个试点，先试一试，这事于民于村都有利。"王宗斌鼓励道。"试点可以，你这个乡长给咱村争取点儿资金，你也好看不是？"树山笑着说。"我当然想，问题是我的腰包太素了！别的不说，就是修补乡村公路，还得乡里掏腰包呢，咱们村不也摊了一些钱吗？"王宗斌一推六二五。"光我们村的企业纳税，一年就三四百万，全乡不得七八百万啊？这么多钱，乡里还不够花的啊？"林金江似乎很内行。"好了，不跟你们算细账了，咱们就说咱们能管的事吧。环境卫生的问题，因地制宜，慢慢来吧！"王宗斌很熟练地把话题拉了回来。

从日本回来，树山对村里的规划进行了第三次修改：第一，对村里的公共厕所进行现代化的改造，厕所的内外墙壁要镶上瓷砖，增设冲水设施，蹲坑之间安装隔板，安排保洁员。要求家家户户的垃圾，放入大门口的自备筐中，有保洁员定时清理。第二，要求有经济实力的五十户，在自己的庭院修建家庭示范保洁厕所兼洗浴间。第三，每个家庭在院墙外，按村里的规划种植适宜的果树和花草。第四，修建公共浴池。第五，每月村妇联组织卫生联查，挂卫生示范户牌匾。第六，翻建村委会办公楼。这是近期方案，中远期方案是将新立沽村建成生态旅游村，要投资建设的几项标志性工程是：第一，在学校西面河堤下面的地热带，打一个地热井，建一个地热温泉洗浴宫，建一个水塘式公园。第二，在村委会北面建一个花园式文化广场。第三，在村西的秦亚娟父亲的养鱼池建一个垂钓宫。第四，兴建第二批别墅小区，安装供暖、燃气设施。

　　新的规划方案被拿到会上，大伙儿进行了讨论，人们反应很强烈，赞同的、反对的、怀疑的都有。一组的组长董老二说："我说咱们农民就按农民的办法来，学城里的那一套不行。说句不好听的话，从老祖宗那里就这样。""我说也是，搞这个洋相有啥用，有那富余钱干啥不好。"五组的组长、六十来岁的李老汉说："不是我泼冷水，就是搞起来，也是兔子尾巴长不了，不信把我的话放着。"八组的魏老头儿更是不屑一顾。树山插话问："你老说说为啥。""为啥？这都是有钱人家吃饱了没事闲得慌，才摆弄个花啊草啊，农民整天累得臭死，哪有那个闲心摆弄那玩意儿？"老头儿话音未落，引来人们的一阵笑声。"你老也别瞧不起咱农村人，讲卫生都是城里人的事？种花种草，城里人会，咱农村人不会？爱美是人的天性，就拿盖房子来说吧，原来家家盖的是土房，地震后有的人先盖起了砖瓦房，家家省吃俭用，也都跟着盖起了砖瓦房。如今砖瓦房又不时兴了，有的人盖起了楼房，这就是人追求美、追求舒适的表现。"郑跃军分析道。"哼！这都是有钱人用票子堆出来的，穷得你连条裤子都提不上，看你还追求个屁！"魏老头儿的话，逗得人们又是一阵大笑。"你老光说没边的话，就拿咱们村来说，哪家没吃没喝？就拿养花来说，好多人家里都有几盆，哪家门前房后没有几棵树？只是没有形成规划，没有形成规模，没人去管理。"村妇联主任刘英说。"可不是，夏天洗澡，好多家都弄了一个简易的小棚子，只是不规范，我觉得在这方面花点儿钱不冤枉。"马志林说。"正是，把婚丧嫁娶大操大办的钱，拿出来点儿，干点儿这个不好吗？"会计张学海说。"要这么说，把玩牌输的钱花在这上面，那不是小菜一碟？"一个上了年纪的人说。"你老说得不对，你别看婚丧嫁娶，花多了他认可，玩牌多输几回他愿意，但要是把钱花在这上面，他就觉得是浪费。"一个中年人说。树山插话说："对！用时髦的话说，是投资方向问题；用知识分子的话说，是人的价值取向问题。有的人对孩子教育，多花钱，认为值，有的人就觉得不值。这就看你咋想了，现在咱们有的人认为，农村就应该脏兮兮的。冲这个，也得让人们出去走走看看，看看人家是咋生活的。用句时髦的话说，要提高生活质量，光闷在家门口，看不出咱们生活有多差。"他略停了一下，"村里计划的五十户就是示范户……"会议开了两个多小时，虽然有人反对，但多数人还是认可的，或听之任之：你们当官的愿意咋折腾就咋折腾呗，反正是自愿，村里总不能掐着人的脖子硬逼着来吧？再说了，这事总归是好事，有益无损。

　　车在城区的公路上行驶，树山与王宗斌在后排坐着，树山问王宗斌："你说区里这污水管道能拆多少？"王宗斌说："管它呢，够村里地下管道使用就行了呗。"树山笑了："我是多多益善啊。"王宗斌也笑了："虽说是废弃的管道，但恐怕李局长也得要点儿费用。"树山笑着说："少要点儿行，多了我可没有。"王宗斌说："就这样，咱给他一个软磨硬泡，哈哈……"

　　车驶入蓟沽区开发区，一条新修的宽宽的柏油公路伸向远方，两边的绿化带上，人们正忙着栽种各种花草树木；工地里，有的厂房钢架已经架好，有的正在打桩。

　　树山、王宗斌下了车，只见远处的挖掘机正在起吊粗粗的水泥管道，二人直奔而去。一位中年男人迎了过来，王宗斌忙伸手打招呼："李局长，亲自坐镇指挥啊！""区长限我三天内完成，市政等着修路呢，我敢不来吗？"李局长笑着说，然后对树山说，"老兄，你们要多少？"树山说："有多少要多少。"李局长笑了："我可不白给啊，得收点儿雇工费啊。"王宗斌笑了："李局长，别的，你这么大个局长，还在乎这点儿小钱吗，我花酒钱，哈哈……"树山也笑了："宗斌，打酱油买醋是两码事，老弟说了，多少给点儿，剩下的算老弟支援农村建设了。"李局长笑了："就按老兄说的办，下午能来车吗？"树山说："我现在就给村里打电话，让车过来。"李局长夸奖道："老兄痛快。"树山说办就办，电话立马拨了过去："树海，你那

辆大平板车过来吧。"王宗斌这才给李局长递烟。

两辆车在工地和新立沽之间，紧张地装卸着水泥管道……

一家酒楼里，王宗斌、树山兴奋地与李局长推杯换盏。树山跟李局长碰杯，说："李老弟，这废弃的管子还要四万？少一个零，剩下的喝酒。"说着，干了满满一杯白酒。

天黑了下来，王春梅在大门外不住地张望，嘴里叨叨咕咕："真没辙，又喝这破酒，到这会儿，还没见人影呢……"

轿车从中心街拐了进来，停在王春梅跟前。司机留柱下车跟王春梅打了一声招呼，急忙打开车门去搀扶树山。树山垂着头，被留柱扶下了车。王春梅赶紧上前去搀扶丈夫，责怪道："又喝这么多酒！"树山口齿不清地说："高……兴……"王春梅皱着眉头说："都喝成这德行了，还高兴？有啥可高兴的？"留柱笑着说："村里从区里要了好几百节下水道管子，请人家喝酒。"王春梅心疼地说："那也不能不要命啊。"

树山被扶到屋里，一头便倒在炕上，王春梅和留柱忙给他脱鞋。

留柱走了，王春梅忙活着沏茶倒水，嘴里埋怨不止："说了多少回，以后少喝酒，你就是不听……"树山一摆手，说："你老娘儿们……懂啥？我不这么喝……村里能……少花三万六千块吗？高……"话没说完，他猛地爬起来趴在炕沿，呕吐起来……

王春梅忙上前捶他的背，嘴里叨咕着："你是给村里省钱了，可是你喝坏了，我们大人孩子咋办？我打电话，让大夫过来输液……"她气呼呼地到外间屋取土簸箕。

大夫来了，树山就是不让输液……

这段时间，树山整天跑上跑下，不是派人外出采购枣树苗、花卉种子，就是带着几个人到各家转转，催促美化环境的进度。周日，妇联主任领着一帮休假的中小学生找到树山，说："今天我们给几个重点户做一下卫生，书记给我们坐镇吧。"树山笑了，说："行，我今天正好事不多。"一看学生们有的扛着扫帚、拖布，有的拿着笤帚、抹布，他笑了，指着妇联主任说："今天就听你们婶子的调遣，让你们咋干就咋干，听见了吗？""听见了！"学生们异口同声地说。

树山和妇联主任领着孩子们来到了魏老头儿的家。孩子们推开院子的破铁门，一只大黑狗"汪汪"叫了起来，鸡鸭也跟着"嘎嘎"乱叫。魏老头儿扛着锄头，正要下地干活儿，一见树山领着一帮学生来了，吃不住劲儿了，一边用锄头比画，制止狗叫，一边对树山说："树山啊，你这不是寒碜我吗？""你老千万别这样想，你老没时间拾掇，让孩子们替你老拾掇拾掇不更好吗？"树山笑着递给老头儿一支烟。老汉的老伴儿从屋里出来，挂不住脸了，忙说："树山大兄弟，这是咋说的事情呢？快让孩子们回去，我老婆子可受不起啊！""老嫂子，你就别管了。"妇联主任看着院子里乱堆乱放的工具，满地的鸡鸭粪便，吩咐一部分孩子干了起来，又领着其他孩子来到屋内，指着黑乎乎的门窗、锅台、碗橱分派任务。孩子们立刻行动，有的擦门窗，有的擦洗屋内的柜橱，有的拖地，还有的洗盘子、刷碗、擦锅台、叠被子……这一忙活，魏老头儿磨不开面儿了，一只手点着树山说："树山啊，你是存心拿我老头子当典型啊，让我好看啊！"说完扛起锄头，气呼呼地下地了。树山站在一旁，笑着说："你老就瞧好吧，我保证你老中午回来，睡个舒坦觉儿！"魏老汉的老伴儿出来进去，唠唠叨叨："树山啊，你快让孩子们住手吧，这事传到村里，羞死人了……"可是，孩子们照样忙着手中的活计……

新立沽村北地下管道工地上，挖掘机、吊车正在起吊下水管道，下水沟里的人们专注地忙碌着。树山在此巡视，没事看热闹的秦二虎凑上来搭讪："大哥，我听说你请水利局的领导吃饭，喝醉了，人家要了四万，稀里糊涂少写了一个零，咱们村里只给四千，是真的吗？"

树山笑一下，说："哼，这四千还欠着呢。我躺了一天一宿，你大嫂还说我没出息，见了酒跟见了亲爹似的，这老娘儿们，嘿嘿……"秦二虎笑了："这地下管道一弄，村里好多了。"树山说："那是，臭水沟肯定没了，人们再乱泼乱倒，可就不行了。"他说着话，就到前面去了……

秋高气爽，树山邀来了区人大的王主席和区政协的李主席一行，到新立沽参观指导。这个王主席就是原来的王区长、树民的老泰山。王宗斌等乡里的干部紧随其后，区电视台的记者扛着摄像机录像。树山上身穿白衬衫，下身穿藏蓝色西裤，带着从容的微笑，介绍着情况："新立沽村有村民三千二百多人，企业有……"王主席看着中心街上整齐的绿化带，高兴地说："树山啊，你还真有超前意识，村里的街道像你这样搞的，真不多啊，不错

不错！""不行，比起城里，差得远。"树山微笑着说。"不能这么说，要搞出村庄特色来，很好嘛！"政协李主席说。看见家家房前屋后新栽的苹果树，王主席问道："这是什么树？""苹果树，这种苹果又脆又甜，到时候你们到我们这里随便摘着吃。"树山笑得很灿烂。"好啊，这叫绿化果实两不误啊！"王主席连连点头。家家院墙外的花卉带，盛开着各色的花朵，有木本的、草本的，最抢眼的当数月菊花和菊花、山芋花，远远看去，碧绿的枝叶上盛开着五颜六色的花朵，使人心情愉悦。

参观团来到树山同母异父的妹妹姜文花的家。院墙外的花卉带争奇斗艳。院内混凝土铺地，东面十几盆花摆放有序，西面厢房与正房相通，南面是厕所兼太阳能洗浴间，北面是厨房。他们饶有兴致地参观了厕所：地砖铺底，墙面镶着白瓷砖，西南角安装着一个白瓷坐便器，东南角安装一套淋浴器具。他们又来到厨房，黑色大理石的操作台面，电打火煤气灶，抽油烟机，一尘不染。墙面也是白瓷砖镶的，地面是冷色蓝纹瓷砖铺的。正房内，家具家电一应俱全、井井有条，红木板墙围，暖气片也被红木板装饰。李主席很兴奋，对姜文花说："你家的条件比城里还好啊！""你老说到哪去了，农村人家，一般吧。"姜文花笑着说。"不错！其他人家是不是也这样？"王主席转过头问树山。"这是示范户，大部分家庭还没达到这个水平。"树山实在地说。"如果家家都达到这个水平，你们村就是小康明星村了。"王主席说。"我们正努力。"树山说。从姜文花家里出来，参观团又来到别墅小区参观，这里给他们留下了更深刻的印象。他们随后又参观了新建的小学教学楼、村办企业、葡萄示范区、养鸡场、养鱼池等。王主席赞叹道："农村先富起来的人，不仅带动了人们发家致富，而且带动了许多观念的更新，了不起，真是了不起啊！""不行，比起一些地方，我们还有差距。"树山认真地说。"我相信咱们会赶上的。"王主席鼓励道。

秋季对于新立沽种植葡萄的农民来说，是收获的季节。人们看着一串串葡萄，心里盘算着如何卖一个好价钱。有的心急如焚，唯恐料理一年的葡萄因染上病菌而卖不了好价；有的则不紧不慢，准备蹲到最后，大挣一笔；

那些葡萄入了保鲜库的人家则精心地采摘着……

俗话说，人算不如天算，就在人们盘算着自己的小九九的时候，一场突如其来的冰雹把他们的心都砸碎了。乡里的防雹炮也没把可恶的冰雹打跑，冰雹无情地把葡萄砸得七零八落。

庄富贵的老婆跑到自家的葡萄地一看，张开大嘴，一屁股坐在地里哭了起来，一边哭一边数落着："天啊！我是倒了八辈子霉，好端端的葡萄让雹子砸成这样啊……我的娘啊……养鱼让人家挤出来，养鸡赔了个精光，养孩子让人家扒房……我咋这么命苦啊……"

树山和林金龙等人来到地头儿一看，葡萄架上被冰雹砸烂的葡萄流着汁水，地上到处是被冰雹砸下来的烂果，葡萄叶子落了一地。树山被眼前这惨状严重打击，村政建设带来的喜悦一扫而光。他回到村委会，虽然刘家已无人种地了，但作为村干部的他，心里非常焦急。他拨通了葡萄酒厂厂长高学军的电话，询问他什么时候收购葡萄。法国老外撤股回国，高学军与"王朝"酒厂合作，卖给其葡萄原汁。他说："现在与'王朝'就价格、数量问题还没商量妥，暂时收不了啊……"树山放下电话，不死心，拉上林金龙，坐上轿车，来到高学军的酒厂。一见面，树山就说："学军啊，你跟大哥还打哑谜？惨了，六七百亩地啊，总不能眼看着咱村这么多葡萄烂在地里吧？你先收着，到那时，卖不出去算我的！"高学军停顿片刻，说："大哥说了，小弟就是都赔进去，也不敢说个'不'字。这样吧，明天开始收购！"树山笑了，说："这话还差不多。""大哥给个价吧！"高学军倒是痛快。树山看了高学军一眼，眼睛一眯缝，乐了："哪有倒着来的，我求你这大厂长给个价！""还是大哥说吧！"高学军还是坚持。树山也不推辞，说："我也不多要，七毛钱一斤。"高学军笑了："大哥，真敢要价啊，这雹子砸的葡萄七毛钱一斤？大哥，我可是自负盈亏啊，跟大哥说个实价吧，最多五毛钱一斤，我这是看大哥的面子。"林金龙插话："那质量要求呢？""咋也不能把烂葡萄珠都给我倒腾来吧！"树山说："这个你放心，我派人检查质量，但有一点，咋也不能按往年好葡萄的标准收啊。"高学军具体说了说质量要求，这事就定了下来。

树山派人在新建的村委会办公楼前，检查各户从地里摘来的葡萄，但还是有投机取巧的人。庄富贵家的葡萄被检查人员打回来了，庄富贵的狗脾气上来了，一气之下，三脚两脚把他那几筐烂葡萄踢翻。树山烦了："扯淡！广播喊了多少遍，坏葡萄珠一定要剔掉，他偏不听你'哼哼'的是啥，这种人……"话音未落，他的手机响了："大哥，你快来啊！春柳喝药了！"王春柳的邻居在电话里带着哭腔。

树山急忙钻进轿车，直奔树海家。进进出出的人见树山来了，都焦急地看着他。他三步并作两步，直奔二楼，到屋里一看，王春柳躺在床上，口吐白沫，两眼紧闭，两只手不住地撕扯着胸前的衣服……救护车来了，人们不等医护人员上来，就动手帮着把王春柳弄下楼……

人世间有时就是这样，没有尽善尽美的事情，就拿家庭来说，没有钱时愁钱，一旦有了钱，却愁感情。树海和王春柳就是这样。这几年，树海事业做大了，有钱了，对妻子的感情渐渐地淡了，经常不回家。开始，王春柳还能理解忍耐。不知有多少次，树海好不容易回来一次，一进屋就带着八分气，不是看这儿不顺眼，就是看那儿不得劲儿。更可气的是，他还不时拿话刺激她，什么"一个土豆扎两个眼儿""脑子进水"，气得她不知哭了多少次。然而，她又不敢跟公婆提起这些，怕公婆数落丈夫，因而更影响他们的感情。她这种忍气吞声，换来的是树海的无所顾忌。王春柳已经意识到，树海可能跟那个所谓的张姐好上了。她不止一次这样想：只要自己不跟他较劲儿，不提离婚，自己能吃好穿好，也就行了，咋不是一辈子？万一跟他较劲儿，像田家英似的，好不容易得来的好日子，让别人白白得了去，她才不干这蠢事呢。可生活并不像她想象的那么简单。那些爱嚼舌头的女人，不时向她耳边送一些树海在外面的风流韵事。她跟大款夫人们打牌时，风言风语听得就更多了，气也就生得更多。她跟林金江的老婆打牌，此人本来就不是善类，加之这几年有钱了，变本加厉。王春柳从心里不愿意跟她一起打牌，出于面子，只好凑手陪着玩。不知是手气好，还是牌运好，一连几次，王春柳都赢了，而林金江的老婆输了大头儿。

昨天一开场，王春柳又赢了，林金江的老婆不中听的话就上来了，她耷拉着大眼皮，阴阳怪气地说："人啊，也是的，有的人长得不咋样，可命好，碰上一个好老爷们儿，吃香的，喝辣的。"王春柳对面的林金江的业务主管的老婆，添油加醋地说："是啊，可别跟兔子尾巴一样，长不了。""喂，你知道男人有句口头语吗，怎么说来着？"林金江的老婆用肉乎乎的手指不住地点着粗糙的脑门儿,又伸手拍了一下业务主管的老婆的肩膀,皮笑肉不笑地说:"我想起来了,叫'外面彩旗飘飘,家里红旗不倒'。""这是啥意思?"业务主管的老婆似乎不解。"哎哟,我的傻妹子,你老爷们儿没跟你说过?就是他在外面胡搞乱搞,家里的老婆摆着不用,哈哈……"她挤眉弄眼地说,"你可提防着点儿啊!""他敢!我打折他的腿,看他还在外面拈花惹草不?"业务主管的老婆心领神会。王春柳不会嚼舌头,听着她们一唱一和地影射自己,气不打一处来。她把麻将猛地往牌桌上一扔,林金江的老婆把脸一拉,阴阳怪气地说:"哟,这么大的火气?别把家里的火儿带到这里来,谁招惹你了?"王春柳站起来甩上一句:"姑奶奶没工夫答对你们!"说完收起自己的东西扭头下楼。林金江的老婆骂道:"呸!上你们家当二奶奶去吧!你老爷们儿早就给你认了三奶、四奶……"王春柳回到家,一头扎在床上呜咽起来,越想越伤心,越想越委屈。当年,她盼着树海快快地挣大钱,过上好生活。如今,钱是有了,可是树海的心飞了,飞得远远的,让她想摸都摸不到。她曾向母亲诉说自己的烦恼和不安,胆小怕事的农村老母亲,每次都委曲求全地劝她:"别胡思乱想,整天瞎琢磨,没事找事……"她听从了母亲的劝说,在树海面前装着笑脸,献着殷勤。本来有些黑的脸让高级脂粉抹得雪白,身上的衣着都是高档的,身上的香气飘出老远。可是,她越是这样,树海越是反感,越没有好言语对她。她不止一次在心里愤愤地责骂树海:你在外面的事我认了,只要你对我好一点儿,我也就满足了。难道你对我就这么吝啬?难道我在你眼里一分钱都不值了?难道外面的女人就那么好?

王春柳抹了一阵眼泪,怕楼下的公婆发现,又怕女儿常雅放学回来看见,止住了。她走到洗漱间,用毛巾擦了擦脸,照着镜子,擦掉脂粉,黝黑的肌肤泛着红润,细长的眼睛哭得有些红肿。她直直地望着自己好半天,猛地一闭嘴,两片嘴唇成了一条线。她快速转身回到客厅,这时那个早就产生的念头又浮了起来:我必须上制衣公司上班,不能在家当老妈子,要让他看看,我王春柳不是不能干活儿,这个家的里里外外,我是不管了。

下午,王春柳打扮一番,上制衣厂了。副经理马志超正在指挥装运成衣。她把马志超叫到一边,说:"我想来上班。"马志超笑了,说:"我说三嫂子,你不是逗我吧?放着清福不享,甘愿到公司来受累?"说着,点了一支烟。"是

第十章

真的，你安排我啥活儿都行，只要让我干就行。"王春柳很认真。马志超觉得她不像开玩笑，眨了眨眼睛，问："三哥同意？""关他啥事？是我干活！"马志超不提树海便罢，一提就勾起了王春柳的无名火儿。马志超明白了，说："三嫂子，你先回去，你让我考虑考虑。"王春柳二话没说，转身上了二楼的经理办公室。马志超没办法，装完车去了经理办公室。王春柳一个人坐在沙发上看着报纸，马志超关上门，问："三嫂子，咋想起上班了？""在家待腻了！"王春柳站起来，加重语气说，"我明天就上班！"她起身走了。马志超看着身穿高档套裙的王春柳的背影，闻着从她身上飘来的脂粉香气，摇了摇头。

送走了王春柳，马志超给树海打了电话，他们都用上了刚时兴的手机。树海一听急了，在手机里嚷道："她是想出圈了，好了，这事你就别管了！"

晚上，树海喝得醉醺醺的，被司机送回了家。一进楼，他气呼呼地一屁股坐在沙发上，头也不抬，端起杯喝一口浓茶，跟在餐厅洗刷碗筷的妻子说："你今天到厂子里去了？"王春柳没有回答。"听说你想上班，那家里咋办？"树海像审犯人似的。"爱谁管就谁管！"王春柳没好气地说。"放屁！"树海一拍沙发扶手，腾地站起来，瞪着妻子。王春柳站在餐厅门口回敬道："你说话才是放屁呢，我不是你们家的老妈子！"王春柳大胆地顶嘴，激怒了习惯发号施令的树海，他像发怒的狮子一样，冲到她面前就是一记耳光。王春柳下意识地后退了两步，一股鲜血从她的鼻孔里流出来，愤怒、惊恐、呆滞的一双眼，盯着丈夫那张可怕的脸。只见树海用一只手点着她，嘴一张一合："这些日子，我看见你，气就不打一处来！你有啥不满意的……"楼下的两位老人不知发生了什么事情，战战兢兢地扶着楼梯把手向二楼爬。小常雅跑得快，刚到二楼，一看她妈鼻子都是血，吓得不敢往前走了，呆呆地站在那里，一动不动。气喘吁吁的两位老人上了二楼，一见这情景，刘金水冲着儿子骂开了："小王八羔子啊，你这是因为啥啊……"老娘过去拉着儿媳妇，口里骂着儿子："小缺德的，你来了就吵……""你这个浑蛋，吃饱了，喝足了，到家耍酒疯来了……"刘金水气得直哆嗦，骂了起来。树海也不接声，从父母身边急速冲到二楼楼梯，无视父母的存在，回头骂道："这娘儿们，不管就疯了！""小王八犊子，你给我站住……"他老娘带着哭腔。

王春柳的鼻血、泪水交织在一起，她瘫坐在地上，气得浑身不住地颤抖，

361

抽泣不止,一句话也说不出来。年迈的公婆不是劝儿媳,就是骂儿子。"常雅她妈,你不能这样啊,哭坏了身子,你自己受罪,你说说,因为啥?"婆婆非常焦急。公公坐立不安,一会儿坐在椅子上,一会儿站起来,一会儿看看仍在抽泣的儿媳,一会儿拖着老态龙钟的脚步无奈地在客厅里来回走着,嘴里不时骂着儿子:"小王八羔子啊,就作吧……过日子求的是一个安稳,这可好,不是今天你闹,就是明天他吵,让外人笑话啊……"不知过了多长时间,王春柳的情绪似乎稳定了一些,她渐渐止住了抽泣,低着头对婆婆说:"你老领着孩子睡觉去吧。""你这样,我们能放心吗?"婆婆把她扶到沙发上。"你老睡去吧,我能有啥问题?"王春柳努力控制着悲哀和愤怒,显出平和的样子。

二老领着常雅下了楼,王春柳悲愤地从沙发上站起来,来到卧室。里外的灯都关了,她一头扎到床上,带着万分委屈,又抽泣起来。她被树海这一巴掌打得情绪一下子跌落到万丈深渊,她怎么也没有想到他竟能抬手打她,受伤的自尊心使她产生了难以自控的悲哀。她在娘家的几个近支里是唯一的女孩,养成了骄慢、任性的性格。这几年,她让树海拿捏得绵软了许多。今天,她接受不了,咽不下这口气,想到了今后:今天的一巴掌,就是她公开的耻辱的开始,她无法想象接下去可能遭到的羞辱。与其这样,何不……她又想到了死,不止一次产生过这种念头。

那是一年前的一天,她带着常雅来到娘家看望父母,一进门便碰见了她那外号"秃子"的堂弟。她笑着问:"你今天歇班啊?"王秃子立刻气呼呼地说:"刘树海说家里的制衣公司缺人手,让我回制衣公司,我生气不干了!"王春柳随口说:"是吗?你咋没跟我说一声呢?"王秃子把堂姐拉到一边,压低声音说:"他是嫌我碍眼,才找个借口撵我回来的。"王春柳警觉地问:"碍啥眼?难道他跟那个姓张的……"王秃子恶狠狠地点下头,说:"可不是,他跟她绝不是一般关系,两人出来进去可亲密了。姐姐,你傻去吧……"王春柳一直暗暗担心丈夫与姓张的那个女人会发生什么,此时听堂弟这么一说,脸一下沉了下来,愤愤地说:"他可是跟我保证过的,绝不会像树江那样做,他骗我……"王秃子知道惹了祸,一个劲地劝她说:"姐姐,你千万别当真,别生气,这是我瞎说的……"王春柳哪里听得进去啊,跑到母亲的屋里掉起了眼泪。母亲一看女儿刚一进屋就哭鼻子,忙问:"啥事啊?

一进家就哭,谁招你惹你了?"王秃子忙进来解释,老人一听,半信半疑地说:"他老刘家如今是有点儿钱了,那也不能办这缺德事啊!""真要是这样,我就死给他看!"王春柳恶狠狠地说。母亲惊惶地说:"傻丫头,你净说傻话啊,别听人们的风言风语,别打别闹,这不是啥露脸的事……"母亲的劝解似乎有效了,王春柳渐渐止住了眼泪。多少天才回家一趟的树海,每次回到家里,王春柳依旧表现得若无其事,伺候着他,然而心底是哀怨、痛苦、失望的。

  经过一次又一次思想斗争,王春柳似乎容忍了一切。一天夜里,她想与丈夫亲热一下,刚钻进他的被窝,却被他以累为借口推了出去,她的自尊心受到了极大的伤害,真的想到了死。

  王春柳精神恍惚地睁开双眼,屋里一片漆黑,窗外也是,静静的夜,不时传来蛐蛐的鸣叫声。她长叹一声:"女人啊女人!有啥意思?死了清静!"她恶狠狠地咬牙,细长的眼睛露出了凶光,诅咒道,"我死了,也不让你好活!"她下了床,从衣柜里拿出了早已准备好的"敌敌畏",这次她没有迟疑,打开瓶盖,一口气喝了下去……

  天刚蒙蒙亮,婆婆放心不下,早早起来,上了二楼,一看王春柳正躺在地上挣扎,老人吓得瘫软在地,连呼救人……

  救护车急速行驶着,树山的车紧随其后,他不住地用手机联系医院里熟悉的大夫。不到二十分钟,救护车驶进了区人民医院。一下车,人们急忙把昏迷中的王春柳抬到急救室。大夫立即给她洗胃。

  树山对熟悉的主治医师交代了几句,出来了。这时,他让人把王春柳的两个哥哥和叔叔王志林接到了医院。树民、王立君、树花、树兰等人陆续来到医院。人们聚集在急救室的门口,心情沉重,很少说话,焦急地等待。树海从港湾区的天远物流公司急匆匆地赶来。一下车,他泛着油光的脸微垂着,明显带着恐惧、尴尬和焦虑。他路过大舅哥和叔丈人跟前,用眼角的余光,看到他们满脸怒气和敌意,他下意识地避开了。树山、树民阴沉着脸不说话,带他进了急救室。大夫还在给王春柳洗胃,王春柳还处于昏迷状态。树海握着大夫的手,紧张地问:"有危险吗?""这个不好说。"大夫说。"拜托了!"树海心情沉重,又握住了大夫的手求助。"我们会尽全力的。"大夫安抚着他。

哥仨从急救室出来，来到楼道的东头。树山板着脸，追问："你们俩到底为啥？啊！"树海信誓旦旦："我在手机里不说了吗，不知她咋想的，非要上制衣厂上班，我不同意，一气之下，我打了她一巴掌。""哼！我告诉你，你要是跟树江学，我可不饶你！咱们老刘家没啥了不起的，别觉得手里有几个臭钱了，就整天想歪的！"树海瞟了大哥一眼，阴沉着脸，似乎很委屈："我经常跟张瑞惠打交道，她就整天疑神疑鬼的，烦人不烦人？到了家，有时我是不爱搭理她。"树民说："这是你的不对，春柳有这个想法很正常，这种情况放在谁身上，谁都会有这个想法，关键是你不应该这样对待她……""二哥，开始我是这样，但谁都有不耐烦的时候。"树海分辩道。"都是你的错！现在咋办？"树山不耐烦了。

树海由两个哥哥陪着，来到王春柳的叔叔和两个哥哥面前，说了几句道歉的话。树海的二舅哥阴着脸刚想发火，突然，一辆小客车停到他们跟前，从车上下来四五个人。树海一看不是别人，是王春柳的几个堂弟，为首的是王秃子。王秃子冲到树海跟前，恶狠狠地用一只手点着他骂道："你他妈的，今天不给我姐救过来，我扒了你的狗皮！"树海哪肯吃这套，回敬一句："你给我放规矩点儿！"憋了一肚子火的王秃子，不容分说，冲着树海打出重重的一拳，左手打到他的肋下，其他几个蜂拥而上，你一拳，我一脚。树山、树民一时间招架不住，树海的两个大舅哥和叔丈人拼命拉架，郑跃军、裴洪伟及时赶到，混乱的局面控制住了。树海的脸被打得青一块、紫一块。人们把他拉到一旁，他气得非要打电话拉人来助阵，树民呵斥着他，把手机抢了过来。王秃子仍不解气，在一旁骂："我姐要是有个三长两短，我不抄你的家，我他妈的不姓王！你他妈的刚有几个臭钱，就不知吃几碗干饭了，你在外面搞女人，拿我姐不当人，哼，走着瞧！"树民不干了，对树海的两个大舅哥严肃地说："你们赶快让他们走！有事说事，闹能解决什么问题？"王春柳的二哥瞪着眼睛又想说话，被他大哥拦了回去。他大哥拉着王秃子的一只胳膊，喊道："秃子，别闹了，听大哥的，上一边待着去！再闹我可不客气了！"王志林也劝着他的儿子和侄子们。王秃子一挥手，骂骂咧咧地向大门外走去。王秃子总算借机报了前年在物流公司不好好干，被树海撵回家的仇。

树海的左眼，还有头都缠着纱布，他从医务室出来，骂道："臭小子，敢打我，睁开眼看看老子是谁，事没完！""谁也跑不了！"树海黑脸膛的

第十章

二舅哥在一旁搭腔了。"这也太不像话了，要不是人多拉着，还不把人打死啊？"王春梅愤愤地说。"他这是自找的！"树海的二舅哥回敬了一句，他大哥把他拉走了。

人们本来都担心着王春柳的安危，王秃子这一闹，把大伙儿的情绪搅得更乱了：焦急、担心，加上愤怒……

后半夜，王春柳苏醒过来了，从鬼门关里被拉了回来，大伙儿松了一口大气……

一个星期后，王春柳出院了。她的服毒和她娘家兄弟们的拳头，加快了她的婚姻的破裂。树海住在天远物流公司，已多日未归。树山到物流公司劝说，也是徒劳。树海已经下了决心离婚。树山再次对自家兄弟的婚姻危机无能为力。

这天，情绪低落的树海和张瑞惠在海边的东方酒店的一个雅间喝闷酒。张瑞惠劝道："你不能这样，人活在世上，除了感情以外，还需要人际关系。如果为了我，你把你的亲人都得罪了，跟他们都疏远了，我不成了罪人吗？"树海疑惑地看着他打心眼儿里喜爱的张姐，急了，质问道："你也这样劝我？难道让我听他们一辈子？""我不知道。"张瑞惠望了一眼他因激动而涨红的脸。"不知道？我知道！"树海近乎吼叫。"如果她不喝农药，也许我对她还有一丝感情，如今什么也没有了，你让我跟一点儿感情都没有的女人在一起，我做不到，就是做不到！"他猛地端起干红葡萄酒，一口干了，还想满上，酒杯被张瑞惠夺了过来。她用言语刺激他："刘树海，你是男子汉吗？早知今日，何必当初？"树海张口结舌，没有反应过来，支支吾吾："你是啥意思？""啥意思？你说你当初就没看上人家，那为什么还同意跟人家结婚？"树海毫不隐瞒，望着张瑞惠隐约含有怨恨、失落的眼神，说道："当初是我的错，今天我认识了你，我不能再错！"张瑞惠被树海的感情真实流露激起了强烈的热流，一下扑过去，紧紧抱住他。她激动不已，哽咽着说："树海，你是我认识的男人当中最诚实的。"树海也紧紧抱着张瑞惠，激动地说："是你叫我不得不诚实。"张瑞惠感受着树海有力的心跳，感觉自己的情感有了依托。曾经被"第三者"害苦了的女人，竟被感情一步步驱使，做了"第三者"。今天两人的感情升华，比以往任何时候都来得猛烈、真实和炽热……在爱情中沉醉的她，没有为自己的行为而有丝毫内疚和不安，更谈不上忏悔，而是心安理得。

树海的父亲刘金水，因儿媳服毒而没脸见人，整天闷在楼里生气，不是骂儿子，就是长吁短叹："这小王八羔子，翅膀硬了，不听话了，往后我这老脸咋见人啊！春柳这孩子，性子咋这么刚烈啊，咋跟我娘学啊，幸亏医院抢救得及时，要不然……唉！""你还有完没完啊？树山他们不是在劝大海吗？春柳也知道自己错了，也不闹了，慢慢来呗。"树海的娘劝着老伴儿。"这小王八犊子，这些天，他一竿子支出去，也不回家一趟，我怕他真跟那头儿好上，那可就晚了三春了。不行，我绝不能让他由着性子胡来，跟小江这个小浑蛋似的……"

终于有一天，刘金水憋不住了，把刘金东、树山、树民、王春梅、王立君、树芬等人叫到家里，当着王春柳的面儿，就她和树海的事，开了家庭会。"树山啊，我把你们都叫来，就一句话，春柳，你也记住了，我就是哪天死了，你也是刘家的儿媳！"他又对树山说，"你们回去就跟大海这小王八羔子说，他要是再提离婚，我就一头撞死！"他激动地威胁道。"常雅她妈，你就不离这个门，看他有啥招！"婆婆也给王春柳打气。二位老人的话，一下子让王春柳激动得哭了起来。王春梅和树芬一个劲儿安慰。"嫂子，你别这样，有二位老人给你撑腰，你应该高兴……"树芬话没说完，王春梅说："不光他们二老，我们也都是这个意思。""以后遇事想开点儿。"王立君也劝了一句。"春柳啊，你三叔说一句，古人说得好啊，三思而后行，什么事都有几种处理方式，咱们要取最稳妥的办法，是吧？树海的事，我这个当三叔的管到底了！"树山此时也激动了，对王春柳保证道："春柳，你放心，树海他闹不出多大的幺蛾子，必须听我的！"一家人你一言、我一语，给王春柳吃了定心丸，她激动得一个劲儿抹眼泪。最后，由树民出面，再次规劝树海。

这天，已是蓟沽区代理区长候选人的树民，驱车从市里开会回来，在路上给树海打了电话。此时，树海在一家饭店，正跟张瑞惠吃便餐。"你在哪儿呢？"树民问。"我在东方酒楼呢。"树海看着张瑞惠说。"有外人吗？"树民问。"没别人，就我和张姐俩人。"树海向张瑞惠挤了一下眼睛。"我到市里开会，路过这里，想单独找你。"树民说。"二哥，你过来吧。"树海挂了电话，对张瑞惠说："说客又来了。"张瑞惠知趣地说："我先回公司了。""我二哥你也认识，别看他将来可能要当区长，但他不像我大哥，

爱训斥人。我大哥这个人，动不动就教训人……他这几年，脾气又长了。"张瑞惠笑了："是吗？也难怪，如果没有你大哥，能有你今天吗？""这里边还有你一份功劳呢。""我算什么功劳？"张瑞惠甜蜜地说道。

　　张瑞惠刚走不长时间，树民赶到了。哥俩闲谈了几句，树民引入正题，把家庭会的内容说了一遍。树海不作声了，微垂着头。树民说："树海，二哥还是那句话，就依了大哥和老人的意见吧，别提离婚了。一是王春柳刚出了事，情绪还不稳定，万一再闹出三长两短来，外人会耻笑的；二是大伯大娘也舍不得王春柳，这么多年王春柳对老人，那是百里挑一，她要是走了，二位老人真出点儿什么事，可就后悔莫及了；三是大哥跟王家做了保证，如果你们离了，大哥面子也不好看。"树民说到这里，稍顿了一下，"让时间来解决问题吧！"树民知道时间是一个无所不包的变量，这是一个无奈、消极的选择。树海看了二哥一眼，沉思良久，长长地舒了一口气，说："听二哥的，等待！"一只手猛地击了一下餐桌。"不，不光听我的，也是听大家的。不是等待，是维持。""好，听大家的！维持！"树海无可奈何，红着眼睛说。

　　树海送走了树民，夜幕已经降临，他驱车来到他和张瑞惠新购置的两居室的家，一个没有名分的家。他敲了一下门，张瑞惠开了门。二人吃罢晚饭，树海亲了一下张瑞惠，抱歉地说："我对不住你了。"张瑞惠知道发生了什么，很平静地说："别说这话，我只要有了这个家，有了你，就满足了。"树海看心爱的人这样宽宏大量，激动了，信誓旦旦地说："我会让你名正言顺的！"张瑞惠笑了，说："我不要那个虚名，只要你的心。你和她是名正言顺的夫妻，可你的心没有给他，这才是她最大的悲哀，这个虚名有什么用？"树海好像不认识眼前这个美丽的情人了，动情地看了她好久，突然把她抱了起来，拼命地亲吻着她……这时，他的手机响了，是他大哥打来的："你赶紧回来！大伯的腿不能动了……"树海六神无主，跟张瑞惠说了声，就匆匆下了楼。

　　树山同父异母的弟弟树江离了婚，新娶的是曾在舞厅上班的陈美娣，她生了个白白胖胖的小子，实现了树江要儿子的夙愿。他高兴地把丈母娘接来了，还请了一个保姆给料理家务。每天，他到建筑工地给工长分派一下活计，便开着车哼着歌出入于与他的业务相关的各单位。到了饭口，便邀请相关领导到酒楼用餐，用他自己的话说："这是感情投资嘛。"下午，有时他来到建筑工地，小脸一绷，背着手，这儿转转，那儿看看。这个他内行，一看就知道人们出不出活儿，是否糟蹋了料，像漏到墙底的灰必须收起来，过筛后和新灰掺着用。如今，他雇用新手农民工时，经人指点，都发一张上岗须知单，然后他再强调一番。有人背后骂他："克扣民工像周扒皮，溜须拍马像滴滴孙儿。"多少年了，年底只发一半工钱是家常便饭，可他对民工们说："我刘某无能为力了，人家甲方大爷咱惹不起，咱还得装孙子，老少爷们儿容我一段时间……"其实，他有时利用了这个借口，即使甲方多付了钱，他也留一部分，压个一年半载，吃点儿利息，这是小菜一碟。有的民工知道他这小把戏，也保持缄默，就怕他一声"滚蛋"让自己丢了饭碗。他拿他二哥树民当靠山，每年能揽一些活儿，不怕招不来民工。

　　这天，树江从饭馆出来，驱车来到前妻田家英的家，这是一套他购买的两室一厅的楼房。这个家，他经常来，一是两个女儿都是他的血脉，他不能不管；二是他曾当着家人，特别是他大哥树山、二哥树民的面儿承诺，他不会撇下她们娘仨不管的。他很随便，敲了几下门，门很快打开了，没等他进门，老大常换立刻哭喊着："爸，常娣让坏人弄走了！你快救救她啊！"树江如五雷轰顶，冲进屋里。"你死哪儿去了，给你打手机，打不通……"田家英哭着骂道。"啥……啥……时候？"树江话都说不利索了。"晚上放学，我去接她，刚到学校门口，老二的同学说，老二让夏利车接走了，呜呜……"田家英哭得更甚了。树江追问："报……报警了吗？"田家英一听急了："我的天啊，你千万别报警！刚才绑票的人打来电话，说老二就在他们手里，让我送二十万块钱，我要是报警，他们就撕票！"她说着又哭了起来。树江六神无主，一下瘫坐在地砖上，大女儿见她爸这样了，抽泣得更厉害了。"你还傻坐着？咋救老二啊？"田家英心急如焚。树江从地上站起来，掏出刚换上电池的手机，先打给二哥树民，然后打给几乎绝交的大哥树山。突然，家里的电话响了，树江拿起话筒，那娘俩止住了哭泣，屏住呼吸，对方的鼻音很重，恐吓道："我告诉你们，在夜里十二点之前，不把二十万送到农场五分厂向阳桥，我们就动手，记住，只去一个人！""好……好……一手交钱，一手交人。"树江战战兢兢。"给钱就交人，不许报警！报警就撕票！"对

第十章

方凶狠地放下电话。树江放下电话，用征询的眼神望了一眼惊恐万分的田家英。他心里叫苦连天：二十万啊！钱对他来说，就是命根子。他皱着眉头，问前妻："你那五十万呢？""我哥他们借去了。"田家英低着头，吞吞吐吐。树江刚想发火，又止住了。不知过了多久，树山推门进来了，郑跃军、裴洪伟也跟进来了，树江立刻有了主心骨。树山阴沉着脸，问树江："你想咋救孩子？""没……想……好。"树江支支吾吾。"还愣着干啥，还不赎孩子去！"树山扭头就往外走。"那……钱……"树江怯生生地说。树山头也不回，说："等你，孩子的命就没了！"他们下了楼，各自上了车。

树山在车里又跟树江通了电话，让他先走，兜一圈，再到河西的三街居委会，公安局的崔队长和树民都在那里，这样做的目的是防备对方派人盯梢。树山他们从不同的路线，来到河西三街居委会的会议室，崔队长给出了两套方案：一是派一名刑警带银行练习钞，装作送钱的人，在向阳桥等着交钱，其他刑警远远地埋伏在道路两端，其他支路也要布控，待孩子被放出来，两头夹击；二是把练习钞换成真钞，布控方法和第一套方案大同小异。树山立刻表态："还是采用第二套方案吧！这个稳妥。""就第一套方案，我就不信他们敢咋样。"树江疼钱了。"你……"树山气得说不出话来。树民征求崔队长的意见："崔队，你说呢？""这个不好说，接这种案子，我们是头一次。"崔队长不便表态。"这钱我花！"树山摆了一下手，催促着往外走。"时间要紧，路上再议。"树民说着站了起来。

营救的车队上路了。树山、树江和执行任务的便衣警察小王等同坐一辆车，树民和崔队长在一辆车上，郑跃军、裴洪伟都开着自己的车，其他刑警也按部署出发了。很快，树山打前阵的车，开到了离向阳桥一百米左右的地方停下来。小王下了车，向树江要了放真钞的那个提包，树江递给了他。

漆黑的夜幕，静静的田野，凄厉的蛐蛐叫声，瑟瑟的秋风，给人增添了恐惧感。小王有些紧张，来到向阳桥头，手提装有钞票的提包，四下张望，过了半个来小时，仍不见绑匪出现。突然，一辆小轿车向桥头急速驶来。他立刻警觉起来，眨眼的工夫，这辆轿车驶到他跟前，他还没反应过来，有人从车窗探出身，伸手把提包抢了过来，车即刻冲出老远，向一条支路驶去……

钱被抢走了，小王忙四下张望，不见孩子的踪影，他慌了，立刻用步话机向崔队长通报，看着树民不知所措。"钱给了，他们不放人？"神情紧张的树民仍抱着希望。崔队长预感事情不妙，发了火。此时的树江，吓得汗珠子冒出来了，心跳到了嗓子眼儿。突然，他的手机响了，他颤抖着接起电话，只听绑匪恶狠狠地说道："浑蛋！你耍老子！你来收尸吧！"树江拿着手机的手一软，手机掉在车里。"完了！老二完了……"随即瘫软在车上。树山简直不敢相信自己的耳朵，把树江从车座上抻起来，吼道："你说啥？啊？""拿……错包了！"树江声音颤抖着。"错……了？"树山听罢，如五雷轰顶，顺势给树江两记耳光，大吼道："你是干啥吃的？""我……也……不知道啊！"只有天知道他是否隐瞒了真相，是否调了包。

刑警们追堵、搜寻至清晨，在一片小树林找到了常娣，孩子已经死去。树山看见孩子的惨相，痛苦、悲伤的眼泪夺眶而出，树江抱着孩子放声大哭："常娣啊，都是我害了你呀啊！爸爸不是人啊……"

常娣的死，给刘家老小带来了极大的悲痛，尤其是田家英，哭得死去活来，一连数日不吃不喝。她反反复复叨咕："我不该骗你狠心的爹啊，这钱我没借给你舅啊，我不是人啊，没承想歹徒会下这毒手啊！是我害了你呀……"她越想越后悔，越想越伤心，直至精神失常，被送进精神病院。凶手已经落网，受到了应有的惩罚。常娣的死使整个刘家久久笼罩在悲伤的阴影中。

渤海湾津沽大地，冬季是寒冷的，河沟冰冻，大地光秃，只有繁忙的公路两旁被挡风带保护的低矮冬青藤，给人们带来一丝绿意。

通过一系列组织程序后，树民被任命为蓟沽区的代区长。得知这一消息后，他无法控制内心的激动，首先告诉大哥树山。树山细长的眼睛笑成了一条缝，说："好啊！大哥打心眼儿里高兴啊！"常娣遇难，让树山陷在悲痛和苦闷中。接到树民的电话，这些天来，他第一次露出了笑容。他又叮嘱道："树民，千万不要自满，你还年轻，知道吗……"

树民的第二通电话打给了棉纺厂厂长秦亚娟。他故技重演，拿腔拿调："喂，是秦厂长吗？""你是哪位？"秦亚娟看着月报表，接听着电话，只是觉得这声音略微熟悉，但也不确定。"我想从贵厂进一批纱线。"树民忍着笑。"噢,什么规格的?"秦亚娟信以为真。"我就要你身上穿的这种规格的。""不要脸!"秦亚娟刚要关机,只听对方回敬一句:"你才不要脸呢,哈哈……"秦亚娟听出来了,气呼呼地挂掉了电话。树民又打过来,秦亚娟仍装生气,接起了电话。树民一本正经地说:"说真的,今天你还不请我一顿啊?要不然,以后没你好事了!""我凭什么请你?"秦亚娟一听,知道树民又拿她开心,怨气又起。"你今天不给我面子?"树民仍笑眯眯的。"我给你面子,有人可摘了我的面子!"秦亚娟一股委屈袭上心头。"啥事?谁敢欺负大名鼎鼎的女企业家?"秦亚娟没有了下文。树民觉察到有问题了,忙说:"好了,今天我请你。"

晚上,已搬到区里居住的秦亚娟驾车,在区中心街的一个路口,把树民接上车,向邻县的一个豪华酒店——天鹅大酒楼驶去。秦亚娟今天话很少,只听树民大侃大聊,微笑着望着前方,最后他颇有感触:"多亏了我的政绩、年龄和学历硬一点儿,不然就被人家顶下去了。"秦亚娟听了自然心里高兴,但她心里有事,脸上显出忧郁的样子。她若有所思,说:"你们都如愿了,可我……算了,不说了。"树民这才想起问她:"有啥大不了的事?""你去问他吧!要不问你那在李家沽中学的妹妹也行。"树民心领神会,他立刻意识到,董振刚与他那个也算是妹妹的姜文敏可能……他知道姜文敏离婚了,问道:"你是说,振刚和文敏……"秦亚娟沉默。"你是咋知道的?"树民问。"那天高学军喝多了,说走了嘴,我在屋外听个正着。回家后,我质问董四眼儿,开始他否认,后来默认了。"秦亚娟说到这里,恶狠狠地骂道,"这小子,这几年有了点儿成绩,不像原来那么听话了,你说我咋办?"秦亚娟也不看树民,双眼注视着正前方。树民看她一眼,说:"这种事,最好别闹。"秦亚娟似乎对他的回答不满意,侧着脸问道:"你是说让我忍?""这是明智的选择。"树民说。秦亚娟又沉默了。树民有他的心思:这种事闹出去,对谁都不好,万一董振刚嘴没遮拦,可就麻烦了。秦亚娟也很无奈,骂了一句:"学军这小子,干吗让我听见?你说我能咽下这口气吗?"树民冷笑一下,说:"你急什么啊,等我的事定下来,找个机会给振刚换一个单位,不就成了吗?这样神不知鬼不觉,你们还是夫妻。"秦亚娟的怒气似乎有所减弱。

他们来到天鹅大酒楼,找个雅间,叫了四个好菜,要了两瓶干红葡萄酒,边吃边聊。服务员把上齐酒菜后,秦亚娟没等树民示意,起身走到门口锁上门，神情依旧忧郁，走到树民座位旁，端起半杯酒对他说："预祝你早日走马上任！"树民也举起酒杯，两人各自呷了一小口。树民春风得意，说："企业还愿意干吗？如果干腻了，换个环境？"秦亚娟听罢，憋了好几天的闷气，止不住涌上心头，她像受了莫大的委屈似的，抹起眼泪来。树民安慰道："你今天是怎么了？大厂长，这点儿针鼻儿大的小事，心里就搁不开？"秦亚娟也觉得有点儿失态，不好意思了，掏出小手帕擦一下眼泪，望着树民说："树民，我太累了，什么也不想干了，我……"她想说，我真后悔当初……但是理智没让她说出来。树民认真了，说："你又这样？不能！千万不能！人活着就要抗争，不管是男人，还是女人，不抗争就没有尊严、地位和金钱，别人就会瞧不起你，你又忘了？"秦亚娟望着树民严肃而又认真的神情，喃喃地说："人活着，除了地位和金钱就没有别的了？""有，当然有！比如事业，这是第一位的，还有爱情、亲情、友情，但有了地位和金钱，这些才会更有光彩。""这两样儿，现在我一个也不想要！"秦亚娟一下趴在了树民怀里。这似乎成了她感情流露的唯一定势，只要跟树民在一起，她就想把自己的所有感情都倾吐出来，任他随便去开导她，然后，她会全身心地投入她的事业中去。树民搂着她，深有感触地说："人生会有很多遗憾的。"秦亚娟没有回答，只是落泪，她实在没有勇气把话挑明了，她太爱树民了，不能让他的前途因她而受到什么影响。她不禁又为当初自己的鲁莽而后悔，是她毁了这份美好的姻缘，同时她又羡慕和嫉妒起王立君来，她把她的心上人占有了；可她又可怜美貌与自己不分上下的王立君，她并没有完全占有树民的爱，每当想到这里，她心里又升腾起暖融融的甜蜜和幸福，因为她还占有树民的一份爱，虽然这种爱是见不得人的、灰溜溜的、令人痛苦的，但她不觉得有什么可耻。

　　两人又开始喝酒，说着心里话……

　　人的一生，如果能在大学校园度过充实精彩的四年，那么无疑会给自己的人生添上浓墨重彩的一章。在理工大学，树山的大儿子、大三的常胜，这些天来内心产生了不可抑制的冲动，他被一个女生深深地吸引了，被她的美貌、文静、勤奋打动。她就是每天在自习室坐在他前边学习的女孩。她不但漂亮，而且学习刻苦，每天六点准时到固定的座位，十一点半离去，雷打不动。她是学会计专业的，每年都是二等以上奖学金的获得者，名叫王娟。

第十章

每天他们在自习室相遇,开始两人只是礼貌地微笑点一下头,各自学习。后来,两人在校园里相遇时微微一笑,打个招呼,偶尔交谈几句。

几个月下来,女生的音容笑貌、一举一动在他的心中渐渐扎下了根。从此,他有意识地在她的后桌,拼命地啃着机械专业书籍。王娟每天离去之前,都会礼貌地跟他打一下招呼,而他呢,总会目送着她出了门,才尾随而去。一天夜里,他失眠了,满脑子都是王娟的音容笑貌……

双休日,常胜心情烦躁,买了车票回家了。中午吃饭时,他无精打采,看着母亲特意为他做的可口饭菜,懒得伸筷子,他无意间"唉"了一声。他母亲纳闷儿,便问:"大小伙子,干吗唉声叹气的?嫌妈做的菜不好?""不是。"常胜微微一笑。"那为啥?"王春梅笑着追问。"没啥。"刘常胜不好意思,隐瞒了内心的秘密。当初,他曾向母亲信誓旦旦地保证:大学期间一心学习,绝不谈恋爱,时至今日,他不能食言啊!

回到学校,常胜实在忍不住了,向同宿舍的好友吞吞吐吐倾诉了心中的秘密,问道:"你说这是爱吗?""这个……根据你的情况分析,还谈不上爱,充其量是因她勤奋学习而对她产生敬慕,更谈不上单相思。"好友笑着指出。常胜不好意思地笑了一下,问:"那么,我怎么办呢?我怕这样时间长了,影响我的学业。""这好办,远远地离开她。"好友轻松指路。刚刚萌生爱的冲动的常胜,遵从了好友的指点,可是几天下来却适得其反,一天看不见她就抓耳挠腮,夜里总是梦见两人害羞地漫步在校园的湖边、林荫下……他又向好友谈了此时的心境,好友笑了,问道:"你是想跟她谈恋爱吗?""不!我是想结束!"常胜毫不犹豫地说。"那好,你直接跟她说。"好友又出了点子。"怎么说呢?"常胜红着脸问。"你就说,我喜欢你!"好友断定那个女生一定会婉转地拒绝他的,因为从常胜的言谈中,他得知那个女生正积极准备考研。

这天晚上,自习室的学生走得差不多了,常胜吃力地走到王娟桌前,对认真学习的她说:"王娟,我喜欢你!"王娟嫣然一笑,看了一眼这个红着脸的英俊男生,沉思片刻,问道:"你想考研吗?""有这个想法。"常胜腼腆地回答。"我感觉时间太紧张,你也抓紧时间吧!"王娟的回答让刘常胜如释重负,他微微一笑说:"谢谢!"他臊得扭头快速地走了,心怦怦直跳。

一连多少天过去了，常胜不但没有忘掉王娟，而且焦急、失落、不安交织在一起，搅得他无心学习。他独自坐在校园的小湖边，无目的地向湖里抛掷着小石块儿，无精打采地看着湖面上被小土块儿溅起的圈圈涟漪向外慢慢散去……突然，他猛地站起来，捡起较大的一个石块儿，向湖中投去，神情严肃地自语道："你有什么了不起的？我一定让你看看我刘常胜是谁！"他终于被激起了强烈的自我表现欲。

要放寒假了，常胜终于找到了在高傲的王娟面前显示才能的资本，他在英语四级考试中取得了九十分的优异成绩。他兴奋异常，给王娟写了一封情意绵绵的情书。

王娟：

你好！求学路上近四载，学业繁忙隐情怀。回首沉思望湖畔，顿觉一丝遗憾绕心间。望天空，一钩残月挂天边。思先人，想情缘，留下多少情意，泪湿襟衫缠绵，化作一江春水向东流。问君何所思？问君何所惜？但求一株杜鹃供床前……

常胜写罢，心潮澎湃，难以自抑。几天过去了，突然，他的手机响了，他急忙接起电话，可是他听到的并不是他焦急等待的声音，他失望地关掉了手机，呆呆地坐在床前望着窗外。

又是难耐的几个日夜，常胜终于等到了迟迟的约会。湖边的月亮桥上，王娟穿着米黄色防寒服，鹅蛋脸泛着红润，大眼睛很灵动，她微笑着站在石栏旁。刘常胜则身穿大大的浅灰色防寒服，站在王娟的北面，似乎在为她挡着从北面袭来的寒流。他看了一眼王娟，控制着激动的情绪，问道："信收到了？"王娟微微一笑，说："你的心情我理解，但你我学业未成，还是各自努力吧……"常胜被王娟的再次拒绝激怒了，至于她后面说了什么，他一句也没听进去。他苦笑了一下，说："好吧，有一件小事，你能与我分享一下吗？"王娟明眸一亮，微笑着说："说吧。""你猜我英语四级得了多少分？"他得意地问。"七十多？"王娟看了他一眼，有意地高估了一下。"你再猜。"常胜看着她疑惑的表情。"八十多？"王娟再次高估。"你再猜。"常胜挺起了胸膛，扬起了头。王娟不想往更高猜了，露出了一丝难堪。常胜

第十章

此时才在王娟面前真正地直起了腰,他故作随意地说:"瞎猫碰上了死耗子,得了九十分。""真的啊?"王娟吃惊地提高了声调。"这还有假?"常胜冷笑一下。"恭喜你!"王娟祝贺常胜。他心里从没这么舒服过,笑着说:"谢谢!"

这些天,树花三天两头儿发脾气,上小学四年级的儿子裴彬彬整天不好好学习,让她焦躁不已。她对儿子的期望值是很高的。儿子上一年级的第一天,她就跟他说:"如今咱家条件好了,只要你好好学习,你想要啥,妈就给你买啥。将来你考上大学,出国留学,妈也供得起你。"可是树花并不知道,教育专家说过,在学前阶段就要培养孩子的求知欲,以及爱学习等良好的习惯,这样将来孩子上学时,才可能有好的学习成绩。树花成天忙着挣钱发家致富,裴彬彬从一生下来,她对他就是"散养式"。上学后,他不爱学习,不时被老师叫到办公室批评一顿,她也不时被老师请到学校。为了孩子,她给老师不是买这个,就是送那个;每年儿童节、教师节,她给学校的支教费每次最少一两千元,为的是让老师对裴彬彬多下点儿功夫。然而,每次期末成绩单下来,都使她失望,裴彬彬的成绩一年比一年差,体育成绩是所有科目当中最好的,每次都不下八九十分,每次评语中都少不了这样的话:"希望该生少打架……提高学习成绩……"

这天,树花从自家的小炼钢厂回到二层别墅的家,刚进一楼的小百货店,三个孩子就哭着来找她告状。其中一个胖乎乎的小男孩哭着对她说:"你们家裴彬彬又打我了,呜呜……"树花也习惯了,忙上前劝道:"好了,你们别哭了,等他回家,我非打断他的腿!"她忙叫一个年轻的女雇员从柜台里拿出三瓶饮料,分给了他们。三个孩子拿着饮料满意地走了。树花大骂儿子:"这小浑蛋,整天给我惹祸,看他回来我咋收拾他!"其中一个女雇员劝她:"跟小孩子,何必发这么大的火儿?彬彬打他们,他们也不是省油的灯。"树花却跟人家发了火:"你又护着他,彬彬这样,都是你们惯的!我告诉你们,从今儿往后,你们谁也别随便给他东西吃!别嫌我说话不好听,谁要是给他了,别怪我扣你们的工钱!"几个女雇员对视一下,有的吐了一下舌头,有的咧一下嘴,谁也不再说话了。

中午放学,裴彬彬没有回家,树花骑着自行车来学校找,听孩子们说,裴彬彬去他奶奶家了。树花找到公婆家,一看裴彬彬正在他奶奶家的院子里跟大黄狗玩耍。裴彬彬一看妈妈这阵势，刚想往屋里跑，就被她一把抓住。树花二话没说，劈头就打，裴彬彬一动不动，任她拳打脚踢。树花的婆婆一看孙子在挨打，从屋里板着脸跑出来，数落儿媳："你这是因为啥事啊？也不问一声，举手就打，你不心疼，我还心疼呢。"老人一边嘟囔着，一边护着孙子。"不用你老管！今儿个我非打瘫他不可！我宁可养个瘫子在家里，省得他整天给我惹祸！"树花不顾婆婆阻拦，仍追着打孩子。树花的婆婆急了，提高嗓门儿制止道："你给我住手！你要打，就朝我打！"树花哪里听得进去，从地上拾起一块木头就朝儿子打去，谁知这木头正打在老人肋下。"哎哟"一声，老人瘫坐在地上。树花慌了，忙跑过去搀扶婆婆。只见老人皱着双眉，双手捂在肋下，树花语无伦次地问："伤……伤着哪儿了……"老人摆了摆手，说不出来话，挣扎着站起来，树花搀扶着她进了屋。树花赶紧叫来村里的大夫。经诊断，老人的肋骨有点儿问题，大夫建议到区医院拍一张片子看看。老人说什么也不去医院，数落着儿媳妇："树花啊，不是我说你，你太任性，小男孩哪有不淘气的？你没轻没重，这样打孩子，真要是失手给孩子打坏了，悔都来不及。你管孩子，我不怪你，可你这样风是风、火是火的，谁看得下去？我生了他爸他们四五个，舍不得打一下。说淘气，他们哥几个就数他爸淘气，到如今就数他有出息。树大自然直，不是我说话不中听，彬彬这孩子，谁打也不行！"老人越说火气越大，刘花越听越不爱听，沉着脸说："这孩子，都是你老惯的！冲你老，这孩子也管不好！你老就护着吧！护到监狱，看你老还护不！""唉……"婆婆一阵疼痛，一只手捂着左肋骨，树花不敢说话了。

晚上，裴彬彬怕挨打，住在他奶奶家了。儿子的事就够树花烦恼的了，最让她恼怒的，还是丈夫裴洪伟。她今天跟儿子，甚至婆婆发火，归根到底是跟自己的丈夫。她的手机响了，是裴洪伟从北山打来的："业务还没处理完，今晚回不去了。"树花一听，火儿更大了，在电话里骂道："你就扯吧，骗我吧！就那么点儿屁事，至于办两三天？我告诉你，你要是在外面胡来，让我知道了，有你好果子吃！"她把电话摔了。她早就怀疑裴洪伟在外面有乱七八糟的事，可是，她一直没有抓住他的把柄，但是有一点是肯定的，他的钱时常对不上数。为此，她渐渐对他产生了复杂的感觉，说不清是鄙视，是厌恶，还是怨恨。她时常觉得，裴洪伟跟她说话办事，都是在哄骗她。树江、树海闹出的事，让她更疑神疑鬼。她也曾想，别没事找事了，可是她的脾气秉性驱使着她。为了弄个水落石出，她暗地里用钱买通了给他家小钢厂开货车的司机铁柱。铁柱答应她，只要他发现情况，一定向她汇报，但提出了一个条件，就是不能把他供出去。树花一口咬定，绝不会出卖他。

　　树花放下手机不多时，铁柱就给她打了电话，向她告了密：裴洪伟现在正在北山那边……树花拿着记下的详细地址，两只大眼睛冒出了怒火，破口大骂："小兔崽子！裴洪伟啊裴洪伟，你敢背着你姑奶奶干这种勾当！今天我跟你没完！"她换了一下衣服，匆匆下了楼，对一楼百货店守夜的老头儿说："大爷，我有点事，回家一趟，今晚也许回不来了，你老多费心了。"老人答应着。

　　树花来到人来人往的大街上，叫了一个熟人的出租车，又找了村里的两个二十多岁的小伙子，对他们说："你们陪姐姐上北山跑一趟，洪伟在那里遇到了点儿小麻烦，姐姐不会亏待你们的。"两人很爽快："姐姐说哪儿去了，走！"他们径直向北山方向驶去。两个来小时后，他们来到北山城市区——这是一座在大地震废墟上重新崛起的高楼林立的现代化城市。树花找到了铁柱提供的地址，紧张地对两个小伙子说："你们俩随我上楼，我进屋后，你们俩在门口等着，听我招呼，听见没有？""大姐，你放心，我们绝对不能让你吃亏。"两个小伙子保证道。此时，已是夜里十点多钟了，树花带着两个小伙子上了三楼，来到三〇二房间门口。她对其中的一个小伙子耳语了一句，这个小伙子对着防盗门敲了几下，没人应声，他又敲了几下，只听屋里一个男人问道："谁？""楼下收电费的。"男人说："都睡了，明天再说吧！"树花这次听清了，这正是裴洪伟的声音，她恨不能一下子冲进去咬他几口。"不行啊，明天就得交上去！"不一会儿，只听屋内开防盗门的声音，裴洪伟刚打开门，树花就猛地冲了进去，他一看是刘树花，下意识地要关门，但来不及了。树花突然出现，裴洪伟吓蒙了。他明白过来，要拉树花，树花抬手就是一巴掌，打在裴洪伟脸上，破口大骂："臭不要脸的！"她头也不回地冲到里间屋，只见一个女人躺在被窝里，在昏暗的壁灯下，那女人吓得正用被子蒙着头，长长的黑发露在外面。树花怒不可遏，冲到床前，猛地撩开被子，女人一丝不挂地暴露在树花面前，下意识地用双手遮住胸部。没等她反应过来，树花一把揪住她的头发，将她从床上拽了起来，一个耳光重重地打在女人的脸上,树花怒骂着她。裴洪伟猛地把树花推到一边,大声斥责:"你再胡闹,我可不客气了!""好啊,你向着这个小妖精,我跟你拼了!"说着,她低头向裴洪伟的胸部猛地扎过去。她哪是裴洪伟的对手,他猛一用劲,就把她推倒在地。树花哪肯罢休,爬起来刚想用头再撞他,又被他推倒在地,就这样反复了几个回合,树花又猛地扑向那女人。那女人见势不妙,双手抱着被单跳下床,树花转身去追打,裴洪伟死死抱住妻子,摔在床上。树花气红了眼,"哇"的一声大哭起来。她气急败坏地把被子扔到地上,抄起枕头猛地砸向床头柜,只听床头柜上的茶具"哗啦啦"碎了一地。树花破口大骂:"裴洪伟,你这没良心的,你敢打我?你向着那狐狸精,可气死我啦了……"裴洪伟被树花突如其来的闯入撒泼弄得晕头转向,不知如何是好,皱着眉头不说话。在门口的两个小伙子,认识裴洪伟,不敢露面儿,在门外躲着。那个女人躲到另一间卧室。

不知过了多长时间,树花情绪稳定了许多,十几年的夫妻相对无语。树花擦了擦泪水,异常平静地下了床——自己的丈夫和另一个女人的床。她痛苦而又厌恶地瞟了一眼在一旁低头不语的丈夫,酸楚地感叹:"人啊人!什么感情,哼,狗屁!"说着,她头也不回地迈出了她一生都不愿再迈进的房子……

树花回到家,上了楼,一下子趴在床上,痛哭起来。她越哭越伤心,越哭越窝火:和她一同经历十几年的风风雨雨,她倾心托付的男人,竟是一个又抱起另一个女人的可恶之人,难道她梦寐以求的好生活就是这样吗?难道辛辛苦苦挣来的钱,就这样送给那个不要脸的女人?不!绝不能!我要离婚!

早晨起来,一夜没怎么入睡的树花,和往常一样,向雇员交代了一下小百货店的事情,然后来到小钢厂。裴洪伟也在这里,指手画脚地说着什么。两人相见如陌生人,谁也没理谁,其他人也没理会,只有司机铁柱知道内情,但他装作不知情,忙着手里的活计。晚上,树花把孩子支走,给裴洪伟打了电话,让他回家。很快,裴洪伟上了楼。树花惊人地冷静,也不看裴洪伟一眼，说："咱们到这种地步，再往下过也没啥意思了，你也别闹，我也不要，你过你的，我过我的。"裴洪伟还想狡辩："你听我说……""我不想听！"树花瞪了他一眼。"那个女的，她表兄是钢厂的总管，咱们的钢坯全靠人家，我跟她是逢场作戏。"裴洪伟开始编了。"你定时间吧，上法院也行，私下谈也行。"树花没听见他"哼哼"的是什么。裴洪伟愣愣地看着树花，好久没有说话。"你看着办吧！"他被迫下了楼。

第二天，裴洪伟没敢跟他母亲说，把他老姑找来劝树花，中心思想是让树花原谅他这一次，让他有改过的机会。树花铁了心，始终没有原谅之意。后来，婆婆和公公亲自出面，给树花道歉。"树花啊，听他爷和我的话，放过这小败家子儿一回，你们俩这是多好的日子啊！你俩要是为这事离了，那可真让外人解恨了。这个小败家子儿啊！"愁容满面的婆婆恳切而又焦急。"洪伟也向我们保证了，跟那女的一刀两断，好好跟你过日子。树花啊，千万别由着性子来啊，我们向你赔不是了。"公公祈求道。"你老别为我费口舌了，你家洪伟有的是女人，随便找一个都比我强。"树花说道。"你咋这样说呢？那样的女人，能真心过日子？她图的是他兜里的钱，是糟践咱家来的，你说你也是挺聪明的人，咋看不透呢？"公公焦急地提高嗓门儿，皱着眉头瞧着儿媳。"你老也别着急了，我和他的事，你们谁也管不了，我和他已没有商量的余地了，他太对不起我了……"树花哽咽着，说不下去了。

树花对裴洪伟心灰意冷，什么事都想起来了。当年，她为了裴洪伟，和老父亲闹僵了，住在供销社的单人宿舍里，省吃俭用，日子虽然拮据些，但感到非常幸福快乐。后来，两人承包了供销社的小百货店，又做起了收废铁的生意，盖了几间平房，日子过得甜甜美美。几年下来，挣了点儿钱，找她二哥，花了两万多块在李家沽乡的主街面上批了一块地，盖起了现在居住的三百多平方米的小楼，这是她做梦都没有想到的。她家的生意越做越大，越来越红火，她又求二哥，费了九牛二虎之力，在村南头儿办了个小炼钢厂。如今，她手里存款加固定资产有一千万元左右了。裴洪伟家也都靠她和裴洪伟，盖楼的盖楼，买车的买车，几个兄弟也都娶上了媳妇。她这样付出，一心扑在这个家上，到如今，裴洪伟竟这样不尊重她，眼里没有她，这是往她心里猛扎猛捅一刀啊！别人可以负她，但裴洪伟不能，一百个不能，一千个不能，因为她把一切都托付给了他。当她知道那个女人住的房子及室内的一切高档家具都是裴洪伟给置办的，她的心简直在流血。如果说几天前她对他还有一丝感情的话，那么此时此刻，她对和她同甘共苦十几年的丈夫，可以说一点儿留恋都没有了，只有满腔愤恨，甚至是仇恨，夹杂着深深的痛苦。

树花的公婆无奈地走了。他们又发动其他四个儿子和媳妇做这个"大功臣"大嫂的工作，但他们也都无功而返。后来，老两口又打发树花的同学、裴洪伟的堂妹裴洪芹来当说客，也无济于事。树花准备回娘家，跟她年迈的老父亲诉说这一切，可又一想，不能给老人增添烦恼了。她想找哥哥树民，又迟疑退缩了，她知道，二哥与秦亚娟的关系不明不白。还是找大哥吧，她最佩服的是大哥。她穿戴整齐，下了楼，打了车。

树花来到大哥家，已退休的王春梅在电话里得知树花要来，早早地在门口迎候她。姑嫂二人进了屋，王春梅忙让她坐下。王春梅见她满脸愁容，关切地问："有事啊？"这一问不要紧，树花憋了几天的委屈一股脑儿涌上心头，顿时失声痛哭起来，这吓坏了王春梅，她忙问："出啥事了？"树花只是哭，急坏了王春梅："到底咋了？你倒是说话啊！"她忙到门后拿了一条毛巾递给树花。树花接过毛巾，擦了擦泪水，哽咽着说："我……跟他……不过了！""为啥？"王春梅问。"我要跟他离婚！"树花仍顺着自己的情绪说。"唉，你倒是说因为啥啊！"王春梅很焦急。"你问他去！"树花太激动了，语无伦次。"唉，你这是咋的啦？"王春梅哭笑不得。树花提高嗓门儿说："他跟一个女人在外面过上了！"说完又"呜呜"地哭了起来。"啊！真有这事？"王春梅半信半疑。"让我堵在屋里了！"树花拿出了证据。"我的天啊，咱们老刘家是中了哪门子邪，真是邪门啦！"王春梅一拍大腿，一下子坐在炕沿上。

树花情绪稍稳定下来，断断续续叙述了事情的原委。"这缺德鬼！他也不向正道上走了！"王春梅脱口骂了一句，又安慰道，"你也别太生气，事情走到这步了，哭有啥用？碰上啥事办啥事，你气坏了身子，小彬彬咋办？""大嫂，你说我能不生气吗？他这样胡作，分明是眼里没有我这个人。我整天给他们家忙活，忙活有钱了，他就拿我不当人了，你说他有一点儿良心吗？我现在杀他的心都有。""别！千万别胡来！"王春梅急忙制止道。

很晚了，树山才迈进家门。村办企业，尤其是林金江的机械铸造加工厂陷入了困境，由此引发的争吵使他一连多少天吃不好饭、睡不好觉。他一

第十章

听树花的事，火儿不打一处来，骂道："浑球！一个个都是浑球！"把树海、树江也捎进去了。他问树花："你想咋办？""离！"树山看了树花一眼，没有说话，阴沉着脸。"大哥，你放心，谁劝我也白劝，我肯定不跟他过了。"树花见大哥没有说话，亮明了自己的观点。"万一他回心转意了呢？"王春梅心肠软，试探着说。"大嫂，他就是回心转意，我也不跟他过了！"树花狠狠地说。

树花说要回家，王春梅执意留她住下，她说店里离不开人。树山也没多说，只是嘱咐了一句："你这事，先等一等，你二哥的事定了再说。"树花沉思片刻，没说话。送走了树花，王春梅埋怨丈夫说："你咋跟你妹子这样说，你这不是支持他离婚吗？""这事能将就吗？树花是那种逆来顺受的人吗？她能咽下这口气？就是她能容他，我还不容他呢，他裴洪伟要是懂事的，能做出这种缺德事来？""那头儿托人来说情咋办？"王春梅说。"哼！他来，我八句话等着他呢！"树山火气一个劲儿地往上涌。王春梅不作声了，树山闷头抽起了烟。王春梅忧虑地说："真要是离了，树花咋办？她挺好强的，咋那么巧能碰上裴洪伟这么能干的男人？""那也不能就在他这棵树上吊死啊，他这不是明摆着欺负人吗？"树山激动地从炕沿上站起来，愤愤地说。"我是担心树花将来……""有什么可担心的？大不了不再搞对象了，带着孩子过，有什么大不了的？"树山不耐烦了，一看妻子还想絮叨，气呼呼地出去了。

第十一章

一

　　一九九八年的亚洲金融危机对乡镇企业造成的影响是很严重的。新立沽的机械铸造加工厂，出口产品一个月不如一个月，订单锐减，流动资金日趋紧张，一度停产。林金江向树山提出，再贷五百万元，解决流动资金问题，不然公司就得停产，甚至破产。树山立刻皱起眉头："还贷？你那一千二百多万元贷款还在账上挺着呢，你死了这份心吧，要贷你自己贷去！"平时在树山面前很敢说话的林金江，此时挂不住脸了，一时间无话可说。其实，林金江只是抱着一线希望来的，他知道树山很看重他这个明星乡镇企业，便以将要停产、破产为借口，逼迫树山再次帮助他去请求已是区领导的树民，或其弟妹王立君，拿下这五百万贷款。可是他异想天开的想法遭到了树山的拒绝，他没有像以往似的软磨硬泡，只是尴尬地坐了一会儿，便耷拉着脑袋走了。林金江这种反常的表现，树山并没有在意。在目前这种大背景下，一个存在严重问题的企业要贷这么多钱，谈何容易？更何况，一个好端端的所谓明星企业，竟经营到将要停产，甚至破产的地步，他能接受吗，能不发火吗？

　　这天，机械铸造加工厂的会计、林金江的表妹突然提出辞职，树山立刻警觉起来，马上请求乡企经委深入企业内部，联合审查。结果一出来，他大吃一惊，初步查明该公司亏损一千多万元，他气红了眼，骂道："浑蛋！明星企业家？狗屁！今天开炉，明天点火，你忙活得比谁都热闹，如今你给我忙出了一个大窟窿，咋堵？"他骂不下去了，站也不是，坐也不是，偌大的屋子似乎没有他可待的地方。他长叹一声："唉，是我无能啊，是我帮他挖的这大窟窿啊！"此事一传出，立即在新立沽掀起轩然大波。

　　林金江自从有了明星企业家这个名号之后，不思管理，整天大大咧咧，迎来送往，胡吃海喝，靠着面上的虚假繁荣来骗取贷款，再加上做真假两本账，偷税漏税，来维持表面的正常运转。他表妹曾多次提醒他，如果再这样下去，不加强内部管理，单浪费这一项，就能把本来毛利不多的公司弄垮。

早已被明星企业家的幌子弄得神魂颠倒的林金江，对表妹的提醒置若罔闻，照样我行我素。如今，订单减少了，而且有的订单价格偏低，干就赔钱，再加上贷款吃紧，企业已无流动资金维持正常运转。在已无力扭亏的情况下，林金江开始向几个漏斗式的外加工点有步骤地转移资金、设备等，以备树山和银行逼他还贷时，有个退路，甩掉这个树山控制下的挂着集体牌的村办企业，以及要了他的命也堵不上的大窟窿，赖掉贷款这个巨大的包袱。然而，表妹力劝未果后突然辞职，打乱了他的如意算盘。

在村"两委"班子会上，树山坚决提议："林金江未交齐承包风险抵押金，村委会决定终止他的承包合同。"林金江暴跳如雷："我不服！合同没到期，你就终止，这是违法！我要上告！"林金龙立刻站起来大声说："我坚决反对！"但是树山根本不听，宣布道："散会后，立即封账，林金江马上向农工商总公司总经理树山本人移交手续。"会场一片哗然。

散会后，树山立刻带着农工商总公司的会计、出纳驱车向机械铸造加工厂驶去。气急败坏的林金江，拒不到场移交手续，站在村委会及农工商总公司的办公楼大门口，大声嚷道："我不服！刘树山，你等着，我要告你，你这是借机除掉异己，好安插你们家族的人……我亏你家的钱了？我亏的是集体的，关你屁事？"他越说火气越大，越闹围观的人越多，他气急败坏，从路边拾起一块砖头，向村委会办公楼的玻璃砸去，只听"哗啦"一声，一大块玻璃被砸得粉碎。林金江头也不回，跳上黑色小轿车，向乡政府驶去。

到了乡政府，林金江径直去了二楼的乡长办公室。王宗斌一看林金江来了，心里立刻明白了，因为树山跟他商量过机械铸造加工厂的问题。他放下手中的笔，一摆手："请坐！"林金江也不客气，单刀直入，说："我的事，你早就知道了吧？""啥事？"王宗斌装作不知情。林金江瞟了一眼王宗斌，愤愤地说："刘树山以村委会的名义，以我未交齐承包风险抵押金为借口，终止了我的承包合同。他这是违法！你这个乡长管不管？""原则上，乡政府不干涉村委会的工作，如果你认为他们违法，应由法律部门解决这个问题。"王宗斌不慌不忙。"他这是打击报复，我不服！"林金江恶狠狠地嚷道。"有这么严重？"王宗斌笑了。"这不秃子生虱子——明摆着吗？服装、物流，一个弟弟，一个妹夫；纸箱厂是他的铁哥们儿的，我的公司他接管了，这不是搞家族垄断是啥？还有，我们盖楼房，出国谈生意他嫉妒，盖教学楼集资时他硬让我拿二十万，村里维修路面也让我拿大头儿，平常我的观点与他不一致，他就怀恨在心，这次终止我的合同，不是报复又是啥？""就这些？"王宗斌心里想，你亏了那么多钱，咋不说？林金江不知是没听明白王宗斌的话，还是有意回避他的问题，提出了他的要求："要是我补齐了风险抵押金咋办？""这要看合同上是如何写的了。"王宗斌不做任何表态。林金江一看，心里骂道：王八蛋！谁不知道你跟刘树民穿一条裤子还嫌肥？老子没工夫跟你扯淡！

　　初冬，蓟运河已封冻，西北风刮个不停。树山这些天忙坏了。这天，他刚到办公室，机械铸造加工厂的会计匆匆给他打电话，说市法院派人来拿公司的账本，问他咋办。树山急了："不行！没有我的话，谁让拿走，我拿谁是问！"他关掉手机。"哼！你告到哪儿，老子也不怕你！你亏了那么多钱，还有理了？"他沉思片刻，立刻想到了刚上任代理区长的树民，跟他通报了这一消息。没过多久，市里的律师事务所来人了，理由是对合资企业正常查账。内部几个小分厂的会计知道这个惯例，乖乖地让人家把账拿走了，从乡里派来的总会计到区里办业务，没有把总账拿走。树山得知此事，又气又悔，悔的是他没亲自对会计们嘱咐清楚，气的是这几个会计擅自做主，不向他请示。后来，市法院再次来到该企业，提出取走账目，主管会计躲到一边，请示树山。树山一边打电话交代这位会计，一边给树民通报情况。树民给区法院院长打了电话，进行沟通。很快，院长王树礼亲自带人来到该企业的经理办公室，与市法院的同行见了面。寒暄几句后，王院长认真地说："巧得很，这个案子，新立沽村委会告到我院，我院正在受理此案，今天我们也是来索要账目材料的。"市法院的领队看了看他，心领神会："既然这样，那我们先告辞！""恕不远送！"王院长举手施礼。

　　树民听了王院长的汇报，立即来到新立沽，对临时被叫来开会的新立沽的企业领导们认真地说："机械铸造加工厂的案子，不是简单的合同纠纷问题，关系维护集体企业利益的原则问题。这个问题不能单靠法律手段解决，还必须进行行政干预，只有这样，才能最大限度地维护集体资产不受损失。这个案子，我可以明确地告诉各位，区里很重视，一句话，绝对不能让好端端的一个明星企业断送在某些人手里。这件事，区里会一抓到底，对触犯法律的人绝不姑息……"

第十一章

　　树民的话，很快传到了林金江的耳朵里，他开始胆怯，开始后悔，觉得自己不该跟树山对着来。这些年，他不时听从他大哥的暗示或怂恿。这些天，树山处于极大的痛苦中，机械铸造加工厂的事给他带来了严重的打击。他总是想着同一个问题：他雄心勃勃地奋斗，努力让村办企业强大起来，这是一个永远不能实现的梦想？怨恨、失落，甚至空虚，不时向他袭来，他狠狠地责骂自己："废物！笨蛋！蠢货！"这么大的亏空就是他帮着造成的，如果当初他不帮着林金江跑来外贸的订单，哪有今天呢？如果不是以村里的名义贷款，该多好啊！他开始反思自己的掌控能力了，但更怀疑这亏空的后面的蹊跷。当初他为能抓住"村办企业"这个已名存实亡的尾巴，并能左右他们而得意，如今，机械铸造加工厂债台高筑，将不久前刚挂上"明星村"牌匾的新立沽拖进了债务的深渊。

　　树山以村委会的名义，把林金江告到区法院，逼林金江撤诉。林金江吃不住劲儿了，害怕了，他心里清楚得很，知道结果将是什么。这天，他硬着头皮，来到树山的办公室。此时的林金江，魂不守舍，小眼睛没有原来那么有神了，虽然依然西装革履，但从他的坐姿上看，很不自然。树山则不同，穿戴很随意，坐姿也很自然，小平头虽夹杂着白发，但浓密程度仍和年轻时一样。尤其他那双细长的眼睛，总是给人一种深藏着什么的感觉。他随便扔给林金江一支烟，自己也拿了一支点上，看也不看对方一眼。他深深地吸了一口烟，说："别折腾了，撤诉吧！只要你把欠工人的五十多万工钱发了，你向那几个外加工点转移的一百多万资金、设备款，交回五十万，这件事就到此为止。你那一千多万贷款置办的那堆厂房什么的，村里认了。"林金江瞟了树山一眼，没有说话。他心里明白，如果他再硬撑下去，树山一发狠，追查到底，单偷税漏税这一项就够他喝一壶的。可是，他还是抽着闷烟。"行了，你比我实惠多了，楼房也住上了，国外也去多少回了，你手里的钱，一辈子也花不完。别看我闹得大，到头儿来我是穷光蛋一个。"树山给林金江指点着迷津，似乎两人不曾是对手。林金江心里骂道：王八蛋，正因为如此，你才把我挤出来，啥也别说了，此处不留爷，自有留爷处。你走着瞧，几年以后，我林金江还是条汉子！想到这里，他站起来，沉着脸说："好吧，你我都是站着尿尿的大老爷们儿，明天我撤诉，后天我交钱！""好！痛快！"树山站了起来，算是送林金江出门。

二

　　隆冬的一个周日，太阳高高地挂在天空，四五级的西北风紧一阵、慢一阵地刮着，加剧了大地的寒冷，让出行的人们感到不适。这天，树民要宴请兄弟几个，地点是港湾区的海鲜城大酒楼。点票子是树海的事。树山能来这里，这是树海盼望已久的，说明大哥对他和张瑞惠的事不那么反感了。大哥的脾气他是知道的，如果不是二哥出面，很难把他请来。树民觉得近几年，树江、树海，还有树花的事，把刘家闹得不轻，特别是大哥，为此很不安，有必要借他荣升代理区长这个机会交流一下，这就是他的初衷。他还有一个不太成熟的想法，就是让树海成立一个总公司，他认为单打独斗很难有大的发展。

　　树海把此事告诉了张瑞惠，让她也参加，张瑞惠穿着肥肥的孕妇服，一只手轻轻抚摸着微凸的肚子，笑盈盈地说："我怕你大哥把我撅出来，我不能搅了你们哥们儿的兴致。""你不说你对我大哥印象挺好的吗？"树海问道。"当然了，到现在我也这样认为，不过，有咱这事，你大哥还会给我好脸？都赖你，害得我挺着肚子，让我咋见人啊？"张瑞惠很满足，不知如何撒娇了。"你后悔了？我可不后悔，你看你多好看，我给你拍一张照片，等将来咱们的儿子长大了，让他看看他妈这副尊容，听他说什么。"树海突发奇想。"亏你想得出来，我才不让你照呢。"张瑞惠不好意思了，一扭一扭地去了卧室。"哪天我偷拍一张。"树海兴致很高。张瑞惠不想跟他磨嘴皮子，催促道："不早了，你早去早回。"树海开了门，还嘱咐道："晚上，你让保姆做点儿可口的。""知道了。"卧室里传出张瑞惠的声音。

　　刘氏家族的精英都到齐了，看上去个个仪表堂堂，红光满面。相比之下，树山穿戴一般，还是他常穿的那件深蓝色西装。穿戴最好的当数树海，里里外外都是高档面料，头发油光锃亮，跟在家时比，简直变了一个人。树民穿戴得体，属他气宇轩昂、意气风发。树江的黑色皮衣给他增添了少有的持重感，从他脸上丝毫看不出女儿、前妻遭遇的不幸带来的痛苦和内疚。

　　菜上来了，树山以老大哥的身份，端起高脚杯，给树民敬酒："树民，大哥祝贺你，一祝你顺利晋升，二祝你更有作为、步步高升，三希望你把咱

第十一章

区的经济搞上去,给大伙儿留个好念想。"哥几个一饮而尽。树江拿起酒瓶子,从大哥开始,给兄弟们一一斟满。树海端起酒杯:"二哥,祝贺你荣升。"两人干了。树江敬酒实在,说:"祝二哥前程似锦,多给我揽点儿活儿。"哥几个都笑了。酒过三巡,哥几个一改刚坐下来时的局促,局促的原因自然是树山对树江、树海不满。此时,树山的话也多了起来,他接过树海递来的"中华"牌香烟,若有所思地说:"这根烟在那时候,够一家子吃一天的饭,唉,啥也别说了。"树民接过话茬,说:"这得感谢党的富民政策啊!"树山顺着树民的话,进一步说:"树民说得对,现在刘家是有了几个钱,但是做人不能忘本,不能太张扬,要稳稳当当地做事,你们说是不是?"树民怕大哥再提起树海和树江的事,忙端起酒杯敬大哥:"大哥,哥几个,谁也别满足,把自己的事业做好,做强做大,要走出去,要有走向全国的勇气,要有走出国门的雄心。"哥几个深喝了一口。

树海从盘子里拿一个大海蟹,给他大哥,试探地问:"机械铸造加工厂打算咋办?"树山看了他一眼,说:"不死不活先凑合着呗。""发展民营企业,对乡镇村办企业,是最好的出路。"树民直截了当地说。树山看了树民一眼,没有说话,吸了两口烟,说:"难啊!""为什么?"树民似有不解。"要是这样,我十几年的心血不白费了吗?"树山的神情流露出迷惑。"发展民营有什么不好呢?"树民问道。"那村里的规划就算泡汤了,我把吃奶的劲儿都使出来了,发展到今天,容易吗?到头儿来办了一回企业,白忙活?"树山激动了,大口大口地吸着烟。

树山对在他权力的支配下创造的成就,是非常看重的。虽然他领导下的企业有的亏损,有的运转困难,但一旦让他的权力失去作用,让他不管事,这是他很难接受的,因为他是想干事的人,他的脾气秉性让他无法无所事事。

树海借着酒劲儿,胆子大了,说:"总比将来一个个黄了好得多。大哥,不要硬抱着村办不放了,机械铸造加工厂就是个信号,我看透了,现在很多人太自私了,揩公家、集体的油的人到处都是,想挡?门儿都没有。只有根据形势的变化及时做出调整,才是明智之举。谁敢说不久的将来,不会出现林金江第二、第三?""大哥,你必须转变观念,假如村里的私营企业发展起来了,村民大都到企业里上班,每人都挣工资,这有什么不好呢?再说村办企业个人承包,贷款由村里担保,当前又没有有力的监督,能不出乱子吗？"树民嘴上这么说，心里却说：大哥，你根本管不了，你越管越糟糕。紧接着，树民又给支着儿："新立沽地处城乡接合部，又在京津唐交通要道上，土地是最好的资源，要用好用活土地政策，让有钱人到新立沽落户办厂，千万不要死盯着家里这几个人，要吸纳外来能人。这可是一箭双雕啊，一解决了村委会的资金来源，二吸纳了外来资金，而且能把本村剩余劳动力输送到企业，这种事，何乐而不为呢？"树民努力说服大哥。

　　树山不说话了，还是大口大口吸着烟。他的思绪很乱，他知道，形势已经变化，可是他还在做着努力，做着他仍是新立沽权力的核心这个梦，维护着刘氏家族老大哥的尊严。树民心里明白，这酒不能再喝下去了，再喝下去怕大哥提起树海、树江的事，他找了个借口，说："今天咱们到此为止吧，酒喝多了伤身，下午大家还都有事。"酒宴散了。树山、树民走出酒楼，树海试探性地问："大哥、二哥，到我那里看看吗？""我们还赶路！"树山立即把话封死了，树民给树海使了个眼色，树海不再说了，只好改口嘱咐他们路上注意安全。

三

　　树民从市里开会回到家，吃罢晚饭，王立君怕对面屋的两个孩子听见，低声对树民说："树花的事怎么办？她闹了这么长时间，还瞒着常龙他爷呢。"树民懒洋洋地说："能咋办呢？"王立君反问道："我是问你！""让她自己折腾去吧！"树民扒拉得干脆，又问妻子，"你的意见呢？"王立君看一眼丈夫，想了想说："树花不这样做，又能咋做呢？这个裴洪伟做事还有底线吗？太可恶了！""哼，闹出来了，这影响多不好。这事最好不让第二个人知道，私下里教训他，现在说啥也晚了。这就是树花，这就是我妹妹。"树民不知是就事论事，还是什么，妻子异样的神情，他并没有觉察出来。

　　门铃响了，王立君起身走到门前问："谁啊？""裴洪伟。"她立刻严肃起来，迟疑一会儿，看一眼丈夫，打开了防盗门。谁知裴洪伟刚进门，就"扑通"跪在地上，吓得王立君忙叫丈夫："树民，你看，他这是……"树民从卧室跑出来，一看裴洪伟这样，脸往下一沉，责怪道："你这是干什么？起来！"常龙、常凤也从他们的房间跑出来，直愣愣地看着姑父。"二哥、二嫂，我对不起你们了，更对不起咱爸。"裴洪伟表现出痛心疾首的样子。树民哪经历过这个，狠狠地说："你从哪儿学的这一套？你再这样就出去！""我求二哥、二嫂答应我、原谅我！"裴洪伟仍不站起来，恳求道。"好……你站起来！"树民胡乱答应着。裴洪伟一把鼻涕一把泪地站起来，仍旧低着头。树民没让他到屋里坐，皱着眉头指责道："你啊，让我怎么说你呢？刚有几个臭钱，就忘乎所以了？你做出这种伤天害理的事来，对得起谁？你最对不起的就是树花，她的脾气你不是不知道。""这都怪我，给二哥、二嫂抹黑了。"裴洪伟抹了一下眼泪。树民冷笑一下，说："现在说这个有什么用？早知如此，何必当初？"裴洪伟不作声了，树民也不说话，王立君在一旁一直沉着脸，没有说话。两个孩子忽闪着四只大眼睛，一会儿看看姑父，一会儿看看爸妈。树民下逐客令了："你回去吧！"

裴洪伟走了，树民骂道："无赖！十足的无赖！""现在的人都怎么了，没脸没皮的！"王立君分明是在暗示什么。树民阴沉着脸，没有说话，他听出来了，妻子似乎是在暗指他们刘家。

在新立沽村委会门前，一帮村民围着老会计张学海吵吵："我问你，林金江的贷款是不是村里担保的？""你们催我们交浇地的水电费，是不是堵他这个大窟窿？""他把钱搂足了，让我们堵窟窿，门儿都没有！"张学海皱着眉头反问道："这是谁造的谣？""庄富贵说的，银行催村里还贷款，你们急疯了，就来逼我们。"张学海冷静下来："你们听我张学海一句好不好？让你们交水电费，村里是交到乡里的电管站，不是你们说的还银行贷款。电管站说了，如果咱们不把欠的电费交上，就拉闸断电。""你别糊弄我们了，我们就是不信！"人们七嘴八舌。树山来了，问清了情况，认真地说："谁欠的债，谁抱着，我刘树山绝对不做坑害大家儿伙的事，这一点，请大家放心。大伙儿的水电费该交的也得交……"村民们议论着走了。树山刚想上楼，乡电管站的车停在他跟前。站长下了车，两人寒暄着到树山的办公室。一落座，树山首先开口："老弟，电费的事，容我几天，这些日子事太多，哪天我拆兑点儿，打发人给你送去，你就不要跑了。"站长沉思片刻，半开玩笑地说："既然大哥开口了，老弟就不说什么了。不瞒大哥啊，别的单位别说欠十万，就是欠一分也不行，非拉闸断电不可。"说完"哈哈"一笑，树山也随着笑了起来。

最让树山着急的是，如果在这个多事之秋，不刹住这个风头，村民再闹下去，无疑对他的权威构成了挑战。为此，他紧急召开了一个各组长参加的村委会扩大会议。在会上，他向人们公布了全村的收支账目，并着重说明各企业贷款的情况："请大家放心，谁贷的款，谁抱着，不可能摊到各家各户，千万不要听信一些人背地里瞎吵吵。"人们沉默了片刻，八组的组长老姜说："人们不向村里交钱，有的是瞄着那几个承包大户，像养鱼的、种水稻的、养螃蟹的，他们交齐了，别人就好办。""大伙儿放心，他们这几户必须如数交齐，谁不交也不行，否则我收回他的承包权！"树山坚决果断地说。林金龙阴阳怪气地说："哼！老秦这个'鬼难拿'，他交得了？今年他养的螃蟹，除了死的、跑的，剩不了几个，水稻不赔就是好事，贷款还没有还清，他早就放出了风，钱他是一个子儿也不交。"树山明知林金龙是给他上眼药，说道："老秦的问题，我找他，实在不行，我找他闺女秦亚娟！"会议持续两个来小时。

　　裴洪伟真想保住他和树花的婚姻。这天晚上，他又来到了树山家，早就做好了被轰出门的打算。保住了婚姻，他也就保住了他和树花辛辛苦苦创造的一千来万的家产，如果婚姻破裂，树花就要带走五百万，五百万啊！这是其一。其二呢，他今后的路将不会顺利，他知道在蓟沽区，老刘家的能量今非昔比，所以他下定决心，要保住这希望渺茫的婚姻。这些日子，他非常沮丧、懊恼和悔恨，多次找到树花。然而，树花根本不听他的表白，没有一丝原谅之意，而且已不让他进屋了，并且向他发出了最后通牒，如果他不想和平解决，她将告到法院。她的条件是一千万资产，她要一半，孩子归她抚养，这不等于割他的肉吗？

　　裴洪伟开着车，在蓟运河大堤的公路上行驶着。黑红的脸膛已没了光泽，眼神中流露出少有的不安和沮丧。到了树山家门口，他走进大院，看见王春梅从屋里出来，谁知王春梅看见他，二话没说，扭头又折回屋里，他半张的嘴只好又合上了。他硬着头皮进了外屋，王春梅见他进屋，一转身上东屋去了，他尴尬地独自进了西屋。王春梅和老二常利在东屋。时间一分一秒过去了，不知过了多长时间，王春梅实在憋不住了，隔着外间屋对西屋的裴洪伟愤愤地说："你回去吧，常胜他爸，正生你的气呢，他能见你吗？就是见了你，他能有好话给你吗？"这时，树山进了家，一看裴洪伟，脸往下一沉，刚想斥责他，谁知裴洪伟故技重演，"扑通"跪在地上。树山立刻斥责道："你起来！出去！我没闲工夫答对你！"树山从树民那里听说了他的伎俩。裴洪伟跪在地上，一句话也不说。树山一甩手上东屋去了，往炕上一躺，双唇紧闭，双眉紧锁，双目盯着房顶。王春梅不时瞅一眼丈夫，老二常利学习也学不下去了，不时偷偷往西屋那边张望。十几分钟过去了，树山噌地从炕上坐起来，跳到地上，对着西屋愤愤地说："裴洪伟，你给我起来，你的事我管不了，树江、树海我都管不了，你的事我更管不了！"裴洪伟还是一动不动，也不说话。树山急得在屋里直转悠。突然，他一阵目眩，身子踉踉跄跄往后仰，王春梅眼疾手快，一把拽住了丈夫。她把丈夫扶到炕沿上，慌乱地问："你咋了？"树山摆摆手说："有点儿头晕。"王春梅忍不住了，从东屋跑过来，冲着还跪在地上的裴洪伟指责道："你咋这么不懂事？你气得你大哥差点儿晕倒！"裴洪伟一听，急忙站起来，跑到东屋，忙向大舅哥道歉："都是我的错！我去叫大夫！"说着往外走。"不用！我没事，你走吧！"树山烦躁地皱着眉头。裴洪伟也不答话，出去了。不多时，裴洪伟领着大夫进来了。大夫给树山号了脉，量了血压，说："血压太高，头晕是一时着急，血压升高引起的。"大夫建议树山到区医院全面检查一下。树山无所谓地说："没事，离死还远着呢。"裴洪伟没法再说自己的事了，借着送大夫出去，才算出了树山家的门。

裴洪伟走后，王春梅问丈夫："树花的事咋办？"树山看了一眼妻子，没有接她的话茬。他吸着烟，过了一会儿才说："树民给我打了电话，我们的观点是看一段时间。"王春梅一听马上说："我的意思是，他裴洪伟真要是回心转意了，就原谅他这一次。"树山立刻不耐烦了："你这个意思有啥用？树花心里能过这个坎儿？"王春梅见丈夫这个态度，不高兴了："你这人，你是咋了？你跟我发火儿，发得着吗？"树山并不认错："本来一提这事，我就气不打一处来，你听着不就得了，还掺和得比谁都热闹。""你越说越不讲理，我好歹是你们刘家的人，要不是你妹子的事，你就是用八抬大轿抬我，我都不掺和！"王春梅不愿意了。树山见妻子这样，诙谐地说："还别说，有时候就得有你这狗肉丸子才成席，树花的事，还真得你这个大嫂去开导她。"这就是他向妻子道歉一贯的方式。"我才不管呢！"王春梅端起了架子。"哪天你把树芬、他二婶和树花叫来，你们姐几个劝劝她。"王春梅

看了丈夫一眼，没有说话。

四

周日，王春梅早早就起来了，在外间屋忙上忙下地做早饭。饭刚熟，她又来到院子里，拿起扫帚扫起院子来，这是她每天早晨都要干的活儿。不过，今天有点儿特殊，几个小姑子和王立君要到她家里来，目的商量树花离婚之事。

吃过早饭，树山临出门时对王春梅说："你们姐几个好好劝劝树花，让她再给洪伟一段时间。"王春梅说："我们肯定要劝，树花听不听，可就不好说了。"树山没再说什么，出门办事去了。不多时，树花和裴彬彬坐着一辆出租车，在大哥家大门口下了车，提着大包小包进了院子。王春梅笑着迎了出来，嘴里嗔怪着："你真是的，上家里来，回回买这些东西，家里啥菜都有，这又不是前些年。"树花说："没买啥，大嫂就别客气了。"常利噌地从屋里蹿了出来，顺手拍了一下裴彬彬的肩膀，上一边玩去了。姐俩进了屋，还没说上几句话，树芬、王立君等也带着孩子陆续来了，屋里顿时热闹起来。

虽然是冬季，孩子们照样在院子里跑着闹着嬉戏着。在屋里，大人们说着沉重而又棘手的话题。树花眼圈都红了，树芬劝道："他要是改了，就原谅他这一回。""我才不呢，狗改不了吃屎！他这事，跟郑跃军那时赌博不是一回事。"树花仍坚持自己的观点。已是副行长的王立君，对如今有了一些钱的男人的越轨之事，有她自己的看法。她觉得这些暴富的男人，随着钱袋子鼓起来，心思也活络了，他们想更尽情地享受一下生活，美其名曰"放松放松"，怎么放松呢？显而易见。这里边有社会环境的影响，也涉及人性的弱点，还真不是一句两句话能说清的。

王立君非常理解树花的处境，更理解她为此事而动怒，但她不支持树花追上门去大打出手的做法。她觉得如果丈夫想方设法向妻子隐瞒什么，这也许说明他心中还有你，多少还敬畏你。一旦做妻子的非要弄个明白，你是明白了，挑明了，闹开了，但你的烦恼也就随之而来了。她的观点是用女人温柔的慢功，不声不响地把丈夫的花心"温"过来，这才是妻子的高明之举。

她真不知道如何对这个脾气倔强的小姑子说些什么,但还是斟酌着说了:"你最了解他,是原谅他还是跟他决裂,你要三思。""是啊,我和你大哥的意思也和他二婶差不多,他要是真改了,就原谅他这一回。"王春梅口急,立刻说。"哼,我还是那句话,狗改不了吃屎!"树花没有一点儿服软的迹象。"唉,多好的日子,咋都这样呢?"树兰冒出来一句。"谁说不是呢?"姜文花也附和着说。"你们的心情我都理解,无非怕我将来后悔,但是对这种人有啥后悔的?你们也知道,叫我忍,我忍得下去吗?我现在一分钟都不想见到他。顶不济我和孩子过,清静!"树花把话说到这份儿上,别人也不好再说什么了。这时,一帮孩子在院子里嚷着:"大哥回来了!大哥回来了!"话音刚落,个子高高的大四学生常胜被几个孩子簇拥着进了屋。常胜微笑着向亲戚们打了招呼。他母亲问:"你咋刚到?""路上堵车了,有一起车祸。"常胜解释道。人们都不提树花的事了,把话题转移到常胜身上。树芬心里最轻松,郑跃军戒赌了,儿子也考上了区里的重点中学一中,看见将要大学毕业的常胜,她的话自然多了起来。她笑吟吟地说:"常胜啊,跟大姑说实话,在大学搞对象了吗?""唉,有女的跟着就不错了。"常胜大方地笑着说。"瞧你说的,常胜啊,大姑说了,不是那么回事,别往家里领啊。"树芬看着大侄子笑着说。"到时候,先过你大姑第一关,再过你二姑第二关……"王立君也跟着打趣。"还有我们三关、四关、五关……"裴彬彬点着常龙、常凤、小虎,冒出来这么一句,逗得大人笑了起来。"都出去玩!"树花把孩子们哄走了。

　　树花与裴洪伟的事,虽然刘家和裴家都做了努力,但最终还是经法院判决,离了婚。树花分得五百多万元,裴彬彬由她抚养。树花的眼睛里透着忧伤,她先于裴洪伟走出法院,领着彬彬走到树山的车前,回过头,对离她不远的裴洪伟说了一句:"多想想当年,对你有好处!"说着,带着彬彬坐上车,向她临时租住的城区的一幢楼房而去。裴洪伟冷笑了一声,开着自己的车,向他家的方向驶去。双方亲朋心情沉重而又复杂,议论着散去。十几年前,他们一无所有,为了爱,他们结合到一起,摸爬滚打多少年,才有千万资产,却因裴洪伟的出轨而劳燕分飞。

　　树花离婚之事,虽然在社会上闹得沸沸扬扬的,可是她离休在家、患有哮喘病症的老父亲刘金东,一直蒙在鼓里,家里人都瞒着他。直到树花闹到了法院，树民实在没辙了，才把妹妹闹离婚的事跟老爷子说了。老爷子听罢就急了，硬逼着树民打电话把树花叫了来。树花一进屋，老爷子就劈头盖脸地数落开了："你这丫头啊，这么大的事，你还瞒着我啊？当年你要是听你爸的，何必有今天！他这是小人乍富啊……"树花已欲哭无泪了，哽咽着安慰老父亲："爸，你老啥也别说了，也别为我着急上火，气病了，我也于心不忍。事到如今，走到哪儿算哪儿，我没有对不起他的，是他对不起我……"说到这里，她忍不住掉起了眼泪。老爷子依旧在气头儿上，说："我能不生气吗？你们刚有了几个臭子儿，就坐不住了？大小伙子说胡来就胡来，往后就这样做人？丢人啊，老刘家真是出大名了，乌七八糟的事，一件接一件，让我的老脸往哪儿搁啊！"老人说到这里，激动得掉起了眼泪。树花多日压抑内心的苦闷，在老父亲面前再也忍不住了，泪水夺眶而出……

　　法院判决今天，树花的老父亲在家里坐也不是，站也不是，他是惦记着闺女，一个劲儿地长吁短叹："唉，这丫头啊，真让人不省心啊！当初我咋说来着，她就是不听话。咱们老刘家真是出了大名，家里闹不开，还跑到法院闹去了……小江这个小兔崽子，你不闹离婚，能糟践一个孩子吗？大海也是，一家不一家，两家不两家的。树花这丫头又闹了这么一出，真是丢死人了……"常龙、常凤在一旁写着作业，常凤停下手中的笔，对爷爷说："爷爷，你叨咕多少遍了？他们也听不着。""爷爷生气啊！"老人随口对孙女说。

　　马守兰从法院回来了，一进屋就阴沉着脸向老伴通报："树花离了。"刘金东听罢长叹一声，说："唉，小人乍富啊，小人……"他又气鼓鼓地念叨着。突然，他的哮喘病又犯了，一句话也说不出来，消瘦的脸憋得通红，常凤吓得一个劲儿地叫爷爷，常龙忙跑到厨房叫奶奶。马守兰急忙跑进来给老伴儿拿药，服侍他吃下，然后轻轻地给他捶背。两个孩子在一旁看着爷爷。渐渐地，他不那么喘了，又吃力地说道："丫头不省心啊！我……我……"谁知又突然说不出话来，身子往一旁一歪，马守兰一看不对劲儿，忙用自己的身子倚住老伴。两个孩子不停地喊爷爷，老人一句话也说不出来，两眼发直。马守兰赶紧让两个孩子倚着老伴儿，她抄起电话呼叫救护车，然后赶紧给树民打电话。

　　救护车来了，人们迅速把老人抬上救护车，送到医院。到医院时，老人已经昏迷。经检查，老人得了脑出血，出血部位很不好。医生对刚赶到的树民说:"鉴于老人这么大岁数,我们只能采取保守治疗,您看呢?"树民采纳了大夫的意见,心情沉重地说:"拜托了!"

七天以后,老人的心脏停止了跳动,带着对女儿的忧虑和担心,撒手而去了。

老父亲突然离世,刚刚离婚的树花哭得最伤心:"爸爸都是因为我啊……"她陷入深深的自责。

老人的葬礼在殡仪馆举行。灵堂前,树民、王立君等人臂戴黑纱,在低回的哀乐声中和向前来吊唁的人握手。秦亚娟守在礼堂大门前,接待前来吊唁的重要宾客,忙上忙下,宛如刘家的一员。刘金东的一生在亲人的无限怀念中落下了帷幕。

五

郑跃军自戒赌后买了一辆大客车,跑沿海,在买来的学校那块地上盖起了三层欧式小楼。在一次亲戚的婚宴上,他与区里减震器厂的厂长坐在一起。王厂长五十岁左右,很健谈,说他们厂效益不错,就是盘簧的工艺不好干,工人们犯怵,如果这个工艺跟上去,效益会更好。说者无意,听者有心。酒宴后,郑跃军把王厂长叫到一边,提出他有意加工盘簧。王厂长用怀疑的目光打量他一下,说:"你干得了?""你老肯让我干,我就干得了。"郑跃军很认真。"你开什么厂?""没开厂子,养着一辆客车。"郑跃军实话实说。"唉,小伙子,你拿我找乐?"王厂长扭头就走。郑跃军急忙解释:"你老别急,我堂哥就是干这个的。""在哪儿?"王厂长似乎有了兴趣。"在南方老家。"郑跃军的回答又差点儿给王厂长气跑了,王厂长不高兴地说:"你酒没喝多吧?""只要你老答应我,我明天就把他叫来!"郑跃军似乎被王厂长的傲慢激怒了。王厂长见这位年轻人挺认真,便胡乱应付道:"小伙子,你真想干,听信儿吧!"郑跃军这才放人家走。

郑跃军回到家,跟树芬说了此事,树芬苦笑一下,挖苦道:"给你个棒槌,你就认真(针),拿着鸡毛当令箭。""争取一下嘛。"郑跃军不以为然。树芬撇一下嘴,她太了解自己的丈夫了,他是一个敢闯敢干、发财不等天明的主。正因为如此,她时刻提防着他,唯恐他重操赌博旧业。丈夫想办工厂,这是正事。如果放在以前，她会立刻支持，而今小富即安的她，满足了。可是一想到跟着他收车费，风里来、雨里去那辛苦劲儿，她也腻歪了。

她看丈夫兴奋的样子，说："这不是小事，你也没干过，你找大哥商量商量，看大哥咋说。"郑跃军看着妻子，笑了。树芬被丈夫看毛了："你喝多了？不认得了？"突然，郑跃军一下抱住妻子，猛地亲了一口。树芬被他弄得不好意思，急忙推开他，嗔怪中带着满足、甜蜜，说："都啥年纪了，也学人家！"郑跃军像孩子似的傻笑。

郑跃军征求了树山的意见后，第二天一早来到减震器厂。他进了王厂长的办公室，王厂长从宽大的老板桌后面，欠了欠屁股，放下手中的鼠标，很陌生地看着郑跃军。郑跃军走上前去，与王厂长握手，又自我介绍："你老不认识了？昨天喝酒……""噢！"王厂长恍然大悟。宾主落座，王厂长漫不经心地说："真想干加工？""对！"郑跃军回答。"有厂房吗？""有，学校的平房，我买过来的。"郑跃军如实介绍。"有资金吗？"王厂长问。"需要多少？"郑跃军掏出笔记本。"少说四五十万，多则一二百万。"王厂长看郑跃军并没有什么反应。"你老说一下要求吧。"郑跃军说。"你呢，按我们的要求进钢材……"王厂长知道这活儿又脏又累，易出残品。"噢！"郑跃军点一下头。"能接吗？"王厂长怀疑地问。"我哥来再细谈吧！"郑跃军说，王厂长胡乱答应了。

过了几天，郑跃军带着南方老家的堂哥去见王厂长，王厂长不在。第二天，他们又去了，王厂长还是不在，一连七八次，都是如此。后来，郑跃军放弃了正面接触，采取了迂回战术。通过私下打听，他得知一个战友与王厂长的儿子关系很好，便拉上了关系，王厂长这才动心。

洽谈业务那天，郑跃军与王厂长寒暄一下，引入正题。初步谈好，王厂长问："你是哪个村的？""新立沽的。"郑跃军说。"噢，刘树山的村办企业，闹得挺大。"王厂长眼睛一亮。"还可以。"郑跃军随口答道。"岂止可以啊？乡镇企业数他闹得大，听说最近也出了点儿乱子？"王厂长打探道。郑跃军笑了，说："有这么回事。"两人话题多了，但郑跃军不愿提及他和树山的关系，更没提树民。

几次洽谈后，王厂长带着几个人到郑跃军这里实地考察。郑跃军把大舅哥树山叫来了。王厂长握着树山的手说："老兄的大名如雷贯耳啊！""王

第十一章

老兄过奖了,我一个农民,哪能跟王老兄相比啊!"树山笑着说。"这么说,刘区长是老兄的弟弟?"王厂长眼睛一亮。树山笑着点头。王厂长转过身来,埋怨郑跃军:"小郑啊,你不该瞒着我啊,早知你们是这层关系,何必这么麻烦呢?""老兄说得在理,咱们办企业,跟领导没有啥关系,该咋办就咋办。"树山笑着说。"问题是早知这层关系,信任度会马上提高嘛,我和刘区长关系始终不错,他老爹去世,我也去吊唁了。"王厂长进一步说。如此一寒暄,郑跃军和王厂长的关系立刻拉近了许多。

郑跃军的减震器加工厂,在春节前挂牌成立了。可是,试生产多日,盘簧质量总是出问题。从做盘簧到煅烧,淬火打磨,几乎是手工作坊式的操作工序,不是弹簧的弹性不够,就是过硬,或长度不一。郑跃军从老家请来的技师——哥哥堂哥也打蔫儿了。树芬收车早,提着一壶热水来到楼西面的原教室平房改成的厂房,把水放进屋里,站在厂房外面观看。只见郑跃军领着几个人,在厂房外面空场的两个炉灶前,煅烧盘好的弹簧,烧红了,扒出来,放入铁篮里,再放进铁皮水池子里淬火,弄得人们满脸都是煤烟子。她笑了,说:"郑大厂长,看你都成了下煤窑的小黑人了,咯咯……"郑跃军心里正着急,一摆手:"你快一边歇着去!"树芬笑了一下,摇头走了。

这天夜里下起了鹅毛大雪,郑跃军早晨起来一看,外面的积雪足有一尺来厚,骂道:"他奶奶的,这儿急得火上房了,他老天爷还给你瞎捣乱!""你急有啥用?你弄个破弹簧,老天爷就不下雪了?歇两天呗!"树芬对这个工厂不感兴趣。郑跃军不耐烦了:"你就知道让我泄气!"树芬见丈夫这样在乎,反而笑了,说:"你这个人啊,咋好赖话都听不出来呢?这大雪天,在外面能干吗?""有啥干不了的?把雪一扫,不照样干吗?"郑跃军心里急啊。"好!好!郑大厂长,没问题,就是天上下刀子,也照干不误,行了吧?"郑跃军被妻子的风凉话逗乐了,咧了咧嘴,说:"你别挖苦我,这活儿成功了,你十个客运也挣不过我。""好啊,你挣得越多,我越乐。"这是树芬的心里话。

下雪不冷化雪冷,加之凛冽的小西北风,让人更觉得寒冷。郑跃军扫雪去了,把人行道扫了。他堂哥无精打采地拿着锹过来,说:"我说,你今天还打算干吗?""把雪扫了,干!"郑跃军抹一下额头上的汗珠。"这大冷天能伸出手吗?不中明日再说吧!"堂哥提出建议。"要歇你歇去吧,我

397

干！"郑跃军明显对堂哥不满。"你这是说的啥话呢？你着急，俺比你还着急呢。"两人都不说话了。吃罢早饭，郑跃军领着几个工人，在大冷天干了起来。一连两天，质量还是不过关，没辙了，郑跃军硬着头皮，请来减震器厂的技术员指导。

经过减震器厂技术员的多次指导，他们多次试验，改进工艺，弹簧的质量终于稳定地达到了技术指标，郑跃军连日阴沉的脸上有了笑容。

第十二章

一

一九九九年春天，对于新立沽来说，是一个不寻常的春天。蓟沽区根据市里的文件精神，结合本区的情况，提出对乡镇企业实行转制。树山等相关人员会聚在会议室里，认真地听着树民的讲话："……经过二十多年的改革开放，我区的乡镇企业，为农村经济发展开辟了一条新的致富道路，做出了不小的贡献。随着改革开放的步步深入，人们的观念发生了翻天覆地的变化，人们的独立自主意识越来越强……"他喝口水，继续讲道，"总的来讲，我区乡镇企业大多实行了承包，发展到今天，经济效益并不好，有的债台高筑，甚至到了倒闭的边缘。为什么会出现这种现象呢？原因当然是多方面的，产品科技含量不高，管理不善，承包风险机制不完善，贷款难，等等。关键一点就是责、权、利自始至终没有摆好。有人抱怨说，如今一些厂长、经理，生了一种病，什么病呢？耗子盗洞病。他们把一个个集体企业盗成了大窟窿，勉强维持集体的招牌，一旦有风吹草动，随时准备扒拉屁股走人，把烂摊子甩给集体。这个怪病怎么医治呢？就是要大力发展民营经济，让责、权、利系于一身，挣了是自己的，炒豆是大伙儿的这种怪病、邪病，就会马上去根儿。谁会拿自己的钱随便打水漂呢……"台下的与会者不时议论纷纷，有的兴奋，有的迷茫，有的静静地看着台上。树山听了他二弟的讲话，脸上阴云密布，眼睛眯缝着，一句话也不说，想必心里七上八下。

散会了，王宗斌宴请李家沽乡与会人员。在酒楼的包间里，人们酒意渐浓，纷纷举杯。树山心情依旧不佳，只是闷头喝酒，就像当年包产到户一样，他又尝到了失落、酸楚的滋味。他想，自己操持创办的企业，很快要归个人了，这样他是省心了，但是村里的规划怎么办？"大哥，喝酒！别去想那事。"王宗斌轻松地劝酒。"我不想行吗？我那几千万元贷款咋办？"树山无不忧虑地说。"那好办，谁的孩子谁抱着。"王宗斌说得更轻松。"他要是不抱呢？"树山问道，其实也是问自己。"他如果不抱着，这个企业就不卖给他！"树山笑了，说："那正好，他把钱搂足了，扒拉屁股走人了，我才不干这傻事呢。"王宗斌不想和树山探讨这个话题，又回到喝酒的话题："车到山前必有路，现在想，有啥用？喝酒，大哥！"树山喝了一口酒。"大哥，喝酒！"人们齐声吆喝着……

酒宴结束了，树山兴致不高，刚到楼外，他的手机响了，打开一看，是搞建筑的杨鸿志打来的。杨鸿志说："喂，大哥，你在哪儿呢？""我刚喝完酒。"树山如实说。"大哥，你上运河酒楼来吧！我有事找你。"杨鸿志邀请道。"啥事？你就说吧！"树山有意推辞。"大哥，你就过来吧，好久没在一起热闹了，怪想你的。"树山不能驳了哥们儿的情面，让司机驱车去了。

他来到蓟运河边的运河酒楼。这是一个远离闹市区的环境幽静的酒楼，三面被花草树木环抱，站在二楼东面的窗前眺望，河面宽宽的，河水清清的，波纹滚动着。树山下了车，让司机走了，他独自上了酒楼。在服务员的指点下，他找到了杨鸿志的包间。他推门一看，都是老熟人，熟人见面很随意。"这几年，架子是不是大了？不好请啊！"李经理笑着挖苦道。"要不是鸿志请，我们恐怕请不来吧？"李家沽乡牛书记的胞弟牛副经理也来了一句。"又来了，你们光顾着发大财了，恐怕早给我撒到脑后了吧？"树山也不示弱，笑着回了一句。"这是哪儿的话，给谁忘了，也不能给老弟忘了，你是名人，快请坐！"李经理站着给树山让座。"老兄别客气，我就在外面挨着老兄。"李经理让了一会儿，也就依了树山。

几轮推杯换盏之后，杨鸿志认真地对树山说："今天，找大哥确实有事。听说咱们乡的中学要盖教学楼，哪天你把王宗斌邀出来，咱们坐坐。"树山乐了，说："他又不是外人，也是咱们村出来的，你还用找我？"杨鸿志说："我不行，哪如老兄出面有力度。"他还有一层用意，那就是借树山的嘴，把同样干建筑的树江挡在外面，以此减少一个有力的竞争者。杨鸿志说："不瞒大哥说，树江老弟那儿，我想这点儿活儿他也看不上眼，所以才跟大哥开这个口。"树山笑了，说："你是真会说话了，你定个日子吧，只要王宗斌没把活儿应出去，这点儿事，我想不会有大问题。"树山轻松地说。"大哥，你说这话行，我可不敢说。"杨鸿志奉承着。"哼！给他一个小脸儿。"树山头一次说大话了。两人谈到这里，各自坐上车回家了。

第十二章

二

　　这些日子,树山整天为村办企业转制所困扰,一想起这件事就心烦意乱。然而,从各方面了解到的信息是,各企业得领导正酝酿着这件事,如果再拖下去,变数肯定会更多。可是,一想到机械铸造加工厂这个烂摊子,他心里更加不安,可他又不愿意再推给林金江。他想到了树海,那次在港湾区的家宴上,树海问过此事,他不想给他,怕他经营不了。卖给谁呢?他想到了与汪家林闹僵后,到机械铸造加工厂当车间主任的老妹夫汪玉生,可是他又没有这个实力。他甚至想到了离了婚的堂妹树花,她不但有资金,而且开过小钢厂,可惜她是女流之辈……

　　晚上,树兰、汪玉生来到树山家,说了一会儿闲话,汪玉生小声问树山:"大哥,制衣公司将来卖给志超?"树山一愣,不高兴地问:"你问这干吗?""如果大哥有这个意思,我就不说了。"汪玉生吞吞吐吐。树山看了看汪玉生,不耐烦了:"玉生,你跟大哥也藏着掖着的?有事你就说。""我听说他想买制衣公司。"树兰直说了。树山一怔,皱着眉头问:"你听谁说的?"汪玉生笑了,没有正面回答:"我的意思是,大哥提防一下。""你们别听人们瞎传。"树山嘴上否认,心里却警觉起来。树兰进一步说:"大哥你不信,志超说制衣厂如果不是他硬撑着,恐怕两年前就关门了。""行了,不要说了!"树山不想听了。

　　这天,树海到制衣公司处理问题,先驱车来到了大哥家,这是他跟王春柳闹僵以来第一次到大哥家。树海从轿车的后备厢里拿出几样儿海鲜,王春梅见小叔子大包小包地提着,忙笑着说:"到家里来,还提着东西,这是谁跟谁啊!""也没买啥,顺便买了点儿海货。"树海把东西放到屋里,说:"大嫂,我先上制衣厂,中午再过来。"王春梅点一下头,巴不得小叔子到她家聊聊呢。

　　中午,树海处理完事情,过来了,王春梅早把午饭做好了,就等着他呢。"你大哥一会儿就回来。"王春梅说。树海问了问两个孩子的情况。王春梅来了劲儿,说:"对了,常胜分配时,你在市里托托人。"树海笑了,说:"大嫂,你真佛不拜,净拜假佛,找我二哥去啊!"王春梅严肃地说:"你们俩谁也跑不了！"谈过孩子的事，王春梅急不可耐地问："你们的事，想咋办？"树海懒洋洋地说："唉，能咋办呢？她不愿意离就耗着呗。""你们男人就是心狠。"王春梅板起脸。树海沉下脸，说："不是我心狠，而是她不识抬举。"树山推门进来了，树海站起来，跟大哥打了招呼。

吃过午饭，树海问起企业改制的事，树山没有回答，反问道："你是啥想法？""顺应潮流吧！拖下去，实在无益。我的观点是晚办不如早办，早办了，村里还多得几百万，等到各公司只剩下空壳了，可就不好说了。""我何尝不想早办？问题是机械铸造那摊子咋办？"树山说。树海没有立刻回答，略停一下，说："大哥如果为难，卖给我，反正一只羊是放，两只羊也是放。"树山苦笑一下，说："你挨不上，还是想想你的制衣公司吧！"他暗示道。树海不解，问："那儿能有啥事？""哼！那天树兰两口子特意跟我说，志超对制衣公司有想法。""他？马志超？借他一个胆儿！怕不是他汪玉生有啥企图吧？"树海站起来提高了嗓门儿。

这天晚上，姜文花与丈夫马志超提着一篮子水果，到树山家串门儿。"你爸你妈呢？"姜文花问正在看足球比赛的常利。常利笑着站起来，说："我大爷有病了，到我大爷家去了。"姜文花笑着，拍一下常利，说："几个月不见，长得真快，都超过你大姑父了。"常利摇晃了一下脑袋，说："这还算高？"姜文花乐了，又问："老二，学习咋样？明年就高考了，心里有底吗？""就那么回事呗。"常利满不在乎。"这可不行，你得向你哥哥学习啊，不但要考上大学，还要考上名牌大学，清华北大之类的。"马志超点上一支烟。常利乐了，说："你老还是饶了我吧，那地方就像珠穆朗玛峰，一般人门儿都没有，我能考上大学，就谢天谢地了。""你不蒸馒头，也得争口气呀，拼一回？"马志超鼓励道。"你老又拿我找乐了，你老不服，亲自拼一回，万一能考上呢？"常利笑着说。马志超也笑了，骂了一句："你小子才是拿你大姑父我找乐呢。""嘿嘿……"常利笑起来。

树山夫妇回来了，姜文花问了问老人的病情，王春梅开玩笑："我看没事，一时半会儿吃不了干饭。"树山就不爱听人家说他家老人谁要死要活的话，骂道："扯淡，你不会说点儿吉利话？"王春梅吃不消了，反问道："我说啥了，你张口就骂人？"树山见王春梅那不依不饶的架势，这些天本来就憋着火没处撒，又骂了一句："你刚才放的屁，你不知道？"姜文花忙劝道："大嫂，你少说两句。"王春梅哪听得进去，质问道："你吃枪药了？你这些日子憋着气，拿我撒气？我招你惹你了？"树山刚想说什么，被马志超拦住了："大哥，少说两句。"他又对王春梅说："大嫂，你也少说两句。"说着，拉树山到东屋去了。王春梅像受了多大委屈似的，对姜文花诉起了苦："他大姑啊，你是知道的，我是胡搅蛮缠的人吗？你是不知道，他这些日子像中了邪，一到家，看哪儿都不对心思，鼻子不是鼻子，脸不是脸的。不是嫌菜咸了，就是嫌饭硬了，天天没好脸子。你看见了吧，我说啥了？他张口就骂人，你说我能不生气吗……"姜文花劝道："大哥生气，我看不一定是冲着大嫂，是吧？"王春梅似乎认可了小姑子的观点，说："唉，别提了，他是自己找罪受，弄得人家都不高兴。现在都啥年月了，他非不让人家多捞，你说他痴不痴？三岁的小孩脑袋瓜子都比你哥好使。"常利看着电视插了一句："妈，你又瞎说，我爸成了白痴？""你以为你爸挺聪明的？其实他最傻。"王春梅不满地说。

　　东屋里，马志超说："大哥，我今天来是想跟大哥反映一下制衣公司里的情况。这些日子，公司里人心浮动，人们整天瞎议论。"树山眯缝着眼睛问："是吗？"紧接着又说，"只要你别浮动，啥事也出不了。""我也这样想。"马志超爽快地答道。

　　回家的路上，马志超很后悔，心想不该找树山谈公司的事情，埋怨妻子："我不该听你的，今天找大哥谈制衣公司的事。"姜文花自恃树山是她的同母哥哥，责怪丈夫："你这个人，总是前怕狼后怕虎，嘀嘀咕咕，没准儿大哥真把制衣厂给你呢。"马志超连忙摇头，说："你别做美梦了。"姜文花分析道："你别急，刘树海给大哥惹了，他那头儿有物流公司，制衣公司始终是你在撑着，就冲着这一点，大哥也得考虑你。再说了，两个公司，树海能一下子买下来？我看不透。"马志超似乎清醒了，说："大哥这个人，你不了解，他很看重制衣公司啊，这个公司他付出的心血最多，所以……"

　　这天，信用社的李主任来到新立沽，找到树山，专门谈机械铸造加工厂的贷款问题："老兄，这个公司一旦改制，我们希望归到老兄名下，我们可以延长贷款期限，别人我们概不考虑。""我？不合适吧？"树山吃惊地说。"有什么不合适的？老兄操持这摊子，一来给老兄提供个方便，二呢，我们也放心。"李主任说。事情来得突然，树山掏出烟，递给李主任一根，一边吸烟，一边沉思，过了一会儿，笑着说："哎呀，老弟，真会做买卖啊！你是想拴住我，是不？"他喘了一口气，李主任会心地笑了。信用社这样做是经过认真考虑的，他们懂得，只要把这一千多万元贷款划到树山名下，这笔贷款就"活"了。凭树山的性格，这个大窟窿，他不想接也得接。

树山终于下定了决心，因为他又找到了权力的新支点——用拍卖企业的资金进行村政建设，利用得天独厚的国道边上的土地，进行招商引资，树民的观点使他开阔了眼界。但是，还有一个更重要的信息，使他如释重负的信息，那就是机械铸造加工厂的归属问题，信用社替他排除了不愿听他摆布的林金江竞标的可能。

三

新立沽的企业改制动员会，在村委会办公楼的会议室召开。区、乡有关部门的人员参加了会议。就竞标的范围，树山与林金龙发生了激烈的舌战。树山坚持说："我主张企业承包者优先，他们曾为企业的发展做出很大的贡献，而且熟悉本企业的业务，对今后企业的发展有好处……另外，机械铸造加工厂留作第二批处理。"林金龙立刻提出两个问题："我要问，林金江算不算承包人？第二个问题是，机械铸造加工厂将如何处理？""林金江无权竞争，他的问题早已解决。因他未按期交齐承包费用，承包合同自行终止。"树山直言。"机械铸造加工厂，因贷款数额较大，需与信用社协商，所以留作第二批处理。"乡企经委的徐主任解释道。林金龙马上提出他的观点："我主张，凡新立沽的村民，都有权购买本村的企业，这次企业转制必须公正、公平、民主，任何附加条件都无效！"这样一来，树山的观点有点儿不合时宜，而与会者都明白，林金龙提出的办法，虽然公平得多，但全村又有谁敢跟那些厂长、竞争呢？谁能有那么多票子呢？就是有票子的，也不敢贸然站出来啊，只有他弟弟林金江有这个资格。而树山的观点就是针对林金江的，他实在不想看到曾不可一世的林金江，再在他的眼皮底下晃来晃去。然而，会议最终通过了林金龙提出的方案。林金龙自然面带喜色。

散了会，树山、林金龙没有陪有关人员去吃饭，因为这次改制涉及了他们的亲属，避嫌嘛。树山怏怏不乐地准备回家，杨鸿志打来电话说，他在运河酒楼，请他过去，王宗斌也在。树山推辞几次都不行，只好去了。林金龙看着树山的车子远去，恶狠狠地骂道："王八蛋，说得比唱得好听，避嫌，避个屁！"树山知道杨鸿志请他是为什么，李家沽中学教学楼的工程，经他出面，给他争到手了。

树山赶了过去，大家寒暄了一通，王宗斌因有事，提前离席。树山心里有事，只喝了几口茶，对杨鸿志说："老弟，你给大哥参谋参谋，咋名正言顺地不让林金江参加竞标呢？"杨鸿志刚才得知了树山他们今天开会的内容，他眯着眼睛，想了想，使出了一条计策，问道："林金江原来的账目有问题没有？"树山不知什么意思，说："有是有，不过，事都过去了，还提那陈芝麻烂谷子有啥用？""这好办，你再找个借口，请税务局出面，某某犯事了，牵扯到他，投标那天传他，等他回来，你竞标的事早利落了，让他干瞪眼去吧！"杨鸿志这招可够毒的，其实他也是趁机报当年林金龙批斗他爷爷的旧仇。树山一听，立刻豁然开朗，指着杨鸿志笑着说："你小子可够损的，亏你想得出来。""小弟为大哥出谋划策还有错了？"杨鸿志得意地说。

新立沽的村办企业转制，在全村闹得沸沸扬扬，心里最不踏实的莫过于大小经理、厂长们，他们有的四下打听，有的暗中盘算。

树海更是野心勃勃，准备借这次转制之机，组建钢铁、服装、物流、建筑四位一体的集团总公司。机械铸造加工厂是他筹划总公司的重要一环，如果林金江硬站出来竞标，他决定不惜血本，拿下这个公司，以出当年被林金江两次辞退这口恶气。就在他积极运作之际，张瑞惠给他送来了一桩大大的喜事，她顺利地生下了一个大胖小子。这个消息犹如一支兴奋剂，使他整天沉浸在对未来的美好想象中。

树海准备拉树花入伙，他知道他这个堂妹手里有资金，更重要的是她开过小钢厂。他拿起手机，拨通了树花的电话："喂，树花……"此时，树花正在蓟沽区第一小学的德育主任办公室。她拿出手机，走到楼道，说："三哥，有事？你等会儿再说吧，我在彬彬的学校，有点事。""行，先办孩子的事。"树海挂了电话。

树花回到德育办公室，一位男士转过脸来，对她愤愤地说："哪有你们这样的孩子？三天两头儿打我儿子，我们是上学来的，不是受你们孩子的气来的……"树花见这位男士婆婆妈妈的，火气不打一处来。她本想跟人家说两句好话，撒下点儿钱，以表歉意。此时，她烦了，大大的眼睛直视他的脸，不紧不慢，从手提包掏出两万块钱，说："这样吧，让我的孩子打他两万块钱的！"说着，把钱往办公桌上一拍，站了起来。此话一出，那位男士怔住了，直愣愣地望着这位贵妇人打扮的女人，他刚想说话，德育主任忙上前阻止："都冷静一下，有话慢慢说。"树花对德育主任严肃地说："主任，自打进屋，我一句话没有说，你都听见了吧？两个孩子打架，说实在的，是难免的。你的孩子受气了，你心疼，但你也得听听我说啥，如果我说话不中听，你冲我发火也行，可我一句话没说呢，你作为男子汉，就这点儿涵养？"树花说完，收起那两万元就要走，德育主任极力劝解，把树花让到另一间办公室，那位男士的脸上顿时增添了一丝尴尬之色……

在回家的路上，树花一边开车，一边数落孩子。彬彬争辩道："老师偏向，班里我跑得最快，可老师不让我参加学校运动会，让老板的孩子去了。我同桌说我学习不好，老师就不让去。""所以你就打他？我掐着你的耳朵嘱咐你多少遍了，别跟人家打架，你就是不听！"她只顾着跟孩子说话，闯了十字路口的红灯，彬彬小声嘟囔："闯红灯！"树花说："我不是光跟你说话，没注意吗？""哼！"彬彬眼睛一闭，不说话了，意思是大人在孩子面前都有理由。

树花的手机响了，她接起来："喂？三哥，有事？"她避而不谈他儿子的事，没有一个字的祝福。树海没有得到期盼的祝福，试探着问："有件事想跟你商量商量。""啥事？"树花警惕地问。树海说："新立沽机械铸造加工厂，你有心思吗？"

树花听了，漫不经心地说："三哥啊，我不想操那份心了，光饭店这头儿都够我忙活的了，哪有心思操持别的啊？""这机会难得啊，过了这个村就没有这个店了。我算过了，别看那个企业有那么多贷款，只要咱们拍过来，肯定能挣钱。事成之后，你算大股东，让你经营，单独核算。肥水不流外人田，你好好想想。"树海努力劝说这个有实力的妹子。"是吗？"树花笑了。

树花和裴洪伟离婚后，在区里买了两个房子，把孩子放到了最好的小学。开始，她除了车接车送孩子外，有时也找几个有钱的太太打打麻将，玩了一些日子，觉得没意思，便承包了一家饭店，虽然生意不错，但是孩子的学业还是让她烦恼不已。好学校、好班级、好老师，她还请了家教，彬彬的成绩照样不如意，而且隔三岔五就出点儿幺蛾子，不是今天这个老师跟她说，昨天留了十道题，他错了七道，就是那个老师说，彬彬今天又打了哪个孩子。

孩子的事就够让她烦心的了，裴洪伟的事还不时有人送到她耳朵里。既然两人已离婚，还有什么相干呢？人有时就是这样贱，树花不时关注着裴洪伟的事。据她了解，裴洪伟与北山那个相好的，因为钱的问题掰了。她听到这个消息，似乎很高兴。没过多久，她又听说，裴洪伟因不务正业，与他父亲和弟弟们闹生了，他们给他三百万，让他离开家。树花幸灾乐祸之余，也有愤恨、怜悯，也许还有所企盼？可是，她很快又听到，他又跟一个轻佻的女人鬼混上了。在赌场上，这个娇滴滴的女人穿着清凉，坐在裴洪伟的大腿上，给他数钱、沏茶，不时递上一瓶瓶啤酒……她听到这些，面红耳赤，骂道："王八蛋，你就要吧！有你要到头儿的时候！没承想你变成这么不要脸的东西！"有时，她很伤感，又对自己说："这王八蛋，作死吧！"

（四）

汪玉生有事，到树花的饭店吃饭。汪玉生提起了机械铸造加工厂，对这个二大姨子说："二姐，如果你把机械铸造加工厂抄起来，肯定能赚钱。"树花微笑着问他："凭什么？""就凭二姐敢作敢为的性格。"有了点儿酒意的汪玉生说。"是吗？"树花也不反驳，思考一下，"树海也这样说，看来你们串通好了，要拉我下水啊。""二姐要是下水，肯定是一名游泳好手。"汪玉生又来了赞誉之词。树花不说话了。"二姐如果有心思，要抓紧决定，现在各厂已经叫评估公司进行核资评估了。"汪玉生说道。

汪玉生走了，树花想：这事不能听他们瞎忽悠，得听听大哥啥想法。她拿定主意，不能给大哥打电话，她要听电话。一天，树山果真给她打来电话，让她到他家去一趟。

津沽大地的五月，大地披上了绿色的盛装，小草从松软的黑色泥土里竞相钻出来，享受着温暖的阳光，让细细的春风吹拂着。鸟儿在追逐嬉戏，蓟运河水闪着星星般的波光，偶尔有几条拉鱼虫的船，拖着长长的袖子网，从河心走过。船上临时的渔民，在自制的柴油机制动的船上把着舵，船经过之后泛起的波浪，划破了河面，拍打着堤岸。

树花驾驶着刚购买的米黄色轿车，在公路上行驶着。她看着熟悉的景色，心情格外舒畅，城里的喧闹、饭店的应酬、孩子带来的烦恼等，似乎被家乡的泥土气息驱赶得远远的。她不紧不慢地驾着车，来到新立沽村头，有意识地看了看东面的工业小区，又看了看西面的学校、别墅小区，自语道："这就是新立沽的精华啊！"她拐入新立沽宽敞的中心大街，新建的大牌楼格外醒目，她特意看了一下，是她大哥的杰作——南面的横梁上的匾额是"蓟水一方"，东西对联是"同心同德奔四化，齐心协力奔小康"；北面的横梁上的匾额是"沽上紫烟"，东西对联是"祥云永惠聚宝沽，春雨久润农家田"。这是树山特意从区里请来小有名气的青年书法家写的。

树花穿过牌楼，直奔大哥家。她下了车，从后备厢里拎出几兜从饭店拿来的鱼、肉之类的熟货，进了院子。王春梅在院子里晾衣服，姑嫂亲热了几句，进了屋。树山特意等着她，没出去。兄妹二人说了几句闲话，便转入正题。树山点了一支烟，说："这些日子，我想了好多。马上就要把村办企业卖给个人了，我想这是个机会。"说到这里，他小声说，"机械铸造加工厂，信用社坚持让我买过来，我没正式答应，问题是真买过来了，谁撑着这摊子？我琢磨来，琢磨去，你比较合适。"树花让大哥这一抬举，不好意思了，忙说："我可不行！"树山也不反驳，继续说："将来树海把制衣公司和物流那摊子买过来，我打算像你二哥树民说的那样，成立一个总公司，把树江的建筑队也纳入，单独核算，一个招牌。我还干村里的事情。"树花听着大哥的谋划，眨了眨眼睛。树山又说："机械铸造加工厂，你入股也行，不入股也行。常胜要是回来干，你们娘俩一起操持这个公司，我就放心了。"树花听到这里，兴奋了，问道："他大学毕业不在外边找工作，愿意回家干？"树山向外扬了一下脸，说："你大嫂不同意，说上了一回大学回来，觉得丢脸。""那怕啥？我劝劝她。"树花性子急。树山乐了。树花跑到外面，把大嫂叫到屋里，开门见山："让常胜回来干吧！"王春梅一听这话，不高兴了，脸一沉，说："他二姑啊，你也跟着瞎掺和，孩子辛辛苦苦上了大学，容易吗？别人家的孩子拼死拼活往外奔，都没有机会，咱可好，上完了跑回来，看家里的钱好挣？这在哪儿写着呢？别看现在挣了几个钱，咋咋呼呼的，真要是赔进去，别说喊娘，喊爹都不灵！这样的人还少啊？古语说得好，好男不吃分家饭，好女不穿嫁妆衣啊！小伙子有能耐，到外面闯去！"树花笑着说："大嫂，话匣子又打开了不是？你说得有道理，但现在的事，你别说得那么死，常胜要是硬回来呢？不中就先让他试一试，说不定从家里干着干着，干到了外面呢。他三叔不就干到外面去了吗？没准儿还能干到国外去呢。""你大侄子有那能耐？我看不透，你净拣好听的说，你就是磨破了嘴皮子，我也不同意！"王春梅不耐烦了，出去了，树花摇摇头。

　　吃过午饭，树花顺便到树芬那里看一看。她家的大院很开阔，北面是一栋漂亮的欧式住宅楼，南面、西面是一排排原小学平房教室改成的车间，甬路上柳树成荫。树花向西面的减震器厂区走去，车间里和院子里的工人们都忙得热火朝天。

　　树花一进平房的办公室，看到郑跃军和树芬在算账，她笑了："哎哟，算啥账呢？挣得差不多了，钱也不能都让你们划拉去啊，给我们多少留点儿。"树芬夫妇忙站起来让座。树花说："郑跃军，你可悠着点儿，给我姐累坏了，我可饶不了你！""你这可冤枉我了，我早就让她享清福了，可她不干，我不把客车包出去，她还跟着卖票呢。"树芬放下手中的账本，笑着说："你还说呢，不是我告你的状，你吃着盆子占着锅，减震器就够忙的了，不知又听谁瞎鼓动，还想办葡萄酒厂呢。""是吗？老郑啊，你的胃口真大啊！"树花指点着郑跃军。树芬说："他胃口大有啥用？反正我不同意，办这酒厂可不是小动静，听说最少也得投资几百万，这可不是闹着玩的。"郑跃军笑着跟树花说："你姐就是这样一个人，说句不好听的，你看见外面跑的鸡了吗，整天瞎刨食吃，整堆的粮食在它身边时，它都不敢想，不敢看，你不让它瞎刨，它还不干。你姐就跟鸡似的。"树芬生气了，回敬了一句："你才是鸡呢！"树花笑出了泪花，指着郑跃军，放肆地骂道："老郑，你小子可够损的，我姐是鸡，你就是鸡的老爷们儿，你是大公鸡！"郑跃军只是微微一笑，认真地说："真的，我是说，你姐的视野总也打不开，跟鸡似的，两只眼睛光横着看，往下看，不往前看，往远处看。"树花止住了笑容，认真地说："虽然你的比喻损了点儿，但是有些道理。"树芬一听二妹顺着郑跃军说，不高兴了。树花见树芬生气了，对郑跃军说："你小子，娶了我姐，发了。你知道是谁给带来了福气吗？是我姐。你别身在福中不知福，这山望着那山高。"郑跃军忙笑着说："你这是说哪儿去了？有你这么厉害的小姨子，就是打死我，我也不敢有非分之想啊。""对了，这才说了一句人话。"树花仍旧笑骂着姐夫，站了起来，跟树芬两口子说，"关于葡萄酒厂的事，你们俩必须想好了，都是为了这个家，别因为这个闹别扭。"郑跃军点头称是。树花从树芬家出来，又到大伯家看了看，就回家了。

新立沽各村办企业的评估结果出来了：机械铸造加工厂总资产账面两千五百六十七万元，冲抵贷款为八百六十三万元；制衣公司总资产账面一千七百三十二万元，冲抵贷款为五百三十二万元；天远物流公司总资产账面为一千九百二十四万元，冲抵贷款为七百七十五万元；纸箱厂总资产账面为一千八百四十二万元，冲抵贷款为六百三十二万元；机械铸造加工厂总资产账面为一千一百二十一万元，冲抵贷款为五百一十二万元……

这个结果一公布，没有了往日的精神头儿的林金江，硬着头皮来到了树山的办公室。树山不紧不慢地给昔日的手下败将林金江让了座，林金江递给树山一支烟，也不看他，说："我打算参加机械铸造加工厂的竞标。"树山微微一笑，说："这个嘛，留在第二批再说了，金龙老兄没跟你说吗？"林金江沉下脸来，问道："为什么？""我还用多解释吗？那么多贷款，还没跟信用社交涉好呢。"树山解释道。林金江不说话了，闷头吸烟。"什么时候竞标，提前通知我！"林金江突然站起来要走。"哪天竞标，村里会通知的。"树山没有站起来送一下林金江，而是看着他的背影远去。突然，树山想起了同母异父的大妹妹姜文花的丈夫马志超，自打那天老妹夫汪玉生跑到他家来，特意向他透露马志超有意参加制衣公司的竞标，他就犹豫着，不知是否应找马志超谈一谈。

这天晚上，树山把姜文花和马志超叫到他家，简单说了一下评估结果，然后，摆上酒菜喝了起来。树山喝了一口酒，稳稳地说："志超啊，下一步就要转制了，制衣公司多亏你帮衬着树海，撑着这一大摊子事啊，大哥挺佩服你的。"马志超是个很有心计的人，心里始终惦记着制衣公司，立刻意识到树山话里有话，马上笑着说："大哥，不必客气，都是家里的事。事干好了，里里外外都好看；要是干坏了，最不好看的就是家里人，伤了财，还丢了人。"树山瞟了马志超一眼，笑了："就是这么个理儿。大哥我说的是实话，将来有机会，大哥准备给你张罗一个公司。"马志超脸微红，正好跟树山的目光相遇，他也不躲闪，微笑一下，说："我跟树海三哥干得挺好的，我哪

第十二章

儿也不去。""不对啊，大哥于心不忍，说句实话，你受了那么多年的累，这制衣公司呢，到头儿还是树海的。"树山把"是树海的"几个字加重了语气，也不看马志超，紧接着又说，"就像家雀孵的一窝小雀一样，小雀翅膀硬了，就得让它单独出去闯，你大哥决不压制人才。"马志超听了这番话，心里像被刀割了一样，刚才他以为树山要把制衣公司送给他，然而，恰恰相反，树山的话字字是在敲打他。他端起酒杯站起来，说："大哥，你这是让我无地自容啊！"他把少半杯白酒干了。树山也提高嗓门儿，说："你帮衬着树海搞好投标，你大哥我决不食言！"说完也把少半杯白酒干了。"大哥放心，我马志超知道怎么做。"树山对马志超的表态不满意，追加一句："志超，你是我妹夫，文花她妈也是我妈。新立沽有些人，想借此机会搅浑水，暗地里算计咱们。"他似乎喝多了。这步步紧逼的攻势，让马志超真有点儿招架不住了。他哥哥马志林确实给他出过招，让他趁此机会，提前找树山买下制衣公司，但他不敢公开冒这个风险，不想做汪玉生抢占他二叔汪家林的铸造厂那种蠢事。他想让树山主动提出，把制衣公司让给他。今天，他这个幼稚可笑的想法，彻底破灭了。马志超心灰意冷，端起满满的一大杯白酒，说："大哥，话都在酒里了。"说完，"咕咚咕咚"一口气把酒喝干了。在一旁说话的王春梅和姜文花一看，吓坏了。姜文花忙上前斥责马志超："你疯了？跟大哥喝酒用得着这样拼命吗？"说话间，树山也把满满一杯酒干了。王春梅急了："你们今天是咋了？不要命了？"说完就要抢树山的杯子。树山右手用力一弹，说："没你们的事！我们哥俩喝得高兴！志超，你倒满了，咱哥俩再来一杯！"马志超就要倒酒，王春梅哪里肯，一把把酒瓶子夺了过来。树山哪肯让，一把又把半瓶子酒抢过来，"咕咚咕咚"，首先给自己的酒杯倒满了，又给马志超的杯子到满，二话没说又干了。马志超在与姜文花的抢夺中也干了……树山和马志超都醉了。

  姜文花、王春梅费了好大的劲儿才把马志超送到家里。马志超像一摊烂泥似的躺在了床上，一动不动，呼呼大睡。姜文花一个劲儿地在大嫂面前埋怨丈夫往死里喝酒。

  马志超醉得真是不轻，一觉醒来，已是第二天中午了。姜文花刚从他大哥家回来，一看丈夫醒了，就唠唠叨叨地数落起来："哪有你们那样喝酒的，多吓人啊，我刚从大哥家回来，大哥也刚醒。唉，真拿你们没辙。这破制衣

411

公司拍卖的事，你要是让我早早跟大哥直说了，兴许大哥就答应了，可你非拐弯抹角不直说，想吃怕烫着，现在说啥也晚了……"马志超其实早醒了，眯着眼睛说："哼，你太相信你大哥了，不可能，唉……"马志超还在想树山昨晚跟他说的那些话，越想越寒心。他后悔当初不该在他的鼻子底下干事，到头儿来，弄了个竹篮打水一场空，他感到心灰意冷，都三十几岁的人了，还没有自己的一摊子事业。

五

新立沽第一批企业转制竞标，在村委会办公楼的会议室举行。树山和林金龙，以及区里、乡里和银行的有关人员在前排就座。树海等参加竞标的厂长、经理，在第二排就座。再后面是列席会议的村民代表。会议由乡企经委的徐主任主持，另有三名工作人员在主席台一旁就座。竞标会开始了，树山站起来扫视了一圈，一看马志超和树海并排而坐，正小声交谈，他放心了。他对与会人员说："会议马上就要开始了，希望大家严肃对待，严禁大声说话，最好不要抽烟……"会场慢慢静下来，树山坐下了。主持人宣读了竞标规则、转制企业名单，然后宣布："竞标开始！"

会场有些骚动。树海跟马志超商量了一下，第一个亮牌：制衣公司五百万元。会场一阵寂静，主持人连叫三声，无人应战，树海很轻松地以低于标底三十二万元的价格拿下制衣公司。接下来是物流公司，树海再次举牌：六百五十万。主持人又是三次叫牌，会场仍无人响应，他以低于标底一百二十五万元的价格，再次竞标成功。就这样，树海没有一点儿悬念地顺利拿下这两个公司。会场又有些骚动，人们交头接耳。"大家静一静！"徐主任说道。很快，马志林等人心里有数了，都如法炮制，一个接一个亮出低于标底几十万元的标牌，都竞标成功。人们没有看到希望看到的场面，后面的人有的站起来要走，徐主任向后面摆了摆手，宣布道："新立沽第一批企业竞标到此结束！"这时，会场后面的村民议论开了，不知谁说道："扯淡，这叫啥竞标，都他妈的私下定好了，没劲！"人们骂骂咧咧地走出会场。

竞标会收场了，然而，接下来的暗地交易，却让人胆战心惊。树海真是胆大包天，竟瞒着他大哥，设了个大骗局，用瞒天过海的伎俩，完成了几

412

第十二章

乎是强盗式的资本积累。

竞标结束后,树海背着他大哥,亲自驾车把村里的会计、他的盟叔张学海和出纳员小马拉到区里的一家酒店。一进雅间,他随手关上门。一老一少刚一落座,他就从黑色公文包里掏出二十万元,"砰"地放到桌子上。那两位一看蒙了,张学海吃惊地问:"侄儿小子,你这是做啥?"树海下意识地回头望一眼房门,低声说:"张叔,实话跟你老说了吧,我那两张转账支票,明着写的是一千一百五十万元,其实我的银行账户只有四百多万元,差了七百来万元。为了应付有关方面,能有资格参加竞标,我拆借来一千多万元,等竞标一结束就得立刻还给人家……"张学海和小马吓得汗珠子都下来了。没容他们反驳,树海又压低声音说:"差的这些钱,容我三个月,我保证补齐。这事只有咱们爷仨知道,连我大哥都不知道。"树海这句实话,精于世故的张学海却并不相信,他认为树山不可能不知情,而是很知情,而且是树山这样安排的。他抹了一下额头上的汗珠,为难地说:"树海啊,你让我们爷俩默认这一大笔欠款,这是硬逼着我们犯罪啊!"小马低着头不说话。树海见他们二人惊恐、为难,说道:"我去上厕所。"他把门关上出去了。张学海皱着眉头,看了出纳小马一眼,指着桌上的两捆巨款说:"这明明是树山的主意啊!树山啊树山,你竟也是这种人啊!你这不是逼着我们往火坑里跳吗?你说咋办?"小马抬头看了一眼张学海,扫了一眼那两捆巨款,不置可否:"你老说……"老头儿拍一下大腿:"唉……"他趴在桌子上,心里打起鼓来:万一不能如期补齐,走漏了一点儿风声,这可不是闹着玩的啊!要是不答应,树海的骗局就会露馅儿,也就等于树山的骗局露馅儿,树山完了,他也就得回家蹲墙根儿,没事干了……

树海从厕所回来,小声问张学海:"你老看咋样?"张学海看了一眼小马,一咬牙,把一捆钱塞给小马,自己拿了另一捆,说道:"我豁出这条老命了,你签个字据吧!"树海立刻满脸堆笑,拿出笔,签下了差的七百来万元限期补齐的欠条,猛拍了一下桌面,喘了一口大气:"这张欠条一定要保密,你知,我知,他知!"

第一批企业转制结束了,树山并没有轻松下来,不知道第二批中的机械铸造加工厂转制将如何收场,他知道林金江绝对不会认可信用社的安排。如何能把林金江排除在外,他又不能落个趁改制之机窃取机械铸造加工厂的

413

骂名，他需要一个万全之策。

这天，为解决此难题，树山来到信用社。在李主任的办公室，树山吸了一口烟，问道："老弟，机械铸造加工厂不转制，村里经营咋样？"李主任认真地说："这是你们村里的事情，我们不干涉，但有一点我要说明，在我这里贷款，不瞒老兄，不支持！包括其他银行，今后贷款严格把关，对信誉不佳的企业不予考虑，特别是乡镇集体企业，我们原则上不考虑。原因我不说，大哥你也知道，他们甩给我们好多呆账死账啊……""也不贷给我？我还想干个十年八年呢。"树山笑着问道。"老兄，老弟我没办法，我们有规定。"李主任不开面儿了。"这么说，就得走老弟给出的道了？"树山反问道。"可以这么说吧。"李主任说。树山沉默了。"问题是，真要是按你说的去做，不说村民通不过，就是林金龙他们哥俩，我也应付不了啊。"树山说出了他的难处。李主任看了他一眼，没有说话，想了一下，说："老兄，你看这样行不行，村里跟信用社签一份协议，我们先拿这一千多万元贷款入股，我们控股了，由我们拉你入股，然后再把这笔贷款放到你名下……"树山一愣，然后微微一笑："你还是想拴住我啊！嘿嘿……"李主任也不兜圈子了："归到你名下，我一百个放心！""村里不好交代啊！"树山仍有顾虑。"这是好事啊，你村里没有任何损失啊！谁不愿意，让他们找我！"李主任摆出一副为哥们儿两肋插刀的样子，俨然是为树山着想。树山沉着脸，轻轻地摇着头……

树海可谓春风得意，给他大哥打电话："大哥，机械铸造加工厂啥时候竞标啊？"树山在机械铸造加工厂的经理办公室独自写材料，对着手机压低声音说："你听着吧！"树海说："大哥，与我竞争的不就是金江那个小崽子吗，他算个屁啊！这个厂子绝不能再回到他的手里，我一定拿下……"树山不耐烦了："我还有事！"随即关掉了手机。

在新立姑村委会的会议室，信用社李主任一行三人，就机械铸造加工厂的事宜，与树山、林金龙等村干部进行商谈。李主任首先说明来意："今天我们来的目的只有一个，就是协商机械铸造加工厂的事宜。"林金龙看了树山一眼，又看了李主任一眼，没有说话。李主任接着说："鉴于机械铸造加工厂目前的情况，我们研究决定，以该公司欠我们的贷款入股，由我们控股，寻求合作伙伴。"林金龙一听，不解地问："为什么这样？"李主任说："其

第十二章

实我们这也是权宜之策，没有办法的办法，说白了，我们信用社就是将来找一个相对可靠的企业掌门人。""这是与我们协商，还是不可更改呢？"不知树山是逢场作戏，还是想保留集体企业，因而再次试探。"是协商，但我方就是这个方案了。"李主任明确回答。"如果我们不同意呢？"林金龙问道。李主任严肃地回敬道："林老兄，虽然我们信用社的宗旨是为农村经济建设服务，但我们也是自负盈亏的单位，要确保贷出的款能有效地收回。""如果有人确保偿还你们的贷款呢？"林金龙迫不及待地说。李主任知道林金龙说的是谁，微微一笑，说："嘴上说不行，我们要看他有没有这个实力。""我说的是林金江！"林金龙把他弟弟端了出来。李主任也不看树山，毫不犹豫地说："这是后话，今天只谈我们入股事宜。"协商无法进行了，树山忙打圆场："这样吧，我们开个会，你们听我们的回话。"会议告一段落。

李主任一行走了，树山、林金龙等人继续开会。林金龙首先发言："不行！不能让他们这样拿着咱们！""好吧！不就是金江的事吗？你让他亲自跟人家谈，人家认可，我就没意见，但是有一点，他必须在规定的时间内，如数交齐村里应得的那八百多万。如果人家不答应，咱就跟人家签协议。"树山说得如此干脆。"就这样！"林金龙站了起来。

一天早晨，在村委会门口，林金龙跟树山打了个照面儿，骂骂咧咧："姓李的那小子，我看他妈的一定有猫腻！"树山说："那是人家的事，人家不认可金江，村里就得跟信用社签协议了。"林金龙瞟了树山一眼，不作声了。

小雨淅淅沥沥。在新立沽村委会的会议室，信用社负责新立沽贷款的信贷员通报道："这些天，经过慎重考虑，我们选择刘树花、刘树海做我们的合作者……"林金龙腾地从椅子上站起来，涨红着脸吼道："阴谋！你们串通一气！"他气急败坏地冲出了会议室……

不多时，林金江铁青着脸找到树山，一进屋就闹开了："刘树山，你好毒辣啊！我林金江付出了二十几年的心血办的企业，你借信用社那小子的嘴，就给霸占过去，送给你们家人！你玩阴谋，我不服，我告你去！"林金江一双小眼睛红红的，还泛着泪花。树山不慌不忙地说："你愿咋想就咋想。不错，刘树花、刘树海是我家人，但那是人家信用社选定的。"他顿了一下，提高了声调，"如果你真想撕下脸来，我也拦不了你，但是，我奉劝你一句，想想你为什么混到这一步，你失去了方方面面的信任，还执迷不悟？到时吃

415

不了兜着走的绝不是我刘树山，你信吗？"林金江一听，愣了一下，但还是愤愤地说："你欺人太甚！"他一甩手走了。树山哼了一声，看着林金江冲出去的背影，思绪万千。这个机械铸造加工厂在二十几年前曾是他创办的企业，如今，又回他的手中，他苦笑了一下。他摸了一下面前的桌子，狠狠地捶了一下："一切都过去了！"他立刻产生一种深深的失落。他深知，虽然悬在他头上的贷款这颗"炸弹"终于平安落地，各自有主了，但是他再也不能对各企业施加影响了。他站起来，长叹一声："唉！十年河东，十年河西啊！"他走到窗前，看着大街上村民们顶着细雨忙碌的身影，又兴奋起来。因为转制，村里有了三千多万进账，村政规划有了雄厚的资金；更让他没有想到的是，在一夜之间兴起的自家企业中，他将占有股份，从而又有权延续他的影响……想到这里，他又得意地笑了，重新找到了心理平衡。

新立沽企业转制在吵吵闹闹中结束了，如释重负的树山，应杨鸿志的邀请，又在蓟运河酒楼畅饮开了，列席的还有王宗斌。酒菜上齐后，三个人兴致勃勃地喝了一顿。

六

人生聚散别样情，聚时无意别时难。夏日的闷热使人烦躁难耐，在理工大学湖畔的树荫下，一对青年男女都垂着头。女孩身穿素花连衣裙，倚着树干，她就是王娟。她在垂泪。男孩是刘常胜，他上身着一件白色短袖衬衫，下身穿一条深蓝色长裤。两人考研双双落榜，失落、伤感油然而生。常胜抬起头，说道："这小小的打击算什么？你可以明年再考嘛。""你说得轻巧，我回去怎么见人？可惜我从大二就……"王娟说不下去了，酸甜苦辣一股脑儿汇聚到泪水中。常胜明确地说："我不想再考研了，你怎么想？""不知道。"王娟第一次没了主见。"咱俩的事，你怎么想？"常胜看王娟止住了流泪，便问道。"不知道。"王娟的回答让常胜非常难堪。常胜冷冷地说："王娟，你听着，我刘常胜绝不是窝囊废！你等着，三年以后，我还找你！"常胜发火了，他把自己的轻浮酿成的考研失败的苦果，化作对王娟爱情无果的挑战。他太自私了，太不合时宜了，此时此刻似乎把王娟的压抑、痛苦忘记了。王娟抬起头，诧异地看了他一眼，扭头望着湖面，一句话也不说……

第十二章

旁边的林荫小道上，一对对青年男女悠闲地说着悄悄话，谁能说清他们毕业离别后将会怎样呢？

李家沽的乡属企业转制，也到了白热化阶段。首先进行转制的是棉纺厂。秦亚娟到此时还在犹豫不决，她拨通了树民的电话："喂，我不打算参加竞争了……"坐在急速行驶的车里的树民一听，火儿了："你真是扶不起来的阿斗！筹款的事都说好了，你又变卦！你看着办吧！"他生气地挂了电话。秦亚娟脸一下子红了。当初她就打算放弃与魏文山的竞争，回乡里上班，或者调到别的单位，树民不同意。她明白他的心思：让她继续撑着他张罗起来的棉纺厂这摊事业，继续让她做女强人。可是骨子里的软弱，让她不愿再在商海中摸爬滚打，她感觉太累了，想过平静的生活。只是因为爱，她应允了。她要让自己付出汗水的事业，永远是树民事业的一部分、一个亮点。同时，她也会因此有更多机会和树民在一起，就这么简单。当年被贬为葡萄酒厂副厂长的魏文山，垂涎棉纺厂已久。树民的激将法奏效了，秦亚娟重新振作了起来。

竞标开始了，会场鸦雀无声。魏文山以其河北的一个远房亲戚为后台，一下子从标底五百万元，提到六百万元，秦亚娟哪能示弱呢，立马反超他五十万元，到六百五十万元。魏文山又加到七百万元，秦亚娟胆怯了，不想加价了，可是又想到了前一天晚上树民给她的死话："不管是谁与你竞争，你都要拿下，如果这个棉纺厂让别人抢去了，我永远不见你！"她明白树民这句话的分量，一咬牙，提到了八百万，魏文山汗珠子下来了，吃力地加了二十万。秦亚娟不知哪里来的勇气，猛地加到九百万，魏文山傻了。整个会场一片肃静，主持人三次叫牌，魏文山的牌子似乎太沉了，再也没举起来。"咚！"一锤定音，秦亚娟以九百万元中标。这时，会场的人纷纷向秦亚娟投去了惊异的目光，特别是男人们，诧异的眼神里夹杂着敬意、疑惑。有人觉得这个漂亮的女人简直疯了。然而，最难受的当属魏文山，他是带着复仇的雄心、必胜的信念，与昔日的对手秦亚娟决战的，此时的情景让他无言以对。他尴尬地站在人群中，呆呆地看着人们跟秦亚娟握手，心像被针扎了一样，在心里恶狠狠地骂秦亚娟。他实在没有脸面待在会场里了，一咬牙冲出了会场。秦亚娟立刻躲到一个僻静的角落，第一时间把这个喜讯告诉了树民，树民听了露出了满意的笑容……

树民新官上任后烧了三把火：一是乡村的集体企业转制；二是拓宽美化城区街道，这项计划进行得并不顺手，它能够拉动一些行业的发展，并促进就业，但也使他可支配的资金捉襟见肘；三是对各主要单位的领导班子重点关注，很多"会干活，拿事当事干，有闯劲儿"的新人走马上任。一石激起千层浪，几家欢喜几家愁。

树民天天着急，为资金，为人才，为项目。入驻开发区的企业，至今寥寥无几。他决定广辟财源：第一，利用好土地这个法宝，用优厚的条件吸引优质的外资和"内资"；第二，争取市里的资金和项目；第三，整顿税务作风，严厉查处偷税漏税的企业和个人；第四，开发房地产，盘活土地资源，以此带动经济增长，扩大就业，促进消费。

开会后焦头烂额的树民回到办公室，还没坐稳，手机响了，他一看是秦亚娟打来的，脸上立刻阴转晴，只听秦亚娟说："喂，刘大区长，今天能赏光吗？""什么事？"树民微笑着问。"哟，没事就不能聚聚了？"秦亚娟嗔怪道。"你说吧，我一会儿上开发区。"树民没有心思多说。"算了，你刘区长的事是大事，我们老百姓请不动你了。"秦亚娟阴阳怪气。"你又来了，到底什么事？"树民又赔笑道。秦亚娟说："今晚高学军请你吃饭。他参加葡萄酒厂的竞标，中标了，让我作陪，王宗斌也到，你有时间吗？""好！我一定去！"树民满口答应了。

晚上，树民准时来到秦亚娟选定的滨河大酒楼。到了包间，他推门一看，身穿高档套裙的秦亚娟站在一旁与王宗斌说着话，高学军在打电话。他们见老同学树民来了，都跟他打了招呼。这几个所谓事业有成的老同学，兴致勃勃地围坐在圆桌旁，树民自然坐里面的正位，秦亚娟坐在他的右边，王宗斌坐在他的左边，高学军挨着王宗斌。服务员倒好了茶水。这些总在酒桌上转悠的人，吃腻了大鱼大肉，点的菜除了一盘大海蟹，其余的都是些清淡的家常菜，像家常蛋羹、蒸茄子、河沟小麦穗鱼熬黄豆芽等。酒是高学军从葡萄酒厂带来的。

菜陆续上来了，树民说："高学军和秦亚娟一样，不负众望，竞标成功。我祝你们以此为新的起点，把自己的企业办得更好，干杯！"人们端起满满的酒杯，一饮而尽。接下来，王宗斌敬酒，他说："祝你们成功的话，咱们区长说了，我所感谢的是你们去掉了我的心病，五千多万贷款之苦。"高学

第十二章

军趁机想要赖,说:"这不公平,既然我们给你减轻负担了,理应你该多喝酒,我们少喝酒。"他这个提议,当然得到了在座各位的响应。"有道理。"树民赞同道。王宗斌见树民说话了,心甘情愿地干了,然后自己又把酒满上。秦亚娟说:"将来我们上的税,都划到你乡财政的账上,这回你得溜须我们了,你干了,我们一半。"王宗斌摇着脑袋,微笑着说:"我干,你也得干,我给董振刚投了一百七十万元,教学楼秋季就建成了。"秦亚娟没等王宗斌把话说完,接过话茬说:"这是他的事,与我无关,他的酒我不能喝!"王宗斌话说出了口,才意识到不该提董振刚,他知道秦亚娟因董振刚和教务主任姜文敏的传闻,还在和董振刚闹别扭。高学军解围:"今天就说喝酒的事,别的事不提,我敬大家一杯!"王宗斌用眼角瞟了树民一眼,只好又把这杯酒干了,谁让他的嘴没有把门儿的。树民看了王宗斌一眼,笑着说:"喂,宗斌,我听说你小时候馋肉吃,离过年还有一个多月,你就在日历牌上写上了'吃鱼吃肉吃条粉',怪不得你今天这么富态呢,是吃肉吃的吧?"此话一出,人们哈哈大笑。王宗斌矢口否认,红着脸说:"哪有那回事,都是人们胡诌的。"王宗斌瞟了一眼秦亚娟,准备拿她取笑了:"树民,我说一个更经典的吧!当年有一家,每次炒菜的时候,用筷子在油瓶子里蘸,每回只蘸三下……"王宗斌刚说到这里,秦亚娟红着脸阻止他,他躲闪着,仍接着说,"你猜怎么着,她家这半瓶子油吃了半年,愣没吃干,反而多了,为啥呢?筷子上有水。"树民不知这个典故,一只手点着秦亚娟,笑弯了腰。秦亚娟臊得脸红红的,不住地捶打树民。几个老同学开心地笑了一阵子。高学军感慨道:"那时候,做梦也想不到咱们会有今天,大鱼大肉都吃腻了,更不敢想我还能有一个几千万的酒厂。"树民说:"从这一点上讲,国家让你们有了自己的企业,从今往后,你们一定要守法经营,谁偷税漏税,我可不饶你们,因为你们对不起国家。"高学军说:"这个你放心,冲宗斌,我就是有这个心,也没有这个胆儿。我们要是偷税漏税,他不把我们查个底儿朝天才怪呢!"王宗斌笑着说:"我可不查老同学的账,那是税务部门的事。我相信老同学,你们不可能拆我的台,更不能拆刘区长的台。"王宗斌向树民一扬脸。几个人,一边说着话,一边喝着酒,一直到八点多钟才散去。

419

七

树民坐秦亚娟的车回家，在路上，秦亚娟又提起董振刚和姜文敏的事。树民安慰她，秦亚娟把轿车停到路边，激动地说："你不知道，这些日子他更无法无天了，时常晚上十点多钟到家，弄得孩子总是跟保姆吃饭。他跟我连招呼都不打了。我在厂子里，事情多，他哪来的那么多事？他这是成心不想过啊！"秦亚娟说着，眼睛红了。树民没有说话，此时说什么都是苍白无力的。过了一会儿，秦亚娟说："你不说找个机会把他调走吗？"树民说："我已跟教育局的新任局长李局长说了，哪天我再问一问。"他又开导她，"这么大点儿事，你这大老板心里就搁不开？"秦亚娟一本正经地说："这事不在大小，它让人堵心。"树民笑了，说："要说堵心，他也……"刚说到这里，秦亚娟打断了他的话："那他愿意，没有你，他有今天？他还借你这棵大树好乘凉呢！"树民无奈地摇摇头，说："你别闹了，他的事我办就是了。"秦亚娟这才露出了一丝欣慰的笑容。

树海准备实施下一步战略，把树江的建筑队也吸纳进来，这样集团总公司就形成了服装、钢铁、建筑、物流四位一体的态势。这样可以根据市场形势的变化，调整投资方向，使之立于不败之地。

树江自从二女儿被害，前妻住进精神病院，一想起来，他就心烦意乱。大女儿常换跟他生活之后，又增添了新的烦恼。他现在的老婆陈美娣，当初欺骗了他，她竟然在老家未婚生育了一个女儿。前不久，他大发雷霆之后，被迫同意把她老家的女儿接过来。从此，他心里失去了平衡，开始放纵自己，他的理由是：反正也有儿子了，你骗了老子，老子也想开了，你不愿跟我过，就走人！陈美娣拿他也没辙了。

树江虽然在私生活上不够检点，但对挣钱一点儿不含糊，他那个四十几人的建筑队，小工程不断。他的理念是：就干小工程，油水多，不压钱，结算快。有二哥树民在，他何愁揽不来活儿？他从工地回来，准备上车，树海打来电话，让他来树花的酒楼。

兄弟俩很快在树花的酒楼碰面了，树花聘请的酒店经理裴洪芹热情地打着招呼："今天早啊，老弟。"她是裴洪伟的堂妹，也是树花的老同学。

第十二章

树江向裴洪芹介绍:"这是我三哥。""哎哟,三哥可是稀客啊!"裴洪芹爽快地笑着。"裴姐,你可说错了,他哪里是客人,他是正儿八经的家人啊。"树江纠正道。"对对对!我是有眼不识泰山。三哥上二楼雅间,一共有几位客人?"裴洪芹立刻致歉,指着二楼笑盈盈地说。"就我们哥俩。"他们兄弟二人到了雅间,服务员跟进来,恭敬地给他们斟了茶,问他们是否点菜。树江点了四个菜,要了四瓶啤酒。

  酒菜上齐了,哥俩先喝了一杯,树海问:"你这儿情况咋样?""咋说呢,还行,没啥大活儿,小活儿凑合着干。"树江有些消瘦憔悴,头发也不整洁,细看还有几根白发。"我想成立一个集团公司,大哥、二哥也同意我的想法。"树海把二位兄长搬了出来。"噢,挺好!"树江顺口说道,打了个哈欠。"你是啥意思?"树海问。"我?没啥意思。"树江愣头愣脑地回答。哥俩又喝了一口酒,树江谈起了他的烦恼。树海问:"就这样混下去?家庭归家庭,事业归事业。这样不行,绝对不行!不是三哥吓唬你,你必须振作起来,你刚多大,刚三十几岁,路还长着呢!现在咱们还有二哥,你不抓紧扑腾,过了这个村就没这个店了。老天有眼,给咱老刘家烧了高香。小富即安是小人之见,凡事往前看。你知道我欠了一屁股债,买下三个公司,为了啥?谁敢保证哪方神仙能显灵,让咱们挣大钱?我把工人的工资都用上,当流动资金了。你应该跟树花学学,她的情况你不知道?一个女的,干得带劲儿着呢!"树海这番话并没有引起树江的重视,树江又打了个哈欠,他接着说,"将来集团成立了,发展了,还愁贷款不成?俗话说得好,瘦死的骆驼比马大。"树江似乎听进去了,接过树海拟定的组建集团总公司的方案看了起来。树海吸了一口烟,说:"总的原则是集团下设四个分公司,各分公司单独核算,总公司设总账,统一向有关部门报表,流动资金由总公司调剂使用,年终按照资金总额,按一定的比例进行分红……"树江贼心眼儿比谁都多,马上意识到树海的意图:噢,是来控制我的。他懒洋洋地又打了个哈欠,说:"我现在一点儿心思也没有。"兄弟俩开始喝酒,树江转移了话题:"三哥,你和三嫂的事打算咋处理?张瑞惠那头儿就这样了?"提起家庭,树海脸上立刻笼罩上一层愁云,他端着酒杯说:"咋说呢,凑合着吧!和她离婚,老人又不干,别的不说,大哥那儿就通不过。瑞惠嘴上不说,心里肯定不舒服,名不正言不顺嘛。"他喝了一口酒,"说实话,王春柳没有对不起我的地方,尤其在对待两位老人方面，她喝农药也是我的错。唉，她不提离婚，我咋提呢？看情况吧！""好是好，万一她翻脸，告你重婚罪咋办？"树江担心地问。"我和瑞惠只是同居，现在我每次回家，王春柳也不提这事了，可能默认了。"树海说道。"三嫂这样做就对了，是聪明人，她要再闹，吃亏的是她自己。当初田家英不跟我闹，我何必跟她离婚？"这下树江逮着机会为自己说话了。树海笑了，连连摇头，反驳道："这事你还唬我？你当时谁的话都听不进去，铁了心，就是十头牛也拉不回来。我也是。"树江不言语了。过了一会儿，树江说："唉，现在打死我，我也不干这傻事了，要玩就玩呗，玩完走人，谁也不欠谁的。水性杨花的女人，到啥时候都水性杨花。"树江说得如此轻松，树海微微一笑，说："这方面，要检点一些，闹出事来，你自己受罪。""我知道。"树江没有一点儿羞涩。兄弟二人酒喝得似乎很顺畅。酒足饭饱之后，树海到树江家看小侄子去了。

八

一九九九年六月二十八日，树海筹建的天远集团总公司成立了。这是个阳光明媚、寓意吉祥的好日子。公司总部暂定在作为四个分公司之一的机械铸造有限公司。在办公大楼前，举行揭牌仪式。主持大会的是一个年轻的小伙子，他仪表堂堂，身高一米八，身着笔挺的蓝色西装，举止大方，嗓音浑厚。人们一看便知，这是树山的大儿子常胜。真是老子英雄儿好汉，人家刚出大学校门，就进了自家的公司，人比人就得死，货比货就得扔啊！难道他们老刘家个个都那么牛？有人在窃窃私语，大有不服之意。

让常胜主持大会是树民的主意。树山也有此意，机械铸造有限公司有他的大部分股份。常胜毕业后被分到了市里的一家机械厂，厂子效益不佳，他老是闹着回家来干，他妈死活不松口。他这是临时当一回主持人，为此惹得他妈在家生闷气。

树民想得更远，他的观点很明确，就是想用家族企业做他的试验场，推行民营企业的成功发展模式，激活家乡人潜在的经商意识，激发家乡的经济活力。他相信这句话："流水不腐，户枢不蠹。"他最终目的，就是让家族企业在蓟运河这块沃土上发展壮大，在当地带动更多民营企业发展起来，让更多人富裕起来。当然，他的政绩也会因此添上浓墨重彩的一笔，人过留名，雁过留声嘛。

常胜宣布："揭牌仪式开始！"树海红光满面地站在主席台上，高声宣布："天远集团总公司今天成立了！"代表公司的刘家三兄弟——老大刘树山、老三刘树海、老四刘树江，伴着欢快的乐曲，并排走向红绸覆盖的公司牌匾。他们轻轻揭开牌匾上的红绸，"天远集团总公司"这几个金黄色的大字呈现在人们面前，鞭炮齐鸣。一盆盆鲜花组成大大的圆形，在阳光的照耀下显得格外娇艳，黄的似金，红的似火，白的似雪，粉的似霞。红气球下边悬挂着巨幅红色标语，随风飘荡。随后，树海宣布了公司的主要领导：总经理刘树海，副总经理张瑞惠；天远机械铸造有限公司经理刘树花，副经理汪玉生；天远制衣有限公司经理马志超；天远建筑有限公司经理刘树江；天远物流有限公司经理刘树海。随后，树海拿着树民审定的发言稿致辞："……天远集团总公司的经营宗旨是创一流的企业，实行科学化管理，尊重人才，遵纪守法，讲信誉，守信用……"最后，树民讲话，他讲了民营企业在国民经济中的地位、作用，以及全区民营企业的现状之后，给新成立的企业提出了希望："……希望天远集团总公司不负众望，为全区民营企业带一个好头儿，树一面旗帜，让更多民营企业出现在蓟沽区的经济舞台上，为我区的经济建设贡献更大的力量！祝天远集团总公司健康发展！"

揭牌仪式热热闹闹地结束了。盛大的酒宴是免不了的，浩浩荡荡的车队直奔树花的滨河大酒楼。

酒宴开始了，树民酒过三巡也不忘他的使命感，再次对树海"指示"道："公司是成立了，关键是把握时机，切忌家长式想当然、盲目乱指挥，一定要科学管理。科学管理，不一定非得走国外的所有权与经营权分离的路子。中国的民营企业，家族式的管理模式，也有它的生命力的。经营者又是所有者，自然有很强的责任心，这一点已经得到了国外知名研究机构的高度评价。但是有一点，必须运用现代科学管理的理念和方法，才能在现代化的经济活动中立于不败之地……"树海恭敬地聆听着二哥的话。

在幕后精心运作的树山很满意，站在大厅门口，看着人们饮酒的喜庆场面，不由得暗自庆幸自己在这几次经济转型时，适时把握了机遇，使自己的家族一步一步汇入了市场经济大潮中，这是他当年想都不敢想的事情。从这一点说，他是刘家的功臣。当他下意识地想到，他所创办的村办企业如今从他手中彻底消失了，他的眼神忽然暗了下来，他不安起来，觉得自己变了，变得很自私了。他转身出去了。

树山到各桌敬酒，他又轻松自如和心安理得了。马志超紧随树山之后，也频频敬酒，以此表达他的满意和愉快。他不止一次庆幸，多亏当时没有冒险参加制衣公司的竞标，假如那样做了，他不但得不到制衣公司，而且会弄个鸡飞蛋打，被轰出刘家庞大的关系网。现在，他依旧为刘家执掌制衣公司，年薪十万元，另加年终数额不定的奖金，这让他知足得很。

马志超敬完酒回到自己的座位上，手机响了，一看是小姨子姜文敏打来的，他接了起来："姐夫，你在哪儿呢？抓紧到学校一趟，小东跟同学打架了！"他急忙走到僻静的楼道处，急切地问："因为啥？""你到学校再说吧。"马志超感觉姜文敏话里有话，神色有些慌张地跟树山打了招呼，匆匆忙忙离席，赶往李家沽中学。

马志超忐忑不安，来到正在兴建教学楼的李家沽中学，见到姜文敏就问："是不是姓魏的那小子打了小东？这小子欺负小东好几回了，还反了他呢！"姜文敏严肃地说："你闹什么？小东拿水果刀扎了那个男生好几刀，那个男生正在医院抢救呢，小东在派出所。我没告诉我姐。"马志超眼睛直了，像泄了气的皮球，一屁股坐到椅子上，皱着眉头问："到底又因为啥呢？"姜文敏简略地说："据学生说，英语课上，魏小龙用橡皮触了他前桌的小东，小东骂了他，他俩就打了起来，然后被叫到德育处。中午放学，学生们说，魏小龙出了大门口，追上小东，把他的自行车踢倒，两人又打了起来，魏小龙把小东压在地上，小东掏出了水果刀……"马志超腾地站起来，想说什么，姜文敏见状说道："你什么也别说了，不管魏小龙对与错，最终是小东持刀伤人，魏小龙正在医院抢救！"她接着说道，"你先到派出所，见见民警，带些钱，抓紧去医院看看人家孩子。千万别跟人家闹起来，魏小龙有个大伯在学校闹一回了，振刚校长他们都在医院。"马志超不敢耽搁，马上起身告辞。

在派出所，马志超见到了王所长。王所长向他介绍了案情，从抽屉里拿出带有血迹，足有半尺长的水果刀。马志超皱起眉头骂道："他妈的，这孩子疯了！"王所长示意他坐下，说："我派人去了医院，大夫说魏小龙不会有生命危险。"马志超长舒了一口气。王所长陪他见了小东。小东低着头，

第十二章

马志超恨不能扑上去狠狠揍他一顿:"你咋下这黑手?给人家捅出个好歹咋办啊?"小东不敢看他爸一眼,更不敢说话。

马志超赶到医院,在急救室外的走廊中,一眼看见了魏文山,他疾步上前,赶紧道歉:"老兄,对不起,是我家教不严!孩子现在咋样?"两人早就认识。魏文山冷漠地跟她说:"你自己看去吧!"马志超进了病房,魏小龙输着液,在睡觉。他退出了病房,到了医务室,跟大夫询问了孩子的伤势。他回到走廊,掏出一万元现金,递给魏文山,说:"老兄,先拿着,不够的话,明天我再送过来。"魏文山一摆手,沉着脸说:"你先听我说,我弟弟没了,想必你也知道,撇下这孤儿寡母。这孩子万一有个三长两短,别说他妈受不了,我也无法接受。我要求转院到市里!""你说咋办就咋办。"马志超马上表态。魏文山本想找碴儿闹一通,见马志超如此痛快,他迟疑片刻,转身到医务室提出了转院的要求。一位戴眼镜的中年大夫很不情愿,说:"你们随便吧!"就这样,马志超跟随着到了市里的医院。

姜文花在纸箱公司做会计,下班回到家,见小东不在家,不放心,正要给姜文敏打电话,姜文敏领着小女儿进来了。她纳闷儿地问:"这么晚带孩子来了呢?小东呢?""哼!进派出所了!"姜文敏没好气地说。"啊!啥事?"姜文花打了个寒战。姜文敏坐下来,气愤地把事情的经过说了。"哎呀!这小缺德的,他咋敢下这黑手啊!"姜文花简直不敢相信小东会闯下这么大的祸。"这可咋办啊?"姜文花急出了眼泪。"找大哥商量商量吧!"姜文敏建议道。姜文花抹一下眼泪,慌里慌张地骑上自行车,来到大哥家。她一进屋就哭了起来,吓得王春梅一个劲儿追问。听姜文花说完,王春梅猛地一拍大腿,惊呼道:"我的妈啊,可了不得了!"她马上追问,"人家的孩子咋样?""我姐夫跟着去了市里的医院,据说孩子没有生命危险。"姜文敏通报了最新情况。姜文花只顾着抹泪。

夜里十一点多,在王所长的办公室,树山在谈小东的事。王所长说:"大哥,你来了,先把孩子领回去,随时听招呼。""好吧。"树山站起来跟随王所长去领小东回家。

小东暂时被保释出来了。姜文花一见儿子回来了,立刻哭诉起来:"小东啊小东,你可把大人活活气死啊!你咋下这黑手啊?你要是把给人家捅死,你不给人家偿命啊?你快上初二了,学习不努力,每门功课不及格,打

425

架倒是卖力……"满屋子的人没有一个不气恼的，任凭姜文花数落小东。小东站在众人面前低着头，不敢吱声。长辈们你一句、他一句，连吓唬带劝。树山板着脸说："小东，我告诉你，从今往后，你再惹祸，别怪我不认你这个外甥……"

小东去派出所接受了几天教育，回家了。可是提起上学的事，他一口拒绝："打死我，我也不上了！""你不上学，干啥去？"姜文花面对任性的儿子，不知所措。马志超拢不住火了："你必须上学！"一阵拳脚把小东打跑了。姜文花一把鼻涕一把泪地数落丈夫："你就会打，就会骂！你这不是火上浇油吗……"小东跑了，姜文花又让人到处去寻找，真是按下葫芦起来瓢。

小东不能不上学。姜文花夫妇把姜文敏、王春梅，还有树，都请来了。在西屋，小东站在门口，两手插着兜，面无表情。王春梅劝道："东啊，听大姈子的话，明天上学去……"小东低着头，就是不作声。"如果你不愿在咱们中学上，到城里上学也行，住在我那里。你这样任性，会毁了你一生啊！"姜文敏开导着。"是啊，你刚十四五，千万不能破罐子破摔啊……"儿子刚考上区一中的树芬，话没说完，小东不爱听了，一扭头到东屋去了。姜文花想追过去，被人们劝下了。

没能劝好小东，大家扫兴而归。路上，树芬对王春梅说："没想到小东这孩子这么任性。""哼，都是文花惯的，她整天嘻嘻哈哈的。这孩子小时候偷家里的钱，他奶奶管教，文花却护着。那年，小东偷了邻居五百块钱，她气得跑到我这里又哭又叫……"王春梅一针见血。"这事，就是打死虎子，他也干不出来。嫂子，文花不省心的日子在后头呢。""谁说不是呢！"王春梅也很忧虑。

两人走到村中心大街，灯火通明。树芬意犹未尽："必须教孩子诚实，干事认真，知道大人的甘苦，我不是跟嫂子夸我们家虎子，在一中上学从不挑吃挑穿，从不乱花钱。"王春梅笑了："虎子比常利强多了。"树芬兴致来了："孩子出问题就是从钱开始的，现在大人学坏也是从钱开始的。"王春梅笑了。"游戏厅乌七八糟的，啥都有，虎子从来不去。我出车卖票，在车上经常听到人们骂游戏厅，害了多少孩子啊……"树芬皱着眉头，看一眼王春梅，"啥是财富？人是财富。孩子不成人，你就是有金山银山，又有啥用？

将来那是个填不满的大深坑……"王春梅也认同："就是。"姐俩边走边谈着永远也谈不完的孩子的话题。

九

魏小龙出院了，没有留下大的后遗症，只是身上留下了几处伤疤。魏文山自知侄子有些理亏，勉强同意由派出所调节此事。他打定主意，找马家多讹一些赔偿。马志超也想尽快了断此事，除了两万多元医药费，又给了魏家一万元营养费。魏文山不同意，阴沉着脸说："绝对不行！孩子身体肯定不行了，他们孤儿寡母的，从今往后咋生活？别的不说，孩子住院期间七七八八花了不少钱……"马志超火了，腾地站起来，脸一沉，说："笑话！你们七大姑八大姨胡吃海喝糟蹋的，也来找我？我不是慈善机构！我这三万还是往多了给的呢。你不同意可以，走法律程序，我奉陪！"马志超也是拥有两百多号工人的一厂之主，脾气自然不小，一扭头就要走，王所长把他拦下了。魏文山也不是吃素的，偏执的脾气又上来了，指着马志超歇斯底里："姓马的，你的孩子心狠手辣，差一点儿要了我们孩子的命，你大人拿这点儿钱打发我们，呸！你做梦去吧！"王所长又开始劝魏文山……

经过几轮艰难的调解，最后，马志超听从了树山的建议："这家孤儿寡母的，就别计较老魏说话办事对不对了，多给点儿吧。"马志超不言语了，在三万元的基础上又增加了一万元补偿。魏文山勉强默认了，在调解书上签了字。

魏文山在马志超身上没有捞到多大好处，开始了他的第二步计划，一封信将此事捅到了区教育局，要求撤换校长董振刚。他这样做，是为了报复，报复他的仇人秦亚娟。他荒唐地推论：如果不是刘树民死保秦亚娟，他哪会从棉纺厂被赶出来？如果他不从棉纺厂出来，他弟弟也不会从棉纺厂出来，跑到他小舅子林金江的公司去上班，如果不是刘树山假公济私把林金江弄下去，他弟弟哪会辞职做买卖出了车祸？

魏文山跑到乡政府，先找到现任乡人大主席的好友牛德顺，然后找到王宗斌。他目不转睛地盯着王宗斌，说："……说实话，我给教育局写了信，要求撤换董振刚！"王宗斌知道魏文山的为人，不动声色地问："理由呢？"

魏文山很不耐烦："这不是秃子生虱子——明摆着吗？他领导下的德育主任，随便打学生，我侄子被打过好几次。学生上课捣乱，打架成风，老师经常上不了课……还有，他本人生活也不检点，这个我不说，你不会不知道，上梁不正下梁歪。一个好端端的中学，让他弄成什么样子了？这哪里是学校，简直是糟蹋孩子，是犯罪！"对魏文山一声高过一声的声讨，王宗斌不以为然，他知道魏文山早就养成了给别人无限上纲扣帽子的习惯，以此来攻击别人。王宗斌并不打断魏文山的话，任他信口开河，发泄心中的不满和愤怒，也不看他，侧着头吸着烟。不知过了多久，魏文山闭上了嘴。王宗斌似乎刚睡醒，抬起头问："接着说，还有呢。""我的话说完了。"魏文山鄙夷地瞟一眼王宗斌。王宗斌正了正身子，说道："你反映的情况与我掌握的情况出入很大，我这人从不护着谁，只相信事实。据我所知，自董校长上任以来，李家沽中学每年考上中专、一中的学生比以往都多，学校一连几年被区教育局评为先进校，他本人也连续几年被评为先进个人，这是有据可查的。至于个别教师体罚学生或学生捣乱，谁敢说别的学校没有这种情况？关于你说的董振刚生活不检点，我不知道你指的是哪方面。"王宗斌有意把后面的话说得很重。魏文山马上反问道："你作为一乡之长，不会不知道吧？""真不知道。"王宗斌故意装出一无所知的样子。"他跟一个女主任……"魏文山话说到半截，停住了。"你有真凭实据吗？"王宗斌追问道。"不信，你去调查！这几乎不是秘密了！"魏文山狡猾地把话题踢回去。"我现在问你。你既然反映这个问题，我就向你要证据。"王宗斌提高了声调，直视着魏文山。魏文山话锋一转，也提高了声调，挑衅地反问道："这么说，我反映的问题是放屁了？"王宗斌被他激怒了，猛地站起来，使劲儿拍一下桌子，高声说道："我要的是实事求是，要证据！""那好！"魏文山悻悻而去。王宗斌怒视着魏文山的背影。

过了两天，乡文教科的张文涛科长向王宗斌请示，说教育局新任局长李局长准备听取李家沽中学的情况。王宗斌说："你就说中学的情况是好的，现在出现的问题是个别现象。乡里对董振刚是大力支持的、肯定的。"文教科长离开后，王宗斌拨通了秦亚娟的电话，明确告诉她有人想搞臭董振刚。秦亚娟追问是谁，王宗斌冷笑一声："能有谁啊？"秦亚娟心领神会，拨通了树民的电话："魏文山的邪劲儿又上来了，他想搞臭董振刚。这条狗，毛还没干呢，又开始咬人了……让他咬去吧，咬累了就不咬了。"树民在开发区的一个工地上，一听这话笑了："你也学会这一套了？""你不是说过吗，遇到那些豺狗子，你别跑，你就蹲在那儿不理它，那家伙绝不会扑上来咬你的，无非站在那里瞎'汪汪'。""对！你说得很对！对有些人，就得采取这种方法。"树民夸奖她一番。

树民走过来，阴沉着脸，对站在他跟前的一位衣冠楚楚的中年男子骂道："你真是浑蛋！当初你威胁我们，如不按期拆迁完毕，你就撤资。区政府顶着巨大压力，提前完成动迁，可你呢？这电子城工程拖延至今，地桩你刚打了几根……我明确告诉你，你想转卖或搞商品楼盘，绝不许可！逾期收回这地块！"

中年男子想辩驳："我想……"

"不要谈了！"树民一甩手走了。

第十三章

一

新立沽的企业转制结束了，可是树山并没闲下来，他在另一个支点上找到了心理平衡。他想利用转制得到的巨额资金，进行村政建设，他要把新立沽村建成美丽生态旅游村和工业示范村。他获知，有关部门准备拓宽村东面的公路，他想借此机会，在公路旁边建立工业园区。

树山找到王宗斌，提出了他的想法。王宗斌认为此事重大，不敢擅自表态，说："占用耕地，而且是百亩葡萄地，建工业园区，非同小可。"他看了一眼胃口越来越大的树山。"咱们先跑一跑，办成了，你功不可没；办不成也没吃啥亏，无非多跑几趟道，多费点儿唾沫星子，大不了搭上几顿饭。"树山嘴上这么说，心里其实急得不行。"大哥，你咋不嫌累呢？"王宗斌不理解地问。"唉，这个想法我早就有，特别是出去转了几圈，一看这儿也开发，那儿也开发，咱们为啥不搞一个呢？现在咱们有的人拿着钱，跑到外面办企业，为啥？那时民营企业受限制。可今非昔比了，如果国路动工拓宽，咱们村正在城乡接合部……这几年，葡萄也不咋值钱了，一家子整年守着这三四亩葡萄地，能挣几个钱？去年受雹灾，有的人家三四亩地才挣几千块钱。华西、刘庄不就是办企业发展起来的吗？咱们这里发展得太慢了！"树山滔滔不绝地说。王宗斌仍有顾虑："话是这么说，但设想一下，咱们要是把这块地批下来，有人来投资吗？万一没有人来投资，那么多土地撂荒，你我可就吃不了兜着走了。""你非这么办？这块地真批下来，人家占多少，咱就用多少，不占的，让村民先种着。"树山早就打算好了。王宗斌想了想，说："这样吧，大哥，咱们先问问树民，听听他的看法。"树山笑了，说："其实这也是他提的醒儿，他之前提过这事，当时我没心思去想它。"

两人去找树民。路上，树山给树民打了电话，树民说他正在开会，让他们先到他的办公室。

树山和王宗斌等了二十多分钟，树民笑盈盈地进来了。树民认真地问：

第十三章

"你们的园区，打算用多少地？""百亩地以上吧。"树山说。"以谁的名义？"树民问。王宗斌说："当然是新立沽的名义了。"树民摇一下头，说："我看最好以乡的名义，搞大一点儿。你们那块地，我早就相中了。"树山和王宗斌很吃惊，你看看我，我看看你。王宗斌见树民不仅支持，而且口气更大，他的胆子也大了，兴奋地说："有区长大人想着老同学的事，那么说干就干！先听听区长的高见。"树民对王宗斌说："为什么要搞一个乡级工业园区呢？说句实话，南面搞的那个区级开发区，地势不怎么好，我想搞一个小型的、短平快的项目。咱们区的状况你是知道的，如果建一个乡级工业园区，土地租赁费低，土地性质不变，这样更能吸引投资者。当然，也不能让你这个乡长闲着难受。你们回去，先开一个党政班子会，统一一下思路，定下来，给规划处打一个报告。"王宗斌笑了，说道："你是说，将来我们的园区土地是租赁性质？绕开土地征用这个难题？"树民肯定地说："是这样的，但是有关键一点，必须征得相关果农的同意，不得强行租赁。"树山说："多给一些租赁费，事情就好办了。"王宗斌说："大哥说得有一定的道理。"关于在新立沽村建立李家沽乡工业园区的事宜，三方达成了初步共识。

　　李家沽乡要在新立沽村东建一个工业园区的消息不胫而走，人们议论纷纷。

　　在新立沽的"两委"班子会上，树山把区里、乡里的意见向与会者进行了通报。人们一听像炸了锅似的，有的紧蹙眉头，有的兴奋异常。树山提高声音说："我先把想法跟大伙儿念叨念叨，第一点，这个工业园区，占地千八百亩吧。"他停顿一下，点一支烟，吸了一口，"开始我也犯难，这不是小数目。后来我又想，在咱们区，像咱们村占这样好位置的有几个？一个也没有。咱们不抓住这个机会，还在那几亩地上刨食吃，就只能满足温饱，富不了。退一步说，改革开放这些年了，咱们村摆弄那几亩葡萄地的，有几家发了、富了？咱们村挣大钱的，有几个是种地发起来的，不都是办企业、做买卖发的吗？人家华西、刘庄靠啥发的？靠的就是企业。"他继续说，"第二点，我说的是种地，地不能这样种了，要搞设施农业，把地变成工厂似的。葡萄要种，但要增加新品种。除此之外，扩大养殖规模，进行特种养殖，什么鸡鸭啦、螃蟹啦、泥鳅啦，等等。还要建几个垂钓宫、地热洗浴场馆，把咱们村建成一个生态旅游村和工业强村……"人们有的兴奋，有的不以为然。

431

树山却兴奋得很，又说："我打算把大队前面的那片民房推了，建第二批住宅楼，到那时，城里人看咱们都得眼热。"大伙儿乐了，有的被树山规划的景象吸引了，甚至为此陶醉了。不知是谁问道："园区真要是能办成，一亩地给多少占地费？""这个嘛，咋也跟公路占地费差不多吧，一亩地一万多块钱。"树山说。"能不能多要点儿？"又有人问。"尽量争取吧，咱们开发工业园区，就是用相对低的租地费，吸引人家到咱们这里投资，他们来了用咱们的工人，这不挺好吗？"树山尽量向好的方面引导。"要是有人不同意占地咋办？""那就看他为啥了，他要是还想种地，可以从村里的机动地调剂，也可以从别的组里调剂，顶不济，我到咱们邻县那边租地。要是想借机多讹点儿钱，那不行，只要占到你那里了，没有正当理由，决不许可……大家伙儿要弄明白，这土地还是咱们村的，只是让人家使用多少年，明白了吗？"林金龙阴沉着脸，他不同意开发这个园区，理由冠冕堂皇："大家说得很多了，我说一句泄气的话，这个所谓的工业园区，依我看，不符合国家的土地政策，耕地是严禁随便占用的。我看是白折腾，瞎子点灯白费蜡。"树山微微一笑，说："这个工业园区呢，是区里的决策，咱们听着就是了，散会！"他心里明白，林金龙的真实目的是拆台，拆他刘树山的台，而且不像以前躲躲闪闪了，直接站出来拆台了。散会后，人们依旧热烈地议论着。

李家沽乡工业园区，前期报批工作并不复杂，但富有挑战性，总体上进展得比较顺利。

树山、王宗斌坐在树民的办公室里。树民说："经过上下几轮探讨，今天终于把地块定下来了。租地的一些问题，如租期、租地补偿费用等，一定要合理，一定要通过户决制的方式来决定。宗斌、大哥，你们回去认真落实……"

这一千亩地的工业园区，对外宣传多少天了，竟没有一个人前来问津，树山、王宗斌有些坐不住了。王宗斌打电话问树民："下一步咋办？"树民的答复富有诗意："有了梧桐树，何愁引不来金凤凰？万事开头儿难，要有耐心。只要引来一对凤凰，后面的事，你就坐等吧！"王宗斌聆听一番教诲，不置可否。

树山从树花的机械铸造公司，回到村委会办公室，屁股还没坐稳，庄富贵领着一帮人进来了。"有事？"树山问。"我告诉你，园区占我的地，不行!"庄富贵的小舅子老孬劈头便说。"为啥?"树山并不生气。"不为啥,那是我的地,谁也别想动!"老孬绷着脸。"你这是非法占用耕地。我可告诉你,你们要是动了那片葡萄地,我们到区里告你,区里不行,我们到市里告你!"庄富贵一开腔,带着十足的火药味儿。其实,在园区内,并没有他的地块,他这是冲着树山来的。这些年,他混得一年不如一年,欠了一屁股外债,而刘家越扑腾,势头儿越旺盛,他能不嫉妒吗?树山不慌不忙地说:"富贵啊,你别带头儿闹好不好?会上我都说清楚了,占了谁的地,谁想要地,村里从别处调剂,实在不行,我到邻县给大伙儿租地,他们的地比咱们的便宜……"他的话还没说完,老孬便插话:"那也不行!"庄富贵一挥手,领着一帮人走了。

过了两天,王宗斌给树山打电话:"大哥,庄富贵领着一帮人闹到区里了,你跟着我去一趟,快把他们劝回来!"树山不敢怠慢,立即出门了。

二

太阳老高了,树芬还在床上不起来。郑跃军又强拧着她,要在无人问津的李家沽乡工业园区买块地,建葡萄酒厂,树芬跟他生了一宿的气。此时郑跃军还在苦笑着劝妻子:"哎,我说你快起来,让人家干活的看见多不好。"树芬一动不动,也不说话。"你看你,我又不是玩牌输了钱。"郑跃军刚说到这里,树芬背对着丈夫开腔了:"啥话我都跟你说了,你就是有你的蔫儿主意,你听我一句还是半句?建葡萄酒厂,那是吹气儿啊?你说把家里的钱都搭上,还得贷款。减震器厂欠咱们的钱,还不知猴年马月能给咱们,你又整这么一摊子,要是赔了,你找哪个大爷去?"她坐了起来,"我还是那句话,有咱们这个减震器厂干着不就行了吗,钱挣多少是多啊?你就是从现在开始不干了,到咱虎子那辈也够花了,何必再冒那个风险呢!远的不说,光咱们知道的企业,黄了多少个?你别看我哥扑腾得热火朝天的,叫人眼红,到头儿来干闹个热闹,不拉一屁股饥荒才怪呢。"树芬重复着夜里不知叨咕了几遍的话。但是,她有潜台词,那就是:你看那些挣了大钱的,有几个不胡闹的,不是今天你闹离婚,就是明天他闹离婚。你郑跃军到那时有大钱了,要走那一步,我咋办?这个想法,在她内心深处,她无法说出。正是这个不能明示的原因，让她一次次试图扑灭丈夫的勃勃雄心。郑跃军不解，问妻子："你咋变成这样了呢？"树芬掩饰道："我累了，不想再扑腾了。""我没让你干，你在家歇着，我自己干，我不嫌累。"郑跃军劲头十足。"我怕……我怕赔进去。"树芬差一点儿说出她内心的忧虑，但她不能说出，不能不信任丈夫，不能无端地伤害他。郑跃分析道："靠着葡萄产地建酒厂，利多弊少。这是一次难得的机会，错过了，就很难找好地段了。特别是建葡萄酒厂，你抢先建了，别人再建，考虑到市场容量，决心就很难下了。"树芬又躺下不说话了。郑跃军退一步说："这样吧，咱们先把地段买过来，有好项目，咱就上。"树芬没有作声。"你好好想一想。"郑跃军耐着性子，说完就去减震器厂了。

　　双休日，九点多钟了，太阳早就照到炕上，晒常利的屁股了，他妈叫了好几遍，让他起来抓紧学习，他就是赖着不起来，气得他妈在外间屋一边拖地，一边数落他。常利今年高考，当年没考上一中，王春梅心气儿高，一下掏出两万四千元，择校上了一中的校中校——育英中学。常利的学习成绩一直不佳。"你就撅着屁股睡吧！跟我较劲，有你张着大喇叭嘴哭的时候。大人急得火儿上房了，你还纹丝不动啊？人家学习好的孩子，谁像你，回家就睡懒觉？有心的孩子，哪个不捧着书，大门不出，二门不迈，天天熬到深更半夜？你可好，哪个礼拜回家，屁股坐热乎过？不是这个同学过生日，就是那个同学有事的，你比谁忙得都热闹，就是不忙学习。你的练习册我都看了，错题还有边有沿吗？你改了几道？择校时我给你花的两万四千块钱，是擦屁股纸啊？你是干啥去的？你回回月考都在后面坠着，咋不觉得郁闷呢？你看看虎子，不挑吃，不挑穿，从不乱花钱，学习成绩总是名列前茅，你们大的小的，哪个听我一句啊……"王春梅正在气头儿上，常利猛地从里间屋出来，用力一甩门帘子，无理地顶撞："闹闹闹！你越唠叨，我越不学！"他骑上自行车就走了，早饭都没吃。王春梅在他身后一个劲儿地骂："小不要脸的，一说你的毛病，你就跟我使横，你出去就别回来……"王春梅气得地也不擦了，把拖布往一旁一撇，坐在小板凳上抹起眼泪来。这时，树芬进来了，王春梅赶紧用衣袖擦一下眼泪，挤出笑容来，迎了出去："大晌午上门来，有事？""唉，别提了，他大姑父非要买块地，建葡萄酒厂，嫂子你说气人不气人！"树芬气呼呼地一屁股坐在炕沿上。"他还是不死心？"王春梅知道这码子事。"原先他说，我没往心里去，心想你闹你的，没有地盖厂房，你闹也白闹。这回不行了，有了破园区，地好买了，他的劲儿更大了。大嫂，你说他这个人咋这样呢？"树芬不问还好，这一问倒把王春梅的气勾起来了，她眼神黯淡下来，说："你生气？我跟你大哥生气多少日子了。你是不知道，自从弄这个破园区，他天天深更半夜回家，我跟他生气，他说我更年期，精神病。"王春梅很委屈，掉起了眼泪，抹一下眼泪，"这是你大哥说的话吗？我是到了更年期，有时烦躁，可他整天灌那么多猫尿，深更半夜才回家，谁不担心？我数落他，他就发脾气。你说，我哪儿做错了？"树芬说："大嫂，你千万别往心里去，我大哥那是一时气话。他在外面办事有时难免不顺心，跟大嫂说两句不中听的话，你多担待点儿就是了。""你还不知道呢，你大哥想鼓动常胜回家来干，还有树海、树花，也撺掇常胜回来，常胜也活了心。现在常胜，我的话一句也听不进去了。你说我是他妈，把他拉扯这么大，现在他大学毕业了，用不着我了。"她一边说一边抹泪，树芬心里也酸溜溜的。王春梅又说："还有老二常利，今年高中毕业了，学校让开家长会，你大哥说有事，让我去。我去了，一听才知道，常利考大学，没有一点儿指望了。原来你大哥不去开家长会，是嫌砢碜。你嫌砢碜，倒是早早敲打他啊，何必到今天这地步？刚才我嘟囔了常利几句，他又跑了！"她又抹一下眼泪，"你大哥这个人啊，家里的事啥也不管，外面的事忙得可带劲儿了，人家背后少骂他了？他图的啥，钱也不多挣！……"

树芬本想向王春梅诉一下苦，没承想她比自己还烦。她安慰起了大嫂："大嫂，你就想开点儿吧。你两只眼睛总是有点儿肿，哪天我陪你上医院瞧瞧。"王春梅余气未消，说："唉，瞧也没有用，你大哥在医院给我找了个大夫，我没去。"她又提起常胜，"最让我生气的是常胜，他太让我失望了，这四里八庄考上大学的，哪有回来的？他可好，硬往家里钻，可惜我白供他四年了。"她又愤愤不平起来，"不行！哪天我非得数落数落树海、树花不可。我还得找树民，让他给找个好单位。"树芬笑了，说："哪天我劝劝常胜。""劝也没有用，他总是说，小伙子有能耐，就得办公司，咱们家有公司，我何必在外面干呢？"

王春梅两只眼睛看着地面，流露出无奈，说："孩子小的时候，累点儿穷点儿，觉得挺好，没想到孩子大了，更不省心啊！小时候哪个不听话，打他两巴掌也就过去了，现在行吗？你打他两巴掌，也不好下那个手啊！你就是打了，落在他们身上，还没狗蹦子踢两下疼呢。早知这样，不让他们长大啊！"树芬笑了，说："大嫂，你真会说笑话，当年常胜他们小的时候调皮捣蛋，你骂他们，小兔崽子，你们啥时候能长大，叫大人省心！"王春梅露出一丝欣慰的笑容。她退休在家，一个人整天守着四间空荡荡的房子，不知什么时候，也开始怀旧，非常愿意跟人聊那些往事，那些温馨的、酸楚的、痛苦的往事。

  树芬随着她回忆，小土房、大院里的往事历历在目。树芬笑着说："常胜小时候，把我娘养的那只老猫和狗拴在一起，看它们打架……""临了，那两只猫连吓带累，都得病死了。"王春梅笑了一下，惋惜地说。"还有一回，他缠着我三哥，非要吃我爸种的那几个西瓜。我哥带着他去了，用小刀先在西瓜上挖个小四方口，一看没熟，再把瓜皮盖上，一连挖了好几个，竟没有一个熟的，馋得常胜一个劲儿地哼哼，流着哈喇子。"王春梅笑出了声："后来他大爷发现了，把你哥臭骂一顿。"树芬又想起一件事，不由得笑起来，说："有一年冬天，你养的七八只鸡，到房前的地里找食吃，结果被灰狐狸咬死了两只，叼走了两只，你心疼得坐在地里一个劲儿地抹眼泪。""提起狐狸、黄鼠狼子，真让人心惊肉跳。到了冬天，夜里黄鼠狼子拉鸡，吓死人了。"王春梅皱着眉头说。"都赖村里那年不号召打狗，有狗看家，兴许好点儿。"树芬接着话茬说。王春梅说："可说呢，像野狐狸、野黄鼠狼子，这些年也碰不见了。""能碰见吗？咱们又不是在地里住着的时候。这种动物就怕人。"姑嫂二人都流露出轻松的神情。

  此时，王春梅像换了一个人，兴奋起来："那时，你不跑到跃军家里，兴许你俩真成不了……"树芬羞涩地低声说："那时候真不知咋想的，有那么大的胆儿，现在想起来，还害臊呢，真有点儿后怕。""后怕啥？"王春梅似乎完全沉浸在对往事的回忆中。"他们家那么穷。"树芬说。"这就是对眼儿了，用电视上的话说，这就是爱情。"王春梅有些浑浊的眼睛，睁得大大的，望一眼窗外院子里那棵挂满大枣的枣树，若有所思，"人真不可思议，那时我跟你大哥结婚，你们家也是穷得叮当响，就那样，还高兴得够呛。现在的孩子们搞对象，不花十几万，别想进门儿，唉！孩子们赶上好时候了！"两个女人一直聊到很晚……

第十三章

三

七月的骄阳炙烤着大地,已经有十几天没下雨了,路边的小草被太阳烤得打了蔫儿。树海驾车从港湾区的物流公司,向天远集团总公司的临时办公地——机械铸造公司急速驶来。他满面春风,听着《黄河交响曲》,盘算着下一步。他准备在机械铸造公司东面的园区购买二百亩地。他打算建一个炼钢厂,这个主意是他侄子常胜给他出的,后来树花也有这个想法,而他呢,却对此兴趣不大。今天他就想跟树花进一步谈谈这个问题。

树花身穿浅茶色套裙,在经理办公室,跟副经理汪玉生商量加班赶进度的事。她上任以来,仪表堂堂的小妹夫尽职尽责,得到了她这个二大姨子的赏识。树花觉得他很勤快,只要交代给他的事情,他很快就能保质保量地完成,有的问题,他竟想到了她前面。为此,外出办事时,树花总爱带着汪玉生,一来让他给她开车,二来让他跑跑颠颠也方便。可是,在公司当材料管理员的树兰,看见他们进进出出的,心里总有些不舒服。

树花说:"树海一会儿就到,商量买地和建炼钢厂的事,我想听听你的意见。"汪玉生说:"二姐征求我的意见,那我就说两句。我认为这是机遇,一个很好的机遇。虽然现在咱们困难很多,订单不多,资金相当困难,几乎没有钱干这两件事情,但是等有了钱再干,恐怕为时已晚。就是将来有地了,也和咱们公司连不上一片了,所以,就是到处借钱,也得把公司东面的这块地买下来。至于建钢厂,可以推迟一下。"树花说:"你说得不错。建钢厂的事,我和你想得不一样,我想买下这块地,就想法子上马。"汪玉生吃惊地说:"这上千万资金从哪儿来?""只要干,总会有办法的。"树花坚信这一点。当初,她和裴洪伟就是这么过来的。

树海到了,树花欠一下身子,汪玉生微笑着让座。树海四下打量了一下,夸奖道:"你这办公室布置得不赖啊,比我那里强多了!""我这儿哪能超过总经理的办公室呢!"树花笑着说。兄妹俩逗了两句,进入正题。汪玉生给他们斟好茶水,笑着对三大舅子说:"三哥,你们谈,我上车间,还有事。""去吧!"树海应了一声,紧接着说,"这二百亩地,看来得买了。前天,二哥到南方考察前,给我打了电话,叫咱们带个头儿。"树花说:"也不能光考虑二哥的意思，我觉得买下这块地，没亏吃，为今后的发展留足了地方。""好是好，就是这钱不好弄啊！咱们买厂子留下的那个窟窿还没堵上呢，再贷款，二嫂说不好办了。再说物流公司、制衣公司，还有你这里，流动资金都不够用。老四的建筑公司还行。"树花笑着说："看来只有从内部想辙了？"树海苦笑一下，说："这个办法我也想过了，给工人的工资截流，我不好再办了。""总不至于买地也欠着吧？"树花似乎没了主意。"肯定行不通，那帮刨土坷垃的，那脑袋还不摇得跟拨浪鼓似的？"树海似乎忘了他也是刨土坷垃的后人。"你说咋办？"树花问。"只有一个办法，咱们先付一部分，让大哥先把那帮刨土坷垃的钱付了，村里的那部分钱先欠着。咱们再唱一次半个空城计。"树花苦笑一下，说："亏你想得出，你又给大哥出难题，大哥能同意？如果走漏了一点儿风声，连上次的事捎上，大哥就完了。""这只是暂时的嘛，等钱凑齐了，补上就是了。张叔和小马上了我的贼船，他们谁敢透漏一点儿风声？等乡里查账，咱们早把窟窿堵上了。"树海说得如此轻松，树花却担心，说："万一堵不上呢？""必须堵上，到时候我自有办法。"树海对堵窟窿似乎很有招数。他站起来，吸一口烟，一只手扒拉一下油光锃亮的黑发，问："你说建钢厂能挣钱？""只要办起来，就能挣钱。"树花很有把握地说。"往下说！"他要求道。"咱们周围有很多炼钢锭的小钢炉，货源没问题。只要钢筋、槽钢做出来，销路没问题，有的是销路，连南方人都过来买钢材。"树海仍兴趣不大："光指望收废铁炼钢，小打小闹，没大意思。"树花笑了："你错了吧？用废铁炼钢，这绝对是大买卖，来钱快。"树海看了看树花，没有说话。

树海从树花这里出来，到了他曾经温馨的家。他进了一楼父母的房间，只见王春柳和七十多岁的母亲，正给瘫痪在床的父亲换身下的尿布。他忙凑上前去帮忙，王春柳也不看他一眼，说："你放下吧，我自己来。"他怎么好意思呢，这是他父亲啊。他母亲说："春柳，你去拿外面晒的那块布单。"王春柳被婆婆支出去了。躺在床上的老人仰着脸，直勾勾地看着房顶，眼睛里好像含着泪花。王春柳从外面拿了布单进来，树海使劲儿抬着父亲的身子，王春柳很利落地把布单铺到公公的身子底下。换好了布单，树海到洗手间洗了手，王春柳出去了，准备做饭。

王春柳自从那次自寻短见未果，亲戚朋友，特别是公婆说的那些掏心窝子的话，着实让她感动不已。慢慢地，她认命了。为了二老，她留下了。她对树海已不抱希望了，把一切希望都寄托在女儿常雅身上。她把上小学五年级的女儿的学习，当成她生活的重中之重，常跟女儿说："一定要学习好，只有学习好了，长大了才不被人家瞧不起。"十三岁的女儿似乎什么都懂，甜甜地说："妈，我知道，你会有回报的。"孩子的话，让她激动得掉起了眼泪。常雅是懂事的孩子，学习成绩在年级一直都是第一名。为此，王春柳很满足，只要想起女儿，烦恼都被冲淡了许多。

王春柳在厨房做着饭。当初树海准备请一个保姆，他父母说什么不干，说他们丢不起那个人。因为老人的反对，保姆没有请成，一切家务都由王春柳一个人承担，婆婆想帮她，她不让。树海跟张瑞惠同居以来，两个老人便把王春柳当成自己的亲闺女。就说给老人换洗身底下的褥单、尿布一事，亲闺女也未必能做到，被自己的儿子冷落的儿媳，却做到了，刚才树海父亲眼中含泪也许就是因为这个缘故吧。

树海在父母的房间里吸着烟，听着他们的絮叨。当初，二位老人对儿子不依不饶。自从张瑞惠给他们生了一个胖胖的大孙子，他们对儿子、对张瑞惠的怨恨，似乎减轻了许多。有时树海的母亲，偷偷地从抽屉里拿出儿子送来的两张彩色照片，让老头儿看。一张是大孙子，另一张是张瑞惠抱着孩子。照片刚送来那阵子，老两口看着看着，激动得直掉眼泪。特别是张瑞惠抱着孩子那张照片，让两位老人对这个漂亮的姑娘有了恻隐之心。树海的母亲看着张瑞惠甜蜜的微笑，似乎产生了一种亲近感、愧疚感，眼泪不知不觉流出来，她自言自语："这是树海造的孽啊，让好端端的姑娘背上了黑锅啊！凭姑娘这么俊俏的模样，搞啥对象不成，非得跟着咱们树海。唉，现在的年轻人，真是没法说啊，弄得一家不是一家，两家不是两家，上哪儿说理去！"

树海的父亲仰卧着，望着房顶，吃力地说："我没有几天活头儿了，我死后，你别亏待了常雅她妈，我和你娘多亏了她啊，人要有良心啊！你要是亏待了人家，我死也合不上眼啊……"老人一阵咳嗽，树海赶紧给他捶背，愧疚地说："我知道，你老不是告诉我好几回了吗？""我是不放心啊。"老人说到这里，王春柳进来了，说饭好了。小常雅从外面跑进来，一见爸爸坐在屋里，像见了陌生人一样，直接跑到奶奶跟前。"见你爸爸咋不说话？"树海的母亲嗔怪道。"爸！"常雅小声叫道。树海笑着答应，把女儿搂在怀里，看着女儿腼腆的样子，问道："上哪儿玩去了？""上大姑家，跟虎哥玩去了。"常雅说。王春柳出去放桌子了。"你大姑在家吗？"树海问女儿。"在，我大姑跟大姑父生气了。"常雅消除了对父亲的陌生感，眨着黑黑的杏核眼，爽快地说。"这丫头，又为啥啊？"树海的母亲问孙女，常雅摇摇头。"可能是因为买地的事，我吃完饭过去一趟。"树海对母亲说。

  王春柳把桌子放好，饭菜弄好了，树海的母亲给他父亲喂饭，他们三口人围在圆桌旁吃饭。树海一边吃，一边问女儿的学习情况，王春柳不说话，很平静地吃着饭。"好好学习，将来爸爸给你弄到区里上学，那里的条件比咱们学校好得多。"树海跟女儿说。"我不去！"常雅小嘴一噘。"傻闺女，区里的学校有电脑。"树海说。"真的？"常雅兴奋地望着这几年很少见到的爸爸。"爸爸啥时候骗过你？你要是愿意学电脑，爸爸给你买一台。"树海很轻松地说。"我不……要。"常雅低着头小声说，看了她妈一眼，"我们校长说，学校没有钱，如果有钱，我们学校也买电脑。"说到这儿，她马上央求爸爸，"爸爸，你给我们学校买几台电脑吧！""快吃饭，饭都凉了。"始终没有说话的王春柳催促道。"傻闺女，你爸哪有那么多富余钱！"树海看着女儿天真的样子，很轻松地撒了一个谎。一家五口在一起吃饭，这几年太少了。树海的母亲看着他三口人吃饭的样子，心里很不是滋味。

  树海吃完饭，先到了制衣公司。他跟马志超就公司的一些事情碰了碰，着重谈了流动资金的情况，以及准备买地的事。马志超为难地说："现在由于盖职工宿舍楼，买布料的钱都不好凑，半年的工资该发了，要是把钱挤出去买地，恐怕活儿都干不了了，怕工人闹事。"树海站起来，说："这事先说到这儿，你再想想有没有别的道儿。"他走出办公楼，驾着车一溜烟儿驶出制衣公司，向树芬家驶去。到了树芬家门口，他进了院子，刚想上楼，小虎从楼里蹿了出来。"三舅！"小虎叫了一声。树海笑着答应，又随口问道："学习咋样？""凑合吧。"小虎显出腼腆的样子，一只手挠了一下小平头。"凑合可不行，咋也得在前几名站着啊！"树海一本正经地说。小虎微微一笑，点一下头。"你爸你妈呢？"小虎指着西面的减震器厂，说："在厂子里。"

  树海进了减震器厂的院子，几个工人在干活儿。他径直来到厂长办公室，推开门，只见郑跃军、树芬都在里面。两人有些不悦，一看三哥来了，忙笑着站起来。郑跃军让座，树芬给他沏茶。树海问道："活儿咋样？""还行！"

郑跃军轻松地说。"这个月根本没有多少活儿。"树芬接过话茬。郑跃军瞭了妻子一眼，解释说："那边人事有变动，估计下个月活儿就多了。""下个月也够呛。"树芬又抢了一句，郑跃军皱一下眉头。树海知道很多办企业的人的心理——不愿向外透露自己企业的真实情况。树海吸一口烟，换了话题："听说你想买块地？"郑跃军看一眼不高兴的妻子，说："有这个打算。""打算办葡萄酒厂？"树海问。郑跃军笑了一下，说："这个嘛，基本定下来了。""我还没同意呢！"树芬又抢了一句，郑跃军狠狠地抽了一口烟。树海一看这情景，对他妹妹说："这件事，两人商量着办，赌啥气？""还商量呢，他这个人，哥你是知道的，他认准的事，就是十头牛拉他，他都不回头。换成别人，老娘儿们说了，咋也得听几句。他可好，拿老娘儿们的话当耳旁风，不知道你哼哼的是啥。这减震器厂好不容易挣了点儿钱，他又搁不住了，非要拿出来，又买地又建酒厂，还要贷款，他不把这点儿家底子败干了不死心！""行了，你还有完没完？"郑跃军也不管三大舅子在面前，突然提高嗓门儿制止道。"我就说，这钱也有我的份儿！"树芬并不示弱，说完又觉得委屈，鼻子一酸，竟抹起泪来。树海拿出哥哥的架势，说："你这是干啥？跃军也没说啥！不是我这当哥的说你，关于办企业的事，你多听听跃军的，这是干正经事。当然，办企业是有风险的，而且风险很大，除非啥也不干，那就没有风险。"他看了两人一眼，"我的观点是，趁着年轻力壮，多扑腾扑腾，投资实业，即便有一天经营不下去了，还有固定资产在，这是最坏的结果。"他吸了一口烟，"现在看，跃军的投资方向是有道理的，稳妥起见，先把地买下来，这是机会。弄个好地段，至于酒厂，考察好了，再投资也不迟。"树芬脱口而出："哥，你也顺着他说！"郑跃军却以胜利者的姿态，美美地吸了一口烟。

屋内的电风扇"嗡嗡"地响着，树海脸上还是浸出了汗珠，他站了起来，对郑跃军说："你们俩别因这事怄气，好好商量。"郑跃军点着头。

送走了刘树海，树芬仍不死心，准备找他大哥，让大哥拿个主意。大哥是她最信服的人。

四

树芬没有打通树山的电话，她哪里知道，树山正在车里给有关人员一个接一个打着电话,焦急地告知,庄富贵等人准备到市里反映园区占地一事,中途发生了车祸。

　　王宗斌接到树山的电话,得知此事,惊慌地问:"啊!啥时候?严重吗?"树山说:"地点在农场那边的一座石桥旁边,我正在路上,有死的……""你们先去,我马上就到。对了,让派出所去两个人。"王宗斌不敢怠慢,这可是人命关天啊。他立刻给到南方考察的树民打了电话,树民一怔:"啊!怎么搞的?"紧接着命令道,"这事一定要处理好,特别是对死者的家属,一定要安抚好,出了问题,拿你是问!""区长放心,一定处理好!"王宗斌保证道。

　　林金龙一直在幕后指使庄富贵,到乡里、区里去闹。他见没掀起什么波浪,便又组织一拨人,租了一辆车到市里。今天上午,他们来到农场的一座小石桥,与一辆急速行驶的大货车相撞,他们的车冲出了路面,翻到路边的水沟里……

　　树山、林金龙等人,还有派出所的几个民警来到出事地点一看,车还在沟里斜翻着,两个轮胎只露出水面一点儿,再往路边一看,有三具尸体被破苇席盖着。树山走到第一具尸体旁,撩开一看,正是庄富贵;再看第二个,是庄富贵的小舅子老孬;第三个是司机狗剩。树山一阵头晕目眩,赶紧蹲下,双手托着头。稳定了一会儿,他站起来,非常沮丧,对农场的警官说:"他们都是我村的村民。"林金龙耷拉着脑袋,一句话也不说,在一旁的沟边蹲着。农场的警官说:"事发后,承包我们农场土地的老乡们发现了,他们几个人跳到沟里进行了抢救,我们赶到后也跳下去抢救……有两个人被送到了总场医院。"树山握着农场警官的手,深表谢意。然后,他对耷拉着脑袋的林金龙没好气地说:"通知他们的家人!"林金龙不敢正视树山,说:"我没带手机。"树山狠狠地看了他一眼,心里骂道:浑蛋!不是你在背后煽动他们,哪会有今天?树山阴沉着脸,对他的司机留柱说:"你回去送信儿,告诉他们三家,让主事的人来,瞒着老婆孩子,听见没有?"留柱答应着,驱车走了。

　　车祸的消息传到新立沽,在村里炸开了锅,人们议论纷纷,有的说:"我早就说过,他们这伙人,不闹出点儿事,不死心啊!""你这是咋说话呢?人家都死了,你老还咒人家?""谁咒他了?这地的事,树山不说了吗,

第十三章

占到谁家的地，就给谁家钱，还想要地的，他从别的组给挹摸。再说了，挨到谁的地块，你不想卖地，就占着呗，他能愣抢你的地？这回可好，出事了吧！""庄富贵可图心静了，拉了一屁股饥荒，他老娘儿们拉扯着三个丫头可咋过啊！""唉，人啊，日子过得穷富不说，就图一个安稳，他可好，今天跟这个赌气，明天跟那个过不去。这些年他得好儿了吗？人也有犟的，但得犟对地方，有那劲头儿，把自己的日子过好了，那才是能耐！""树山也是，操持这园区有啥用，麻烦了吧……"

树山心情沉重，硬着头皮，首先来到庄富贵家。他刚进外间屋，就听见庄富贵的老婆痛不欲生的哀号："你这个缺德鬼啊，你可把我们娘儿几个害苦了！自从跟了你，我没过一天舒坦日子啊，我的命苦啊……"树山进了里屋，见三个女儿也陪着妈妈泣不成声。见此情景，他能说什么呢？屋里的人见树山、林金龙来了，擦着眼泪站起来让座。突然，庄富贵的老婆像见到仇人似的，止住哀号，一下子扑向林金龙，屋里的人们都怔住了。她抱住林金龙的双腿，嚷道："你赔我富贵，赔我弟弟！不是你整天撺掇他们，他们能有今天啊！"林金龙拼命地挣脱，屋里的人们忙去拉庄富贵的老婆，林金龙难堪地挣脱了，愤愤地冲到屋外。"姓林的，你赔我老爷儿，赔我弟弟啊……"树山一句话没说，也退了出来，长叹一声，低着头拐向另外两家。

这场飞来横祸，给三个家庭造成莫大的悲痛。在经济赔偿上，也出现了难题。此次车祸的主要责任方大货车，既未上保险，车主又拿不出几十万元赔偿。因此，三人的遗体迟迟不能火化。有道是死人一日不下葬，变数是非多。树山等人带着三家的家属代表，经过多轮协调，车主还是拿不出多少钱来，最后只答应给每位死者的家属两万元赔偿，剩下的几十万元打了欠条，分期偿还。

无奈之下，家属们终于同意火化三位死者了。树山指示村里支付了火化费，又给他们的家属分别送去了一万块钱，算是抚恤金吧。这场车祸，不仅给三个家庭带来了巨大的悲痛，也给新立沽造成了不良的影响，给那片尚未动土的园区带来了极大的影响。

树山心情非常烦乱，来到了乡里，推开了王宗斌办公室的门。没等他开口，王宗斌便骂开了："林金龙这小子真是浑蛋，背后使绊子，瞎撺掇，这可是三条人命啊！看我咋收拾他，明天我就叫他写辞职报告！"树山急忙制止："别！千万别这样，这场车祸就够让人糟心的了。老弟你的意思我明白，他小肚鸡肠，咱不跟他一般见识。" 王宗斌瞪着眼睛说道："不行！他不但摘了大哥你的面儿，而且摘了我的面儿，更重要的是摘了树民的面儿。他作为村干部，有不同意见，可以，但要先向组织反映嘛，怎么能在暗地里这么兴风作浪！" 树山皱着眉头："他们这些人愿意，有什么办法？" 王宗斌越说火气越大："愿意？开发这工业园区是通过户决制的方式定下来的，村里大会小会都开了，他作为村干部，带头儿做村民的工作才对。单论这一点，他就严重失职！" 树山思忖着说："在这当口，让他顶着村干部的帽子，他还不至于走得太远，咱们不能火上浇油、节外生枝啊。"

王宗斌仍发着脾气："这种人，狗改不了吃屎！我最厌恶背地里使绊子的家伙！这个园区咋办？""要不先放一放？"树山无奈地试探道。"跟树民汇报一下咱们的意思？"王宗斌说。"咋都行，你看着办吧。"树山皱着眉头说，其实这个园区，他是非常看重的。王宗斌："这个园区在手续上确实还存在些问题，我怀疑林金龙是不是知道了这些。"树山唯恐王宗斌动摇，表现出无所谓的样子："他知道会怎么样？在村里大会小会上，我都是说，这个工业园区采用租用方式占地。私下里，也没有听到多少反对的声音，人们问得最多的是占地费给多少。""唉，不说了，看情况吧，这个园区能办就办，不能办就不办，好在没有动工……"王宗斌表明了态度。

五

王宗斌随树民外出办事。在回乡里的车上，树民问："车祸的事，你们处理完了？""没呢，货车车主拿不出钱来。"王宗斌说。"事情复杂了，市里明天来人，调查园区的事。明天你带他们过去，告诉我大哥，让调查组无障碍地调查，不要怕，天不会掉下来。"树民神色凝重。王宗斌摸不着头脑，紧张地问："出什么事了？""你放心，园区的事变不了，但是，你应该高度重视。"王宗斌连连点头，随即建议道："是不是把树山大哥叫来？""来吧！"树民说。

树山很快来到乡政府，树民嘱咐了他几句。要出会议室时，树民又叮嘱道："大哥，占地的事，工作一定要做细，千万别把问题弄僵化，别把问

题挤到区里，区里也有人借机打我的主意……"

　　树民走了，树山意识到事态的严重性，和王宗斌商定，今晚必须召开一个村民会议，以定民心。

　　当晚，村"两委"班子成员，以及涉及园区占地的村民代表，坐满了新立沽村委会的会议室。见人来齐了，王宗斌点一下头，树山对大家说："大家静一静，开会了。"人们静了下来，树山说："今天的会，我不说，大家也知道是啥会，就是说园区的事。我也不瞒着，不盖着，因为这事，闹出了几条人命……"他说不下去了，眼圈红了，稳定了一下情绪，接着说，"明天市里来咱们村调查，看看咱们的园区是否得到了大多数村民的认可，补偿金是否合理，被占地的村民将来是否有生活来源。"他环视了一下与会者，"下面我说一说村里的意思。第一，村里希望这个工业园区建成。为啥这么说呢？这个理儿，我在前几次会上说过好几遍了，那就是一旦工业园区建成，咱们的子孙后代就有了得天独厚的就业优势，咱们老少爷们儿就会过上比城里人还优越的生活，咱们村就会变成工业强村、生态旅游村。第二，明天市里来调查时，大家要实事求是地说明乡、村对占地户的经济补偿等措施，千万不要为了眼前一点儿利益，抱着自己算小账，由着性子随便说。你要瞎说，我也拦不住，园区办不成了，其实我更心静……"说到这里，他又激动了，说不下去了。王宗斌站了起来，说："刚才树山大哥说的都是大实话，我也是咱们村里的人，我的根在咱们村。说句实话，乡里在咱们村建园区，确实想为咱们村办好事，咱们有的老少爷们儿一时不理解，这也正常。就像包产到户那阵子，不也有人想不开吗？树山大哥当时就不愿意。后来这不也挺好吗？刚发展葡萄种植时不也是这样吗？好多人反对，结果种葡萄还是比种水稻划算。这企业虽不是谁都可以办的，但咱办不了企业的，去他们企业上班，老板能不给咱开工钱吗？我的意思是，人往高处走，水往低处流嘛。咱们也过一过城里人的生活，这有啥不好呢？"他摸了摸额头上的汗珠子，看了一眼旋转着的电风扇，接着说，"我说一下占地的问题。咱们这工业园区是租赁土地，土地还是村集体性质的。另外，咱们的发展思路，也符合国家提出的发展小城镇的政策。我给大伙儿算一笔账，占地十几亩的企业，一年产值几十万、几百万，甚至上千万，养活多少工人不说，还给国家缴税几万到几十万。这笔账，我不算，大家都明白。"树山接着说："大伙儿放心，想买地办企业的,证照不全的,污染严重的,乡里、村里一个不批!我是不见兔子不撒鹰。在这个问题上,乡里是严格把关的。占地补偿金是占一块补偿一块,不占的地块,大伙儿先种着。这些原则,在规划上都写明了。""机会难得,失不再来,大伙儿要珍惜这次来之不易的机会,拜托了!"王宗彬把磕头的话都说出来了。与会者有人提这个问题,有人提那个问题,树山和王宗斌耐心地解答着,林金龙在一边沉着脸,一句话也不说。

六

第二天,调查组的人员来到新立沽,首先听取了王宗斌和树山的情况介绍,然后查阅了有关文件和会议记录,又实地察看了工业园区的占地位置,随后走入了村民中。马志林的老叔说:"这占地嘛,我说是好事。这葡萄呢,这几年越种越不值钱了,不如头几年了,一亩地到秋后弄不好卖不了几个子儿……""依我说,这上好的葡萄地占了,怪可惜的。给补偿,那是一时的,谁能管你一辈子?那地收多收少,是细水长流,起码年年有进项。"庄富贵的老叔明显不赞同。调查组又问到本来就不爱下地干活儿的小伙子——秦亚娟的二弟秦二虎,他说得更干脆:"建园区的事,我举双手赞成,都占了才好呢。这破葡萄比孩子还不好摆弄,不是这个病,就是那个菌的,有时老天爷还给你找别扭,噼里啪啦给你下点儿硬货(雹子),眼看到手的葡萄就废了。这地占了省心!大伙儿就看着给多少钱了,要是给多了,还不人脑袋打出狗脑袋来?"他这番调侃,把工作人员逗乐了。调查组组长对树山说:"刘书记,这样吧,把涉及占地的村民代表叫到村委会,我们当场了解一下。"树山一听,心里没有了谱。在场的王宗斌也不敢说什么。林金龙一改多日的愁闷,显得一脸轻松,这个建议是他悄悄向调查组提的。

村民们来到了村委会办公楼北面的广场上。"同意占地建园区的请举手!"人们几乎都举起了手。"反对的请举手!"人群沉默了,然后是一阵议论声,有几个犹犹豫豫地举起了手。"乡亲们,有观点就表达嘛。"调查组的成员鼓励道。"有其他问题的请举手!"有三十几个人举了手,树山、王宗斌一看,心一下子悬了起来。林金龙露出一丝得意之色。这三十几个人,连同举手反对的,去了村委会的会议室。有的说:"我家的地都划在了工业

第十三章

园区里面了，没准儿哪天把我的地占了，我又没有啥生计，就怕村里答应给俺摸几亩地，不兑现。"有的说："占了地，跟在村办企业上班发工资似的，欠着我们的钱，我可不干……"还有的说："我们上了岁数的，村里的厂子哪个要我们？村里能给担保吗？"人们尽情表达着自己的想法。

调查结束后，工作人员离开了新立沽。

树花到村委会办了点儿事之后，在楼上碰见了树山，说："大哥，厂里我实在忙不过来，常胜不愿在外面干，就让他回家干吧，我们娘儿俩一合手，我也省心。"树山笑了："常胜愿意，关键是你大嫂死活不同意。""大哥再劝劝大嫂。"树花并不死心。树山说："光我劝也不行，到时候你也烧一把火。"树花笑着说："哪天吧。"说着下楼了。

王宗斌在办公室来回踱着步子，思忖着园区的事，耐着性子等待着调查组的反馈意见。其实，他从心底不像树山那样担心这个园区被叫停，如果不是树民给他压上这副担子，他才不会弄这个受累不讨好的园区呢。此时此刻，他倒希望调查组反馈的信息是"不可"。就在这时，办公桌上的电话响了，他马上接听："区长……"树民说："调查组的结论出来了，你们这个工业园区，村民基本认可，但一定要做好占地补偿和妥善安置工作……"王宗斌立刻高兴地说："好啊，一直悬着的心终于落地了……"和树民通完电话，他立刻给树山打电话。树山一听，长长地舒出一口气："这关总算过了……"聊了一会儿，树山有些忧虑地说："我真替林金龙犯愁，庄富贵的老婆不依不饶，隔三岔五跑到他家哭闹，非要林金龙赔她老爷们儿和弟弟，磨得林金龙小眼睛都抠进了眼窝……"王宗斌说："看他以后改不改，还在背地里瞎鼓捣不。"树山说："这样吧，给她们申请个低保吧，这娘儿仨得活啊，唉！"王宗斌说："可以。唉，这个庄富贵啊！"

周日，刚到市里一家机械厂上班的常胜回到家，吃过晚饭，父亲问他："你愿回来跟你二姑干吗？"在外屋洗刷碗筷的王春梅一听，手里拿着一个碗，气呼呼地冲了进来："你又撺掇孩子回来，准是树花又跟你叨咕了。他二姑是啥脾气，一旦娘儿俩干不到一块儿，闹起来让外人笑话……"树山不耐烦了："你又是这一套，你就挑拨吧！"他这话让王春梅无法接受，她把手里那个碗往桌子上一蹲，质问道："你咋这么说话？这么多年，我挑拨你们家谁了？"常胜制止道："行了，又吵，烦人不烦人！"王春梅见儿子说话了，

447

问他:"我问你,你是咋想的?""我是不想在市里干了。"常胜也不看他妈,接着又说,"我干着不顺心,就一千多块钱。"他曾向女友发誓,三年之内要做一番事业让她看看。他妈并不知道,指责道:"你这孩子,刚上班就挣一千多,应该知足了。机械厂是国家的企业,保证黄不了。咱们村的张校长干了二十来年,还有老师们,不也都挣一千多块钱?叫你这么说,老师们都嫌钱少,不干行吗?人家照样干得好好的。""我是我,他们是他们。"常胜一句不让。王春梅真生气了:"好啊,你也学会气我了。"她心里一酸,掉起了眼泪。常胜回家里开的公司的事,无法再谈下去了。

第二天,王春梅没好气地给树花打电话:"他二姑,常胜的事,你就别撺掇了……"没等树花说话,她就挂了电话,树花苦笑了一下。王春梅又给树海打电话:"树海,大嫂可告诉你了,你们再鼓捣常胜到你们公司干,别怪大嫂骂你们……""嘿嘿……大嫂,是不是常胜耍浑了?那可不行!哪天见着他,我非骂他一顿!"树海给了王春梅两句开心话,然后开导她,"大嫂,这都什么年月了,常胜的事,你就别管了……""不行!"王春梅一口咬定。"好!好!"树海胡乱答应着。

七

树芬夫妇一大早来找树山,还是为了买地建葡萄酒厂的事。树山沉思片刻,说:"这投资可不小,没有上千万,恐怕下不来。"树芬趁机说:"我说也是。"郑跃军解释道:"我准备分三步,第一步,花四五百万,先保证榨汁生产;第二步,用酒汁销售返回的资金,进行二期投资,建一些附属设施;第三步,逐步增加花样品种,进行再投资。"他似乎胸有成竹。树山笑了,说:"你的想法不错,这是机会,敢干就是一种优势。现在不是敢不敢干的问题,而是投资方向对路不对路的问题。路子选对了,还要选择先进的设备,像过去办企业那样只凭胆子大,绝对不行,还要请能人。""对,我也是这么想的。"郑跃军兴奋了。"我看行!边干边摸索吧,只要干就有希望。"树芬沉下脸来。在一旁装作擦柜子,实则一直听他们说话的王春梅,接过话茬,阴阳怪气地说:"人啊,就是这样,眼皮子薄,要是看谁行啊,放个屁都是香的!"树芬开始没在意大嫂的表情,这才意识到,忙说:"大嫂,你快歇会儿吧!

第十三章

打我进来,你就没闲着。""你们说你们的,外面还没拾掇利索呢。"说着就去外间屋忙活了。

树芬知道大嫂的脾气,如果她不生气,话密着呢,便小声问大哥:"大嫂跟谁生气了?""你大嫂天天生气,正好你跟她唠唠。"树山和郑跃军出去了。王春梅拉着小姑子去了里间屋,也不让树芬坐,她自己重重地坐在了炕沿上,气愤地说:"你大哥这个人啊,外面都说他怎么怎么好,其实他最不是东西了。这几年,我的话他一句也听不进去了。可惜我白跟他抢了二十多年马勺,他拿我当他脚丫子泥啊,踩着我还嫌硌得慌,我算知道他了。"树芬笑了,说:"我大哥可不是这样的人。大嫂,你多想了,又为啥事?""你不信?就拿常胜到他二姑的公司上班的事来说吧……"王春梅说着说着又掉起了眼泪。树芬忙安慰她:"大嫂,你千万别往心里去,大哥那是一时气话,大嫂是啥人,我还不知道吗?二十多年来,你都是为了这个家,家里有啥为难的事,大嫂都跑前跑后,我们当弟弟妹妹的,心里都挺敬着你的。大嫂,你别这样想。"树芬一边说,一边从门后的搭绳上取下一条毛巾,递给大嫂。"他大姑,你大哥可不是从前的你大哥了,现在说出话来噎人着呢。不中听的话要是从别人嘴里说出来,我还不怪,但从他嘴里说出来,我真恼他……"说着,又哭了起来。树芬一时不知如何劝解。"他这样拿我不当人,有老子做样子,常胜也不听我的话了。这孩子越来像你大哥了,事不怕大……"她无奈地看着树芬。树芬也是做妻子做母亲的人了,理解大嫂的心情,心里很不是滋味,问:"头些日子,你说给我二哥打电话,打了吗?""唉,你二哥是大忙人,我在电话里跟你二哥说了。"她叹了一口气。树芬说:"大嫂,常胜这事,慢慢来,孩子嘛,心高气盛,也正常。"王春梅抬了一下头,有些浮肿的双眼,目光浑浊。

这天,树海难得有雅兴,坐在大厅里的沙发上,见小儿子常坤笨手笨脚地玩着小赛车,嘴里还不住地嘟囔着:"呜呜……嘟嘟……"他看着好笑,叫道:"儿子啊,过来,让爸爸亲一口。""嘟嘟……"常坤根本不理他。树海跑过去,抱起孩子连亲带啃,孩子乐,大人笑。树海笑着问儿子:"大儿子,你长大了想干什么?"常坤转了转大眼睛,大声说:"当科学家!""好儿子,有出息!"树海乐开了花,张瑞惠也过来凑热闹,两个大人逗了一会儿孩子。张瑞惠接过孩子,问树海:"你大嫂不愿让常胜在家里干,让他到

449

物流公司来,可以不?这里也缺人手。"树海看了她一眼,说:"够呛!""你打个电话让常胜先跟他妈透露一下。"张瑞惠建议道。树海一想有道理,就给常胜打了电话:"你小子前些日子惹你妈生气了?""不是……"树海不等常胜解释又骂道:"我可告诉你,你三叔我还敬你妈三分呢,何况你小子了,敢跟你妈不敬?……"他真真假假地骂了常胜一通,才开始说正事,"你在那里干得咋样?不愿在那里干,就到物流公司干吧,跟你妈好好说说,千万不能跟你妈耍浑。实在不行,我去跟你妈说……""三叔说到哪儿去了,用不着你老出面……"常胜笑了。

周末,常胜回到家,向他妈提起了到物流公司工作的事,他妈一听又不高兴了:"你这个孩子,还有完没完?是不是你三叔给你出的馊主意?"常胜笑了,说:"妈,你老为什么老反对我到家里的公司干呢?"王春梅见儿子这样,平静地说:"唉,你妈不求你大富大贵,只要你有一个稳定的工作,结了婚,两口子平平安安地过日子,你妈就知足了。你说像你老叔、三叔、二姑,这算啥呢?"常胜笑了:"妈,你放心,你儿子将来就是有钱了,也绝对不跟他们学。我就是想干自己想干的事,咱们家有公司,为什么不利用呢?你老未来的儿媳妇,始终不说痛快话,我高低让她看看……"常胜这样一说,王春梅心软了,可是未来的儿媳妇长什么样,她只是在儿子拿来的相片上看见过。她拉下脸,说:"要是这样,宁可不要她,妈倒是希望你找一个不图你富贵、一心跟你过日子的人……唉,真是儿大不由娘啊!"常胜立刻笑了:"妈,我不仅仅是为了她。"王春梅苦笑了一下。接下来,娘俩的交谈轻松多了。

树花在公司里忙得整天早出晚归,放暑假了,她开始操心上初一的裴彬彬的暑假生活。尽管有小保姆看管着,她也不放心,一是怕他整天去游戏厅,二是怕他爸爸来找他。这几天,裴洪伟给她打了好几次电话,要求见见儿子,说爷爷奶奶想孙子了,她都拒绝了。后来,只要是裴洪伟打来的电话,她就干脆不接听。

这天中午,树花准备带着客户去她的饭店去用餐,小保姆翠香焦急地给她打来电话,说在补习功课回来的路上,裴洪伟把彬彬接走了。树花急了,狠狠地训斥了翠香一顿:"我不是早就跟你说过吗,他爸爸接他,你千万别答应。"翠香带着哭腔说:"俺说了,他爹不听,把彬彬拉上车就走了。""你看清楚了？肯定是他吗？"树花下意识地想到了树江的二女儿的事件，心跳骤然加速，没等小保姆把话说完就挂断了电话，愤愤地打给裴洪伟，很不客气地质问："裴洪伟，谁让你又把孩子接走了？""我给你打手机，你不接，我只好这样了。"裴洪伟带着彬彬在蓟运河大酒店的雅间，正点菜呢。接到树花的电话后，他显出满不在乎的样子。"你才见过孩子几天，就又要见？我告诉你，我怕你给孩子带坏了。"裴洪伟被激怒了："你放屁！他是我儿子，我想啥时候看就啥时候看，你管不着！"说完就把手机关了。彬彬怯生生地看着爸爸生气，不敢说话。服务员轻声问："先生点菜吗？"裴洪伟点上烟，吸了一口，对彬彬说："儿子，你想吃啥就点啥，你就是想吃天鹅肉……"说到这儿，他问服务员，"对了，有天鹅肉吗？"服务员一笑："原来有来着，现在没有了。""这不是屁话吗？"服务员哪敢反驳。"儿子，你爱吃啥？"裴洪伟又问儿子。山珍海味，彬彬几乎吃腻了，在妈妈的酒楼里他什么没吃过？他说："啥都行。"裴洪伟只好自己点菜了："来四个螃蟹、鳝鱼段一盘、炸鸡翅一盘、甲鱼汤一盘，再来两个炒菜，你看着来吧。"他给儿子要了杏仁露，自己要了白酒。酒菜很快就上齐了，爷俩吃的吃，喝的喝。裴洪伟喝着喝着，对儿子说："儿子啊，回去要听你妈的话，好好学习，千万不要学你爸，我这辈子也就这样了，你还小，懂吗？儿子，喝！"彬彬看着他爸把满满的一杯白酒"咕咚咕咚"干了，吓得目瞪口呆。爷俩一边吃喝，一边东拉西扯地说着，裴洪伟一直问彬彬关于他妈妈的事情，彬彬只是点头或摇头，简单地说"是"或"不是。"

八

　　树花没有去她的酒楼陪客人，告诉汪玉生不要等她了，又给翠香打了电话，翠香说裴洪伟拉着彬彬向河西方向去了。树花在河西比较上档次的酒楼找，没见裴洪伟的车。她知道裴洪伟是虚荣心很强的人，小酒楼他是不去的。她来到了河西最有名的蓟运河大酒楼，从二十几辆车中一眼便看到了裴洪伟的车和她大哥的车，她迟疑了一会儿，一打方向盘把车开走了。她气呼呼地回了家，一进门便又把翠香训斥了一顿。翠香一个劲儿掉眼泪，又不敢争辩。"你哭也没有用，我就不信，他裴洪伟敢在大白天从你手里把孩子抢

走？""彬彬也不听俺的。"翠香怯生生地争辩了一句。"这么说，你没有错，是彬彬错了？啊？"她的嗓门儿不像刚进门时那么高了，但仍摆出不能原谅翠香的样子。翠香垂着头，不作声了，小脸蛋儿让泪水这么一腌，红红的，亮亮的。树花看翠香这样心软了：这事也不能全赖翠香，彬彬这孩子犯起浑来，她这个当妈的都摆布不了，更何况一个二十来岁的小姑娘了。想到这里，她说："翠香，别哭了，姨是生彬彬和他那个浑蛋爸爸的气，他凭啥三天两头儿打搅孩子？我怕他把孩子教坏了。""姨，都是俺废物，下回俺注意就是了。"翠香见东家消了气，赶紧保证道。

两个多小时过去了，彬彬敲门进来了。树花瞪着他，斥责道："给我站在一边！"彬彬习惯了，自动站到门口一侧的墙边。"我问你，为啥不跟姐姐回家？我早就跟你说了，少跟你那个缺德的爸爸来往，你咋不听呢？"彬彬一动不动。"告诉我，你跟他干啥去了？"树花厉声问道。"吃饭去了。"彬彬的脚动了一下，他仰着头，满不在乎。"上哪儿？"树花追问。"饭馆。"彬彬显出不耐烦的样子。"哪个饭馆？""蓟运河。""你喝了多少酒？"树花认定儿子喝酒了。"没喝！""我不信，你骗我！""不信，你去问他！"彬彬梗着脖子，提高了嗓门儿。"我才没工夫呢。我告诉你，从今往后补完课，必须跟翠香姐回家，不然我决不轻饶你！听见没有？"翠香在一旁插话说："你就说听见了。""不用你教他，我让他自己说！"树花打断翠香的话。彬彬就是不说话，气得树花火冒三丈，愤愤地说："犟种！你说不说？不说，你就给我在这儿站着！你啥时候说了，我啥时候让你动！我就不信治不了你这个小玩意儿！"她怒气冲冲地进了卧室，卧室的门猛地被带上了。翠香凑到彬彬跟前，劝道："彬彬，听姐姐的，你说了不就完了吗，看给你妈气的。""我烦你！"彬彬压低嗓门儿，挤出这三个字。翠香并不生气，反而笑着说："你当时听俺的，怎能罚站呢？""不听不听！就是不听！"彬彬双手堵上耳朵。

空调的冷风徐徐地吹着，时间一分一秒地过去了，树花从卧室出来了。翠香在厨房做饭。树花走到彬彬跟前逼问："我还是问你这句话，补完课必须跟翠香姐回家，你做得到吗？"又是沉默。树花压不住火了，从鞋架上抄起一只拖鞋，冲着彬彬就是一阵乱打，恶狠狠地说："叫你嘴硬！犟种！今天我非打死你不可！可气死我了！"彬彬一动不动，任他妈妈乱打。翠香跑过来拦着，拉着，一个劲儿地哀求："姨啊，别打了……"树花越打火儿越大，翠香招架不住了，一边拦着她，一边对彬彬焦急地说："你服个软啊！""妈，下回我改了，呜呜……"彬彬害怕了，服软了。树花停下了，气喘吁吁地斥责道："早知这样，何必惹你老妈发这么大的火儿？"彬彬抽泣着，翠香不好受，树花更不好受，她又气又心疼。

九

树海为了买地，四下找人办贷款，他回来时，张瑞惠也刚从物流公司下班回到家。树海问："你今天回来这么早？"张瑞惠边换拖鞋边说："刚接了一个单子，就回来了。贷款谈妥了吗？"树海说："说定了。"张瑞惠说："我的意思还是买一块仓储地，这里的升值空间比你老家大得多。"树海应付道："我不说了吗，等以后再说。"

年轻的保姆小娟在哄三岁的常坤玩耍。树海一进屋，一天的疲惫立刻消失了，笑呵呵地说："宝贝儿子，让老爸抱抱。""爸爸，爸爸。"小常坤拿着玩具枪一颠一颠地跑过来。树海噌地抱起了儿子，冲着儿子白白胖胖的小脸儿重重地亲了一口。谁知他的胡楂扎疼了儿子，常坤的脾气还挺大，噘着小嘴，拿玩具枪猛砸他爸爸的头。"哎哟！"树海气呼呼地放下儿子，照着他的小屁股就是两巴掌："这小兔崽子，手还挺黑！"孩子咧嘴哭开了。刚刚还在笑儿子打老子的张瑞惠马上收起笑容，对树海说："你这个人是什么脾气，小孩子打一下能有多疼？你伸手就打孩子！"小娟跑过去，抱起常坤哄着。张瑞惠扒开儿子的裤衩，只见小屁股上起了几道红印子，愤愤地对树海说："你看你给孩子打的，都有红印子了……"树海跟没事人似的，一边脱外套，一边说："这小玩意儿，就得收拾收拾，要不然将来还不上房揭瓦？""有你这样教育孩子的吗？你的胡楂不把孩子扎疼了，孩子能打你？"张瑞惠从小娟怀里接过宝贝儿子，不依不饶。"没事，屁股上的肉禁得起打，败败火更好。"树海笑着说。这孩子对于张瑞惠来说，真是宝贝疙瘩。她三十二岁生下这孩子，这是对她莫大的慰藉。她每天上班，不时给重金聘请的保姆打电话，生怕她带不好孩子。

吃过晚饭，张瑞惠让小娟把孩子抱走，余气未消地对树海说："你那个车队队长咋样？"树海说："钟建辉？挺好的，干活儿认真踏实，报关的事有板有眼，有啥问题？""正因为他干得好，才有问题呢。"张瑞惠以女人的细心和戒心这样说。"这不邪了吗，干得好总比干得孬强吧？"树海明白张瑞惠的心思。"一旦他与咱们分心了，将给公司造成严重的后果。"张瑞惠干脆挑明了。"不可能，你别疑神疑鬼的，我对他不薄啊。"树海对老同学深信不疑。"等你发觉了，为时已晚。"张瑞惠还是坚持自己的判断。树海眨了一下眼睛，说："有这么严重？你琢磨他老婆是春柳的堂妹，所以怀疑他拆咱们的台？不可能！""宁可信其有，不可信其无，万里还有个一呢。你俩再好，你挣的钱不都给他，他挣的钱是你赏的，他是给你打工，这个浅显的道理，白痴也明白。"张瑞惠不知让人家骗怕了，还是看出点儿什么苗头来，就是对钟建辉不放心。树海觉得她说得有道理，但是他又想：如果这样做事，以后谁还好好跟他干呢？他说："你把心放到肚子里吧，不会出事的。我认为他绝不是那种忘恩负义的小人，我们是同学，我还是了解他的。""害人之心不可有，防人之心不可无，你掂量着办吧！"张瑞惠不急于让他做出决定。

魏文山的"告"对李家沽中学似乎起了作用。暑假期间，一张调令把董振刚调到区里第四中学任校长。董振刚和李局长谈完话，心情复杂地走出了教育局大院。他给姜文敏打了电话。姜文敏略停片刻，马上表示了祝贺。"这有啥祝贺的。这样吧，下午到学校去一趟，有些事向你交代一下。"董振刚说。姜文敏放下电话，脸上蒙上了一层阴云。她望了望在电视机旁全神贯注地看着小木偶的女儿荣荣，产生了一种说不出的感觉，是羡慕女儿的无忧无虑，还是想起了跟着别的女人跑了的可恶前夫，还是慨叹她和董振刚爱而无果的无奈，抑或是自责不该爱上有妇之夫？

午饭后，姜文敏对女儿说："荣荣，妈给防盗门锁上，妈今天有事去学校。"荣荣点点头。"困了就睡觉，别开空调。"她又嘱咐道。"知道了。"荣荣边写暑假作业边答应着。姜文敏今天穿一身很合体的连衣裙，化了淡妆。她带上宽檐防晒帽，穿上半高跟的米黄色皮凉鞋，又嘱咐了一下女儿，就下了楼。到了楼下，她骑上电动自行车，奔向李家沽中学。

天气炎热，姜文敏脸上浸出了汗珠。新建的四层教学楼已封顶。她推着电动自行车，在开着门的校长室门前停下。董振刚在办公桌前整理文件。"都要调走了，还这么认真。"姜文敏进了外间屋，对里间屋的董振刚微笑着说。"一路上热吧？吹吹电风扇。"董振刚笑着，停下手中的笔。姜文敏摘了防晒帽，放到旁边的单人床上，站到电风扇旁吹着风，用小手帕擦拭着红润的脸。董振刚上下打量打量她，打趣道："还别说，今天比哪天都漂亮。"姜文敏的脸似乎更红了，她微笑着说："才看出来啊？好好看看吧，以后就看不着了。""不可能，想看就看着，就怕你不赏脸。"董振刚迎着姜文敏投来的目光。"如今你已是城里的大校长了，没工夫到我们乡下来了，要来也是看花踏青什么的。"姜文敏话中带刺。两个人调侃了几句，董振刚让姜文敏坐到单人床上，谈起了工作。

董振刚点一支烟，侧过身，对姜文敏说："李局长谈完我的事，让我推荐李家沽中学的校长人选，我推荐了你。""我？你放着张副校长不提拔，提拔我这个女流之辈？"姜文敏吃惊地说。"女的怎么了？关键看干事，凭你事业心强，对人热情，团结同事，这就够了。姓张的拉帮结派爱告状，他没有德行。让他在下面趴着，学校还乱不了。在局长面前，我也是这么说的。"董振刚在姜文敏面前无所顾忌。"你可够阴的，让张副校长知道了，他还不恨死你？我可没你说的那么多优点。"姜文敏眨巴着一双秀丽的丹凤眼。"情人眼里出西施嘛。"董振刚不失时机地挑逗了一口。"又瞎掰。"姜文敏垂下了头。"真的，西施跟你没法比。"董振刚又来了一句。"你把秦亚娟比作西施比惯了？上这儿来羞臊我了？"姜文敏此话一出，董振刚立刻不高兴了："你又犯忌了！"姜文敏忙摆手："免谈，书归正传。"董振刚调整了一下情绪，说："你很有希望，我跟李局长开了一个玩笑，说你社会关系好，有这个哥那个姐的，将来拉赞助也容易，李局长也笑了。""唉，这算啥亲戚呢！"姜文敏有自知之明。"是亲三分向，我的意思是你抓紧找你大哥帮帮忙，免得将来后悔。"姜文敏望着董振刚，认真地听着。董振刚吸了一口烟，继续说："如果你当上校长，还是要紧紧抓住培养一中优秀生这条原则不放松，将新入学的学生及时纳入正轨，对极个别的刺头，实在不行就有策略地给他弄走，千万要吸取咱们之前一条臭鱼腥一锅汤的教训……"对董振刚这种以注重精英教育赢得方方面面认可的管理方式，姜文敏是轻车熟路的。这几年，他的治学理念都是在她的参与下推行的。董振刚像给学生上课似的，给这个很爱听他讲课的"大学生"仔仔细细地讲。

谈完工作，他们又聊起了其他话题。"哎，你愿意调走吗？"姜文敏问。"咋说呢，平心而论，如果没有你，我愿意调到城里。"董振刚半认真半开玩笑地说。"你净瞎说。"姜文敏用她修长的手点了一下董振刚，神情黯淡下来。"唉，有人又替我办的好事啊！"董振刚情绪明显低落了。"最近她怎么样？"姜文敏知道董振刚说的"有人"指的是谁，便顺口问道。"能咋样？也就那么回事呗！"董振刚目光黯然。"人没有十全十美的，能凑合就凑合吧。"姜文敏淡淡地劝道。"你当初咋不凑合？"董振刚提高了嗓门儿。姜文敏就怕别人揭她这个伤疤——一个让她愤怒、耻辱的伤疤。她不说话了……

几年前的一个星期五，在区里教师演讲比赛中得了一等奖的姜文敏，兴奋地回到家里，带上女儿，去了她姐姐姜文花家。她给在化工厂上三班儿的丈夫打了电话，说她带着女儿晚上住在姐姐家了。谁知她姐夫马志超的母亲突发重病，一家人都忙着带老人去看病，她只好带着女儿回了家。当她回到家，打开餐厅的灯，往卧室里无意识地一瞅，屋里的一幕让她惊呆了，丈夫正和一个女人赤条条地睡在一起……她怕跟在她后边的女儿看见这肮脏的一幕，"砰"地关上门，抱起女儿就往楼下跑，女儿一个劲儿地追问为什么从家里往外跑，她支支吾吾……后来，她离了婚。这耻辱的一幕，她一想起来就浑身起鸡皮疙瘩。离婚后，她情绪很不好，很少说话。前夫把外边的女人领到自己家，这种侮辱使她抬不起头来。而董振刚忍受着妻子与树民藕断丝连的煎熬，很容易对姜文敏的处境产生同情和理解。他们很快找到了共同语言，一来二去，由相互理解和同情，渐渐地越过了同事之间的界限，掉进了感情的漩涡。世上没有不透风的墙，人们议论纷纷。可是，董振刚不想毁了他和秦亚娟的婚姻，不想失去靠山。他只想从姜文敏身上得到心灵慰藉。开始，姜文敏在内心总是暗暗谴责自己。渐渐地，她麻木了。当她意识到董振刚并没有和秦亚娟离婚的意愿时，她倍感失望。可是，她迟迟不能了断和董振刚之间的情感纠葛。

此时，两人都垂着头，不知什么时候，姜文敏掉起了眼泪，不知是为自己付出感情却没有结果而流泪，还是为董振刚离去后他们可能疏远而落泪。董振刚站起来，走到她面前，从她手中拿起手帕，替她擦掉眼泪……

第十三章

周日，树民夫妇驱车去看新房子。他们按规定购买了二加一平价的楼房。来到新房，王立君看着宽敞的房间，满脸微笑。树民这儿看看，那儿瞧瞧，对妻子说："装修材料让秦亚娟买吧。"王立君一听，心里不舒服，怏怏地说："谢谢她了，咱们的房子，干吗让人家花钱呢？咱们不学别人那一套，利用手中的权力找冤大头。""我答应她了，她也不是别人，她也是利用这个机会感谢你贷款扶持她的厂子。别人上赶着，我都驳了。"树民看了一眼表情冷淡的妻子，"装修就找老四树江吧。"王立君没有说话。"亚娟好心好意的，驳了她，面子也不好看。"他又解释道。王立君左右为难。这么多年，秦亚娟像膏药一样总是缠着她的丈夫，她对此烦透了。而丈夫也不背着她，不时在她面前提起秦亚娟，这让她哭笑不得。有时她也想，谁让她深爱着自己的丈夫呢？为了爱，即使深受折磨，她也欺骗自己，告诉自己：丈夫和秦亚娟的关系是正常的！所以，在秦亚娟的事情上，她很少跟丈夫较真儿，谨慎地处理着这种关系。

这天，树民难得有工夫，带着妻子到批发市场购买装修材料，让树江跟着当参谋。谁知秦亚娟也来了，王立君虽然心里不舒服，表面上还得客气一番："真不好意思，还麻烦你跑一趟。""王姐太客气了。"秦亚娟很轻松。王立君只好上了秦亚娟的车，树民上了树江的车。就这样，两个女人似乎很亲切地坐到了一起。车启动了，两个女人很快从孩子身上找到了话题。秦亚娟兴致勃勃地谈起了王立君一双可爱的儿女。积压在王立君心中多年的醋意，甚至是对秦亚娟的敌意，似乎减少了许多，她开心地说："你过奖了，这两个孩子哪有你说的那么好啊！""王姐，我不是奉承，我们佼佼常常夸小弟弟小妹妹不但长得漂亮，学习还好，而且特别懂事，真的。"秦亚娟从不叫王立君嫂子，总是叫她"王姐"，王立君一听她这样称呼，就格外不舒服。她感觉这就像过去小老婆叫大老婆"姐"，可她又没有理由不让人家这样叫，当初是她让人家这样称呼的。现在呢，也就随她这么叫了。此时，王立君微微一笑，说："哪如你们佼佼乖啊，佼佼的学习成绩比我们那两个都好。"谁知王立君顺口说的一句奉承话，却让秦亚娟认真起来："是常龙还是常凤说的？""啊，他们俩总提起佼佼。"王立君这句假话刚出口，就敏感地意识到她传递了一个不妥的信息。如今三个孩子在同一个学校、同一个班级里，已经好几年了。这是秦亚娟特意安排的，名曰让常龙、常凤对佼佼姐姐照顾点儿。王立君是不愿两个孩子提起佼佼的，原因就是她母亲秦亚娟。每当两个孩子提起佼佼，她都当作没听见。后来两个孩子大一点儿了，似乎觉察出什么了，所以很少在她面前提起"秦姨"和"佼佼"。"不可能。"秦亚娟笑着说。王立君以为人家识破了她的假话，刚想重复一句，秦亚娟又微笑着说："我们佼佼不行，学习一般，脑子随我，智商不高。说句实话，我就喜欢她心眼好、特懂事。"接着又说，"王姐，你的两个孩子，我打心眼里喜欢，真的，他们把你们俩的优点都取去了。"秦亚娟的夸奖让王立君心里甜滋滋的，她看了秦亚娟一眼，谦和地说："瞧你说的。"秦亚娟的车跟在树江的车后面，道路两旁的树木静静地向后移去，两个女人似乎谈得很投机。

到了熙熙攘攘的装修材料市场，一行四人下了车。他们在每一个摊位前比较着，挑选着，讨价还价。热情的秦亚娟似乎忘记了自己的角色，对每一种材料，都以她的审美观点评价一番，在她身旁的王立君早就反感了，心想：这个女人也真是的，是你装修还是我装修？就算你花钱，也不能这样没深没浅的。他们来到卖坐便器的摊位前，秦亚娟指着一个高档的紫红色坐便器，对店主说："这种样式的，有乳白色的吗？"店主热情地说："有，在里面。"秦亚娟侧过身对树民说："白色的显得高雅，紫红色的发暗，感觉压抑。"王立君看着她和丈夫这样亲昵的样子，顿时生出一种受冷遇的感觉，她淡淡地强装微笑："你说哪种好，就买哪种吧！"秦亚娟忙笑着摆摆手，说："我只是参谋参谋，大主意还得王姐你拿，一个人一种欣赏眼光，是吧，王姐？"秦亚娟轻松而又从容地化解了尴尬。此时王立君隐约有一种被人捉弄、奚落、剥夺之感，就好像农家的两只母鸡争窝，她似乎变成了入侵者……树民心里像明镜似的，只是微笑着装糊涂。

他们选了半天，总算选定了一批。树海给树民打来电话，说他带着拉材料的车到了大门口。他们接上头儿，把材料装上卡车，已经是下午两点钟了。几个人都饿了，树海请客，不一会儿，三辆轿车和两辆拉着满满的装修材料的卡车，稳稳地停在海鲜大酒楼旁边的广场上。

第十三章

树海领着一行人上了酒楼的二楼,对树民耳语道:"她和孩子也来了。"树民一怔,苦笑着轻轻摇了摇头。树海抢先推开了雅间的门,只见张瑞惠高盘着发髻,红底牡丹花图案的中式旗袍裹着修长的身材,化了淡妆的脸上露出自然的微笑。她刚要说话,树海指着树民介绍道:"这是二哥。""二哥,早就认识。"她微笑着叫了一声。树民微微一笑。"这是二嫂。"树海指着有些惊讶,正在上下打量张瑞惠的王立君说。"二嫂。"王立君一笑,轻轻点了一下头。"这是秦大姐,漂亮的女企业家。"树海指着秦亚娟说。"大姐的大名我早有耳闻,请坐!大家都坐吧!"张瑞惠一边打量着秦亚娟,一边微笑着说。最后介绍的是树江。这三位美丽的妇人给房间增色不少。树海介绍完,人们自然把注意力放到了保姆小娟抱着的孩子身上。树民从保姆怀里接过孩子,张瑞惠对孩子说:"常坤,叫二伯!""二伯。"孩子不认生,奶声奶气地叫道。张瑞惠又指着王立君说:"叫二娘。""二娘。"常坤又叫道。王立君答应着,见孩子挺乖的,忙把孩子从丈夫的怀里接了过来。有了孩子做媒介,这场会面的尴尬被冲淡了不少。

树海临时安排张瑞惠与二哥夫妇相见,张瑞惠颇有顾虑,怕弄巧成拙。可树海坚持,她只能硬着头皮依了他。今天一见,他们夫妇没有让她难堪,她的心总算安定了下来。宴席上,孩子常坤成了人们的开心果,气氛还算融洽……

这不合常理一天的人和事,真让王立君哭笑不得,但她还得违心地笑脸相迎。她好不容易熬到了家,身心的疲倦让她一头倒在床上,她因自己如此虚伪的行为而一次次地诅咒……

✚ ━

人生最重要最温馨的避风港就是家庭,如果这个避风港出了问题,什么事情都可能发生。树江新组建的家庭,又出了问题。这天,树江十三岁的大女儿常换,与她的继母陈美娣发生了严重的冲突。

上小学五年级,学习成绩不佳的常换,暑假在外补习功课。这天下午,她补完课回到家,扔下书包,打开了电视机。继母没好气,上前"咔嚓"关掉了电视机:"到家就看电视!把小弟弟的衣服洗了!"然而,因家庭的变故变得性格孤僻、倔强的常换，见她厌恶的继母又是这个态度，话也不说，又把电视机打开了。陈美娣受不了了，举手向常换的头上狠狠地打了一巴掌，气急败坏地骂道："死丫头，叫你不听话！"没等她打第二下，常换手中的遥控器，猛地砸向电视机屏幕上，"砰"的一声，屏幕碎了。陈美娣吃惊地倒退几步。她无论如何没有想到，平时她背着丈夫肆意打骂的小丫头竟敢反抗，竟敢砸碎电视机，这还了得！她耍起了女主人的威风，一下子扑到吓得发抖的常换跟前，一阵乱拳脚踢。弱小的常换出自本能地用两只小手护着头，无助地哭泣。突然，常换"啊"的一声尖叫，松开了紧紧抱住头的手，从沙发滚落到地上，仰卧着不动了。陈美娣慌了，忙跑到阳台上，打开纱窗，向楼下照看着她的一双儿女的母亲大声喊道："妈，你快上来！快！"她母亲带着两个孩子上了楼，进屋一看这情景，慌了，忙对女儿说："快掐人中！快！""我不会啊！"陈美娣带着哭腔。她母亲跑过来，帮着女儿掐常换的人中……常换"啊"一声哭了出来，睁开眼，起身想跑，却站不起来，忙压着右面的肋骨，疼得直叫："哎呀！疼啊！"六神无主的陈美娣不知如何是好，她母亲忙说："你还愣着干啥？叫救护车！"陈美娣跑到电话旁，慌乱中错打了火警的电话，立刻挂断，打给急救中心……到了医院，经医生诊断，常换右侧的肋骨折断两根。

住院手续办好了，陈美娣更恐惧了，不知道如何面对丈夫，她怕他的拳脚。因为常换的事，她尝到了他恶狠狠的拳头的滋味。这次她闯下的祸不比往常，这可怎么办呢？她心一横：不就是他的拳脚吗？想到这里，他给树江打了电话，战战兢兢地说："常换住院了。"领着几个民工给树民装修新房的树江急切地问："咋回事？啥病？"陈美娣照实说："肋骨折了两根。""啊！咋弄的？出车祸了？"树江急了。"你到医院就知道了。"陈美娣挂了电话。不多时，树江就到了医院。陈美娣强装镇静，在门口等着丈夫。树江见到她，劈头就问："哪个病房？""二〇五，你先进去，我取药去。"她慌乱地往外走。"到底咋弄的？"树江追问。"你让常换跟你说吧。"陈美娣头也不回。"你他妈的是咋的了？"树江骂骂咧咧，赶紧上了二楼。陈美娣撒腿就往外跑，叫了一辆出租车，逃了。

树江推门，进了女儿的病房，打着吊针的常换一看爸爸来了，把头扭到一边。树江凑到女儿面前问："咋弄的？疼不疼？"常换仍侧着脸，大大的眼睛望着墙壁，眼泪从眼角流到稚嫩的小脸上。"告诉爸，咋弄的？"树江焦急地问。常换还是一言不发。"你倒是说啊，你咋不说话？"树江着急了。"是……我……自己……摔的。"常换也许是因打碎电视机而害怕，才撒了一个谎。"咋摔的？啊？"树江继续追问。"骑自行车……摔的。"常换随便编了一个原因。

陈美娣在出租车里思忖着，躲到哪里呢？树江的二哥家是不能去的，她知道二嫂根本不待见她。去找过去在歌舞厅一起工作过的"姐妹"？不行！还是去树江的大嫂家吧。虽然他大嫂对她也有成见，但见面毕竟还有话可说，想到这里，她让司机向新立沽方向驶去。到了王春梅家，一进屋，她就抽泣起来。王春梅一见她这样，忙问她怎么了。陈美娣擦了擦眼泪，拣着对她有利的地方说："今天常换回家晚了，我本来就生气，可她一放下书包就看电视，我不让她看，她急了，用遥控器砸碎了电视机。我生气，打了她两下，咋就这样了呢？把常换的肋骨碰折了两根。我吓坏了，把她送到了医院。我怕她爸不依不饶，他一到医院，我就跑出来了。"王春梅听到这里，心想：你可够狠的，孩子的肋骨都打折了，还说碰了两下，有这么碰的吗？"你咋这样！孩子就够可怜的了……"王春梅说不下去了，想起了死去的二丫头，想起了住进精神病院的田家英，一阵沉默。陈美娣央求道："大嫂，都是我的错，我真怕回家。我要是回去，他不要我的小命？大嫂，你可得给我撑着点儿啊！"她的手机响了，一看来电显示，是树江打来的，她用恐惧的眼神看着王春梅。"照实说，躲了初一，躲不过十五！"王春梅不耐烦了。"喂……"陈美娣刚开口，树江就愤愤地质问她："你在哪儿呢？""我在大嫂家呢。"树江没好气地说："你跑到那儿干啥？""都怪我，我不该管教她。"树江明白了，大骂道："你他妈的，我就觉得不对劲儿！你马上给我滚回来，不然我要你的小命！"王春梅听得清清楚楚，接过陈美娣的手机，对树江说："老四，你别闹了，磕碜！事情我都知道了。给孩子治病要紧，等会儿我和你大哥把她送回去。"树江在电话里还一个劲儿地骂陈美娣。王春梅把手机递给了陈美娣。

树山阴沉着脸，和妻子一起，带着陈美娣来到了医院附近。他没让陈美娣下车，而是直接送她回家了。树山和王春梅回到医院，下了车，急匆匆进了住院部，很快找到了常换的病房。守候在女儿旁边的树江，不见陈美娣，立刻骂骂咧咧："那个臭女人咋没来？今儿个我非打死她不可！她在哪儿？""老四，你别闹行不行？你还不嫌磕碜？有啥事，回家说去！"树山斥责着，走到常换床前。"我们是来看孩子的，不是看你们吵架的！"王春梅冷冷地说。树江哪肯罢休，还是骂骂咧咧。树山厉声喝止："你还有完没完？"树江一甩手出去了。王春梅本来就心软，一看常换输着液，鼻子一酸，掉起了眼泪。她拉着孩子的手，心疼地说："孩子，伤的是哪边？疼吗？"常换见大娘哭了，含着眼泪点点头，用没输液的右手点着右边的肋骨。"好好养着，让你大娘陪着你。"树山皱着眉头安慰道。常换泪水夺眶而出，噘起了小嘴。

　　树山从病房出来，找了一位熟悉的外科主任医师，让他多多关照。他在走廊里找到了还在生气的树江，把他叫到外面没人的树荫下，嘱咐道："老四，我可告诉你，不许再给我闹了……"树江抢过他大哥的话，又骂开了："不行！这个老娘儿们，我非打瘫她不可！大哥，你是不知道，这个女人一直容不下常换，当着我的面儿，她不敢怎么着。她的心，比黑锅还黑！给我生了一个儿子就了不起了？我早就想打跑她了！""你还知道啥叫羞耻吗？"树山一只手点着树江。两人沉默了一阵。"她也承认自己做得太可恶了，说今后一定改。"树山说。"放他妈的屁！我才不相信她呢！"树江哪里听得进去。

　　晚上，树山把树民夫妇也叫到树江家里，解决问题。陈美娣战战兢兢，流着眼泪，当着刘家人的面儿，低着头向丈夫认了错，并表示从今往后一定善待常换。树江那不老不少的丈母娘，也向在场的人说尽了好话。树江威胁道："这次饶了你，下次老子决不轻饶你！"

　　常换被继母打伤住进医院的消息，很快传遍了刘氏家族，人们都来看孩子。姑姑、婶子们见了孩子，都控制不住眼泪，特别是王春柳，心里最难受。她为孩子失去母爱而伤心，为孩子受到虐待而鸣不平，为孩子今后的生活而担忧。

　　在回家的路上，王春柳对女儿常雅有感而发："看见你常换姐没有？多可怜，让后妈打成这样。要是你四婶没有病，你常换姐何必让人家不当人？"树芬看着常雅认真的样子，微笑着抚摸了一下她的头，岔开沉重的话题，对她说："常雅越长越漂亮了，开学就上六年级了，好好学习，一定要考上一中!"常雅认真地点点头。

常换出院了,没有回到她爸爸的家。她认为,她的家是现在空着的那个房子——她和母亲住过的那个房子。她到了大娘的家。

津沽大地的八月,天气很炎热。树花在开着空调的办公室里,仍烦躁不已,为裴彬彬的事着急。几天前,彬彬在补课回来的路上,再次挣脱翠香的阻拦,跟着他爸裴洪伟玩了一下午。翠香没敢马上告诉她。翠香焦急地一直等到树花下班回到家,也不见彬彬回来,这才不得不如实禀告。树花异常冷静,没有跟翠香发火,还安慰她:"错不在你,别往心里去。"她气得一屁股坐在沙发上,胸口剧烈起伏。她拿出手机,刚想打给裴洪伟,一气之下,又把手机扔到了沙发上。她愤愤地看了一眼手机,猛地又拿了起来,迅速地拨通了裴洪伟的电话,骂道:"裴洪伟,你真不是东西!你总缠着孩子干啥?我瞧不起你,没骨气的东西!"裴彬彬很晚才回到家,准备挨一顿打,可是,他妈连看都没看他一眼,一晚上都没跟他说一句话。

这天,裴彬彬又一天没进家,翠香不知找了几家网吧,才把他找回来。晚上,翠香正式向树花提出了辞职。这次树花狠狠地教训了一次彬彬,他害怕了,又向妈妈哭着求饶了。夜里,树花偷偷地掉了眼泪。

她真为孩子的成长担忧,为了孩子的教育伤脑筋,她不相信,她的儿子不如人?她有一种不祥的预感:如果再不想办法,彬彬真的要管不了了。要断绝他爸爸对他的纠缠,断绝社会上乱七八糟的东西对他的诱惑,只有一个办法——上寄宿学校,一个管理好的寄宿学校,她这样想。

在机械铸造公司,身穿套裙的树花手拿一张表,报着数字,汪玉生在计算机上输入数字,立式空调上的小红布条被风吹得不停摆动。树花从座位上站起来,说:"从这个数字来看,毛利太少,问题是日商、韩商将价格压得太低,质量要求高……"汪玉生说:"他们找的代理太可恶了,没准儿是他们把价格压下来的……"树花说:"既然咱们签了单子,就得认。从现在开始,一定严格控制成本,别再像你表兄金江似的,不干不赔,干了就赔。另外,对国内厂家机体的销售,一定盯好返款问题,不行的,要也不给。"汪玉生说:"咱们的机体质量,在全国也是说得出的,就是老客户不但价位压得很低,还压款,这咋办?"树花说:"行了,哪天专门说这事。说说彬彬吧,这几天给我气坏了。"汪玉生笑了:"别光为孩子着急上火。"树花沉下脸来:"你是不知道啊,我不光是生彬彬的气,还有他那个不要脸的爹!前几天,彬彬在补课回来的路上,裴洪伟又叫住了他,带他玩到天黑才回家。当时小保姆拦都拦不住……"汪玉生猜测道:"裴洪伟三番五次缠着彬彬,是不是有啥目的?"树花马上说:"管他啥想法呢。他后悔啥?吃喝玩乐没钱了呗。听洪芹说,他又沾染了新恶习……昨天,彬彬又一天没回家,翠香不知找了几家网吧。再不想办法,彬彬真的要管不了了。他那个缺德的爹不把他带坏才怪呢。"汪玉生无奈地点点头。树花说:"你看这样行不行,上寄宿学校,一个管理好的寄宿学校?人们说的贵族学校可以吗?"汪玉生笑了:"我看可以。"树花说:"树江也想把常换送到这种学校。"汪玉生说:"一年花几万,他舍得?"树花说:"他在电话里跟我说的,听口气挺认真的。"汪玉生苦笑一下。树花说:"二哥、二嫂说要慎重,他们说所谓的贵族学校有名无实。"

　　树兰推门进来了,面无表情地说:"玉生,车间有人找你。"汪玉生起身出去了。

　　常换、彬彬双双去了市里一所寄宿学校,所谓的贵族学校。

第十四章

一

九至十月，李家沽乡几万亩葡萄陆续上市。几年前，周边地区无序地扩大种植面积，使"玫瑰牌"葡萄的销售价格直线下跌。今年销售价格又出现了偏低的问题。然而，这却让高学军的葡萄酒厂大捞了一把，收购价格仅五六毛钱，急红了眼的农民还得托人，才能卖到他那收购量有限的葡萄酒厂。因此，以种植葡萄为生的村民，对土地的依赖程度逐年降低，今年降到了极点。新立沽被划到乡工业园区的葡萄园，一些村民急于租出去。树海了解到人们这种心理，率先向村委会提出了租地一百亩的申请。可是，他遇到了麻烦，有几户嫌青苗补偿款低，不同意出租。

在村委会办公室里，一帮妇女围着林金龙吵吵开了。一个女人说："……那几亩地，这几年我受多少累啊！正在挂果旺期，一亩地给一万块钱？哼，我才舍不得呢。""树海他想得美！"另一位阴沉着脸说。"他不涨价，我是不给他！"几个妇女你一言、我一语。林金龙不紧不慢地表态："这地是你们承包的，要价你们自己说了算，你们一亩地要十万，村里也不干涉。"他话音刚落，树山进来了，妇女们又向他吵吵开了。树山摆了摆手，说："你们反映的问题，村里尽量给你们协调，你们回去听信儿吧！"妇女们又七嘴八舌地议论了一阵，便走了。

树山让林金龙给树海打电话。林金龙迟疑了片刻，拿起了电话："老弟啊，一群妇女又来村委会吵吵了，你大哥让我给你打电话，你能不能过来一下，商量商量租地的事……"树海打断林金龙的话："有啥商量的？她们不就是逼我抬高租地的价格吗？我给的价位不低了，不能再高了。还是老方案，占了谁的地，我可以安排谁到我公司上班；愿意要地的，找你们村里……"树山接过电话："你过来一趟吧！这事在电话里能说清楚吗？"树海停顿了片刻，很不情愿地答应回村里商谈租地事宜。

几次协商未果，最后，树海不得不改变原来的方案，以每亩一万五千元的价格（青苗补偿费一万元，占地费五千元），签了一百亩地，租期三十年的合同。

租地协议是签下来了，可是老难题又横在树海面前了——资金。这次需要一百五十万元。企业转制时，他瞒天过海欠的那六百多万元，刚还了三百多万。他为难了，有几笔将要到期的贷款，银行还催他呢。

这天，树海私下约张学海到一家饭馆。爷俩坐定，树海开门见山："张叔，我欠村里的那三百万元，改为我向村里贷款，可以吗？我给年息一分的利息，这样咱爷俩都不担惊受怕了。"张学海一听，紧锁的眉头舒展了，忙说："这倒是两全其美的办法啊！"他长叹一声，"唉，大侄子啊，你可把我害苦了！我整天提心吊胆，一想起这事就睡不着觉啊。你婶见我唉声叹气，问我有啥事。大侄子，我能说吗？这事呢，不能叫贷款，国家不许可，要不叫融资？最好叫借款吧，这样稳妥。不过这事得找你大哥和金龙。"树海皱一下眉头，给他大哥打了电话。树山说："这事……你找找金龙吧！"树海心领神会，挂了电话。酒菜上齐，树海和张学海边吃边谈。

下午，树海在电话里与林金龙约好，他驱车来到村委会，一推门，林金龙早到了。二人寒暄几句，树海扔给林金龙一盒烟，说："老弟我遇到点儿难事，想请老兄帮一下忙。"他也不看林金龙，坐在一旁的沙发上。林金龙点上烟，吸了一口，微微一笑："我这无用之人，能帮老弟啥忙啊？""老兄，此言差矣，村里几千万元的存款，是村里创收的本钱，是摇钱树啊！"树海轻松地说。"摇钱树？怎么个摇法？"林金龙不解。"我想从村里暂借五百万元出来，给年息一分的利息。"树海看着林金龙。林金龙一愣，马上回绝："这个我可做不了主，还是找你大哥吧！我是村干部，可我啥也不懂啊。"林金龙很有策略地回绝了。树海知道他会这样，站起来，递过来一支烟，微微一笑，说："老兄，你跟我大哥商量一下。不瞒老兄说，我不愿意找他，他的脾气你是知道的，真不如找你好办。这借款呢，就用半年。"树海走了，林金龙在背后骂开了："妈的，少给我来这一套！他脾气不好，你当我怕他不成？老子还不知道你们哥俩唱的双簧？"次日，树山找到林金龙，说："听说树海找你了。""啊。"林金龙一脸严肃，两只小眼睛眨个不停。树山递给林金龙一支烟，说："这样吧，你跟会计商量一下，借给他五百万，就半年，年息一分，咱村里多得一点儿利息嘛。"林金龙心里这个气啊，可面儿上不

敢发作，很不情愿地起身走出树山的办公室。

郑跃军也租四十亩地，可是他绕不过先前树海绕过的那几户的土地，每亩青苗费提高了五千元。这还了得，先一步与树海签约的那些农户，不干了。部分农户撕毁了合同，要求涨价，并且放出话来，如果树海敢动他们地里的一根葡萄枝子，他们就跟他拼命。树海气坏了："跃军啊跃军，你是真行啊，让人家拿捏住了？"树海气急败坏地给他大哥打电话："大哥，你看跃军，他竟抬高了价码，我咋办？""你说咋办？每亩补五千元，和跃军一样！"树山吩咐道。"不行！我起诉！"树海不认可。"我告诉你，不许你起诉，你多拿五十万，穷不了！我早就劝过你，每亩提高点儿，你就是不听……"树海被大哥训了一顿，火气似乎小了许多。

二

常胜来物流公司两个多月了，主要是帮着车队队长钟建辉做跑关、报关及调度车辆等工作。这段时间，他明显感到张瑞惠和钟建辉有隔阂。那天，他在办公室打印材料，张瑞惠很严肃地问他，钟建辉干什么去了？常胜说出去办事去了。下午，他一上班，就听到经理办公室里钟建辉和张瑞惠因派车的事情发生了口角。

下班，常胜到张瑞惠那儿吃饭，张瑞惠向他说起了钟建辉的事。"钟建辉这个人不行，拉帮结派。跟他好的司机，他就把肥差给他们，油水不大的差事派给跟他关系不好的，甚至不给他们派活儿。不仅如此，有些事他还有意瞒着我和你三叔。"张瑞惠顿了一下，接着说，"你三叔不听我的话，说我是妇人之见，疑心太重。你三叔早晚有一天吃大亏。"常胜只是一笑了事。

从这天起，常胜就留意钟建辉了。一天，常胜和钟建辉从海关营业厅办完业务，在回公司的路上，钟建辉一边开车一边对常胜说："老张这个人，总是怀疑我有外心，其实我这个人不爱说，有难事就自己扛着，这也成了不是，唉，没办法。"常胜知道"老张"指的是谁，不便表态，打着哈哈应付过去了。

中午下班，常胜走出办公楼，准备跟钟建辉出去吃饭，有客户邀请他们。张瑞惠不愿去，上了自己的车，准备回家。她关上车门，车没有启动，她便给后面正要启动车的钟建辉打电话:"建辉,车发动不了,你过来推一下车!"钟建辉一听,脸立刻拉了下来。常胜坐在副驾驶座位上,疑惑地看着钟建辉阴沉着脸,一动不动地坐着,也不发动车,就这样直直地盯着前面张瑞惠的车。过了大约一分钟,钟建辉猛地一甩手,打开车门,对常胜说:"推车去!"他下了车,也不叫别人帮忙,径直向张瑞惠的车走去。他心想:这是好车,又是新车,能不起火吗?常胜紧随其后,钟建辉也不打招呼,上来就推车。常胜问张瑞惠:"你老的车咋了?""打不着火了。"张瑞惠轻松地说,带着盛气凌人的样子。钟建辉有力气,再加上赌着气,车缓缓向前移动着,常胜再助一把力,车快速向前移动了……钟建辉气喘吁吁站在一旁,看也不看一眼已经启动的车。常胜也喘着粗气。张瑞惠挂上车挡,用脚轻轻一踩油门,走了。钟建辉望着远去的车,狠狠地啐了一口,上了自己的车。

这些日子,树海忙于跑贷款,无暇顾及物流公司的事情。他找王宗斌在信用社贷五百万的事情已经敲定。签字前,信用社的李主任说:"树海老弟,这笔款只能一年期为限。""李老兄,你放心,到期连本带息如数偿还。"树海微微一笑。王宗斌笑着说:"他若食言,加倍惩罚。"几个人哈哈一笑。

办理完相关手续,他们去了一家酒楼。酒足饭饱,他的手机响了,是钟建辉打来的:"喂,我是建辉啊。""啥事?"树海问道。"我不干了!"树海一听这话,噌地坐起来,皱着眉头问:"为什么?""不为什么,我不想干了!""别说了,等我回去再说。"树海挂断了电话,他想一定跟张瑞惠有关。他拨通了常胜的电话:"常胜啊,建辉闹着不干了,啥事?"常胜支支吾吾地说:"不清楚啊。"树海笑了,骂了一句:"你小子,敢跟你三叔撒谎?"常胜一本正经地说:"真的,要不你老问问张姨。"树海挂断电话,迟疑一下,还是给张瑞惠打了电话,平和地问:"喂,建辉提出不干了,你知道吗?"张瑞惠一听暗喜,心想:"激将法""插楔子"果然见效了。她也不回避,直截了当地说:"因为我。""你……"树海刚想发火,又换了口气说,"好了,回去再说吧。"

树海闷闷不乐地回去了,耐着性子听完张瑞惠列举的钟建辉的"罪状",控制着冲动,说:"你说咋办?""满足他的要求!"张瑞惠毫不犹豫地说。"这不是卸磨杀驴吗?没有别的办法?比如让他干点儿别的。"树海还是不认可她的这种做法。"当断不断,必有后患。等人家把驴赶走了,你想追都

第十四章

追不回来。"张瑞惠所说的"驴"是指围着他们公司干的那帮养车的散户。她又来了一句:"当年你们没做过这样的事吗?"她指的是当年拉树海起家做服装生意的王洪金。"建辉跟王洪金不一样,王洪金不行!"树海反驳道。"不行的误事,能干的拆台,这样的事例还少吗?当初你们不就是拆了人家的台起家的吗?"张瑞惠又拿这件事说话。"此一时,彼一时,我量他钟建辉也没有这个能耐。"树海非常自信。张瑞惠见树海这么磨磨叽叽,不耐烦了,威胁道:"你还抱幻想,是吧?这样吧,你是留他呢,还是留我?"树海一听这话严重了,看了一眼表情严肃的张瑞惠:"你……"他又把话咽了回去。自打他们相识相爱,直至生下儿子常坤,张瑞惠是第一次说出这种威胁的话。树海沉默了片刻,说:"依你吧!"张瑞惠微笑地夸奖道:"这才像大男子汉。"树海苦笑了一下。

　　树海怀着自责、愧疚的心情,把钟建辉约到了海鲜酒楼。两人一时相对无言,树海递给钟建辉一支烟。看着八盘热气腾腾的佳肴,谁也没有心情去品尝。树海给钟建辉斟满一杯干红葡萄酒,也给自己斟满了,说:"哥俩干一杯!"二话没说,两人一口干了。紧接着是第二杯、第三杯。三杯酒下肚,树海说话了:"你决定了?""决定了!"钟建辉看也不看树海一眼。"那我啥也不说了。"钟建辉本想听到树海说:"看在我们老同学的面子上,留下吧!"或者让他换个地儿。然而,他没有听到。这么多年,他给树海卖命,却只得到一句"啥也不说了"。这句话真像一声闷雷,重重地打在他满怀希望的心上。一时间,这些年的酸甜苦辣一股脑儿涌上他的心头。他激动了,真没想到昔日的老同学、如今的老板树海会对他这样无情,此时他好像不认识他了。他极力控制着自己的情绪,问道:"你说,我这些年干得咋样?""这用我说吗?干得相当不错啊!"树海说。"我这个人咋样?""好人、好哥们儿!"树海不但加重了语气,而且竖起大拇指,充分肯定。"我错在哪儿?"钟建辉逼问道。树海也不躲躲闪闪,单刀直入:"要说错,就赖你的臭脾气,太犟,没有跟张瑞惠搞好关系。"钟建辉听了树海这几句不藏不掖的话,强忍着眼泪,站起来,举起杯,一扬脖子,把第四杯酒干了个底儿朝天,激动地大声说:"树海,有你这几句话,我钟建辉值了,算我没认错人!"树海知道钟建辉的脾气,没有问他离开后干什么,而是说:"人各有志,我不强留你,但我刘树海这里,永远给你敞开大门,你什么时候想回来,就什么时

469

候回来，我举双手欢迎。"他从公文包里拿出十万块钱，推到钟建辉面前，"这是我们俩的意思，你出去后这个是少不了的，你别嫌弃。"不知是树海那句"回来"的话刺痛了钟建辉的自尊心，还是这为他准备好的十万块钱的缘故，钟建辉脸一沉，说："你瞧不起我这个老同学！"说着，把十万块钱重重地推了回来，"谢谢你们的诚意！"树海不干了，把脸一板，说："建辉，我问你，你是不是我的兄弟？这钱你不收下，等于从今往后你不想认我这个哥们儿了，那么从今天起，我永远不认你这个兄弟！"说完就要走。话说到这份儿上了，钟建辉沉默了。树海又把这十万块钱推到钟建辉面前，钟建辉只好收起了这笔让他感觉自己被施舍的钱。

三

　　树民选了一个黄道吉日，准备搬家。这天，秦亚娟给他打电话，说晚上把她定做的一块精美的书法牌匾送到他的新房去，树民答应了。

　　吃完晚饭，树民跟妻子说有事，出去一下。他走到马路边，秦亚娟早就在此等候了，他上了车，直奔他的新房。一路上，树民欣赏着自己给这个城市打造的几笔：路旁的槐树枝叶碧绿碧绿的，绿化带整整齐齐，一块块草坪如一片片地毯，远远望去，给人心旷神怡之感。上了蓟运河大桥，运河两岸的带状公园，花草树木繁茂，人们悠闲地散步其间。整齐的两排霓虹灯，倒映在静静的河面，如水中的星空，令人产生无限遐想。一片片拔地而起的楼群，巍然挺立；一座座高高的龙门吊，在那儿静静地休息，好像在为明天不知疲倦地工作而积聚能量。秦亚娟好像有感应似的，微笑着说："刘区长这几笔画得不赖啊，好路，绿树，高楼，好景。""不行，这只是刚开始，离我的设想还差得远呢。"树民认真地说。

　　新房到了，两人后备厢搬出那块大大的木刻牌匾。在新房里，两人打开了用硬纸夹包裹的木刻牌匾，紫红底上嵌着金黄的字体，视觉效果极好。树民兴奋地朗诵着上面所书写的诗词，秦亚娟在一旁给这位当年学校里的朗诵高手轻轻鼓掌。"还有当年的那味儿。"秦亚娟夸奖道。"不行了，不行了。"树民笑着连连摆手。两个人在客厅的灯光下，开始欣赏品味这幅作品。不知不觉间，树民陷入了沉思。他涨红着脸，笑着说："真没想到，你还会这一

第十四章

手？"秦亚娟认真地说："诗以言志嘛，不会能行吗？"两个人都开心地笑了。沉默了一阵，秦亚娟对树民说："我知道你现在压力很大，给你鼓鼓劲儿，就像当年你鼓励我一样。不是你在背后使劲儿支撑着我，我早趴下了，绝对不会有今天。"树民笑着说："知我者，亚娟也。""去你的，又耍贫嘴了。"秦亚娟嗔怪道。

秦亚娟神色严肃地从小提包里拿出一张信纸，递给树民。树民接过信纸，打开一看是两首小诗，认真地读起来："蓟运河水一叶舟，随波摇曳独漂流。两岸鸟儿戏树梢，长空孤雁寻凄凄。寂寞嫦娥下天腰，借问何时有鹊桥。晚霞余晖渐淡了，长夜不忍迟迟到。"

树民疑惑地看了一眼正襟危坐并不看他的秦亚娟，接着读第二首："蓟运河水一叶舟，随波摇曳独漂流。不知君欲去何处，缘何摇首思不语。水中朦胧嫦娥舞，子寂寞兮吾茫然。时空倒流来谋面，何不与舟叙惆怅？"

树民看着这缠绵的情诗，不由得心慌起来，喃喃地问："你……咱们都……"秦亚娟用深情的口气说："你是怕都这个岁数了，不合适？""对……咱们这样不挺好的吗？何必……"树民不知所措。"你怕啥？你是怕你的前途丢了？怕你老婆王立君？我今天说什么也要你答应我不可！当时我错了，今天我不能再错了，我错了十几年了。难道你想学陆游，错错错，留下终生遗憾？"秦亚娟提高了嗓门儿。"你……你……"树民急得不知说什么好了。秦亚娟见他这副慌乱的这样子，终于忍不住了，开心地指着他大笑起来，这下可把他都乐蒙了。"傻瓜，那不是我写的，是我闺女……"秦亚娟上气不接下气，笑弯了腰。树民这个大老爷们儿听罢臊红了脸，像个孩子似的噌地站起来，指着秦亚娟说："好啊，你拿我开心……"他像小孩子似的，一屁股又坐在沙发上，盯着秦亚娟傻笑。"谁让你总拿我穷开心呢？"秦亚娟一看他不高兴了，不好意思地解释道。树民这个丑好在是丢在秦亚娟面前，生气也是做做样子而已。他也觉得自己刚才可笑得很，哈哈地笑了起来。

开过玩笑，秦亚娟认真地说："你知道这是佼佼写给谁的吗？"树民猜到了，但没有说出来，似乎还有余气："你闺女的事，我哪里知道。"秦亚娟没有回答，从她的小手提包里又拿出了一张信纸，递给了树民。树民打开了："青春少年，何必那样孤独。路漫漫，吾将上下而求索，像黄河，九曲不屈迎大海，似长江，激情奔腾永不息……人生短暂，容不得碌碌无为，

471

虚度青春年华。一寸光阴一寸金，寸金难买寸光阴，莫要无病呻吟寻烦恼，畅游学海才是真……"

树民看完这稚气的句子，笑嘻嘻地问："这篇是谁写的？""你儿子呗，那话说得跟小大人儿似的。"秦亚娟有点儿不高兴地说。"这小子，还挺狂。"树民笑着说。秦亚娟望着树民严肃地说："有啥老子，就有啥儿子呗。不光是狂，这分明是看不上我们佼佼，还教训起我们来了，还不如他老子呢，这叫感情？我们佼佼哪儿配不上你儿子？"树民被她说乐了："这是哪儿跟哪儿？小孩子闹着玩，你还当真了。"秦亚娟还是顺着自己的情绪说道："说实话吧，咱俩也就这意思了。大龙呢，我和振刚都挺喜欢的，这两封信我都让振刚看了，他也希望将来两个孩子能成，没想到大龙还挺清高。"树民真是哭笑不得，指着秦亚娟说："我说你们俩，这事操持得是不是早了点儿？刚多大的孩子，初中啊！如果将来两个孩子有那意思，我举双手支持。"秦亚娟听了他的话，不但没高兴，反而激动起来，说："我的意思是说，我这辈子没有缘分跟着你了，我想佼佼应该有缘分吧？我让他们在一起上学，就有这个意思。按说佼佼长得跟我差不多，我看这俩孩子挺般配的。"她顿了一下，抬起头看着树民接着说，"你愿意有什么用？将来王立君能同意？这几天我就想，我们娘俩咋就这么贱呢，偏偏迷上你们爷俩呢？我是怕佼佼走了我的道，一辈子不舒服。"说到这里，她竟掉起了眼泪。树民真没想到，他千方百计扶持起来的这个女企业家，竟想得这么多，心这么细，心思这么重，还是这么脆弱。没辙，他劝道："亚娟，孩子的事，别想那么多，还早着呢，将来孩子们也许各奔东西，也许佼佼看不上大龙呢，这都是未知数。"此时的秦亚娟，也许是因为跟树民这个大忙人单独在一起的机会不多的缘故，此时触景生情，打开了自己的心扉。她听到树民这样劝她，不好意思地解释："我也不怕你笑话，见了你，我什么都想跟你说，而且总是有一种想哭的感觉。""是吗？又不是小孩子了，让人家看见笑话。"树民笑着站起来。"还怕你笑话我吗？没事了，走吧！"秦亚娟用小手帕擦拭了一下眼角，不好意思地笑了。

树民乔迁新居。在树花的酒楼，秦亚娟俨然主人，夹在树民和王立君中间，热情地迎送着各界宾客。不仅如此，她还在吧台处吩咐着服务员干这干那。王立君随着树民挨桌敬酒，下意识地回头一望，一眼看见吧台旁边的

秦亚娟正全神贯注地注视着他们敬酒，她马上把视线移开了。

一天晚上，迁入新居的王立君刚收拾完碗筷，秦亚娟一家敲门进来了。王立君迎上前，微笑着让座，看了一眼佼佼，向里间道："常凤、常龙，你们佼佼姐来了。"常凤、常龙从里间跑出来，跟董振刚、秦亚娟打招呼。常凤凑到佼佼跟前，两人相互拉了一下白净的小手，算是打了招呼。秦亚娟自然对两个孩子大加夸奖一番："哎哟，好儿子都长这么高了？足有一米七，比你爸还漂亮。"常龙不好意思了。她又看一眼常凤，对王立君笑着说："王姐，你真有福，常凤比我们佼佼还水灵呢。""谁说的，佼佼挺随你的，又漂亮又文静。"王立君附和着。树民和董振刚坐在沙发上说话。外面的门铃又响了，王立君打开了门一看，是她的好朋友、常龙和常凤的英语老师刘淑娇，带着丈夫和五六岁的女儿李雪来串门来了。"秦姐，你们也来了？"刘淑娇微笑着说。三个孩子见了她，都打了招呼。董佼佼背过脸，向常凤眨了一下眼，英语老师的突然到来让她有些不适。王立君下意识看了一眼与女儿一样高的佼佼，心头掠过一丝淡淡的阴影。

大人们在客厅里说着话，三个孩子在里间屋里谈着他们的话题。小李雪玩着哥哥姐姐的小玩具。谈到将来上什么大学的时候，和她母亲一样漂亮的董佼佼，用余光注视着她心中的白马王子常龙，笑着问常凤："将来你们考什么大学？"常凤看了一眼弟弟，说："这要看高考的分数了。"常龙只是一笑，表示认可姐姐的回答。"你们不打算出国留学？"佼佼看了一眼常龙。常龙笑了，说："谁不愿意？这就看机会和实力了。"佼佼眨了眨美丽的大眼睛，并不隐瞒地说："我爸妈说了，将来让我去美国留学。""是吗？我真羡慕死了！"常凤兴奋地说。常龙笑了笑，没有说话。三个孩子说说笑笑，憧憬着美好的未来。

四

金秋十月，晴空万里，李家沽中学迎来了建校以来最辉煌的一天，崭新的四层教学楼拔地而起，楼前彩带起舞，彩旗招展，人头攒动，临时搭建的舞台上方悬挂着醒目的横幅：热烈庆祝李家沽中学教学楼落成暨建校三十周年庆祝大会。

姜文敏身穿深灰色套裙，红光满面，笑容可掬，与前来参加大会的领导、嘉宾频频握手，向他们致谢。她刚被提为副校长。树民以区长和校友的双重身份参加了大会。王宗斌笑着对姜文敏说："姜校长，你的台面真不小啊，刘区长在百忙中特意抽出时间参加大会。"树民笑着说："此话差矣，李家沽中学是你我的母校，我能不来吗？"说话间，秦亚娟、董振刚到了，姜文敏微笑着迎上前去。不用说，她眼前的这个漂亮女人就是秦亚娟。她礼貌地跟秦亚娟握手："你好。"秦亚娟微笑着跟她曾怨恨的女人，如今主持工作的副校长姜文敏握手。那天，她接到请帖，本无意前来，如果不是树民和当年的老师也到场，她才不想为情敌捧这个场。她不由自主地又看了一眼有些风韵的姜文敏。然后转身向树民、王宗斌的方向走来，笑着打招呼："刘区长，好早啊！""这是大事，刘区长能晚来吗？"王宗斌抢着说。树山、树海如约来到会场。前来参会的人个个都是满脸笑容。这时，两辆高级轿车缓缓驶进校园，王宗斌笑着说："市里的老师到了。"树民等人微笑着迎上前去，从两辆车里下来八九位当年在李家沽任教的老教师。树民等当年的学生蜂拥上前，和老师们热情地握手交谈。随后，姜文敏带领着嘉宾上了三楼的临时接待室。师生时隔多年相见，自然激动和高兴，有好多话要说，有好多人和事要问。树民对一位体育老师说："王老师，头发白了点儿，但身体、精神都很好。当年您带的乒乓球队、篮球队在全区可都是数得上的。您记得吗，当年咱们跟一中比赛险胜……""记得，记得。"王老师微笑着点头。一位姓吴的女教师微笑着对秦亚娟说："你还是这么漂亮，不愧是当年的校花啊！没想到文静的你竟成了女企业家。"说到这里，她压低声音问，"你和刘……"秦亚娟笑了，指了指她身边的董振刚，吴老师心领神会地笑了。王宗斌正与一位姓温的男老师回忆着往事："当年您第一次给我们上数学课时，南方口音很重，讲完课您说，同学们打开书第十（四）页。我们齐刷刷打开第十页，一看根本没有您读的内容，嚷嚷开了，您一看不行，用粉笔把页码写在黑板上，说了句，同学们看河北（黑板）！大家哄堂大笑……""那时普通话说得不好。"温老师扶了扶眼镜，笑着说。高学军等当年的学生都笑了。树民来到吴老师面前问道："吴老师，马老师真的来不了？"吴老神情黯淡下来，说："我经常去看望她，她患有风湿性心脏病，还有关节炎，挺严重的，上下楼都需老伴儿搀扶。他儿子下岗了，教育局分的教师楼她让儿子住了，她和老伴儿在窄小的旧楼里住。昨天我去看她,她哭了……"人们一阵沉默。"吴老师,哪天我们去看看她,她在这里干了十多年。在那个年代,老师们很敬业。当年恢复高考,咱们学校的高考录取率全区第一……""可不是,她总提到你们………"吴老师又兴奋起来了。

人们心情舒畅地参观新落成的教学楼,看着这明亮的教室,有说有笑。吴老师颇有感慨:"树民,你记得吗?当年你们上中学时,学校搬了三次家。第一次是搬到紧靠河边那排矮小的破土房子,又黑暗又潮湿,更不安全,唯恐来一场大雨给冲垮了;不得已,第二次搬家,借用人家小学合并后腾出来的破旧的红砖平房校舍;第三次,才搬到现在的校址。当时,红砖平房校舍四周到处是建筑垃圾,还有几个大水坑。就是这种情况下,师生们也很高兴啊。学生们从自家带来工具,学校从附近借来小推车,全体师生利用课余时间,早来晚走,整整干了一个多月,填平了两三个水坑,平出了一个宽敞的操场………"树民说:"当然记得,那高兴劲儿别提了,可有了砖瓦房的新学校了。"大家边看这崭新的教学楼,边回忆当年的情景。姜文敏指着教室内破旧的课桌椅说:"这桌椅看上去寒酸了些。""面包会有的,一切都会有的。有领导重视,还有这些企业家支持,你怕什么?"王宗斌恰到好处地说了一句。李局长笑着说:"王乡长,干脆好事做到家吧!""我是想这样,问题是我手头儿太紧了,要不李局长倾斜点儿?"王宗斌回敬道。"你们乡镇企业那么多,这样吧,你掏大头儿,剩下的我兜着。""一言为定。"王宗斌立刻笑着答应了。姜文敏在一旁偷着笑。

会议即将开始,姜文敏在主席台上郑重宣布:"大家以热烈的掌声欢迎各位领导、嘉宾到主席台就座!"台下的在校师生和历届校友代表共一千多人鼓起了掌。领导和嘉宾在欢快的乐曲声中,微笑着走上主席台。"李家沽中学教学楼落成暨建校三十周年庆祝大会,现在开始!"全体起立,升国旗,奏国歌。人们落座后,姜文敏首先致辞:"在座的领导们、老师们、同志们、朋友们,我代表李家沽中学的全体师生,向你们表示最热烈的欢迎,致以最衷心的感谢!"长时间的热烈掌声回荡在会场。"校庆三十周年之际,崭新的教学楼落成,这必将给李家沽中学注入强大的精神动力!我们要紧紧抓住这难得的历史机遇,知难而上,苦练内功,扎实工作,把我校的教育教学水平提高到新的高度,以优异的成绩回报社会,回报父老乡亲的厚爱……"

主席台上的李局长对树民小声说："不错，她很有组织能力。"树民点点头。

师生代表发言之后，由张副校长宣读了支教名单："天远集团有限公司支教五万元，汇丰棉纺有限公司支教三万元，滨海葡萄酒业有限公司支教三万元……"宣读完毕，全场报以热烈掌声。

最后，树民致辞，他今天非常高兴，也很激动。他首先代表区委区政府对大会的召开表示祝贺，对老教师、支教单位和个人表示感谢……他说道："我代表老校友讲几句吧。小同学们，你们赶上了好时光，一定要珍惜啊！你们的家长希望你们成龙成凤，国家需要你们挑大梁，你们不但要刻苦学习，还要有良好的品行……"树民的讲话，不时被台下的掌声打断。

随后，文艺会演开始了。姜文敏引领着领导、嘉宾们到台下前排就座。树民说："别挡孩子们的视线，都到后排吧。""没事的。"姜文敏坚持着。"姜校长，就听区长的吧！"教育局的李局长坚持说。姜文敏只好让学生把领导坐的椅子搬到了最后一排。姜文敏很麻利地给每位领导、嘉宾分发矿泉水。分发到李局长跟前时，李局长对她说："组织得不错！""谢谢局长的夸奖。"姜文敏微微一笑，转身又递给后排的秦亚娟一瓶，微笑着说："大姐，你又年轻又漂亮。""是吗？你更漂亮。"秦亚娟矜持地一笑，夸奖道。"谢谢！"姜文敏笑着又去拿矿泉水。

抒情的旋律传遍整个会场："一条大河波浪宽，风吹稻花香两岸……"小姑娘的领唱博得了人们的阵阵掌声。接下来上场的是一位年轻的音乐教师，她跳起了欢快的新疆舞蹈。喜庆的音乐，轻盈的舞步，使人们沉浸在轻松的气氛中……接下来，一拨拨打扮漂亮的小姑娘、小伙子上场了，他们载歌载舞，带给观众美的享受。而一曲《我的中国心》把演出带入了高潮，这位男教师声音纯正，感情饱满，人们报以热烈的掌声。最后，一位女教师深情地演唱歌曲《爱的奉献》，把全场观众的情绪都调动起来了，大家都不由自主地跟着唱起来："这是心的呼唤，这是爱的奉献……只要人人都献出一点爱，世界将变成美好的人间……"

演出结束了，温暖的阳光照在每一个人的脸上，师生们的倾情表演，使人们倍感快乐。大会获得了圆满成功。为了答谢各方的大力支持，为了让当年在此辛勤工作的老教师，以及在此留下美好回忆的老校友们共叙师生情、校友情，学校特意设宴招待大家。

第十四章

五

　　津沽平原的深秋，一些耐寒的树木依旧枝叶碧绿，田埂上依稀可见的野菜顽强地伸展着身体，享受着阳光浴。那些枯黄的野草，被瑟瑟的秋风吹打着，不甘屈服。清澈的蓟运河水翻滚着，不知疲倦的浪花向前，向前。太阳挂在天空，无私地散发着光芒，给大地送来热量。大雁排着"人"字形，从人们的头顶飞过，向温暖的南方飞去，时而能听见它们的叫声，似乎是在提醒后面的同伴别掉队。

　　坐落在新立沽村的李家沽乡工业园区，一派繁忙景象。刘氏家族的精英们，树山、树海、树江、树花，还有郑跃军，正在路旁指挥着。"嘟嘟"作响的推土机，满载土方的拖拉机来回穿梭。有几个人在挖着葡萄地里架葡萄藤的混凝土杆子。树山对负责施工的树江说："老四，前面有两户的葡萄杆子，还没挖走，是谁家的，谁家弄走。千万别跟人家弄僵了。""没他们的事了，咱花钱买过来了。"树江不耐烦地说。"这个你就别管了，记住了？"树山不放心地又叮嘱道。

　　树山的手机响了，是会计张老头儿通知他，林金江和魏文山找他。树山挂了电话上了车。

　　林金江离开机械铸造加工厂之后，先是被当年他的外加工点的哥们儿接纳了，但他林金江是什么人？堂堂的企业老板，还曾是明星企业家，能受制于人？他很快从哥们那儿出来了，在外面跑了一遭，又找到了投资项目，却没有合适的地方。他不得已回过头来，又得面对树山。而树山因卸掉了集体企业的包袱，自家也如愿以偿，自然豁达起来：来吧！欢迎！如今是人家自己投资办厂，与村里没有瓜葛，只要不污染环境，我刘树山就支持！

　　树山推开会计室的门，只见林金江黑瘦黑瘦的，但小眼睛还是很有神，头发明显染过了，黑黑的，黑皮衣崭新崭新的。没等树山开口，他就站了起来，笑着跟树山打了招呼，他姐夫魏文山也跟树山打了招呼。树山不失大度，忙走上前去，拍了拍林金江的肩膀。魏文山递给树山一根烟，树山看了一眼，笑着说："老魏，牌子不错啊。""老弟啊，谁过年不吃顿饺子啊？"魏文山打趣道。说了几句闲话之后，他们来到了树山的办公室。坐定后，树山问：

"是为了地的事吧？""对！"林金江点了下头。"手头儿有啥项目？"树山笑着问。"有几个项目，至于上哪个，还没定呢，先把地租下来再说。"林金江多了一个心眼儿，其实他是想上利润不错，但有环保限制的碱厂项目。树山没有深问，认真地说："这样吧，你们看一下关于租赁土地的合同书，上面有要求。"说着，他从抽屉里拿出两张合同，递给了林金江和魏文山。他俩看着："……乙方所租赁的土地一年内必须动工建厂，不得在白茬地的情况下转让转租。投资项目必须符合环保、工商等部门的有关规定，方可办理土地租赁事宜，否则甲方有权不予办理或收回所租赁的土地……"林金江看完合同样本，板着脸说："绝对照章办事！""你们说个大概的数吧！"树山说。"四五十亩地吧。"魏文山说。树山微微点了一下头。林金江和魏文山起身告辞了。

送走他们，树山拿出了最新规划方案。这些日子，他走访了各方面，形成了手头儿的这个方案——现代化的楼房住宅区、工业园区、农业生态旅游区。他准备再次召开会议，进一步统一认识。他还准备举办一个规划展览，让村民了解这个方案，争取更多村民的支持。他清楚，实施这个方案，难点就是村委会南面的那片平房，那是每家每户的命根子啊！即便仿照区里拆迁补贴的形式，难度也不小，因为拆平房建楼房，一些家庭实在负担不起。他拿着方案走到窗前，望着南面这片平房，陷入了沉思。

全村总体规划展览在村委会的会议室展出了。人们三三两两地来到会议室，看着这像城市一样的布局，都兴奋不已，特别是那些年轻的小媳妇、大姑娘，一边看一边叽叽喳喳地议论着。房子面积有五种：九十平方米、一百二十平方米、一百五十平方米、一百八十平方米、二百一十平方米。那些有了点儿钱的小媳妇，恨不能一下子住进这漂亮的独门独院的二层小洋楼。看到那宽敞的厨房，漂亮的厕所、洗浴室，以及冬季供暖设施，她们一个劲儿地叫好。展览的效果非常好。

在会上，树山把拆迁补贴及集资建设住宅楼的方案分发给了大家。他重点说了他的一些想法。他说："为什么要拆平房集资建楼房呢？有这么几个想法，第一，大家都知道，咱们卖企业、公路占地、园区占地，村里得了四千多万元。这笔钱咋花呢？说句实话，村里的人啥想法都有。有的说村里有钱了，大伙儿的水电费之类的，村里都给免了吧。还有的说，按人头分点儿。说老实话，我第一个反对。为啥呢？我想除了给拆迁户的补贴之外，剩下的钱用于村里的改造上。你们也看了咱们的规划展览，我的意思是让咱们村未来多少年不落后，彻底改变老爸给儿子盖房，儿子又给儿子盖房的病根儿，让咱们的儿孙不再像咱们一样，拆了盖，盖了拆，一辈子就忙活房子了，把攒下来的钱花在别的方面。从发展的眼光看，咱们村离城市这么近，说不定将来会吸引城里人到咱们这里来住呢。到那时，咱们的楼房就升值了。"他说得很得意，"第二呢，就是想改变一下人们的习惯，这是我多少年的想法了，咱们也像城里人一样做饭有煤气，取暖有暖气，家家有清洁的厕所。咱们也要建花园、广场、计算机房、图书室、洗浴中心、游泳馆、健身房，再加上垂钓宫，让城里人眼热去吧！"他逗得人们一阵大笑。

可是，有人说话了："我看这是瞎折腾，成不了，不泡汤才怪呢。""出现钉子户咋办？"树山笑了，说："只有一个办法。"人们屏气凝神，都以为这个办法是强行拆掉，用推土机铲平了。树山却说："做工作呗，不通，还做！"人们松了一口气，发出了笑声。

林金龙表现得不冷不热，基本是袖手旁观的角色。自从他在背后煽风点火导致车毁人亡的惨剧后，他稳当多了。庄富贵的老婆，到现在还对他不依不饶。会后成立了以树山为组长，林金龙为副组长的拆迁集资建楼领导小组。

在领导小组会议上，树山从桌上拿起一份材料，说："老少爷们儿，待会儿你们就要入户了，村里弄了一份拆迁方面的宣传材料，一共一百五十份。咱们村南头儿这片拆迁户，总共有一百来户，足够用。你们入户时带着，一户发一份。"他打开一个笔记本，照着本子说，"下面我提几个需要注意的问题，一是测量各家房屋面积时，一定要有专人负责，实事求是，千万不要有猫腻、有水分，不能在这方面出乱子，到时候村里要核实。二是对楼房户型进行摸底统计时，工作要有耐心，不要私自解释，不许盲目许愿，发现问题及时向村里汇报……"树山知道这次拆迁有一定的难度，心里没有底，所以在会上说得很多很细，最后他笑着说，"这是咱们村的大事，拜托老少爷们儿了！这道坎要是迈过去了，咱们村将来的日子会更红火，到时候村里好好请请你们。"十几位表情严肃的小组成员，听了树山的话，露出了笑容。

散会后，林金龙拿着宣传材料对会计张老头儿低声说："哼，你看这补偿标准，正房每平方米补助七百到八百元，厢房每平方米补助五百五十到六百元。集资建楼每平方米预计六百到七百元。表面看差不多，可实际一算，盖楼房少说也得多花好几万块钱，哪套楼房面积不比平房面积大？再加上装修等零碎花销，又得多花不少钱。老兄，我看这事是剃头挑子一头热啊，你说呢？"张老头儿笑了，说："不行再说。"林金龙没再说什么。

几天过去了，入户宣传的老少爷们儿，好话说了一火车，嘴皮子都快磨破了，效果甚微。有十几户态度非常强硬，致使其他户瞄着他们，也提出了种种额外的要求。会计张老头儿领着几个人又来到了庄富贵的老叔家。他们一进院子，庄老头儿就拉下脸来，说："你们这是干啥，三番五次，我说你们啥好呢？他刘树山就是败家子儿啊！他鼓动的那个园区，占的可都是上好的地块啊，他要遭报应的！你们还帮他敲锣边，他出个馊主意就是个主意？他为什么不敢来找我？我有八句话等着他呢！他又拆房子又卖地的……你们死了这份心吧！我就是死了也不拆！"张老头儿苦笑了一下，说："老哥，这是多好的事啊，你不同意，就影响村里的规划……"没等他说完，庄老头儿抢过话茬说："我影响？不是我招惹你们，是你们非来作践我啊！""你老想到哪儿去了？这是村里的整体规划。"妇联主任说。"我不管，这是你们的事！"庄老头儿一甩手进屋了。张老头儿又跟了进去。

张老头儿又是无功而返，见了树山便发牢骚："这庄老头儿真难缠，倚老卖老，死活不松口。真没见过这么犟的人，乌七八糟说了一大堆，唉！"出纳小马接过话茬说："他还骂骂咧咧的。"张老头儿给他使了个眼色，示意他别往下说了。树山笑了一下，意思是让他说下去，小马迟疑地把最难听的省略了，说："他说你老是败家子儿，又拆房子又卖地，这是败他家的风水，断全村的财路……"树山乐了。随后，他收起笑容，说："冬天这仨月，工作必须做完！多想想门路。"

在新立沽村南头儿，蓟运河堤北面，高高的井架矗立着，钻井机嗡嗡作响。树山、王宗斌在和施工人员交谈着什么，树山回头对王宗斌说："这地热井得打两千米，水温得八九十度，投资二三百万呢，你这一乡之长得给投点儿资啊！"王宗斌笑了："大哥，可以啊，不过集中供热后，收入乡里得按比例分成啊，哈哈……"树山笑了："那可不行，等温泉洗浴宫建成了，我让你白洗温泉澡，可以吧？嘿嘿……""我怕给我烫坏了，哈哈……"大

家都开心地笑了。

树山把王宗斌拉到一边，为难地说："这拆迁工作不好办啊！"

王宗斌苦笑了一下，说："大哥，你拆人家的房子，谁愿意呢？农村人恋家，恋祖屋，正常嘛。农村人不像城里人，城里人在这里住几年，又搬到别处去住了，农村行吗？不行！家的含义很丰富嘛。它是人们的避风港，是安乐窝，是辛勤汗水的结晶。拆了它，等于毁了自家的历史，它承载着祖辈的情感嘛。但最重要的是，你让他们多花钱了……"

树山摇了摇头说："拆了平房，让他们住上漂亮舒适的小洋楼，就是多花点儿钱也划算啊！哪有买好东西不多花钱的？"

王宗斌严肃地说："这就是观念的问题了，你说是好事，人家觉得不是好事。就拿租地来说，你想叫一部分村民断了种地这条尾巴，让他们到企业上班。可是，这条尾巴不好断啊！它太长了，几千年了。在老年人眼里，土地比他亲爹还亲呢。这能怪他们吗？咱们父辈的血液里都流淌着土地输送的营养，除了土地之外，还有什么能养活他们呢？他们天然地认为，土地是最保险的生存之路啊！这就是农耕文明与工业文明的冲突。"树山皱着眉头说："我没有你肚子里那么多墨水，就想把咱们村建得好一点儿。"王宗斌高屋建瓴地说："大哥，想想中国南方的小渔村，如今变成了大深圳，还有北大荒变成了北大仓……"树山拍一下王宗斌的肩膀，笑了："嘿嘿，你拿你大哥我开涮呢，这能比吗？"王宗斌说："我这是给大哥鼓劲啊。"树山勉强地笑了笑。两人就新立沽的拆迁问题又细谈了起来………

六

初冬的一天，树民、王宗斌、秦亚娟、高学军等人驱车来到市里，看望当年的班主任马老师。他们一行十几人，每人提着一兜礼品，由吴老师引领着，来到一栋旧楼，在黑漆漆的楼道里，上了又窄又陡的木制楼梯，转了几个弯，在三楼的一个门前停了下来。吴老师轻轻地敲了一下门，门开了，一位白发老头儿热情地让他们进屋。房间很小，但很干净，空气中散发着淡淡的中草药味道。一位穿戴一新、头发花白的老太太，在沙发旁边吃力地站着，双腿轻微颤抖。她就是树民他们当年的班主任马老师。她见来了这么多学生，一时间愣愣的，竟忘记了让座。她看着树民问："你是……刘……""我叫刘树民，他叫王……""王宗斌。"马老师马上说。"她，您一定认识。"树民指着秦亚娟问。"认识，秦亚娟，还是那么漂亮。"马老师看了一眼树民，大家都笑了。"都坐下说吧！"吴老师说。这些人坐了一屋子。马老师激动得一一辨认。"吴老师那次参加联谊会回来，就跑到我这里，说你们都有了自己的一番事业。我听了激动得好几天睡不好觉，我如果能去……"马老师激动得说不下去了。"等到春天，我们接您到那里看看，住些日子。"树民说。"谢谢！不能麻烦你们，你们都很忙。"马老师擦了一下眼泪。"没关系。"秦亚娟说。"……岁月不饶人啊，一晃二十多年过去了，想起来就跟昨天一样。那时你们一个个天真活泼，有的还很顽皮，现在你们个个都成熟了，有了自己的事业，我真欣慰啊！"学生们和马老师共同回忆那难忘的过去……

"您的病是怎么得的？"树民问道。"唉，有一年深秋，我家访回来，天黑了，路过一个独木小桥，不小心滚到沟里，浑身湿透了。回到学校的宿舍，我冻得浑身发抖，病了好几天。再加上宿舍低洼潮湿，我不知不觉就染上了风湿。后来调回市里，工作劳累……"两个多小时过去了，树民提议到外面的酒店宴请马老师，边吃边叙师生情谊。马老师坚持由她来请："这不成，到老师这里了，你们在百忙中赶来看我，哪能让你们破费呢？今天我招待你们。""您太客气了，我们做得很不够，没早早来看您。"王宗斌说。"不要这样说，在那个特殊年代，我也没教给你们多少知识……如今你们拼出了自己的一片天地，很难得啊！"树民跟王宗斌使了个眼色，王宗斌心领神会，笑着说："马老师，就听您的。我们搀扶您下楼？"马老师高兴了，她的老伴儿忙过去搀扶她，学生们也凑过去搀扶……

一行人簇拥着马老师来到一家酒楼，进了一楼的一个包间。学生们把马老师和她的老伴，还有吴老师让到上座坐好后，服务员进来了，准备点菜。树民说："马老师，这次您就不要请了，让我们几个学生们孝敬你们一回吧。你们拣最爱吃的菜点。"马老师立刻显出不悦的神态："这怎么成啊，你们是怕我花不起这钱？""不是，我们几个想表达一下心情。"秦亚娟微笑着说。"就这样了，学生请老师也是应该的嘛。马姐，你就别争了。"吴老师说。"这多不好意思。"马老师只好默认了。

开始点菜了，马老师叮嘱道："不要点贵的菜，大众的就行。"秦亚娟笑着说:"您就别客气了,我们当学生的,二十多年了,孝敬您一回,也是应该的。""龙虾、海蟹、山鸡……"王宗斌跟服务员报着菜名。马老师听了忙制止:"哎呀,千万不能这样破费啊,我这糟老婆子可受不起啊!"树民笑了:"您就别不忍啦。"马老师显出很难为情的样子,阻止着。

十几种菜肴冒着热气,陆续被端到桌上。马老师看到这丰盛的菜肴,又一个劲儿地说太破费了。服务员先给马老师斟了半杯红酒,然后给其他人一一斟酒。树民站起来敬酒:"马老师,我们几个学生敬您了,希望您保养好身体,晚年幸福。""谢谢!谢谢!"马老师不能站起来,只能坐在椅子上,激动地端起酒杯,抿了一口红酒。他们又敬了马老师的老伴儿和吴老师。首轮敬酒完毕,师生们一边品尝着美味佳肴,一边回忆着难忘的往事。说到动情处,马老师就眼含热泪。说起树民他们的顽皮,大家都开心地笑了。马老师笑着指点一下秦亚娟和树民,说:"当时我就看出来了,你们俩好上了,可是作为班主任,我也就睁一只眼闭一只眼,可到底你俩还没……"树民和秦亚娟由于没有心理准备,不由得难为情起来,其他人都笑了起来。

温馨愉快的酒宴接近尾声,树民和王宗斌站起来,把吴老师叫到了包间外。王宗斌从衣兜里掏出一个存折,对吴老师说:"吴老师,考虑马老师上下楼不方便,我们凑了三十万块钱,想让她老人家买一套带电梯的房子。我们怕马老师拒绝,请您替马老师收下,转交给她。"此言一出,吴老师慌了,连连摆手:"使不得啊!快收起来!我可做不了主啊,你们不知道你们马老师的脾气啊,这么重的礼物,她肯定不会收的。如果我替她收下了,她还不责怪死我啊……""您就为难一下,收下吧!这样就了却了我们十几位学生的心愿了……"树民真诚地说。吴老师为难了,最后激动地说:"那我就试试吧。"

酒宴在师生的依依不舍中结束了,树民握着马老师的手说:"您保重身体,哪天我们再来看您。""您一定到我们那里看看,打一个电话,我来接您。"秦亚娟热情地邀请。"谢谢!谢谢!"马老师激动地连连点头致谢。王宗斌叫了一辆出租车,把马老师他们扶上车,挥手道别。

树民、王宗斌坐着秦亚娟的车返程。突然,树民的手机响了,一看是马老师打来的,他迟疑了一下,接了起来。马老师激动地说:"树民啊,这钱,说什么我也不能收啊,你们的心意我领了,哪天我给你们送回去!""马老师，您听我说……"树民刚说到这里，马老师打断他的话："说什么也不行……""您不收钱可以，那我们用这笔钱给您买一套房子……"他马上换一个思路劝说马老师。电话那边的马老师，依旧不肯接受学生们的这笔资助款，声音中明显带着哽咽……

七

冬天一转眼就过去了，温暖的阳光普照大地，新立沽工业园区较大规模的土建工程陆续开工了，树花的机械铸造公司新建的分公司钢厂、汽车零部件加工厂，郑跃军的葡萄酒有限公司，马志林的纸箱有限公司，林金江的暖气片加工有限公司，都在施工。可是，新立沽的平房拆迁，因庄老头儿的工作还没有做通，大多数拆迁户仍在观望，工程迟迟不能动工。树山去了庄家几次，也是吃了闭门羹。

这天，树山带着几个人，又来到了翻建两三年，外墙镶着瓷砖的庄家。他们敲门，庄老头儿的儿媳妇阴沉着脸打开门，也不说话，扭头就往回走。树山他们跟了进去。庄老头儿耷拉着眼皮，坐在炕头上，也不看他们一眼。"你老想通了吗？"树山坐在炕沿上问道。"想啥？有啥想的？"庄老头儿没好气。"这个事，咱们拉拉扯扯这么多日子了，不能因为你老一家，耽误大家伙儿。"会计张老头儿说。"我没招你们，惹你们，是你们惹我的。你拆你们的，有我啥事？"庄老头儿又是打了个闷棍子。人们都不说话了，一阵沉默。树山明白，庄老头儿除了心疼他这个房子，加之脾气倔强之外，还有一个重要的死结，那就是他侄子庄富贵的事：当年庄富贵盖房子，他刘树山差一点儿把房子扒了；就连庄富贵的死这笔账，这老头儿也记在了刘树山身上。今天又来扒他的房子，真是冤家路窄，他刘树山为什么总是跟我们庄家过不去？这就是老头内心的怨恨。在马志林的纸箱厂开车的儿子劝他，被他骂得狗血喷头。"看来你老是对我刘树山有意见啊，有啥意见，你老就直说，不行就打我两下解解气。"树山笑着说。"啥也别说，没用！"老头儿身子一歪，躺下了。老头儿的儿媳妇耷拉着脸，嘟嘟囔囔，说着不知说了多少遍的理由："这房子是我一口一口从嘴里攒出来的，再盖楼还得搭几万，孩子明年考上大学，哪来那么多钱？你村里非得盖这破楼房？我们不稀罕！

第十四章

我们哪辈子缺大德了,这难事咋都摊到我们头上呢……"这可把树山的火儿勾上来了,在场的人也看出了他铁青着脸,屋里的气氛紧张了。突然,树山"扑通"一声跪在了地上,人们一时间都愣住了。张老头儿他们都去拉他,他就是不起来。这是他平生第一次给活着的人下跪,而且是一个外姓的村民。老人在炕上再也躺不住了,坐了起来了,不知过了多久,一声大哭:"我的娘啊……"他撑不住了,服软了……

庄老头儿的工作做通了,本是件值得高兴的事,可是树山从庄家出来,始终阴沉着脸。他对自己的冲动感到不可思议,是气愤,是焦急,是无奈,还是责任?也许兼而有之吧。但是有一点是明确的——他是极不情愿的。他回到村委会的办公室,坐立不安。这时,杨鸿志打来电话,请他喝酒,他应允了。

他们又来到了蓟运河酒楼。树山因为心情不好,酒喝得放肆,人也放纵了,在酒精的作用下做了自己所不齿的事……

早晨,在村委会办公室里,他一想起夜里的事,脸一阵发烧,心发慌,感到自责、不安、羞愧。他怕人们知道,怕林金龙之流知道,更怕妻子知道。他暗暗发誓今生今世不干这等事了,不止一次暗暗骂自己。中午,他婉拒了别人的邀请,精神恍惚地回到家里。他下意识地瞟了妻子一眼,起初是心虚,可看见她胖胖的样子,他立刻产生了一种连自己都说不清的感觉。王春梅带着不满的口吻质问他:"昨夜死哪儿去了?"他支吾了一下,说喝多了,住在搬到城里的杨鸿志家了。王春梅不相信,还是追问,他不但不说软话,反而不耐烦了:"咋了?对我不放心,是不是?""你一宿不回家,还有理了?"王春梅本来火儿就不打一处来,现在火气更大了。树山瞥了妻子一眼,那胖胖的脸、有些浮肿的双眼,使他更加烦躁。他坐在了炕沿上。王春梅唠叨道:"你越来越不像话了,原来你深更半夜回家,我认了,这回可好,来劲儿了,一宿不回家,整天喝那猫尿,你也喝不腻?我告诉你,从今往后,你再半夜三更回来,别怪我不给你开门,这回我说到做到!"她还想唠叨,树山烦了,提高嗓门儿骂了一句:"闭上你的臭嘴!""好啊!你骂我,我也要说……"王春梅鼻子一酸,说不下去了,委屈地抹起了眼泪……

树山迫不得已的下跪,逼着庄老头同意搬迁了,那些跟着闹吵吵的人,也打消了多蹭点儿拆房补贴的幻想,赶紧到村北头儿租房子去了。"五一"

前夕，人们陆续迁出，补贴款也全部到位了。"五一"这天，推土机、挖掘机全部上阵，集资建房进入了实施阶段。

在村委会的会计室里，人们拿着自己选定的房型简易图及集资款。树山一会儿在工地转悠，一会儿又转悠到会计室。突然，他的手机响了，他一看显示屏上的来电号码，并不熟悉，不想接听，可手机响个不停，他漫不经心地"喂"了一声，只听电话里传出了甜甜的女声："是刘大哥吗？"树山一愣："你是谁？""连俺的声音都听不出来啊，我是……"树山吓了一跳，下意识地向四周瞟了一下，见没人注意，忙走到楼外，找个背人的地方说："你咋知道我的手机号？""不是那天你告诉我的吗？"对方娇滴滴地说。"噢！"树山其实并没想起来。"今晚过来啊……"对方邀请道。"好！好！"树山忙答应着，然后嘱咐道，"以后没事别打电话。""俺想你就打嘛。"对方似乎不高兴了。英雄难过美人关，树山到底也没逃过这一关。

八

树江带着两拨人，一拨人在树花的钢厂的工地，一拨在区里工商行职工集资建房的工地。树江留了个贼心眼儿，他怕树海跟他似的爱耍赖，欠账，到时候不给他结账，他有啥辙？

他开车来到扩建的钢厂施工现场，一下车碰见两个外地民工坐在沙堆旁抽烟说话。见老板突然走过来，这两个人忙站起来筛沙子。树江阴沉着脸问他俩："这沙子，你们筛多长时间了？""刚开始筛。"一个胖乎乎的小伙子怯生生地说。"我们刚推走。"一个瘦高个子补充道。树江不知哪来的火气，上去一脚把瘦高个子踹到旁边的沟里，骂道："老子一天给你们开四五十块钱，你们就给我这样干活儿？"他从胖子手中抢过大平锨，"噌噌噌"做了一个示范，说："照我这样干……"然后，他跟审犯人似的问胖子："你叫啥名？""陈贵喜。"胖子低着头回答。"你呢？"他又问刚从沟里爬上来的瘦子。"马栓。"瘦子怯生生地回答。"跟我干，机灵点儿！听见没有？"他挺着胸脯去工地里转悠了。

树江在施工场地转了一圈，溜达到树花的办公室。一进门儿，他见大侄子常胜在跟树花说话，便大大咧咧地笑着说："哟，常胜过来了？你三叔同意了？""没有，二姑让我过来帮帮忙。"常胜回答道。

树花想让常胜跟汪玉生调换一下，树海不同意，他说常胜刚熟悉了物流这边的业务，张瑞惠也喜欢常胜。其实，这是借口，他想让常胜逐步接管张瑞惠的业务，把不甘寂寞、死死抓住业务主管不放的张瑞惠挤到家里抱孩子去。他感觉汪玉生是个过于精明的人，当年他连他的亲二叔都敢蹬出去，别说他这个没有一点儿血缘关系的三舅哥了。树海感觉树花和汪玉生之间似乎有些尴尬，但他并不多问。

树江一屁股坐在沙发上，问道："电炉的事定下来了吗？"没等树花回答，他就接着说，"不就是费电吗？供电局长我熟，给他协调好了，啥都有了，使电花钱呗。""老叔，你老不懂，关于这种高能耗的炼钢炉，有规定，不让使。"常胜认真地说。"嘿，你小毛孩子，瞧不起你老叔？你老叔在社会上混了这么多年，啥没见过？不让干的多了，胆儿大的啥都干了……"树江乱七八糟说了一大堆，常胜一个劲儿地笑，树花忙制止："你别胡扯了，我们说点儿真格的吧。目前只能使人家大钢厂淘汰下来的炼钢炉了，忒先进的咱一时也抄不起来啊，再说炼废钢铁不至于费那么多电。""让我说，干一时算一时，干一年算一年。"树江又抢了一句，树花和常胜都不认同。他们议论了一阵钢厂的事，树江又把话题转到了孩子身上。这又勾起了他和树花的揪心处，他们俩的脸上几乎同时笼罩上了阴云。

两个孩子被送到所谓的贵族学校半年多了，规矩了没多久，故技重演。不是这个不好好学习，就是那个逃课跳墙头，溜达到校外，上网吧打游戏。学校三番五次给家长打电话，他们不止一次低三下四地跑到学校，给老师递好话。树江问："彬彬这几天咋样？""能咋样？"树花真不愿提孩子，似乎得了一种奇怪的"恐孩子症"，不管谁在她面前提起孩子的事，她都有一种烦躁的感觉。如果听到谁家的孩子如何如何好，她心里难受极了。她不止一次这样想：我这么要强的女人，培养孩子咋这么无能呢？后来她买了一些关于教育孩子的书翻了翻，也按着书上讲的尝试过，可没几天就不耐烦了。常胜听着二位长辈谈着孩子的事，没有插嘴。"我早就想好了，常换再不听话，我就给她弄回来，有啥算啥！我不能眼看着钱打水漂，一年两三万不是小数目啊。"树花没有表态，她不想这样做。在孩子上学的问题上，她是最不爱言放弃的。过了一会儿，她说："实在不行就请一个家庭教师，一个月

487

给他三四千。"树江不置可否。其实，他送常换到所谓的贵族学校上学，完全出自一时的自责，以及卸包袱的心理，或是对陈美娣的一种无奈的赌气。常胜笑着说："二姑、老叔，你们的良苦用心我是理解的，但是我认为关键是要让孩子学会如何做人，学会诚实守信，积极向上，有责任心，有吃苦精神。如今很多大人就没带好头儿。"常胜的话够冷的，树江听了木然地看了他一眼，刚想骂街，树花却感觉眼前一亮，笑着说："嘿，我咋把你忘了，你快给二姑说说。"常胜也不谦虚，说："彬彬现在逃课，不完成作业，上网玩游戏，这就是厌学。""那咋办呢？"树花急切地问。"彬彬这种情况，你只能多跟他平等地沟通，激发他的责任意识和学习兴趣，要有耐心……"常胜讲的这些，树江一点儿都听不进去，简直是鸡同鸭讲。

九

　　树民一行到棉纺公司调研，下了车，熟悉的景物又映入他的眼帘：漂亮的五层办公大楼，楼前的花坛五颜六色，小路两旁的绿地如同绿毯，办公楼北面的纺纱车间宽敞明亮……树民四下望了一眼，很惬意，这可是当年他下决心最难而又办得比较成功的第一个企业啊！

　　会议室里，树民等人首先听取了秦亚娟的工作汇报。然后，他们来到大大的纺纱车间，实地考察。树民微笑着，看着不知看过多少次的一排排纺纱机器的旋转，无数如蚕吐丝的纱锭，看着一个个年轻的女工熟练地操作……他转过头问秦亚娟："现在女工们每月最多能挣多少钱？""一千三四。"秦亚娟认真地回答。"最少的呢？"他又问。"这就不好说了，一般是八九百元，最次的四五百元。"秦亚娟看了树民一眼，树民没有说话。他们继续参观食堂、仓库、职工宿舍、浴室等。

　　参观完毕，秦亚娟拉了一下树民，他们来到厂房外绿化带的小甬道上，她提起了最近盛传的树江拈花惹草的丑闻。树民听罢，压低声音骂道："浑蛋！胡闹！简直是胡闹！"秦亚娟有些后悔，说："都赖我多嘴。"树民瞪了她一眼，说："别人想让我丢丑，你也想让我丢丑？"秦亚娟担忧地说："我是怕……""怕啥？有啥怕的？他不就是有了点儿臭钱吗？哪天我得找他好好谈谈了。"树民愤愤地说。随行人员在一旁见他这样气愤，纳着闷儿。

第十四章

树民一脸严肃地拨通了树江的电话。树江正在工地转悠呢，还没开口，就听树民训斥道："你够威风的！刚有了几个臭钱，就不知深浅了，看来这里盛不下你了！"树江听着二哥的训斥，大声不敢出，求饶似的说："二哥，我是那种人吗？""你说你不是那种人，你干的那些丢人现眼的事弄得满城风雨！我告诉你，从今往后，如果我再听到你有乌七八糟的事，看我咋收拾你！"树民像长辈似的训斥道。树江也不是傻子，别人的话他可以不听，二哥的话他不敢不听，最起码口头上是这样的："二哥，我听你的就是了。"他保证道。"我不听你咋说，就看你咋做！"树民把电话挂了。树江被树民在电话里臭骂了一通，眨了眨小眼睛，看了一眼工地上干活的民工，摇了摇脑袋，显出无所谓的样子，自言自语道："小题大做。"他把手机放进兜里，又跟没事人似的，背着手，端起他的老板架子，在工地东转转、西瞧瞧。

✢

下班了，开了一下午会的树民，带着工作上的难题带来的不悦，推开了家门。妻子正在厨房里切菜，没有觉察到他从外面进来。树民从厨房门前经过，也没有打个招呼，便来到了客厅脱下外衣，坐到沙发上，打开了电视："下面播送新闻……"王立君突然从厨房门口探出头，往客厅一看，是树民，笑着嗔怪道："你回来也不说一声，吓我一跳。"树民幽默地说："我看你工作挺投入的，不便打扰。"

晚饭好了，两个孩子一时半会儿还不能放学，夫妻俩先吃了。他们一边吃饭，一边谈论着孩子的学习情况。树民问："最近两个孩子考试了吗？""考了。"王立君漫不经心地回答。"咋样？"树民又问。"唉，凑合吧。"王立君依旧提不起精神。

王立君之所以这样，是因为昨天中午她给儿子拾掇房间，发现了一封信，早就留意这方面问题的她，忙打开了信，前半部分是英文，后半部分是中文写的两首小诗："蓟运河水一叶舟，随波摇曳独漂流……"就是那天秦亚娟让树民丢丑的那两首小诗。王立君看完这诗，再看落款的"佼"字，心里一惊，她担心的事情终于发生了。这封情书果然是"狗皮膏药"秦亚娟的女儿佼佼写给常龙的。她苦涩地脱口而出："你也真是的，这些年，你害得我还不够吗？

你女儿又来搅和，我哪辈子欠你的？"她恨不能一下子把这封信撕得粉碎。她刚要撕掉这封信，只见信的背面有几行小字，这是她儿子写的："青春少年，何必那样孤独，路漫漫……"她看了儿子这几句虽显稚嫩但激昂向上的话，心里平静、欣慰、踏实了许多。然而，佼佼用英文书写的部分，她弄不懂，但是她想弄明白。

她找到了她的好朋友，在一中教英语的刘淑娇。刘淑娇不赞成她的做法，但还是给翻译了出来："龙，你我同学四年多了，如今咱们都长大了，我真希望你我跟从前一样，在一起说说笑笑，可是我发现你不爱理我了呢。我好寂寞好苦恼啊！我真羡慕你，你还有一个可爱的小姐姐陪你说话，我呢，只有我自己。你知道吗，我多想跟你说说话啊，可是你在躲着我，我写了两首小诗……"王立君不由得怜悯起情敌的女儿了，可转念一想：这小丫头片子，有其母必有其女啊！在她心里埋藏多年的疑虑又冒了出来：这孩子看来不像是……想到这里，她脸上露出了一丝苦涩的笑容。她没有把信撕掉，而是和秦亚娟一样，把信的内容抄了下来，又把它放回了原处。

中午，两个孩子有说有笑地回到家里。常凤一进屋就嚷道："妈，今天我弟在学校的演讲比赛中得了一等奖。""是吗？你呢？"王立君笑着问。"我得了一个鼓励奖。"常凤眼睛一垂，噘起了小嘴，有些不高兴。"也挺好。"王立君鼓励道。"不好！"常凤仍不悦，刚想提一下得了三等奖的董佼佼，看了她妈一眼，不想说了。"不要这样，不要把奖看得那么重，关键是敢于参与。"王立君看着一双越来越漂亮的儿女，微笑着说。常龙笑着挖苦他姐，说："妈，你是不知道，我姐的演讲我听着就起鸡皮疙瘩，太拿架子了。""你好？我才不爱听你的公鸭嗓儿呢！"常凤瞥了常龙一眼，报复道。"跟弟弟别这样说话，他处于变声期，这是暂时的。"王立君向着儿子说话了。常凤敏感地"揭露"妈妈："妈，你又向着他说，他讽刺我，妈为什么不说他？偏心眼儿！"王立君微笑着说："你这孩子。"她马上把话题一转，"上学就得争上游，千万不要跟我们单位那个孩子似的，学习不上进，杂七杂八的事搞得挺热闹。妈就欣赏你们姐俩在学习上相互竞争的精神。"她说着话，眼睛观察着两个孩子的反应。还是常凤机灵，她笑着说："妈，你又打预防针了。"

两个孩子各自回到房间。常凤放下书包，从自己的房间跑到常龙的房间，凑到她弟弟的耳根儿,小声笑着说:"咱妈是不是发现你的秘密了?""谁知道呢!"常龙有点儿紧张。常凤肯定地说:"妈肯定看了那封信。"常龙不说话了,常凤接着幸灾乐祸地说,"坏事了吧?我说你把那封信藏好了,你不听,这回怎么办?""愿咋办就咋办呗!反正我对她也没有那意思。"常龙反而不紧张了。

吃罢晚饭,王立君把碗筷拾掇好,来到客厅,把她抄的那封信悄悄地塞给了正在看电视的丈夫。树民接过来一看,笑了,说:"这个我知道了。"王立君不解,吃惊地问:"你是怎么知道的?"树民也不隐瞒:"秦亚娟也让我看了。"王立君听了,显出一丝不快:"她是什么意思?""能有啥意思,她希望将来……"树民刚说到这里,王立君立刻不悦地说:"她也是的,刚多大的孩子,她就这样默许,不妥吧?你怎么跟她说的?"王立君急于知道丈夫对这件事的观点。"这小孩子的事,只能看将来两个孩子的心情了。"王立君从丈夫的话里明显感觉他是不反对的。虽然丈夫的回答,她并不满意,但这足以消除埋藏在她心里多年的疑虑。多年来,她怀疑丈夫始终不舍弃秦亚娟,跟她藕断丝连,症结可能就是佼佼。她认为他为秦亚娟所做的一切,就是为了佼佼。此时,她的疑虑彻底消除了。不仅如此,她对秦亚娟的敌视似乎也减轻了许多。

这时,只听门"咣当"一声开了,两个孩子说笑着进来了。王立君急忙把那张纸从丈夫手里拿了过来,转身迎接两个孩子去了。

十一

周五下午,树花早早地从公司驾车出来,准备到市里接孩子回家过双休日。常换被树江弄回区里上学了,所以每到双休日,她就不能指望树江再派车去接了。这次,她之所以亲自去接孩子,就是因为她想跟孩子的班主任面对面地交流一下。对于儿子彬彬,她已放弃了让他上大学的奢望,只要他别往坏道上跑,她就谢天谢地了。她把车停在了学校大门口旁边,径直走进办公楼,见到了彬彬的班主任。打过招呼,她们交谈了起来,可是交流的内容,还是往日在电话里说的老一套,不外乎孩子不好好学习啦,一考试就不及格啦,讲吃讲穿讲玩啦,等等。树花敏感地觉得老师跟她交谈是漫不经心的。

她本想再跟老师谈一谈孩子的情况，可是这位班主任说："实在对不起，我还有一个会儿。"这下逐客令般的客套话，刺伤了远道而来的树花的自尊心，她微笑着说："老师，你忙去吧，我这是闲事。"这位老师立刻意识到眼前的这位漂亮的女老板不满意了，刚想解释什么，树花忙抢先一步说："真的，我没事，老师开会去吧，我接孩子去了。"她到学生公寓去了，这位老师在她身后无奈地摇了摇头。

彬彬坐在副驾驶座位上，车子慢慢起动了。树花也不跟儿子说话，在来来往往的车流中穿行，她还在为刚才班主任的行为而恼怒。她早就对学校、老师有意见了，她认为彬彬是有毛病，但如果当初学校不吹嘘以最好的管理，最优秀的教师，为孩子铺就坚实而光明的通往大学的成才之路，她何必花那么多钱，把孩子送到这里来呢？如今，彬彬来这里快两年了，钱没少花，学习照样没有长进，反而养成了比吃比穿比玩的坏毛病。树花这样想着，彬彬说话了："妈，下学期我不在这里上学了。""为啥？"树花不高兴了。"白花钱，这所学校跟咱们家里的学校比，没有啥出奇的，就多了一个烦人的住宿嘛。"彬彬一点儿愧疚感都没有。"不行！"树花坚决反对。彬彬嘟着嘴，母子俩都不说话了。

车快速地行驶着，夕阳的余晖照在天边，火红火红的。一个多小时后，他们到了蓟沽区城乡接合部时，突然发现一个男人躺在公路便道上的一棵垂柳旁边。树花驾车驶到近前，那人又跟跟跄跄从地上爬了起来，她一看不得了，此人不是别人，正是她的前夫裴洪伟。她一踩油门，从裴洪伟的身旁急速驶过，彬彬刚要叫他爸爸一声，却被妈妈制止了："别叫！"彬彬嘟囔地说："我爸又喝多了。"此时的树花思绪烦乱。自从离婚后，这是她第三次看见裴洪伟。第一次是裴洪伟与山城的那个女人散伙之后，找她要求复婚，被她轰了出去。第二次，裴洪伟没有通过她，直接把彬彬接到饭馆，她找到了那里，跟他吵了起来。刚才她隔着车窗，隐约看见裴洪伟消瘦的脸上挂着尘土。裴洪伟这副穷酸相，让她的心像刀割一样难受。她又想起了他们当年苦苦奋斗的经历。那时累也受了，苦也吃了，两人劲儿往一处使，日子红红火火，可好景不长，有了钱的裴洪伟变了……树花紧闭着嘴唇，双眼直视前方，努力控制着自己，不去想让她一次次伤心、痛苦的那一幕一幕。她来到自己开的酒楼，让裴洪芹找厨子要了点儿饭菜，带回家去了。

第十四章

回到家里，娘俩趁热吃了饭。吃罢饭，树花把碗筷收拾好，坐到沙发上，把儿子叫到跟前，严肃地对他说："你看见了吧，看见你爸那狼狈样儿了吧？三百万啊，几年的工夫，吃喝玩乐都糟蹋进去了。孩子啊，你爸当初是个很能干的人，很能吃苦受累，可是自从手里有了钱，他就不好好干了，飘飘然了。孩子啊，千万别跟你爸学啊！你再不听话，我可没指望了……"她说不下去了。她这个不轻易在人面前流眼泪的女人，在儿子面前第一次流下了眼泪，偶遇裴洪伟，勾起了她难以忘却的记忆。彬彬看见好强的母亲竟在他面前落泪了，这在他的记忆里是没有过的。"我知道。"彬彬很少这么痛快地回答他母亲。然而，树花并没有得到多少安慰，她已不相信儿子的话，儿子一次次食言，让她很失望。她平静地说："做不做由你，我该说的都跟你说了。"树花这少有的放手不管，或无可奈何，反而让彬彬觉得不自在了。树花对儿子说："你去洗个澡，早早睡吧，我也累了。"彬彬听了，顺从地洗澡去了。

十二

新建的炼钢分公司采用了电炉炼钢，耗电量大，因此需要用电增容，可是向电力公司申请，却是颇为周折的难题。这些日子，树花带着常胜一直在为此奔波。树花从电力公司的总经理办公室出来，给树海打电话通报："喂，用电增容的事，刚才电力公司老总答应了，说过两天就给调换一台大容量的变压器。""好！明天我就过去，就开炉的事商量一下。"树花挂了电话，驾驶着车，上了宽宽的柏油公路，汇入了滚滚车流中。树花来到自家酒楼下，跟裴洪芹打了招呼，要了一碗卧果面，吃罢稍事休息，便回家了。

树花到家后，只见她的卧室里电视机开着。她很纳闷：不对啊，早上出门前分明关了电视啊。她疑惑地探头一看，只见床上有一个人斜躺着，她吓得她头发根都立起来了，头也不回就向儿子的卧室里钻，但两腿像灌了铅似的。她刚跑了两步，就听那人说："是我，裴洪伟！"她一听这话，停下脚步，心跳得厉害。她回过头，定神看了一眼裴洪伟那灰黄的脸，下了逐客令："你马上给我出去，不然我就报警了！"裴洪伟一听，像只受了惊吓的猛兽，绝望地扑向树花，冲着她的脸就是重重的两记耳光。顿时，树花两眼冒金星，跟跟跄跄地退到了墙边。裴洪伟骂道："你这个臭娘儿们，你报警去！我告诉你，我不找你，就给你留着好大的面子呢，看来我瞎了眼，你的心都是黑的，你我夫妻一场，你报警！报啊！我活到这份儿上了，活了今天没明天，还怕啥？"树花今天不知怎么了，也许被这两记耳光打蒙了，也许是恐惧，害怕裴洪伟狗急跳墙，她只是不停地搓着被打红的脸，低着头，身体颤抖着。"我告诉你，我今天来就是向你要点儿钱……"裴洪伟还想往下说，鼻涕、口水却都流了出来，突然瘫倒在地，痛苦地挣扎着。树花虽然知道他这是怎么回事，但还是吓得转身跑到彬彬的卧室。她慌乱地掏出手机，裴洪伟连滚带爬，爬到她脚下，一下子紧紧抱住了她的双腿，痛苦地哀求道："求求你，看在你我夫妻一场的分上，别报警，啊！求求你了！"树花看他这惨相，心软了，放下了手机。他像小孩子似的，紧紧地抱着树花的双腿不放。树花的恐惧几乎消失了，她转而产生了强烈的怨恨。她猛地挣脱了他的手，恶心地瞥了一眼跪在地上、还想去抱她的双腿的裴洪伟。不知从哪里来的勇气，她猛地弯下腰，伸出手，冲着裴洪伟满是鼻涕、口水的脸，一阵连珠炮似的打了起来，一边打一边喊："气死我了，气死我了……"裴洪伟一动不动地任她捶打。也许是打累了，树花趴到沙发上痛哭起来，一边哭一边数落着："你不是人啊！你为什么还来捣乱啊？我一想起你，恨不能把你一口一口咬碎，都不解气啊！你早知有今天，何必当初啊？我的天啊……"她这破天荒的号啕大哭，让满脸流鼻涕口水的裴洪伟流下了眼泪。他悔死了，一千个一万个后悔。不知过了多久，树花冷静了下来，擦了擦眼泪，打开包，拿出明天给工人购买福利用品的两万块钱，扔到裴洪伟跟前。裴洪伟两只手一下子抓起钱，不顾一切地往裤兜里塞。"我告诉你，从今往后，你我一刀两断！"树花看着他的可怜相，心痛不已。裴洪伟也不理她，像狗似的爬起来，就往外走。树花呆呆地回到自己的卧室，趴到了床上……

　　第二天一大早，树花找人把防盗门更换了锁头，她猜测裴洪伟是从彬彬那里弄到的钥匙。换完锁，她驱车来到百货大楼下，等候常胜过来，准备给工人买福利用品。她木然地坐在车子里，无目的地看着窗外过往的行人。一对打扮入时的恋人，吸引了她的目光。她看着他们肩并肩、手挽手的甜蜜样子，不由得产生了一丝羡慕。很快，她便黯然失色，趴在方向盘上。对于第二次婚姻，她想过，而且不止一次想过，但是她害怕再踏入这伤害过她的领地，怕遇到裴宏伟第二、第三。她又不喜欢小绵羊式的男人。然而，大凡

第十四章

有能力、事业有成的中年男人，怎能接受像她这样带着孩子，又有个性的三十几岁的女人呢？正是这些顾虑，使她被伤害过的心灵更加封闭，她不敢向男人敞开她的心扉。"二姑！"常胜的叫声使她抬起了头。姑侄俩把车子锁好，走进了人头攒动的百货商场。

姜文花的烦恼又来了，儿子小东给家里打来电话，说他在干哥们儿家里，过几天才能回来。姜文花刚要发火，小东就把电话挂了。姜文花气得马上给在制衣公司值夜班的丈夫马志超打电话。马志超在电话里听罢，骂骂咧咧："他是激老子的火儿啊！你别管了，他死不了！他有种就总也别回来！"马志超大有撒手不管之意。

姜文花哪能放心，在屋里急得团团转，又没法跟丈夫撒火。前些日子小东深更半夜跑到秦亚娟的父亲的养鱼池，偷了人家增氧机上的电机，卖了二百块钱，跟几个混混喝酒花掉了。秦亚娟的二弟秦二虎找到她家。姜文花开始还护着儿子，不承认有此事，秦二虎也不细说，起身告辞，扔下一句话："那我就报案了，乡里乡亲的，到时候别说我不讲情面。"姜文花立刻狐疑起来，追到大门口，急着说："二弟，这样吧，小东回来，我们审问审问，你听我们的回音。"晚上，姜文花背着丈夫马志超，强装镇静地审问起了儿子："你跟我说实话，你是不是偷了二虎家养鱼池的电机？二虎找到咱家，非要报案，让我拦下了。"小东不作声了。姜文花一看儿子这样子，立刻愤愤地数落起来："你偷电机干吗用啊？你可气死我了，净给我惹祸啊……以后你还干这种事吗？""不干了。"小东保证道。"真的啊？"姜文花求助似的追问道。"真的！"小东不耐烦了。"我再信你一回！"姜文花又不深究了。

次日，姜文花不得不跟马志超说了此事，马志超非要毒打儿子一顿不可，她流着泪劝丈夫："儿子也跟我保证了，咱们再相信他一回，你要是给他打坏了咋办……"马志超立刻迁怒于妻子："你又护犊子！你不让我管，你管吧！"他一甩手走了。姜文花数落开了："你当我愿意咱儿子这样啊？我咋摊上这么一个不省心的儿子啊……"没办法，她叫人买来电机，给秦家的鱼池安上，才算私了了此事。

小东的大娘敲门进来了，劈头就说小东偷了她准备给儿子买计算机的五千块钱。姜文花蒙了，但马上反问："大嫂啊，你亲眼看见的吗？别把屎盆子往我儿子身上扣啊！"妯娌俩就此吵起来了……姜文花一个电话把马志超追回了家。马志超沉着脸回到家,当着大嫂的面儿跟姜文花发了火:"你还护犊子,啊?小东偷钱的毛病都是你惯的!家里外头,他偷了几次钱你不知道?让我说,这五千块钱就是他偷的!"姜文花吃不消了,数落丈夫:"傻透了?你胳膊肘往外拐啊……"妻子当大嫂的面儿骂他,他悻悻地躲到屋外去了。

次日一大早,姜文花找到了王春梅,哭诉开了:"这日子没法过了,小东活活把我气死啊……"王春梅皱着眉头说:"这孩子越来越不像话了。当初我劝你们俩,无论如何哄着孩子上学,你们俩管不了,说有啥算啥,这是能撒手不管的事吗?""现在说啥也晚了。"姜文花早就悔在心里了。"别说后悔的话了,先把孩子找回来吧!这是正事,不然那么多钱还不都糟蹋光了?"王春梅看着小姑子焦急、气愤的样子,更是着急。她又说:"摊上这种不省心的孩子,急死你也没有用。常换不就是一个例子吗?问题是他弄这么多钱干啥?""他能有啥用?除了吃喝,上网吧,抽烟,还能干啥?"姜文花非常无奈。"这孩子啊,再学会耍钱,可就完了。"王春梅情急之下不假思索地一说,姜文花坐不住了,这才想起找他大哥。她赶紧上工地去找大哥。姜文花来到了工地,十几栋二层住宅楼已封顶。树山正跟施工队长说着事,姜文花把他叫到一边,抹着泪把小东的事说了。树山没好气地说:"就知道哭!哭能解决啥问题?你们打他了?""他没敢回家。"姜文花眼睛里含着泪花。"这种事别往外瞎嚷嚷,十六七的大小伙子了,还怕人家拐走了不成?钱花光了,他不回来?"树山没好气地说。姜文花讨了个没趣,走了。

一连几天没有儿子的音信,姜文花急得两腮都肿了。一天上午,乡派出所给马志超打来电话,说小东一行三人被市里东站派出所收留了,让他们接人……

小东被他爸接回来了。他装出无所谓的样子,侧着头用余光看了母亲一眼,见她有些憔悴,眼睛红肿,两腮还肿着。姜文花一见小东乱糟糟的头发,脏兮兮的衣裳,又气又心疼地抽泣起来。"小东啊,你可把我气死了!"她这一哭,憋了一肚子火的马志超,突然冲着小东的屁股,猛地就是一脚,把小东踢倒在地,紧接着就连踢带打。姜文花跳下床,死死抱住了丈夫,哀求道:"你打死我吧!"马志超挣脱了妻子的双手,对儿子吼道:"钱是不是你偷的?啊?你不说实话,我今天就打死你!"小东躺在地上,一只手捂着屁股,说:

第十四章

"不是我，是汪光偷的。""你再说一遍！"马志超根本不相信儿子的话。"就是他偷的！"小东一口咬定。姜文花信以为真地骂道："你傻透了？你咋不早说啊？"

此话一出，马志超的哥哥马志林一怒之下把汪家林的儿子汪光送进了派出所，以出汪家林欠他十几万元借款，恶意不还这口恶气。可是，经派出所调查，那五千块钱就是小东偷的……汪家林不依不饶了。后经树山调解，马家不得不私了，点给汪家一笔票子，此事才算告终。

小东着实稳当了一些日子，可是没多久老毛病又犯了，又开始整天招惹是非，不是到这个村里打架，就是到那个村里惹事，领着一帮混混到城里的网吧，一宿一宿不回家。马志超、姜文花又气又急，无计可施。姜文花的婆婆献计说："给小东娶个媳妇吧，让媳妇管着点儿，他的心就收住了。"姜文花一听，哭笑不得地说："你老真会说话，小东刚多大啊？十六七就搞对象，新鲜！"可是，在婆婆的一再开导下，姜文花不言语了。不久，她听从了婆婆的高见，从制衣公司挑选了一个标致的外地打工妹，做她未来的儿媳妇，一家人由愁变喜。

第十五章

一

　　一大早，住宅楼施工现场，几个村民这儿转转，那儿瞧瞧，其中一个村民跟外聘的两个施工员说："监工，监工，聋子耳朵，配的，配的。"其中一个施工员接了话茬："你说谁呢？""谁对号入座就说谁呢，你们看这灰号够标准吗？"这位村民说。"你们不相信，可以化验去！"另一个施工员拉下脸来。"我们化验？我们村花钱雇的你们，你们得为我们老百姓负责……"双方吵吵开了。

　　树山来到工地，问明了原委，对这几个村民说："你们放心，质量绝对有保证。"他又转头跟面带不悦的两个施工员说，"你们二位别上火，村民关心这房子，你们要理解。只要你们认真地为我们甲方负责，按图纸监工，谁再找你们反映质量问题，让他们找我说话！"话音刚落，他的手机响了，是王春柳打来的："大哥，你快过来！常雅她奶奶不行了……"树山二话没说，叫上司机就出发了。

　　他刚下车，就听见楼里传出王春柳的哭声，他三步并作两步进去了，只见王春柳、树芬抽守着已咽了气的老人，不知所措。刘金水仰卧着，紧闭双眼，眼角流着泪。树山看到他大娘安详地躺在床上，鼻子一酸，两眼含满了泪花。他擦了一下眼泪，问道："啥时得的病？""就刚才，我刚收拾完碗筷，她说心不好受，我就进屋扶她床躺下。刚躺下，没等我请大夫，她头一歪就……"树山忍着哀痛劝道："春柳，不要哭了，她老已经走了……"

　　亲戚朋友陆续前来吊唁，伴随着低回的哀乐，刘家门前一片凄凉。

　　下午，树山担心的事情发生了，瘫痪在床的刘金水眼看着也不行了。人们都跑到他床前，只见他喘着粗气，见了儿子和树山，微微能动弹的左手艰难地移动着。树海凑上前，握起老爸冰凉的手。老人皱起眉头，树山凑到了他跟前，听老人断断续续地说："……雅……娘……好……"一口气没上来，老人撒手人寰了，人们又是一阵哭泣。二位老人同一天去世，迷信的人们找到了话题，说这不是好兆头，言外之意是刘氏家族将走背运。

晚上，除了在市里开会的树民没到，刘家其他人都到了。树江现在的老婆陈美娣也来了，张瑞惠怎么办？其实，树山心里明白得很，他跟树海私下里商量："让张瑞惠来不？"树海一时不置可否，随后说道："不让她来！""她提出来咋办？"树山问。"提出来，也不让她来！"树海似乎拿定了主意。按常理，刘氏家族的事情，张瑞惠没有资格参与的。而树山撇开道德伦理这个层面，对张瑞惠有着某种好感，觉得这样做太没有人情味了，他想找一个万全之策。王春梅和王立君在一旁，也议论着这件事。王春梅低声说："你说老三那头儿那个，让她来吗？""这怎么说呢，这事还是让大哥他们定吧。"王立君婉转地说。"他三婶顶着个虚名，啥时候是个头儿啊！老两口这一死，你说春柳咋办？唉！"王春梅激动了，抹起了眼泪。"大嫂，这种事你我都管不了，听着呗。"王立君很少对刘家的事，特别是这种事情，直接提出自己明确的观点。"老四被我说了一顿。他又犯愣脾气了，说不让他四婶子来了，我说事该咋办就咋办，必须让人家来，她是领了结婚证的。告诉她了，她不来是她的事，你说是不是这个理儿？"王春梅知道王立君不善表态。

树花最同情王春柳，不赞成她这样傻守着。对于张瑞惠的事，她想掺和掺和，找了个机会问树山："物流那位咋处理？"树山看了她一眼，说："没她的份儿！""对，让她在那儿待着！"树花很不客气地说。树山朝她笑了一下。张瑞惠的问题，他还在犹豫，在潜意识里，他多少原谅了树海，开始同情张瑞惠了。他的处世态度，正在悄悄地发生着变化，利益的考虑在他的脑海占了上风。他感激张瑞惠给刘氏家族创造的价值——物流公司是她帮着发展起来的，他想给她一点儿安慰，让她来一趟，哪怕就一分钟，说明刘氏家族眼里还有她。树山在大院背人的地方，给树民打了电话，树民说："此事不妥，让她来，会出乱子的。"然而，树山鬼迷心窍，没有听从树民的意见，私下里跟树海说："我想还是跟瑞惠说一下，如果她肯来，让她带孩子来一趟，坐一会儿就走也无妨，外人还来磕几个头呢，再说还有常坤呢，你看呢？她要是不来，那是她的事，将来她也不至于拿这件事当话把儿，质问咱刘家。"树海犹豫地说："试试吧。"树山走了。树海给张瑞惠打了电话："喂，你带孩子过来吧，大哥有这个意思，听见了吗？"张瑞惠听了好半天，

才喃喃地说："噢……"她不置可否，目前这种身份真让她一次次体验到尴尬是什么滋味了。当初，因为爱的强烈驱使，她想得很简单：只要两人相爱，什么名分不名分的，可时间一长，尤其是有了孩子以后，这种矮人一等的滋味真是一言难尽。她很想改变这难堪的局面。"喂，你咋不说话啊？你要是来，提前跟我通个话儿。"树海叮嘱道。"知道了。"张瑞惠在物流公司的办公室，没有多说什么。

树海父母的葬礼是隆重的，人头攒动，前来吊唁的男男女女、老老少少一拨又一拨，可以看出了刘氏家族人气十足。两拨吹鼓手比着吸引着人们驻足观看。鸡鸭鱼肉、各种海鲜冒着热气，一盘一盘被端到餐桌上。宴席之后，饭碗被人们带走的不计其数，据说参加高寿老人的喜丧，把饭碗带回家，可长命百岁。

虽说被称为喜丧，可是对王春柳来说，她实在喜不起来，哭得最伤心。有很大一部分人是受她的感染而伤心落泪的，她的小姑子树芬看上去都不如她哭得伤心。她在二老的冷棺旁失声痛苦："你们二老啊……心咋……这么狠啊……撇下……孤零零的我们娘俩……咋办啊……老天爷啊……咋不长眼啊……把我也叫去啊……"树海早就不耐烦了，索性出去了。树民从市里赶回来了，行了礼。王春柳双手递给二伯哥孝衣孝帽。

第二天一早，树海见二嫂王立君只身下了车，不见两个孩子，心有不悦。他见树芬家的小虎也没来，心里更是不满，跟大哥说："今晚行奠得要求一下，有必要让他们小字辈儿的单独来一个仪式。"树山觉得有理，说："我看行。"

吃过早饭，孝子们各就各位，吊唁的人陆陆续续来了。秦亚娟夫妇来了。王宗斌也率一拨人来了。李家沽中学新任校长姜文敏的到来，让秦亚娟一阵不适，姜文敏大方地迎上前去，主动打了招呼。

十点多钟，张瑞惠开着车，保姆带着常坤，也来了。一时间，人们像看老外似的，都把目光投向了张瑞惠，有人窃窃私语。张瑞惠一身灰色套裙，微低着头，素气的装扮也掩盖不住她的风采。她来到灵堂前肃立。守灵的人大多不认识她。王立君和树花很吃惊。树海也不作声。树芬从相片上见过张瑞惠，一时间站在那里直愣愣地看着。王春柳没有见过张瑞惠，凭她的直觉，面前的这个女人，就是那个抢走她丈夫的女人。她恨不能冲上前去狠狠地咬她几口，以解心头之恨。然而，她没有那个勇气。这时，小保姆领着一个英俊的小男孩，站在了张瑞惠身旁。张瑞惠牵着常坤，和小保姆一起鞠了四个躬。这个场合，王春柳本应理直气壮，可事实正相反，她感到很不安，很不自在。一时间人们不知如何是好，与张瑞惠见过面的王立君也不说话，树花躲了起来。马志超一头白发的老母亲弄明白之后，热情地拉张瑞惠路过灵堂，来到女眷休息的客厅里。人们齐刷刷地把目光投向了她，张瑞惠虽然经历过很多重要的场合，但以这样的身份出现在这种场合，她真有点儿心慌，没有底气。人们客气而又好奇地跟她说着话，她含糊其词地回答着。马志超的老母亲找到树山，神秘地问："那个小张戴孝不？""这……戴吧。"树山犹豫地说。"谁递给她呢？"老太太认真地问。树山寻思了一下，说："她是特殊点儿，你老看着办吧！要不……算了！"老太太回屋去了。

　　在楼外面，王春柳娘家的兄弟们，不时听到周围看热闹的人的种种议论。"嘿，树海的这个……还真够标致，大老婆还真拿不出手。""放屁，你他妈的欺负老子家没人了？"王春柳的堂弟王秃子在一旁骂开了。王春柳的另一个堂弟也骂开了，从旁边捡了一块砖头，照着张瑞惠的车的挡风玻璃狠狠砸去，"砰"的一声，挡风玻璃被击得粉碎。王春柳的其他几个兄弟也愤愤地从地上捡起砖头、石块儿、空酒瓶子，向张瑞惠的车凶狠地砸去，似乎它就是他们的仇敌。只见黑色高级轿车顿时面目皆非，一辆几十万的轿车眨眼之间成了一堆废铁。人们被这阵势惊呆了。霎时间，人们劝阻着愤怒的闹事者。树江的脾气也上来了，疯了似的抄起一把小凳子，冲向人群，跟在他后面的几个外地的小伙计也冲了上去，他们在树江的建筑队里干杂活儿。树海忙站在一旁喝止："住手！都给我住手！"树山拿着手机给派出所打电话："……越快越好，要出人命了……"突然，砸向车身的一块砖头斜着飞了起来，飞向围观的人群，人们急忙躲闪，夹在其中的常换被重重地挤倒在地，双手捂着肚子，疼得叫喊起来："哎呀！哎呀！"树江哪顾得上女儿，正拼命与树海的几个小舅子厮打。树海迅速跑到常换跟前，抱起侄女跑出了人群。王春柳也从灵堂前跑过来，哀求道："你们快住手！我求求你们！老四、老五，听见没有？我的天啊！"大门口一片混乱，打架的、劝架的、看热闹的，吵吵嚷嚷，乱作一团……

　　常换肚子疼得厉害，树花见状，叫上姜文花，把常换抱进车里，驱车向医院急速驶去。

警车来了，人们一看这阵势，立刻把目光投向了树山，不知道下一步他将如何处理这场风波。王春柳的叔叔、树山的老同学、王南沽村支书王志林，对张瑞惠的到来，他怀疑一定得到了树山的支持或默许。为此，他也憋着一肚子的火气，同时对儿子和侄子惹下如此祸端，焦虑至极。他走到阴沉着脸的树山跟前，说道："树山，这事咋闹到这份儿上啊？你咋让那个女人来？欺人太甚！"树山也不解释，近乎吼叫："一群浑蛋！"在众目睽睽下，在二位老人的葬礼上，闹出这等事情，树山已失去了理智，一甩手冲出了人群。

树海那几个闹事的小舅子被警察带走了。张瑞惠抱着孩子，在默默地垂泪。上了年纪的婶子大娘似乎同情地安慰着她。树山进了屋，张瑞惠站起来，不安地说："大哥，都怪我，我多余来……"她说不下去了。"你来了，是你的心愿。"树山嘴上是这么说，心里却叫苦连天，后悔当初糊涂，没有听从树民的提醒。"大哥，我回去了，孩子也小。"张瑞惠用小手帕擦了擦眼泪。"找人给你送回去吧。"树山说。张瑞惠得到了几乎是赶着走的认可，领着孩子和小保姆来到灵堂，对着遗像，再次鞠躬。她垂着头走到大门口，看见自己那辆车的惨状，一只手捂住了眼睛。她快步来到树海的车前。马志超已打开了车门，张瑞惠快速上了车，车子快速向南而去。

树花和姜文花把常换送到了区人民医院，树花抱起常换，直奔急救室。

大夫很快进行了检查，吃惊地看着仪器上显示的图像，问："谁的女儿？多大了？"在一旁守护的树花和姜文花说："她是我们的侄女。"树花说。大夫也不说话，快速填写了报告单，递给了树花，说："可能得手术。"树花疑惑地出去了。姜文花抱起常换，急切地问："啥病？""报告上写着呢。"大夫含糊其辞地回答。

医务室一位中年女大夫，接过树花拿来的报告，仔细看了起来，看罢摇摇头说道："这孩子怀孕了。""啊！这小闺女啊！"树花目瞪口呆，臊得满脸通红。"你们看看怎么办。"大夫淡淡地说。"哎哟，这孩子咋这样啊！"树花很难堪。"你是她什么人？"中年女大夫问。"姑姑。"树花说。"如做手术，有一定风险，还是让她的家长来吧！"大夫说。"可别让她爸爸来，他来了不气得跳脚才怪呢，还有孩子好果子吃啊！"树花对大夫说。"这是程序。"大夫似乎没听见她的唠叨。姜文花进来了，树花立刻跟她耳语几句,姜文花瞪大了眼睛:"我的妈啊,这还了得!"树花对姜文花说:"抓紧让她爸来吧!"姜文花点头同意,然后转身照顾常换去了。树花立刻拨通了树江的电话:"树江啊,你立马到医院,孩子做手术,要你签字。""啊?伤哪儿了?"树江急切地问。"肠子出问题了。"树花脱口而出。"好好好。"树江答应着挂了电话。

  树江很快来到医院,了解到实情后,立马骂起来:"这……是哪个王八蛋?让我知道了,我非……"树花在一旁瞟他一眼,心里骂道:臭德行,你还觍着脸置气,你办的缺德事还少啊?你给孩子做榜样了吗?大夫说:"你打算咋办?"树江皱着眉头说:"还能咋办?手术吧。"大夫说:"签字吧!"树江也不看上面的内容,拿起笔气呼呼地签了自己的大名,拉着脸对树花她们甩了一句:"你们盯着吧,我走了!"一扭头冲了出去。

  树江憋着怒气,回到新立沽,人们问起常换的事,他胡乱应付道:"没事,急性盲肠炎。"

  树民从市里开会回来,听说了"砸车事件",脸立刻沉了下来:"该砸!"树山听了这话,愣了好半天。"赶快去派出所,把他们弄出来吧!人的忍耐力是有限度的。"树民冷冷地要求道。"不行!门儿都没有!"树山不肯就此罢休。"那好,大哥看着办吧!"树民一甩手走开了。树山见树民这个态度,伸手把孝帽子抹下来,愣在那里看着树民愤愤而去。

  树山左右为难了。不知过了多长时间,改变了强硬态度,不得不采纳树民的意见。树海不依不饶:"说啥呢?放了这几个浑蛋?车白砸了?""得饶人处且饶人吧。唉,真不该让她来啊!"树山后悔莫及。树海梗着脖子没了主意。"看在王春柳伺候老人的分儿上,算了!"树山这句话似乎起了作用,树海低下了头……

  王春柳的心都要碎了,几个兄弟惹下的乱子,害得她在大伯哥等人面前道歉。树山当着众人的面儿说:"他三婶,不关你的事,要说道歉,首先应该是我。这么多年,二位老人多亏了你,你啥也别说了……你大哥心里有数。"他的眼圈红了。可是,大伯哥阴沉的脸,让她揪着心。她更不敢正眼看树海,好像她干了见不得人的事情。她不掉眼泪了,早就不掉泪了,很少跟别人交谈,不时独自站在二位老人的冷棺旁,目光呆呆的,这时她认为自己是刘家多余的一个了……

晚上的祭奠仪式持续到十点多钟才结束。树海仍有余气，重提那帮小舅子之事。树山眼睛一瞪："高姿态做到底，什么也不要提！"树江一跺脚，说："窝囊！憋气！"

这样处理"砸车"事件，谁敢说不是高明之举呢？刘家如今虽有权有势，但这毕竟不是一件光彩之事，谁愿让路人皆知呢？

二

常换住了三天医院，她大娘王春梅不怕街坊四邻嚼舌头根子，毫不犹豫地把她带到自己家里。关于怀孕的知识，一个小孩子哪里懂得，她只是觉得身体有些异常，正在纳闷儿之际，这意外的摔倒，反倒让她解脱了，但也让家人丢丑了。一般女孩子出了这种事，会羞愧不已，常换似乎并不怎么在意此事。她大娘悄悄试探她男方是谁，她只是悻悻地走开了。不到一个礼拜，常换给大娘留了一张字迹歪歪扭扭的便条。王春梅从村里农贸市场买菜回来一看："大娘，我回家了，常换。"她慌了神儿，脱口骂道："这缺德孩子啊！"她赶紧给树江打电话。树江本来就火儿不打一处来，对着手机骂开了："这死丫头片子！简直是疯了，看我咋收拾她！""老四啊，我告诉你，搂着点儿火儿，现在的孩子可叛逆了，再出啥事，别说你大哥不饶你，我也不饶你！"王春梅板着脸教训道。"有啥算啥！不就是个死吗，我他妈的豁出去了！"树江遇事就会走极端。"你这是说话呢？啊？听我一句好不好啊！"王春梅急了，如果树江在她面前，她恨不能咬他两口才解气。最终，树江口气软了，说："大嫂，我听你的。"

常换并没有回家，她爸估计她肯定找那个浑小子了。为了弄清楚，他采取了晚上蹲守的办法。一连几个晚上，他都在他给前妻买的那套楼房附近蹲守。这两间楼房尽管没人住了，他也没往外租，他断定常换肯定在这里跟那个浑小子鬼混来着。他之前过来时就隐隐约约发现屋里有人来过。

这天，他喝完酒，驱车到这里转了一圈，一看房间里果然亮着壁灯，他的火气直往上顶，停好车冲进楼道，三步并作两步上了三楼。他气喘吁吁地打开门，果然不出所料。他举手就要打那个身材明显比他魁梧的少年，然而，他的手被少年抓住了，他挣脱了几下，没有挣脱掉。他定睛一看，果真

第十五章

是他猜想的——前年饮酒过量致死的王洪金的儿子王蛋儿。树江被猛地推到一旁，跟跟跄跄地倒退了几步，他还想挣扎，一看眼前的少年，发怵了。他强作镇静，两手叉腰，骂道："浑蛋！你给我滚出去！快！要不我就报警！"常换一听报警，"扑通"一声跪到地上，吓哭了。王蛋儿趁机溜走了。树江与王洪金曾因争工程项目发生过争吵，但王洪金死的时候，他照样忙活了一阵子。他知道王洪金的妻子、漂亮的知青刘晓芳没有改嫁，下岗后在饭店里打工，供王蛋儿上学。他怎能容忍自己的女儿跟这样家境的小子勾搭呢？他以最后通牒的口气，对常换说："我告诉你，从今往后，你必须跟那小子一刀两断，你也告诉他，要是他再缠着你，我就把他送进去！"常换一言不发。不知僵持了多久，树江以暂不谈这件事为交换条件，常换才默认到大娘家住几天……

常换虽然只有十五岁，可她的心思比成年人还重。自从妹妹惨死，妈妈精神失常，长年住在精神病院，她渐渐憎恨起父亲。继母常因一点儿小事就打骂她，同父异母的弟弟常富，还有继母带来的妹妹，时常在她面前耍威风。她渐渐产生了报复心理，时常偷偷打他们。他们的哭闹告状，换来的是她的皮肉之苦。后来，她竟把继母衣柜里高档的衣料，偷偷用剪子剪了个口子……"砸电视机"事件后，她爸不得已把她送到市里的所谓贵族学校。无心学习的她，又被她爸弄回区里董振刚任校长的第四中学。在网吧，她认识了长她几岁的王蛋儿。王蛋儿的呵护体贴，使她觉得自己找到了避风港。后来，两个人竟跑到这套房子里偷吃了禁果。

一天晚上，喝完酒回到家的树江，迎来了两个熟悉的人——王蛋儿的母亲刘晓芳和她的小姑子。如今四十五六岁的刘晓芳，丧夫、下岗，整天在饭店给人家打工，再加上儿子不省心，看上去很苍老，满脸愁云。她把一大堆滋补品一放，就要给树江下跪，小姑子用力拽住了她。"树江老弟啊，嫂子给你赔不是了，你千万高抬贵手啊！别给我儿子送进监狱啊！"刘晓芳那无助的眼神中，夹杂着祈求、慌乱和不安。"老哥，看在咱们都是一个村的面子上…"她的小姑子也哀求道。树江看着当年美丽的女人，让无情的时光打磨成这样——黄黄的脸，一点儿光泽都没有，眼角的鱼尾纹清晰可见，他的火气似乎消了许多。但是，他仍无表情地说道："那天我跟你儿子说了，只要他从此不再缠着我闺女，这事一笔勾销，不然，我就找个地方跟他说道说道。""别！千万别这样啊！"刘晓芳恐慌地从兜里掏出五千块钱，放到小茶几上，抹着眼泪祈求道："老弟啊，我也没给孩子买啥，这点儿钱给孩子买点儿营养品。"树江一见钱，假惺惺地说："我不缺钱，要不是看在你当知青时和我大嫂要好，又和死鬼洪金老兄是夫妻的分上，我早报案了。"刘晓芳激动得一时说不出话……然而事实并非如此，他怕逼得太甚，闺女走极端出事。他压根儿不想告到法院，他还知道羞耻为何物，还要脸面。

常换来到她大娘家里，住了十几天，学是无法上了。王蛋儿也辍学了，隔三岔五到新立沽他奶奶家里来。一天晚上，常换又不见了，王春梅满世界找，谁知在王蛋儿奶奶家的房山拐角处撞见了她和王蛋儿，王春梅赶紧背过脸，干咳一声，走开了。

第二天早晨，吃完早饭，王春梅问常换："常换啊，你和王蛋儿是咋认识的？"常换迟疑地说："……在网吧，有一个男的想欺负我，他帮了我。"王春梅笑了，说："他不上学了，咱管不了。你刚这么大，区里的四中不上了，这也不是事啊，不行到咱们中学来上吧。"常换眼皮连撩都不撩，低着头说："我哪儿也不想上了。""那你长大了想干啥呢？"王春梅心里焦急，但压着火气。"反正有他吃的，就有我吃的。"常换的脸，经过这些天的休养，红润起来。"你说王蛋儿？"王春梅心想，小小年纪，竟有这样的想法，没出息，真不知羞耻！如果是我闺女，非打她一耳光子不可。常换见大娘没听懂她的话，不耐烦地说："我是说我老爸！""你是跟你爸赌气？"王春梅一下明白了。常换不作声了，垂下了头，两只手搓着前襟的衣角。王春梅开导她："你回家后，要跟你这个妈搞好关系，千万别再做偷着用剪子剪坏她衣服这样的傻事了。这样她能对你好吗？"常换理直气壮地说："她从没对我好过，就向着她的两个孩子。"王春梅还想说，常换不爱听了，起身出去了。王春梅长叹一声："唉！真没辙啊！"

三

六月底，天气炎热起来，骄阳炙烤着人们。在新建的炼钢厂里，树山、树海、树花等人穿着工作服，站在一旁谈论着什么。树海背着手向车间纵深走去，神情有些焦躁不安，他环视了一下崭新的设备：桥式龙门吊、几十吨的大型装载车、臂式起重机……他又瞭望了一下高大宽敞的钢架式厂房。常胜跑过来，请示树海："三叔，都准备好了，开机吧？""开吧！"树海点一下头。常胜向控制室一挥手，只见机器设备上的指示灯立刻有节奏地闪动转换……不多时，钢轧机散发出的热浪扑面而来，树海躲得远远的。说实话，此时他对钢厂的前景依旧没有信心。只是因为总公司内部亏空越来越严重，但又必须让外界看到公司依旧红火繁荣的虚假势头，一时间还找不到更合适的投资项目，他才勉强采纳了树花和常胜的这一投资方案。但是他始终担心，这个用重金建起来的钢厂，一旦投错了方向，公司可就更难了。树花当时对他保证："办钢厂肯定能挣钱。"这话他太爱听了，他太需要钱了，他太需要钱填补一天比一天大的亏空。可是，在确定投资规模及方向上，他另有想法，当时他建议："这样吧，保险起见，拿出五百万搞一下房地产，树江说这行业有大油水……""不行！申请建钢厂的一千万贷款，不得挪作他用。"树花说。常胜进一步解释："三叔，咱们切忌分散投资，要集中资金重点投入，这是投资原则。"树海有些尴尬，如果不是树花在场，他非骂常胜两句不可。树花坚定地说："你这总经理不是怕这钢厂不挣钱吗？你不要怕，这钱算我自己投的，赔了算我一个人的，挣了咱们照样按股分红。"树海吃不住劲儿了，苦笑一下："听你们一把！"

此时，一块块钢锭变成了一根根火红的麻花钢，在冷却池中"吱吱"作响，又变成了一条条冒着热气的墨蓝色麻花钢筋……在场的刘氏家族的精英们露出了笑脸。树花微笑着对树山说："大哥，住宅楼那边的钢筋我全包了。""我当然愿意，使得住吗？别像头些年那种小钢炉的钢筋，往地上一扔，像玻璃管儿似的，一摔折八节。"树山也合不拢嘴。"没问题，个别地方也许有小气泡留下的砂眼，用在一般工程中绝对没问题。"外聘的工程师实事求是地说。"它咋那么巧，几根有气泡的都用在同一个地界儿。"树江不信邪。"我只关心咱们的钢筋有没有人买。"树海不冷不热地说。"咱们也别瞎议论了，等人家检测完了不就知道了吗？"树花说。

新立沽村西头，两辆轿车路过一个公厕，有一窗扇掉了下来，斜挂在墙壁上。树山和林金龙坐在前面的车里，树山看得一清二楚，皱起了眉头，看一眼林金龙，没有吱声。两辆车拐入田间的水泥小路，在一个葡萄大棚处停下。妇联主任笑着在此迎接他们。树山、林金龙从车里下来，后面的车里下来几个干部模样的人。树山给妇联主任介绍："这几位是区农委的干部，来考察咱们大棚葡萄栽培的。"妇联主任点一下头，微笑着指向大棚门口："几位领导请参观。"树山引领着他们走进了葡萄大棚。只见葡萄枝叶翠绿茂盛，一串串葡萄紫红紫红的，一位干部笑着说："不错，按今年的市场情况看，地头批发价一斤五六块钱没有问题。""那敢情好。"妇联主任一脸高兴。从这个大棚出来，树山又引领着他们看了另外几个大棚，葡萄都长势良好。

送走了这几位干部，树山沉下脸来一挥手，让林金龙、妇联主任上了车。车在村西头一个公厕前停下，厕所旁边的垃圾堆了一片，苍蝇到处乱飞，臭气扑鼻……

树山直奔男厕所，林金龙跟在后面。隔板、蹲便器大部分都坏了，烟头满地都是，冲水器的开关坏了几个，脏乱不堪……树山扭头出来了，劈头就说："你们看看，这么好的厕所让人糟蹋成啥样了？你们抓紧给我查查！"他指着旁边一片垃圾愤愤地说，"这是一天两天堆的吗？苍蝇嗡嗡的，保洁员就这样干活儿？当时魏老头儿在会上就说，这卫生是兔子尾巴长不了，这可真让他说中了！光有制度有啥用？得落实，得坚持，得督促检查！咱们吹出去了，新立沽卫生搞得好。这叫好吗？好个屁！今天人家区里的人都看见了……"林金龙、妇联主任都低着头不说话。

蓟运河堤的公路上，秦二虎、小东等人围着一辆货车。秦二虎叼着烟，对车里的一个中年男人威胁道："你要想到我们村里收葡萄，每次必须给我们二百块钱的抽厘，不答应，你就别进葡萄地。"

小东也叼着烟卷儿起哄："对！不答应不行！"其他人也跟着嚷嚷……

中年男子隔着关闭的车门，从半开的车窗探出头来，恳求道："老弟，我求你们了，别为难我了，你当我们干这行的有多大油水儿啊？我们挣的是辛苦钱啊！夜里蹲市场，那是好受的吗……"

秦二虎把烟头一撇，说道："少废话！掏钱！"

中年男子摇上车窗："我走，行了吧？"车子启动了，秦二虎他们骂骂咧咧……

新立沽村西边建起了一座秸秆燃气供气站。树山、王宗斌等人来到工地。一台巨大的起重机，正在徐徐吊装一个储气罐……张学海从村里走过来，凑到树山跟前问："楼房小区的燃气安装费和燃气费都交齐了，平房这边有一半不交钱,这些家的输气管道接口留出来吗?"树山迟疑了一下,说:"……留出来吧。他们实在不愿意安装,以后再说。"张学海走了。王宗斌询问道:"这个建站的补助资金到位多少了?"树山说:"市里的四十万到位了,区里的七十万马上到位,还有八十万缺口,每户交一千二百块,全村要是交上来一半,就差不多了。"王宗斌又问:"日常管理费用呢?"树山说:"费用不多,按技术要求,一天烧棉花柴什么的一吨左右,用工两个人就够,一立方米天然气收两毛钱……"王宗斌笑着说:"大哥,如果成功,别的村也推广。"树山得意地说:"肯定成功。"

　　树山带着王宗斌来到燃气室,指着安装在地下的燃气炉说:"把柴草放进炉里,不让它见明火,冒烟就成气了,气从管道送到外面的过滤水池,再进储存罐……"王宗斌连连点头。妇联主任进来了,把树山叫到一边,说:"保洁员把垃圾都清理完了,弄坏厕所设施的也查清了,是村里几个孩子干的,其中有……"她迟疑一下,不再说了。树山皱着眉头问:"谁?"妇联主任说:"你家的外甥小东。"树山的脸一下沉了下来:"好,一人罚一千!"妇联主任哼了一下,说:"还有更可气的呢。"树山一听马上追问:"还有啥事?"妇联主任气愤地说:"我听说秦二虎带着小东他们几个混混,在村外的河堤公路上,见到收葡萄的外地贩子,就敲人家的竹杠,人家进来一回,就让人家给他们一二百块钱,吓得外地贩子谁也不敢到村里收葡萄了。现在大棚的葡萄都下来了,一天见不着几个贩子,人们急得直骂,唉!"树山看了王宗斌一眼,急了:"你说的是真的?你马上回村里,用广播把他们几个叫到村委会,我马上回去!"王宗斌也皱起了眉头:"必须严肃处理,叫派出所介入此事!"妇联主任急匆匆地走了。

　　在新立沽村委会办公室,树山沉着脸,秦二虎嬉皮笑脸地保证:"大哥,就这一回,我这次是咋的了,脑子哪根筋出毛病了……"小东等几个半大小子在门口处靠着墙壁低着头。

　　树山严厉地对二虎说:"你都四十来岁的人了,领着他们几个半大小子,干这种下三烂的事?这些小商贩可是咱们全村葡萄种植户的财神爷啊!"他提高了嗓门儿,"我饶了你们这次,要是让我知道你们还干这偷鸡摸狗的事,看我咋收拾你们,把你们一个个都送进公安局!"他看一眼小东,大声叫道,"小东,你过来!"

小东怯生生地过去了，树山沉着脸站起来，走到他跟前，突然飞起一脚，猛地踢在他的屁股上……"叫你整天瞎胡闹！你爸妈管不了你，我这当大舅的今天管管你！我问你，除了敲竹杠这件事，村北面的厕所是不是你们砸坏的？"小东战战兢兢地说："是！""叫你是！"树山又飞起一脚，重重地踢在他的屁股上。秦二虎一看，立刻溜了……

树花在经理办公室看着材料，常胜进来了，递给他二姑一份材料，一屁股坐在沙发上，说："咱们这钢筋，几项重要指标基本达到了合格标准，但是人家拒绝签发合格证书……"树花接过材料看了一下，说："慢慢来吧，眼下钢筋卖得也不错。"常胜忧虑地说："工艺上还得改进，这样没有合格证也不是办法啊。"树花岔开话题，笑着问："常胜，愿意过来跟二姑干吗？"常胜说："二姑的意思是顶我爸这份股份吗？"树花笑了："我可没说，这得问你爸你妈，我说了不算，别再跟上次似的，说我撺掇你回家干。"常胜笑了。"你老姑父咋样？"树花突然问，常胜一时不知如何回答。"你咋想的，就咋说。"树花说。"他老挺有心的。"常胜含糊其词地说。"如果给他一个窝，他能好好下蛋吗？"树花又问道。"二姑的意思……"常胜迟疑地说。"我想把机械铸造公司给他管。"树花把酝酿了好长时间的想法透露给了常胜。她想给汪玉生实现抱负的机会——他做梦都想发财，她早就觉察到了。

不久，树花与树海沟通后，常胜任钢厂的经理，汪玉生任机械铸造公司的经理。

这天，在公司办公室，树花与客户通完话放下手机，从沙发上站起来，感觉一阵头晕目眩。她赶紧又坐下，头靠在沙发的靠背上，闭上双眼，想静一下。这些日子，由于企业的事情太多，她太累，夜里时常做噩梦，梦见裴洪伟那蜡黄的脸、呆滞的眼神。昨天夜里又梦见他了，她隐约有一种不祥的预感……

这时，树花的手机响了，是裴洪芹打来的，她带着哭腔告诉她一个噩耗：裴洪伟自杀了，死在他租住的楼房里。树花一句话说不来，直愣愣地望着窗外……

第十五章

　　常胜稳稳地开着车子,树花和彬彬坐在车里,一言不发。车在树花当年的婆家的路边停了下来。她表情凝重地先下了车,彬彬紧随他母亲,常胜也跟在后面。裴家院子内外的人们,看见树花领着儿子前来吊唁,纷纷投来异样的目光。沉闷、压抑的气氛,使树花心里一阵难受。看见裴洪伟的遗像,她便抽泣了起来,彬彬也哭了起来。裴家老小一看树花母子来了,也跟着号啕大哭了起来。树花穿过灵堂,来到里间屋,向曾经的婆婆走去,娘俩抱头痛哭起来……

　　树花止住了哭泣,擦了擦眼泪,对曾经的公婆和小叔子说:"我今天来是念他,我们曾一起……"她鼻子一酸,眼圈一红,说不下去了,努力控制住情绪,"彬彬是他儿子……"说到这里,她把常胜拿着的小手包要过来,打开拉锁,从中拿出三万块钱,对彬彬说,"他有你这个儿子,这一辈子也算值了。"她把钱撇到炕上,站了起来,对当年的婆婆说:"我回去了,你老多保重吧。"她转身走了,没给曾经对不起她的丈夫再鞠几个躬,在人们的注视下,走出了裴家院子……

　　树花回到家里,没有哭泣,但心情是沉重的,对裴洪伟毁了自己,她感到非常愤恨。她原以为他是一头出色的公牛,她对他能吃苦受累、敢闯敢干是佩服的。没想到,他竟这样在人生的旅途中当了逃兵,在这个世界上永远消失了。一头强健的公牛,这么快变成了一只无人正眼看的癞皮狗,可怜吗,可悲吗,可憎吗?她理不清自己的情绪。

　　晚上,彬彬回到了家,树花对他进行了一场说教。她在痛苦的回忆中,一会儿流泪,一会儿愤愤不平,彬彬垂着头。"你爸为什么落到这地步?""他吸毒。""他为什么吸毒?""找刺激。""你说对了一半,这都是钱闹的。他自以为比别人多挣了些钱,就忘了自己姓啥叫啥了,想干啥就干啥,一点儿自控力都没有,整天吃喝玩乐,丧失了对家庭的责任感。他这是作的,作到头儿了。"彬彬茫然地看着妈妈激动得变了形的脸,听她说:"你知道为啥我给你奶奶撇下三万块钱吗?让你送你爸最后这一程吗?"彬彬忽闪着大眼睛不回答。"妈就是让你永远记住这一天,永远记住你不争气的爸是咋死的,让他永远做你的一面破镜子,你懂吗?"彬彬点点头。树花还觉得不够,进一步说:"常换不上学,整天瞎跑……小东整天跟村里的几个小混混到处招惹是非……"彬彬有些犯困了,她不说了。

511

第二天，树花把彬彬送回了学校。她从学校回来，没有回家，而是去了公司。她不想闷在家，去想死鬼裴洪伟的事。

　　树花在办公室，接听客户打来的电话："你们过两天再来吧，现在没有现货……"她刚放下电话，电话铃声又响了起来，是门卫打来的："刘经理啊，有几个扛着摄像机的记者，要求进厂里采访，让他们进来吗？"树花一怔，马上说："你就说公司领导不在。"她放下电话，叫上会计，急匆匆躲到了一间仓库里。她给树海打了电话。树海开始有些傲慢："让他们走人。"可是转念一想，又嘱咐道，"要不，你让常胜应付应付吧。"树花知道常胜出差了，便给汪玉生打了电话。

　　汪玉生来到大门口，对记者们说："你们采访什么？我们不需要采访。"其中一个记者拿出记者证说："上边让我们来采访的。"汪玉生看了一眼记者证，很不情愿地让记者进了钢厂。"你们钢厂有营业执照吗？""钢材有合格证吗？""你们每天生产多少吨钢材？销往什么地方？""达到环保要求了吗？"对这一连串问题，汪玉生只是谨慎地说："我公司证件齐全，至于具体的问题，要找我们经理回答。不巧，她今天不在公司。"树花隔窗看见记者扛着摄像机进了大门，觉得不妙，给汪玉生打电话："你不要让他们录了！"汪玉生走过去，对记者严肃地说："不要录了！"这时，一帮工人从车间跑出来，吵吵嚷嚷："不要录像了，带子给我们拿出来……""我们是记者。"一个记者意识到不妙。"记者也不行！"一个小胖墩儿突然蹿过来，一下把摄像机抢过去。"砸了它！"一群人说着冲上来，摄像机被重重地摔在地上……

　　事情突然闹大了，记者们向蓟沽区有关部门进行了通报。

　　树山赶到时记者已经走了。树花、汪玉生见大哥表情严肃，下意识地把目光移开了。树山看见地上被摔坏的摄像机，质问道："谁让你们干的？"人们一看他这个态度，谁也不吭声了。小胖墩儿无所谓地说："事是我惹的，有啥事我顶着！"树山皱着眉头问："你拿啥顶？打人没有？"人们摇着头。

　　区里来人了，树山认识，刑警队的原队长、现已升职的崔副局长，他们是老相识了。树山忙把崔副局长一行领到会客厅，寒暄了几句，进入正题。树花介绍了一下情况，树山也检讨："这件事，工人们不对，他们不应这样过激。工人们一时冲动，把记者的摄像机弄坏了，该怎么赔就怎么赔，总之，我们有责任。"崔副局长苦笑一下，说："大哥，先不说赔不赔的问题，这种严重阻挠记者采访的行为是荒唐的，一旦市里追究下来，区里也吃不消啊！"树山听出了他的言外之意，说："你们说咋办吧。""我们得把人带走。"崔副局长直截了当。树山有点儿坐不住了，但没有求情，冷冷地说："好吧，我希望这是走过场。"崔副局长把小胖墩儿带走了。树民得知此事，肺要气炸了："大哥，你为什么净干这等蠢事……"

五

关于暴力阻止记者采访事件，市里派来了一个调查小组。林金龙不由得幸灾乐祸，因为此事又是他撺掇村里的人往信箱里捅了一封举报信所致。

生气归生气，树民不得不亲自过问此事。他打电话，叮嘱树山："大哥，这事看上去是件小事，弄不好就是大事，你一定要嘱咐好树花、树海，别再让他们胡来了。要好好配合市里调查组的工作。"树山听明白了，保证道："这个我知道，你放心吧，不会再出乱子了。"王宗斌也为此跑上跑下。他担心事情解决不好，乡财政一年会少得钢厂的几百万元税，别说他跟刘家还有私交。

在钢厂经理办公室，树山、树花、常胜都注视着树海手里的材料。看罢，树海把材料递给了身边的树山，说："总的看来还不错，这件事，不在媒体曝光了。让咱们钢厂限期整改，要是验收仍不合格，关停……"

树花松了一口气，说："常胜，你和外聘的那几个工程师抓紧改进设备，争取尽快拿到合格证。"树海愤愤地说："这事肯定又是林金龙在背后鼓捣的。"常胜认真地说："不管怎么说，咱们钢厂确实存在问题，污水净化池就不规范，有跑冒滴漏现象，对葡萄用水有一定的影响，还有粉尘。借此机会改进一下也是好事。"树海哼了一声："常胜你不懂，有些人看你挣钱了，忌妒了，就想方设法找你别扭。"树山说："行了，按照区里的要求去做吧。说一千，道一万，质量不合格就是不行。"

此事闹得沸沸扬扬，但是钢厂并未受到多少损失，反而名声远扬，连远方的很多客户都知道他们的廉价钢材了。有人说：也就是人家老刘家因祸得福，换别人早完蛋了。

秋天到了,葡萄销售旺季到来了。树山与林金龙商量道:"我看村里的葡萄销售又有点儿困难了,来村里的商贩不怎么多啊,村里出面请请他们不好吗?"林金龙一听,冷笑了一下:"新鲜,还请他们?他们是无利不起早,这些小贩子是来咱们这里挣钱的啊!"树山说:"他们的目的是挣钱不假,但也解决了咱们村民的销售难题嘛。前些日子,二虎他们那帮混混敲人家竹杠,影响很不好,有些贩子不敢过来了,村民们都急着卖葡萄呢。村里摆几桌,消除一下影响。贩子来得多了,各家葡萄销售得就快一点儿,在地里多长一天,就会多损失一些。"林金龙不作声了。

这天中午,在村里的一家饭店,树山设宴两桌,高调款待在村里贩运葡萄的人。这些外地人,操着南腔北调,纷纷向树山、林金龙敬酒:"我敬你们二位,你们村里花钱请我们吃酒,这还是头一遭,我们在哪儿也没有享受过这个待遇啊,真是高看我们了,干了!""我们两口子敬你们二位,冲着村里这样看得起我们,我们也得规规矩矩做买卖。你们看着喝,我和我媳妇都干了。""刘大叔,啥也别说了,以后看我们咋做就行了,敬你老了。"树山笑着摆摆手说:"从现在开始,不能再叫你们小贩子了,不好听,有贬低的意思,应该叫你们经销商。说句实话,如果没有你们给销售,我们村的葡萄销售会很困难的。从这一点上说,你们是我们的大恩人,财神爷啊。当然,你们也从中获利了,一举两得嘛,流行的说法叫互利互惠。"其中一个中年人激动地站起来说道:"大叔,你老给我们提得太高了,我们没有那么高尚,只想顺顺利利地做买卖,养家糊口。你老的话真让我们觉得自己活得像一个有用的人了,敬大叔!"树山端起杯干了,然后说道:"不是我给你们提得高,说到底,买卖双方是互有所求,相互让利,谈不上谁主动谁被动的问题。从现在起,只要买卖双方都规规矩矩按市场行情交易,讲诚信,讲质量,村里绝对保护。发现谁不按规矩办事,就找我们村里。"树山说罢把自己的手机号码报了出来。这些经销商激动了,一阵鼓掌,似乎看到了自身的社会价值,找到了回家的感觉。林金龙不得不表态:"你们来到新立沽就到家了,只要你们给价合理,不恶意压价,你们会有钱挣的,祝你们买卖顺利!敬你们了!"经销商们纷纷举杯,气氛很融洽、热烈。

这些天,树海心里非常烦闷,父母同日而亡,还有"砸车"事件、"摔机"事件,物流公司也效益不佳;更使他耿耿于怀的是王春柳那几个弟弟砸坏了车，一毛钱也不用赔，就不了了之了，而张瑞惠不时借此发泄对他的不满。他心里明白，她不满的主因自然是不能拿到台面上来的——他对王春柳的问题拖延不解决。他之所以这样拖着，就是因为在内心深处，他觉得自己愧对于王春柳。他父母是王春柳伺候到死的，他这个当儿子的在母亲临终前，连最后一面都没见到，他实在张不开这个口啊。他总想，就这么稀里糊涂地先凑合着吧。谁料"砸车"事件深深刺痛了张瑞惠的自尊心，她痛苦地咀嚼着被侮辱的苦果。

一天吃过晚饭，张瑞惠试探树海："咱儿子的户口咋办？""先搁着吧。"树海敷衍着，他知道这是一种暗示。他正心烦意乱之时，常坤闹着要看电视，树海把他拉过来打了两巴掌。张瑞惠不干了："孩子招你惹你了？你看我们娘俩不顺眼，我们可以走！"此话一出，树海一句话没说，一头扎进了卧室。夜里，张瑞惠含着眼泪，向树海诉说了心中的委屈。

树海从树花那里处理完事情出来，没有拐进自己家——只有王春柳和女儿常雅住的家，而是到了他大嫂王春梅家。王春梅正在炒菜，他打了招呼，往炕上一坐，看了看屋内极普通的家具，心里很不安。当年他盖楼房时，本想给大哥盖一所，无奈大哥不肯，他只好作罢。这次他又想出钱给大哥盖楼房，又被大哥驳回去了。"大嫂，有开水吗？"他站起来问。"有，在锅台后面，你自己拿，我腾不开手。"王春梅在烧素茄子。树海一看，笑着说："我就爱吃大嫂做的这口素炒茄子。"王春梅笑着说："你这是整天吃馆子吃腻了吧？""可不是，饭馆的菜油忒大，都是一个味儿，没啥吃头儿。"树海拿着暖壶往茶缸里倒着白开水，漫不经心地说。"你住下了？"王春梅用铲子炒着锅里的茄子，"住他三婶那儿吗？"她有意试探道。树海笑着说："大嫂家不搁我？""你放着家不去，住我这儿？不搁！"虽说是玩笑话，但也流露出她对树海的不满。"大嫂家里不搁，我上公司住去，跟常胜，我们爷俩正好聊聊。"这表明他没有与王春柳和解的意思。王春梅露出淡淡的失望，说："你随便吧。"

常胜吃住在公司，晚饭经常是王春梅一个人吃，今晚还好，树山没有应酬，回来吃了。

吃过晚饭，树海和他大哥说着公司的事情："钟建辉也竖起了一块物流的牌子，一些业务让他抢去了，今年物流公司效益不怎么好。"王春梅不爱听这些，只关心女人的事情，尤其是王春柳的事情。她耐着性子找了个机会，插话说："我说话你别不爱听，你和她三婶的事，想咋办？"树海说："能咋办呢？""唉，我真替你们犯愁。"王春梅十分伤感。"她不提离，我是不能提的。"树海并不隐瞒自己的想法。"这么说，你还是想离？别赖我说话不好听，王春柳把两个老的都答对走了，你这良心说得过去吗？这跟卸磨杀驴有啥两样？"树海看了他大哥一眼，没有说话。树山脸一沉，说："这事，你掂量着办吧！我也管不了了。"树山这么表态，等于给树海网开一面，开了绿灯。当初，他坚决不同意树海和王春柳离婚的。难道时间这块磨刀石，磨灭了他当初的观点？"哼，她冷不丁插上一腿，还有理了？就是有点儿钱，有点儿势力，也不能这样欺负人啊。"王春梅对丈夫如此暧昧的表态很不悦。"你瞎唠叨啥？这感情的事跟欺负人能扯到一块儿吗？"树山对感情的看法在不知不觉中悄然发生着变化。树海无奈地说："好了，谁也不赖，都怪我。""哼！我说也是！"王春梅对三小叔子也不客气了，说完气呼呼地出去了。

六

婚姻的失败，无疑是女人的悲哀，王春柳深深地品尝了这样的苦果，她心中留下了深深的痛苦、失落和怨恨。她给名存实亡的丈夫打了电话，让他来一趟。这是他们分居以来，她第一次给他打电话。树海突然接到电话，有些慌乱，明知故问："有事？""你说呢？"王春柳带着怨恨反问。"啥时候？"树海问。"啥时候都行。"王春柳准备主动了断他们的关系，她的心早凉了。如果说树海和张瑞惠同居时，她还抱一丝希望的话，那么，自从张瑞惠生下常坤，她就彻底绝望了。那时，公婆苦苦地挽留，说她不走，他就与那头儿就结不了婚，将来有一天……老人给绝望的她又抱上了一个沉甸甸的热罐儿。然而，二位老人突然去世，她抱了几年的热罐儿，顷刻间碎了。弟弟们的"砸车"之举，更让她无脸再在刘家待下去。她在娘家住了几天，家人们七嘴八舌给她出着馊主意。有的说："就赖着不离，拖死那没心肝的王八蛋！"有的说："离了心静，满世界就他老刘家的饭碗好端不成？"有的说："干脆上法院告他重婚罪！""可以离，看他给多少钱，少了绝对不

第十五章

饶他！"就这样整天搅得她心乱如麻。她回到自己家，经过一番激烈的思想斗争，主意已定……

这天晚上，树海回到了他曾经的家，给常雅买了好多小食品。常雅用怯生生的目光看着很少见面的父亲。虽然树海表现得很热情和亲切，但是常雅仍然显得很漠然，跟他很疏远。王春柳把常雅支到另一个房间去了。

两人相对无言，整个房间静得连喘气的声音都能听见。树海看着有些丰满的妻子，昔日黧黑的脸白了许多，披散的长发乌黑发亮。在她抬头看墙上的石英钟的一瞬间，树海注意到她的眼睛有一点儿红肿，神色中流露出淡淡的忧郁。"你说吧，啥事？"树海打破沉默，平和地问，掏出一支烟点上。王春柳瞟了丈夫一眼，说："离婚吧，都清静。"树海听后如释重负，看了一眼有些陌生的妻子："都想好了？"王春柳没有作声。"说说你的条件吧！"树海冷冷的话语里透着不安。"我没有条件，你看着办吧。"王春柳头也不抬，两只穿着自己编织的拖鞋的脚，轻轻地搓着地板。"常雅呢？"树海问。"跟着我！"王春柳抬起头，坚定地说。"好吧。"树海把早就想好的方案告诉王春柳："常雅的一切费用都由我出，我在银行给她设个账户，存折由你保管。给你一百万，另外我在城里给你买套房子，按照你的意思装修好。现在的房子我想给大哥，这里的家具除了你家陪送的，其他的最好不要动了。新房装修由树江负责。"看他早已做好计划，王春柳呜咽起来。树海以为她不同意这个条件，忙说："你不同意，可以提啊。""呜呜……你以为……你有钱了就……了不起了……你心……真黑啊……"曾在一个炕上滚了好几年的丈夫没对她说上一句安慰的话，他的话字字散发着铜臭味儿，她实在听不下去了，委屈、伤心一股脑儿袭上心头。树海突然意识到了，长长地叹了一口气："唉，春柳，都是我的错。你今天就是打我，骂我，咋都行，我保证不说一个不字……"他眼圈红了，哽咽了，"你对我父母的恩，我一辈子也忘不了。"这是他第一次对王春柳说出这样的话。常雅听见她妈哭了，怒气冲冲地从卧室跑了过来，不知从哪儿来的胆子，向她爸嚷开了："你又惹我妈生气了？你走！你不是我爸！"说着就拉她妈去卧室。王春柳止住眼泪，说："大人的事你别管，听妈的话，上屋里学习去！""不，我就让他走，他光惹你生气，你梦里都跟他生气。"常雅的话深深地刺痛了树海的心，一个大男人，在自己家里，竟被自己的小女儿往外轰。他没想到，他在孩子的

心目中，竟这样面目可憎……

王春柳和树海协议离婚，自始至终，她没让娘家的任何人介入，她认为他们成事不足，败事有余。树海也信守承诺，在城里给王春柳和女儿购买了一套两室一厅的楼房，装修、家具都按照王春柳的意思办的。

从新立沽往区里搬家那天，王春柳没告诉娘家人。树山、树江、树芬、树花、树兰、王春梅、姜文花、常胜等，还有左邻右舍，怀着复杂的心情给她送行。

这种特殊的送行方式，让人倍感压抑、沉重。王春柳强装笑颜，跟前来送行的人说着话，没说上几句便哽咽了。人们一看她这样，也都心里酸楚。"到了城里，慢慢习惯，要是住腻了，你再回来住，这房子永远有你的地界儿。"王春梅知道这房子给她了，拉着王春柳的手，眼睛红红地说。"大嫂，有你这句话，我……"王春柳说不下去了。树芬心情同样沉重，接过话茬："往后有啥事，一定要多联系啊。"她眼圈红了，又摸着常雅的头，"常雅，要听你妈的话，好好学习，有时间来找哥哥玩啊。大姑会常去看你们的。"树花是直性子，见人们都这样，小声说道："其实没有必要，让我说，这是好事，对双方来说都是一种解脱。"人们听了她的话，觉得虽然不好听，倒也在理。

王春柳先让常雅上了车，她回头向人们了摆了摆手，望了一眼熟悉的楼房，小路南边长廊式的葡萄架，以及庭院两侧碧绿的草坪……这一切，将与她这个爱情失败的女人永别了，她感到一阵心酸。本想再跟大伙儿说句话，然而这种感觉袭来，她一头扎进了车里，抹起了眼泪。前小叔子树江驾车，他一按喇叭，车缓缓启动了。他从车内后视镜里看见王春柳在抹泪。他没有劝她，也不想劝她。他可能动了恻隐之心，也许他的前妻田家英当时哭得比她还伤心吧。树花驾车在后面跟着，车里坐着王春梅、树芬、树兰。常胜驾车，载着一些杂物。常利闷闷不乐地坐在副驾驶座位上，他在市轻工业学院上大专，正逢双休日，所以也跟着来了。他望着窗外三婶的车，自言自语道："有人欢乐有人愁啊。"沉着脸的常胜看了弟弟一眼，没有说话。

树山望着远去的车，有一种怅然若失之感。他也弄不清眼前的这一切到底是为什么，是树海错了，还是王春柳错了，抑或是张瑞惠错了？也许都有错，也许都有理。他的观点不像原来那么鲜明了。当他想到三个月之内，刘氏家族的人没的没，离的离，顿觉伤感起来。他眼圈红了，只是当着外人的面儿，眼泪没有掉下来。然而，当他想起张瑞惠就要成为刘氏家族的正式成员时，心情似乎开朗起来。他摇了一下头，苦笑了一下，自言自语道："人啊，就是这个活法？来来往往，你进我出，吵吵闹闹？"

七

这些天，张瑞惠的心情格外轻松。她等待多年的婚礼，终于要来了，尽管姗姗来迟，尽管是夺人之爱的婚姻，她并不觉得难为情。她总是这样认为：谁让老天爷给我这个机会爱上了他呢？谁让他也爱上了我呢？这些天，她看树海哪儿都格外顺眼。

一天，树海快快不乐地对张瑞惠说："大哥说，让咱们回家举行婚礼。"张瑞惠一听，脸沉了下来，问道："哎，我说是你大哥结婚,还是你结婚？""他说……"树海刚开口，张瑞惠抢过话茬："他说，你不会说？你甩一次你大哥这个拐棍行不行？"她第一次对这个准大伯哥说了一句不恭敬的话，也许是对他当初强烈阻止他们越轨结合的不满的发泄吧。"不是，大哥说……"树海还想解释，张瑞惠又抢过话茬，翻脸了："我求求你，什么都不要说了，我一句也不想听！"她如此冲动，近似撒泼的样子，树海还是第一次看到，他皱一下眉头，说："今天你咋变成这样？像一个泼妇！你冷静一下，好不好？"他仿佛看到当年王春柳撒泼。张瑞惠抑制不住委屈，哽咽着说："你让我冷静，我冷静得下来吗？你知道自从我的车被人家砸了之后我多委屈吗？我发誓一辈子不想踏入你那个家。你知道结婚对于我来说多么神圣吗？你二婚无所谓，可我不行。我不想在那天再发生什么让人不高兴的事。我要把那天当成我最美好的回忆、最幸福的时刻。你说，到那里结婚，我的心情能好得了吗？就是没有砸车那件堵心的事，那也是你跟她住过的地方，你让我咋想？上次为了你，这次为了你大哥，什么时候为了我？这是我的婚姻大事啊。"树海照样陈述他的理由："你说得有道理，大哥说得也有道理，他是想借咱们的喜事，冲一冲我们家的晦气。你也知道，这几年我们家不是出这个事，就是出那个事。常坤他爷爷奶奶一块儿没了，世上少有，这不好啊！大哥说咱俩福气大，借这次大喜事冲一冲，也是借这次机会，在村里给你抬抬脸面。你好好想想，想开点儿，你这么精明的人，这点儿事想不开？""你又哄骗我，想方设法让我入你的圈套。"张瑞惠的口气温和多了。"不着急，你什么时候想通了，我让人把家里的房子彻底装修一下。到那时，喜事办得热热闹闹的，请几个好厨子，找两个录像的，再来两场演唱会，农村的情趣准让你一辈子忘不了，还想结第二次婚。"树海轻松地逗着她。"住口，净说不吉利的话。"张瑞惠露出一丝苦笑。她发泄了心中积压的郁闷，心情好多了，再加上树海恰到好处地给她洗脑，她不吱声了。"婚礼不过是一种形式，不管在哪儿举行，要的是那种气氛和情趣。像人家在天上跳伞、在海底游泳结婚的，也是一种情趣。大哥说的让喜事冲一冲晦气，这都是在唱戏，给人看的。最重要的是我看你顺眼，你看我喜欢。"树海这一说不要紧，张瑞惠激动得要落泪，一下子抱住他的脖子……

  张瑞惠的工作总算做通了，可是在装修王春柳住过的房子时，王春梅和树山发生了小小的冲突。那天，王春梅从常胜口中得知，树海要装修之前答应给她的那套楼房。常胜乐呵呵地对母亲说："哪天我撺掇撺掇树海三叔，让他好好装修一下，等咱们搬进去，省得再装修了。"王春梅沉着脸说："到时候，我去不去还没准儿呢。""为啥？"常胜不解地问。"高楼我住着不踏实。"王春梅没有跟儿子多说。"妈，你老真是死脑筋。"常胜说着，急急忙忙拿着他妈给他洗好的衣服，又去公司玩命地忙活了。

  晚上，树山喝完酒回来往炕上一躺，王春梅问："听常胜说，那楼房要拾掇？""啊。"树山眯缝着眼回答。"那娘儿们有啥金贵的，跟着老三好几年了，孩子都满街跑了，结婚好歹比画两下子不就完了吗？连新鲜劲儿都没有了，有啥可折腾的？"王春梅对张瑞惠挤走王春柳还是耿耿于怀。"你老娘儿们懂啥？越是这样，越应该大办，不能让张瑞惠产生别的想法。"树山也不看妻子一眼。"那娘儿们住不了三天两早晨的，这不拿钱白扔吗？原来拾掇得不挺好吗？"王春梅还在叨咕着。"你管那么多有啥用？他装修得越好，对你不就越好吗？"树山明着这样说，其实，他还有不能挑明的意思：当初他没能阻止住树海离婚，因此觉得愧对王春柳，他想尽快忘掉这件事，从愧疚中解脱出来；他想给为刘家带来荣耀和财富的张瑞惠，在刘氏家族中抬一抬地位。王春柳赢得了二位老人的心，占据了舆论和道德上的高地，却没资本拴住树海的心。王春梅无所谓地说："你图这个，我不图！没准儿还

第十五章

不去住呢！"树山早就不爱听了，立刻从炕上坐起来，提高嗓门儿说："你真是蒸不熟、煮不烂！你又哪儿气不顺？老三哪儿对不起你？人家一分钱不要，把楼房给了你，还给你装修好了，世上还有你这么浑的人吗？当初你不答应了吗？"王春梅把矛头对准了丈夫："都是你气的，哼！你想气死我啊？你看我不中用了，使唤够了？""你咋净说邪词儿？是你气我，还是我气你？"树山气得站起来，去了东屋，不搭理她了。王春梅在西屋，一边抹泪，一边叨叨咕咕。树山在东屋气得睡不着。

王春梅觉得丈夫变了，变得越来越讲排场了，穿衣不像从前，几十块钱的衣服不穿了，一买就是几百块的。这些日子，他把白发染黑了，经常喝酒到半夜。还有这房子，搁在前几年，你就是说破了天，他也不会要的。说到底，王春梅有一种模糊的感觉——他外面似乎有人了。他们正常的夫妻生活没有了，夜里他不找她了，偶尔她想找他，他却以酒喝多了之类的话搪塞她。她起了疑心，当初王春柳跟她说过，树海那时也这样。

自从起了疑心，她每天留意树山的一举一动。有时，她给丈夫洗衣服，先闻一闻衣服上是不是有女人的香水味儿。虽然他们是老夫老妻了，但这方面的事她只字不提，哪怕开句玩笑也没有过。如今她摸不准丈夫的脉了。这种事，她难以向外人启齿。她没有姐妹，又不能跟娘家的嫂子说，跟小姑子树芬、树花，又张不开这个口。

刘树海和张瑞惠的结婚典礼，定在了十月一日这一天，这是年轻人结婚的首选之日。这天清晨，阳光普照，蓟运河水泛着粼粼波光，两岸的柳枝碧绿碧绿的，田间成片的葡萄园枝叶依旧绿绿的，有些还没采摘的葡萄炫耀似的挂在枝头，紫红紫红的，煞是馋人。

树海的老宅焕然一新，大门口两盏大灯笼高高挂着。大门口北侧，前一晚"压腰"演唱会的大型车板搭成的舞台上，几个小孩在玩耍。大门口里面的小街道，由南向北的葡萄藤架起"7"字形长廊，一串串葡萄像一盏盏小红灯笼，垂在上面。楼前两侧长长的花池，长满嫩绿的三叶草，里面均匀地摆放着一盆盆菊花：大红的、紫红的、粉红的、深黄的、浅黄的……光彩夺目。楼房的大门口，一副对联点明主题，上联是"鸳鸯戏水相随做爱巢"，下联是"夫妻挽手互敬到天老"，横批是"天作之美"。刘氏家族的少男少女们天真活泼、花枝招展，昨天欢乐了一整天，今天照样早早起来，在大人

们的帮助下梳妆打扮，期盼着接媳妇的车队到来。王立君的一双儿女最抢眼，儿子常龙英俊如白马王子，女儿常凤漂亮如仙女下凡，他们是给新娘献花贺喜的。还有三对少男少女是给新娘提包裹的：树芬的儿子小虎、树花的儿子彬彬、树江的女儿常换、姜文花的儿子小东、树兰的女儿小芳、姜文敏的女儿荣荣，寓意是"四平八稳"。

  迎接新娘的四辆黑色轿车一字排开。大执宾马志林指挥着人们给轿车挂上红气球、彩绸、鲜花。一切布置完毕，孩子们笑嘻嘻地上了车。迎亲车队出发了，迎着初升的太阳出发了……

  上午十点多钟，迎亲车队回来了，鞭炮齐鸣。人们兴奋地放下手中的活计，一睹新娘的风采。先下车的是一群接新娘的孩子，他们簇拥着五岁的常坤。常坤由小保姆带领着，蹦蹦跳跳地跟着哥哥姐姐们往前跑。树海红光满面，西装笔挺，微笑着下了车，拉着张瑞惠秀丽的一只手。张瑞惠盘着高高的发髻，光彩照人，大大的眼睛，长长的睫毛微微向上翘着，那眼神中流露出幸福、愉悦。她身穿大红花纹的旗袍，红色的高跟皮鞋。一群孩子走在前面，树海牵着新娘的手向葡萄藤长廊走来，摄像机不停地拍摄。新郎新娘在人们的簇拥下走进新房。

  婚礼特意选在葡萄藤长廊里举行。大红地毯从楼门口一直铺到长廊里。树山、王春梅，以及张瑞惠的父母，端坐在中央，作为主婚人；王宗斌坐在一旁，作为证婚人。从宾馆请来的礼仪小姐笑容可掬，为他们主持着仪式。围观的人们不时议论着。主持典礼的小姐庄重地宣布："刘树海先生和张瑞惠小姐的结婚典礼现在开始！请新郎新娘入场！"温馨悦耳的乐曲响起，张瑞惠身着大红婚纱，与树海挽着手，踏着大红地毯，缓缓向人们走来。人们好奇地打量着他们，小姑娘们笑嘻嘻地向新郎新娘的身上抛撒着彩色纸屑，两个摄像师从不同角度记录下这喜庆场面。新郎新娘走到会场中央，并肩而站，无数只眼睛兴奋地注视着他们。证婚人王宗斌首先宣读结婚证书。新郎新娘向他三鞠躬。主婚人树山，还有张瑞惠的父亲，分别致祝福语。夫妻对拜，共饮交杯酒，一切步骤有条不紊地进行着……最后，主持人要求道："下面请新郎刘树海先生表演一下中国古代，以及西方国家的求婚礼节，大家欢迎！"树海为难了："我可不会。""不行！做不好也得做！"人们强烈要求。树海硬着头皮，表演了西方的求婚礼节，不到位，重新来，逗得人们哈哈大笑……礼仪小姐把常坤叫到跟前，问道："小常坤，你看你爸你妈，今天漂亮不漂亮？""漂亮！"常坤顽皮地大声回答。"精神不精神？"常坤张嘴就说："精神！"礼仪小姐微笑着问："常坤，你想让你爸你妈表演一个什么节目呢？"常坤眨着一双大眼睛，说："让他们俩亲一个嘴儿。"在场的人们哄堂大笑，纷纷要求新郎新娘照办。两人执拗了半天，只好当着众人的面儿比画了一下，人们笑了一阵。礼仪小姐灵机一动，问常坤："你为什么想起让你爸你妈表演这个动作呢？""因为……他们俩在家里亲嘴儿，我看见了。"常坤的回答逗得人们前仰后合。婚礼仪式在人们的笑声中结束了。

热闹喜庆的酒宴开始了。树山夫妇、树民夫妇，由大执宾马志林引领着，和新郎新娘一起向各桌宾客频频敬酒。酒席之盛，人数之多，在新立沽是空前的。

王春梅表现得很消极，话很少，与她向来喜欢张罗的个性很不相称。她看见张瑞惠又换上那身大红旗袍频频敬酒，打心眼儿里不舒服，心想：折腾啥？咋折腾也不是黄花大闺女了。树山兴致很高："爷几个吃好喝好啊！"他不厌其烦地给张瑞惠介绍："这个是王叔……这个是杨婶……"王春梅心里骂道：喝了点儿猫尿，瞎介绍啥？啥体面的人啊？给春柳挤走了，你不知砢碜多少钱一斤了！树山回头看了一眼的王春梅，又到其他桌敬酒去了。

酒宴之后，自然是一场露天演唱会……

这场婚事是热闹圆满的，张瑞惠自然很高兴，在新立沽住了三天便回港湾区了。

第十六章

一

　　加婚礼之后，心里老是不得劲儿，有一种说不出来的伤感。她时而这样想：一个第三者，婚事办得这么风光体面，真是的，哪有好人的活路啊！王春柳哪儿不行？唉！她觉察到了树山对王春柳、张瑞惠的态度的微妙变化，觉得丈夫真的变了。她自语道："这都是钱闹的啊！如果王春柳娘家有钱有势，你老刘家敢不要人家？"

　　一天晚上，树山把手机放在西屋的写字台上，到外面解手去了。他的手机响了，王春梅忙从外屋跑到西屋拿起手机接听，只听话筒里传来娇滴滴的声音："干爹，这几天咋不过来了，想死我了……"王春梅一听火儿了，随口骂道："骚货，谁是你干爹？"她怒气冲冲地刚想把手机摔到地上，迟疑了一下，把手机扔到了炕上，又爬到炕上拿起手机用力摁了关机键。树山进屋见王春梅坐在炕沿上耷拉着脸，自己的手机被扔在炕上，问："咋了？"王春梅质问道："你从哪儿钻出一个野闺女？"树山吃了一惊，装作不懂："啥野闺女？""你少给我装，我一说你就明白！"王春梅根本不吃他这一套，扭头上外屋去了。树山心虚，没敢发火，对着外屋说："是不是有个女的在手机里说啥了？"王春梅没有搭理他。"你啊，真是头发长见识短，这种电话我接到的多了，要气啊，还得把你气死。有的人吃饱了没事，随便拨个号码，拿别人找乐，你知道吗？""你别拿这个掩饰，你今天不给我说清楚，甭想睡觉！"王春梅威胁道。树山心里没底了，猜到了是谁来的电话……他打定主意，就是说破天，也不能承认啊。他摆出诚恳的样子，走到外屋对气呼呼的王春梅说："我说你啥好呢？你我过了这么多年，常胜都二十五六了，别人不相信我，你还不相信我？我都半截入土的人了，能有啥想法？你以为外面出了乱七八糟的事，你老爷们儿也不干净？你啊你，让我说你啥好呢！"

　　他撒谎了，跟一心一意和他过日子的老婆撒了谎，但也道出了他的真实想法：他压根儿不想走树海、树江那一步。他与那个叫他干爸的女人亲热，是出于

第十六章

对青春的留恋,还是对出身寒微的女人的怜悯、同情,他也说不清。这种事情,是摆不到桌面上的,更不能摆到老婆面前。年过半百的夫妻发生了信任危机,还是爱的危机?总之,两人第一次没有同室而睡,王春梅搬到了东屋,多亏两个孩子都不在家住,一个在学校,一个在公司。

郑跃军的葡萄酒公司就要投产了,在人事安排上,他与妻子发生了分歧。郑跃军不打算安排家人进公司,这样便于管理,可是树芬并不完全同意,她坚决要求给自己安排一个职位,她的理由是,这么大的企业让外人管理,她不放心。自她和郑跃军干客运的那天起,两人就没有分开过,如今事业的摊子大了,丈夫不想用她了,她无论如何是接受不了的。她想得很多,怕丈夫心粗被外人哄骗了,怕他没有她的监督,会重操旧业——赌博,更怕他不在她眼皮底下,一时糊涂,会有什么出格的行为。刘家发生的这一件件事让她不得不多想,这也是她不赞成丈夫大规模发展的原因之一。男人、女人、钱的问题,困扰着她。只要想起这些事,她就烦躁不安。好几次,她在睡梦中哭醒了,梦里她苦苦哀求丈夫不要离开她,而丈夫头也不回,领着一个年轻的美人离她而去……

郑跃军这样做,实际上正是针对妻子的。他爱她的勤奋节俭,但非常反感她干涉太多,有些事情非征得她的同意不可,否则她会絮叨个没完没了。这不,又开始了:"你干脆说不用我算了,何必这样说?这酒厂花了好几百万,这里面也有我汗珠子砸脚面儿挣来的钱,我替你管理有什么不好?谁家办企业不搁家里的人?我们家哪一个企业不搁家里的人?我有权利……""你们家这样,我不想这样。"郑跃军的话不好听了。"你这是干事业,还是赌气?"树芬一句也不让,郑跃军不耐烦了,一甩手站起来,没好气地说:"好!好!好!这个酒厂交给你吧!"他头也不回地下了楼。树芬惊异地望着朝夕相处的丈夫的背影,非常委屈和怨恨:跃军,难道我刘树芬就这么可恨可憎?如今你事业做大了,就嫌我碍事了?她鼻子一酸,落泪了。过去跟着丈夫风风雨雨的往事一股脑儿冒了出来:破屋,荒地,破衣烂衫,粗食清汤,跑客运披星戴月,不知多少次提心吊胆地在狂风暴雨中穿行……他迷上赌博,是她把灰心丧气的他从死亡的边缘挽救了回来……她越想越觉得委屈,不禁骂了一句:"没良心的!"

郑跃军来到新建的酒厂大门口,憨厚的大哥问他:"有啥事?""没事。"

525

郑跃军说。他在榨汁车间外面看了看准备明天开榨的机器。然后，他又来到新打成的一眼机井的水塔下，向对面不远处的炼钢厂望去，只见夜幕下红光照亮了钢厂上空，不时有四溅的火花，传来干活的人们嘈杂的说话声。他对好强的二小姨子树花的胆识真是佩服。他想起了妻子，觉得刚才自己使性子欠妥。他知道妻子过日子是一把好手，这一点他非常清楚，但是他不想让一个企业有两个权力中心。他回到家，妻子已躺下了。妻子见他回来了，把盖在身上的毛毯往头上一蒙，不搭理他。他只好脱衣躺下了。

二

姜文花一家人在吃晚饭，小东长相标致的对象英子突然一阵干呕，急忙跑到门外了。姜文花看了儿子一眼，脸沉了下来。

吃罢晚饭，姜文花把小东偷偷地叫到她的屋里，随手关上了门。她低声问："英子是不是有孩子了？"小东低着头不说话。姜文花气愤地冲到儿子面前，用食指用力戳了一下他的额头，咬着牙骂道："小缺德的，不把大人活活气死，你是不死心啊！"

姜文花心里搁不下了。次日，她跟婆婆愤愤地说了英子怀孕的糟心事。满头白发的婆婆一听，老脸上的皱纹都开了，又出奇招，兴冲冲地劝姜文花："有了好啊，那就张罗让他们结婚吧，给小东再上一个套，他的心不收也得收。"姜文花急了："你老又出馊主意！让他搞对象，我听你老的，结果弄出孩子来，这回你老又让他结婚，他刚多大，不让人家笑掉大牙吗？""当年你公公十六，我才十五，不也是一家人？"婆婆振振有词。"那是啥时候？那是旧社会。"姜文花红着脸反驳。"啥旧啥新的，新旧不也得生孩子？"姜文花死活不同意："我说不行就不行。"

一天晚上，姜文花找了个机会把英子叫到她的屋里，英子垂着头坐在床上。姜文花看着英子，低声问："英子呀，你是不是有孩子啦？"英子点了一下头。姜文花说："到医院做了吧，你岁数太小。"英子摇一下头，含泪说："俺娘不同意，怕做出病来。"姜文花说："不会有事的。"英子依旧摇头，抹着泪说："我不……"姜文花皱着眉不说话了。其实，英子是怕万一肚子里的孩子打掉了，这桩婚事很可能就黄了，她看中了马家有几个钱。

第十六章

　　王春梅在外间屋擦着新安装的燃气灶，姜文花推门进来了，笑着说："给气儿了？"王春梅直起身说："还没呢。"姜文花问："你们真的不搬到老三的楼房去？"王春梅说："我住惯了平房，出来进去方便，你大哥他们爷仨不死心。那天安装这个燃气灶，我跟你大哥还拌嘴来着，他让安到楼那边，我没听他的。"姜文花说："大嫂，你真想不开，老三送的楼房不住白不住。我这边的平房没安装燃气灶，安在新楼房了。等发钥匙，我们就装修，装好了就搬过去。"王春梅没说什么，转而问道："小东的事，咋样了？"姜文花苦笑了一下："唉，没辙了，张罗结婚呗，丢死人了。明天大嫂帮着我做几双被子吧。"王春梅笑了："那好啊。"

　　这时，村里广播响了："各户注意了，现在开始送气儿了，各户一定要按要求试气儿……"王春梅马上打开燃气灶的总开关，拿起点火器，再打开燃气灶的开关，"砰"的一声，蓝蓝的火苗冒了出来。她笑着说："这蓝火苗，比起液化气，也不次，一点儿烟都没有……"她说着，随手关上了总开关，再关闭燃气开关。姜文花也兴奋地尝试了一遍。

　　树山正在秸秆燃气站查看，手机响了，他接了起来："喂，各户气灶咋样？""挺好，火苗挺大的……"他露出了轻松的笑容。"真是邪了，这烟就能变成气儿。""这就叫科学嘛。"人们兴致勃勃地议论着。

　　在姜文花家，王春梅、姜文花做着新被褥。王春梅漫不经心地问姜文花："你大哥这个人咋样？"姜文花一笑，说："大哥挺好的，咋的了，又跟大哥怄气了？""好，你就护着吧！"王春梅半吐半咽。姜文花不明白了，认真地问："我大哥能有啥事？""你真没听见啥风声？"王春梅在试探。"大嫂，这是哪儿的话啊，我长这么大没瞒过谁，还能瞒大嫂？""好了，不说了！"王春梅不想再说下去了。

　　王春梅看着大红被面上鸳鸯戏水的图案，笑着说："没想到你做婆婆做到我前面了。"姜文花苦笑一下，说："大嫂，别说这个了，这不是没辙了吗，你以为我愿意早当婆婆？这就够让人家笑话了，唉……"王春梅说："不管咋说，你马上就要见到孙辈了，我可好，常胜整天长在公司里，女朋友至今不吐口。常利在外上学，功课不知啥样儿，你大哥不知真假，整天在外忙活。哼，我整天守着这几间空房子……"姜文花笑了："大嫂，你还不知足？我家小东，别说像常胜了，就是像常利似的，我就烧高香了。"王春梅随之

527

笑了一下。

　　这段时间，王春梅每每想起往事，脸上才有了笑容。那天黄昏，她心情烦乱地转悠到昔日的居住地。当年的小土屋早已不在，如今已是一片葡萄园。夕阳静静地照着她眼前的一切，葡萄藤上的叶子绿的嫩绿，黄的金黄，大地上的小草一簇一簇，碧绿碧绿的。她不由自主地坐在了沟渠边，望着前方的葡萄园。她似乎望见了当年那临渠的小土屋，闻到了那被春风、秋风送到院里的田间的草香、稻香，听到了门前沟渠的潺潺流水声、蛙叫蝉鸣声。八月十五房前屋后的棵棵枣树上，大大的半红枣脆而甜。老天突降大雨，匆匆赶路的行人不时到她的土屋避雨闲聊。下小雨时，在草垛底下做窝的黄鼠狼的一群幼崽，在枣树周围嬉戏玩耍，吓得自家的一群老母鸡站在远处，伸长脖子呆呆地望着它们玩耍的样子……还有两个孩子顽皮的趣事，更让她沉浸在幸福中，她情不自禁地掉下泪来。如今，她闷闷不乐，究其原因，还是树山的问题。她没有想到一个年过半百的女人，会在感情上出现问题，她有点儿撑不住了。

三

　　晚上，王春梅做好了饭，等着树山回来。左等不来，右等也不来，天黑了，她不等了，独自吃了。原来都是她给丈夫打电话，问他晚上回家是否回家吃饭，自打跟他置气以来，她不打电话了。而树山呢，不回家吃饭，也不给她打电话了。

　　王春梅吃完饭，拾掇完毕，嘟嘟囔囔，去把大铁门上的小窗口换了锁，两脚重重地踏着小甬路，快速回到屋里，没好气地把外间屋的门关好，上了插销。她叨叨咕咕："你就在外面灌猫尿吧！今儿个你甭想回这个家，进这个屋！都是我惯得你……"她上了炕，铺上自己的被褥，气呼呼地躺下了。她第一次做这种事，哪里睡得着啊，像摊煎饼似的一直折腾到夜里十一点多钟，才迷迷糊糊睡着了。不多时，就听外面树山在叫门。她听见了，用被子把头一蒙，理也不理。树山一看大铁门上的小窗口换了锁，打不开它就无法伸进手打开大铁门里面的插销。他恼怒了。敲了一阵子大门，仍不见屋里有动静，他借着酒劲儿，怒气冲冲地走到左边的院墙根底下，猛地往上一蹿，

第十六章

结果出溜下来，摔了一个屁股蹲儿。他发疯似的站起来，又往墙头上爬，爬上去，一翻身却滚落到墙里的丝瓜架上，多亏丝瓜架破了点儿，他没有摔疼。他爬起来，顾不得疼痛，冲到正房门前，也不敲门，三脚两脚把房门踹开了。他像疯狗似的冲到西屋，已吓坏的王春梅正围着被子坐在炕头。"你这臭娘儿们！"他扑到王春梅面前，"啪啪"两个耳光。五十开外的王春梅出自本能地蜷缩着身子，抱着头，不知所措。树山站在地上，双手叉着腰，恶狠狠地骂道："这些日子，你净勾老子的火，我哪儿对不起你啊？"王春梅做梦也没有想到，跟她过了二十多年的丈夫会下这狠手，这是第一次。她的心要气炸了，巨大的愤怒使她哭不出来，她憋得脸发青，突然昏过去。树山慌了，扑到刚被他打过的妻子面前，用力抱住她的上身向前撅，又用大拇指按她的人中。王春梅"哇"一声哭了出来，大喊着寻死觅活。树山的酒劲儿被老婆这阵势搅没了，他阴沉着脸，惊异地看着她哭闹。"你这没良心的，你打我，你们大人孩子用不着我了？嫌弃我了？这么多年你们老的小的，哪件事离开我了？现在你行了，整天在外面吃喝玩乐，你当我是傻子？我今天非死给你看！"这悲愤的哭泣声，划破了静静的夜幕，传到了左邻右舍的屋内，给人一种凄凉之感，就像当年树山的小妹死去后他母亲的哀号，使他阵阵心悸。树山为难了，怕邻居听见，更怕她再闹下去，不敢作声了。他强装镇静，掏出烟点上，吸了一口，又站起来，拿了茶几上的暖壶，往茶杯里倒了一杯白开水，仍旧不说话。

  王春梅不闹了，呆坐在炕上，闭着眼睛。树山说话了："我知道这些日子你对我有意见……"刚说到这里，王春梅愤怒地打断他的话："你别说！我不听！"他还想说，王春梅撵他了："你给我滚！滚！"他真想一走了之，但没有动，他担心他走了，她会……这一宿，两人谁也没有睡。天快亮时，王春梅躺下，用被子蒙上了头。树山不敢睡觉，担心妻子一时想不开做出傻事来。

  天亮了，太阳出来了。树山走到院子里，想给出差的常胜打电话，一转念，给树芬打了电话。树芬来了，一进门看见外屋门上的玻璃、门心板支离破碎，她明白了。她到屋里一看，王春梅蒙着被子，身子蜷缩着躺着。树山把她叫到外间屋，简单跟她说了几句。她回到里屋，坐在王春梅头前的炕沿上，劝道："大嫂，我是树芬。"王春梅没有动，树芬又说："何必呢？"王春梅还是

一动不动。树山给树芬使了个眼色，走了。树芬继续劝说："大嫂，你是一个开通的人，你当初咋劝我来着？起来吧，大哥也走了，有啥委屈，你就说吧！"蒙着被的王春梅突然"哇"地哭了起来："我的妈啊，我没法活了！"她这一哭，树芬心里酸溜溜的，这么多年，她们姐俩感情最好。树芬把被子撩开，说："别哭了，让外边听见多不好。""气死我了！"王春梅还是一把鼻涕一把泪。树芬焦急地说："大嫂，别这样，快止住了吧。有啥过不去的事啊？当初那么难的日子都过来了，何况现在呢！"王春梅止住了哭泣，擦了擦红肿的双眼，委屈地说："可惜这么多年我跟着他，我是吃了喝了还是穿了？他大姑，你说说，我有没有一件事对不起你们老的小的？""大嫂，错不在你身上，大哥不该借着酒劲儿伸手打人，这是他的不是。这么多年，我就把你当成亲姐姐。当年，他大姑父迷上赌博，那气人的劲儿，大嫂你是知道的，我不照样熬过来了吗？我大哥这几年酒是喝得多了点儿，哪有大毛病？"树芬说。王春梅冷冷地说："你大哥，好啊，就差把野娘儿们领到家里来了。"这话让树芬一时不知怎么回答，她压低声音说："大嫂，你就是说气话，也别这样说，多伤感情。""哼！感情？他跟我早就没有了！"树芬这时才摸着点儿头绪。然而，关于他大哥这方面的事，她无论如何是不相信的。在她心目中，大哥是诚实、善良、正直的，是真正的男子汉，对家庭、对村里的事都有很强的责任心。她认为大嫂说的是一时的气话，是道听途说，是爱嚼舌头根儿的人满嘴跑火车瞎编出来的。"大嫂，别听人们瞎说，大哥绝对不是那种人。依我看，是你整天一个人在家腻烦了，要不哪天咱们出去转转，我也想出去散散心呢。"王春梅知道，树芬是丈夫叫来劝她的，她长舒了一口气，说："我哪儿也不去，你放心，我死不了，冲着你的两个侄子，我也得好好活着。我从小就死了爹妈，不能让我的两个孩子也这么可怜。我真要是死了，你大哥正乐意，正好再娶一个黄花大闺女，再给他生一男半女的。"树芬乐了。"大嫂，你这样想就对了，难日子都熬过来了，为啥不享享清福呢？赶明儿娶了两房儿媳妇，再抱上两个大孙子，谁还比得上你啊？"树芬专找能让大嫂高兴的地方说。王春梅还是沉着脸："唉，你又给我宽心。"王春梅主意已定：他不给我认错，就找那个娘儿们去！她凭女人的直觉，认定那个打电话的就是她认为的野儿娘们。树芬做了早饭，王春梅没有吃。树芬还是第一次看见她生这么大的气。

第十六章

晚上，树山回来了。王春梅在炕上，又盖上被。一天没回家的树芬，在外间屋对大哥说了几句话，意思是让他跟大嫂说几句软话。树山压低声音说："你大嫂这个人，这两年脾气可大了，动不动就发脾气，谁受得了啊！我今天说软话，她明天就蹬鼻子上天，我就是不惯她这个臭毛病。"嘿，两人都有理。"大哥，我求求你，大嫂这辈子挺不容易的，你别看她平时爱说爱笑的，其实她有时心眼儿也挺小的，爱钻牛角尖儿。她一天没吃饭，真要是气出个好歹，两个孩子不埋怨你一辈子才怪呢。"树芬还是第一次这样对大哥说话，这样央求他。树山不说话了，望了望灰蒙蒙的夜幕，说："一天了，你回家吧。"树芬跟大嫂打了个招呼："大嫂，别生气了，大哥跟你说话时你听着就是了。我先回去，明天我再来。"树芬走了，王春梅满以为丈夫会说两句软话，可是，她等来的仍是他的一言不发，而且他独自吃了饭，跑到东屋睡大觉去了。第二天，天刚亮，他便走了，王春梅的心凉了半截。不知什么时候，她的气消了，挣扎着爬起来，自己弄了吃的，心想：你想气死我，我偏不死，咱们走着瞧！

到了晚上，她故技重演，深更半夜回家的树山又没能进屋。这次他没有敲门，更没有爬墙头，而是转身向树海给他的那所楼房走去。

常胜出差回来了，给母亲买了一些地方小吃，什么德州扒鸡啦、狗不理包子啦、天津大麻花啦。被树山踹坏的门和玻璃，树芬早就打发人修好了，常胜没有发现破绽。王春梅见大儿子回来了，积压多日的委屈暂时压下了。她忙给大儿子做好了菜，端到饭桌上，看着儿子狼吞虎咽。常胜一边吃着，一边跟母亲说着话。屋里有些黑了，她给儿子打开灯。常胜问："这么晚了，我爸还不回来，是不是又喝酒去了？"儿子随便这么一问，王春梅条件反射似的，脸一下就拉了下来，没好气地说："管他干啥，他爱死哪儿就死哪儿！"常胜觉得母亲语气不对，问："又跟我爸生气了？""快吃你的饭，我才不跟他置气呢，他还算人？"母亲的话更坚定了常胜的判断，他忙问："你老又咋了？"王春梅不吱声了，鼻子一酸，眼泪掉了下来。常胜见他妈这样，皱了一下眉头，问："因为啥？""你去问他！"常胜饭也吃不下去了，猜测道："喝酒的事？你老就让他喝去呗，我爸的脾气你老不是不知道。""不说了，吃你的饭吧。"作为母亲，她怎能跟儿子说他老子那种见不得人的事呢？常胜没有多想，劝了母亲一会儿，到公司去了。路过大姑树芬家门口，

531

他顺便进去了。大姑对他轻描淡写地说："都老夫老妻了，能有啥事？都是鸡毛蒜皮的事。明天我再开导开导你妈，你忙你的，有我呢。"常胜听了她的话，心里踏实了许多。

四

　　树花的炼钢厂如今异常火爆，麻花钢供不应求。树民感到很欣慰，这体现了刘氏家族的兴旺，更重要的是，当初他决定加快发展区里的民营经济，这有了一个良好的开端。为了让区里一些说三道四的人看看，他提议在这个炼钢厂召开一个由区里有关部门负责人参加的研讨会，会议由他来主持。会上，树海从集团的角度出发，对四位一体的发展战略——钢铁、物流、服装、建筑，进行了展望。树海西装革履，容光焕发，讲话中尽显企业家的自信和韬略。其实，这个集团，除了炼钢厂异常火爆之外，其他三个企业都步履艰难：制衣公司只是微利；物流公司被钟建辉拉走了不少的业务，效益直线下滑；树江根本不是干大事业的料，是小打小闹型的，所以建筑只是个牌子而已。重点发言的是机械铸造公司的副经理、炼钢厂的经理刘常胜。二十五岁的常胜，棱角分明的长方脸略显消瘦，宽宽的额头亮亮的，两道长长的眉毛黑而发亮，大眼睛机灵有神，直直的鼻梁，嘴唇的线条非常流畅。小平头是继承了他父亲的风格。他穿的不是庄重的西装，而是休闲运动装。常胜讲话，声音浑厚响亮，不拖泥带水，实实在在。他说："各位领导，就钢厂的情况，我向诸位汇报一下。第一，钢厂的基本情况，我厂现有职工四百三十人，工程技术人员十人，固定资产四千五百万元，每月销售额两千一百万元，去年纳税一千二百多万元，现有销售网点六个……"与会者听了这些过硬的数字，一个劲儿地点头。树民听了侄子的汇报，微微一笑。常胜说："我们计划投资一套角钢生产线，投资一两千万元以上，另外再聘请十到十五名工程技术及管理人员……"树民很感兴趣，担心地问："市场前景如何？""我们进行了调研，市场不是问题，最大的问题是资金问题……"树民笑了。紧挨着常胜坐着的树花，对他的表现很满意，插话说："希望有关部门给我们发一个护身符——优质招牌，我们的事就好办多了。"与会者会心一笑。常胜汇报后，树山就安置村里剩余劳动力的问题进行了介绍："服装厂用工三百一十人，机械铸造公司用工五百三十人，物流公司九十五人，纸箱厂用工一百二十人……"常胜并没有认真听父亲讲话，而是注意到了他的变化，头发染得黑黑的，他感觉父亲年轻了许多。

汇报全部结束后，树民一行下车间进行实地考察。钢厂红红的钢筋，制衣公司低头不语、认真做工的工人，纸箱厂宽敞的厂房里忙碌的工人，机械铸造公司翻砂车间铁水的浇铸，还有就要竣工的住宅楼，给人们留下了深刻的印象。树民兴致更高，觉得新立沽的企业面貌改善了不少，真的像企业的样子了。他在总结时说："这很好，要干就要往好处干，干出个样子来。要敢闯、敢干……"他看了常胜一眼，非常赞许地说，"一定要舍得花钱请能人，舍得花钱培养自己的能人，切莫像有的民营企业那样，兴也匆匆，衰也匆匆。要重管理，要重科学……一定要注重细节，从细节上狠下功夫，世上好多事情的成败，往往决定于细节……"

就在树民兴致勃勃地讲话的时候，他大嫂王春梅重蹈了当年树花的覆辙：她打车跑到蓟运河酒楼，与给树山打电话的那个女人发生了肢体冲突。

一大早，秦亚娟的弟弟秦二虎瞄着树山出去了，便跑到他家，一进门就问王春梅："大嫂，树山大哥在家吗？""他刚走，你找他有事？"王春梅问。"因为我家鱼池欠款的事，我请大哥在蓟运河酒楼喝酒，我喝多了，和大哥的干闺女林姑娘闹了点儿不愉快，想跟大哥道个歉。"二虎装作不好意思的样子。王春梅听罢，积压多日的怒火一下上来了："道歉？我正找她呢，正好！你带我找她去！"秦二虎见状暗喜，假意阻止道："别，别……大嫂，我走了。"秦二虎撒腿跑了。王春梅不知是计，满腔怒火："我今个儿非要见识见识他这个干闺女……"

关于鱼池的欠款，二虎他爹老秦对外放风，说这几年赔了二十几万，还欠村里水电费及承包费陈欠款足有十几万。一些村民纷纷"咬"他：他老秦交清了村里的欠款，我们欠村里的水电费立马交齐。树山迫于压力，把老秦叫到村委会，让他限期付清所欠款项，不然村里收回其承包的土地。欠着银行贷款，每年嚷嚷赔钱，人送外号"鬼难拿"的老秦，对外说又向闺女秦亚娟要了十万块钱，但还差几万，无着落。他让二儿子二虎去试探树山的口风，看剩下的欠款能否在年底付清，树山没有同意。秦二虎硬拉着树山到了蓟运河酒楼，熟悉情况的他特意找林姑娘陪树山喝酒，以博得树山的欢心。

其间，秦二虎不时对林姑娘动手动脚，树山心生不悦。饭后到了舞厅，秦二虎又拉着林姑娘跳舞。他哪里是跳舞啊，分明是揩油。在一旁的树山本来就被妻子搅得心情烦躁，一看"干闺女"被秦二虎这般无理对待，怒火直往上冒，冲上前去，拉开秦二虎，顺势就是一个嘴巴，打得秦二虎愣了半天……挨了一巴掌的秦二虎越想越窝火，想报复一番：让王春梅整治刘树山。当年树山家门前草垛起火，就是他暗中所为。

王春梅已无法控制自己，一咬牙打了个车，直奔蓟运河酒楼。她阴沉着脸，来到吧台问："哪位小姐姓林？"这位服务员见她怒气冲冲，眨一下眼睛，迟疑地转身向里面喊了一声："春花，外面有人找！"不多时，飘出一个打扮入时的美女。王春梅走上前去，问："你是姓林吗？"对方一看，顿感不妙，就想转身回去，然而晚了。王春梅冲着她就是重重的一巴掌，她出自本能地捂住了脸。王春梅像拍皮球似的一阵乱打，不停地大骂，男男女女纷纷跑出来拉架，被打的女人趁机跑了……

树山在树花的酒楼参加完为与会人员而设的酒宴，准备离开时，手机响了。蓟运河酒楼的老板告诉他，他的"干闺女"被人家打了。树山直奔蓟运河酒楼。他到了酒楼，吧台的服务员似笑非笑地向他点一下头。他直接上了三楼。林姑娘躺在床上，见"干爹"来了，鼻子一酸，把脸扭到靠墙那边。树山赶紧走到床前，低头看着她垂泪的脸，问道："伤哪了？让我看看。"林姑娘一双纤细的手捂着脸，抽泣着，慢慢转过身来，脖子下面有好几处伤痕。"别哭了，告诉我，是谁打的你？我决不饶他！"树山说。林姑娘抽泣着不回答。"是不是秦二虎那小子？"树山问。林姑娘摇了一下头。"那是谁？"树山追问道。"一个胖老娘儿们，呜呜……"树山立刻怔住了，站起来追问："长啥样？"林姑娘不抽泣了，迟疑地望着他坐起来，描述道："胖胖的，中等个儿，五十多岁，短发，有点儿白发，上身穿藏青色衣服……"树山坐不住了，摆了摆手："别说了！"他的脸阴阴的，林姑娘似乎明白了……

常胜惦记着父母闹矛盾的事，下班便回家了。到了家，他妈满脸不悦地打开了大门。回到屋里，他妈一盘腿上了炕。常胜见她这样，苦笑一下说："你老别这样，不是我当儿子的今天说你老，我爸的脾气就这样了，有啥闹头儿？""闹！我闹到底了！从今往后，他死在外面，甭想进这个家！"王春梅火气上来了。常胜皱一下眉头："妈，你老咋这样呢？咱们家闹得还嫌不够啊？"王春梅一咬牙，从炕上"噌"地出溜到地上，望着大儿子，含着眼泪愤愤地说："常胜啊，妈跟你说实话吧，你爸在外面有人了。你还蒙在鼓里？你还护着他？我今天把那个女人打了！"常胜顿时惊呆了，如五雷轰顶，呆呆地望着母亲，一句话说不出来。蓦地，他从椅子上站起来，紧锁眉头，右手狠狠地一甩，脱口而出："可耻！我找他去！"王春梅拉住了儿子，哀求道："傻儿子，你别去，你千万别去啊！""不！我要问明白，如果是真的，我一辈子不认他！"常胜近乎吼叫了。"妈求你了！"王春梅盯着儿子涨红的脸，害怕了。常胜一下蹲在地上，两只手使劲儿地抓着头发，母亲说什么，他也不想听，大脑一片空白。他猛地站起来，刚想往外走，他妈急了："你千万别去找他啊！""我憋得慌，到院子里！"常胜出去了，王春梅追了出去。

　　常胜紧锁着眉头，望着满天的繁星，牙齿咬得咯咯作响。他万万没有想到，父亲也会做出这等事情来。在他心目中，父亲是一个正直的人，是一个模范父亲，不管对事业还是家庭，都有着极强的责任感、使命感。如今他尊重的父亲竟然也越过了道德底线，难道他追求的幸福生活，就是这个样子？

　　深秋的夜晚，院子里枣树上的叶子被风吹得沙沙作响，枯黄的叶片不时飘落到地上。王春梅有些后悔，不该跟儿子说这种丑事。她怕儿子凉着，催了好几次才把他叫到屋里。她说："常胜啊，这事你就不要管了，你们都大了，我怕啥？要离要散，我一个人担着。"常胜哭丧着脸，痛苦地说："我能不管吗？妈！"他愤愤地到东屋去了。

五

　　第二天一上班，常胜安排好厂里的事情，来到她二姑树花的办公室，愤愤地把他爸的事情说了。树花坐不住了，站起来，努力控制着激动的情绪，冷笑了一下，说："老刘家真是出了大名，把脸当屁股使了，都不知啥叫害臊了！"她气急败坏，又坐回椅子上，从牙缝里挤出几个字，"都作吧！看作到啥时候是个头儿！"说着又腾地站起来，走到窗前，绷着脸，两眼直愣愣地望着窗外。常胜一只手托着额头，也不说话。两个人沉默良久。常胜打破了沉默："二姑，你看咋办？""哼！能咋办？"树花冷冷地说。"我想找二叔。"常胜用征询的目光望着二姑，树花默认了。

晚上，常胜准备质问父亲了。他终于等到他妈不愿入住的三叔那套楼房的灯亮了。他来到大门前，门上了锁，给他爸打了电话，他不接听。他火儿了，爬过黑色铸铁栅栏，冲到楼房的门口敲了几下，好久才见他爸慢腾腾地从二楼下来，走到门前，隔着门，似有尴尬之色："你来干啥？""我想跟你老谈谈！"常胜板着脸。"这事轮不上你！"说着，转身上了二楼。他不想爷俩面对面谈这个问题。常胜吃了闭门羹，肺要气炸了，咬着嘴唇，一跺脚，走了。

转天，常胜搬来了救兵，他把事务缠身的二叔树民搬来了。在楼房的客厅里，树山、树民哥俩分别在茶几的两边的沙发上坐着。树山表情很难堪，树民吸着烟。房顶的梅花九连灯，静静地散发着乳白色的光。树山跟树民隐瞒了事实："……有一次，杨鸿志取乐打哈哈，让我认她干闺女，谁知后来一见面她就叫干爹，我也就一哼一哈没当真。""既然是这样，跟大嫂当面说清楚不就结了吗，何必闹成这样呢？"树民虽有疑虑，但还是顺着大哥的意思说。"她是一句话两句话能了了的人吗？她就跟你胡搅蛮缠呢。就拿这房子来说吧，老三把房子给了我，我说搬过来住，她就是不搬，还说要搬你自己搬，我是不去。你说她这不是存心气人吗？""为啥？"树民问。"唉，说白了，她就是对老三有点儿成见，对老三和张瑞惠的事有点儿反感。"树山照实说。树民微微一笑，他知道这里的玄妙所在。夫妻之间的微妙；他当然深谙。他好像对自己说："看来受惯了束缚的人们，对多元化的社会是不适应的。"他停顿了一下，"人们在生活艰难的时候，干事情往往是认真的，可是一旦生活好了，就渐渐怠慢起来，随心所欲地贪图享受，这就是人们所说的人性的软肋吧。"树民的自言自语，树山似乎听懂了，瞟了他一眼，没有说话，继续抽他的烟。"在物欲横流的社会里，情感有时可能是最昂贵的商品。"树民不知是有感而发，还是暗示他大哥：当心美人计。树山底气不足地掩饰道："她这一闹，正帮了村里有些人的忙，你说你大嫂有脑子吗，让我的脸往哪儿搁？将来坏事就坏在她这娘儿们身上。"树民不以为然："大哥，别这样僵下去了，这样很不好。你这不是给今冬明春的村里选举凑材料吗？"树山颇为不悦地说："树民，你大哥我啥不知道？我从没有别的想法，是她整天疑神疑鬼的。"树民话锋一转："我的观点是，大哥必须回家，这样很不好，远离那个干闺女！大嫂那里，我和他二婶去做工作。"树山没有

第十六章

作声。他是一个内向的人，感情变化不像一些人那样来得猛烈，而是慢慢发生的。这些年他对妻子的感情，已淡漠如水了，尤其是这两年。这次，妻子给他造成的难堪，使他无法忍受。他是家庭观念很强的人，不想这个家就此破裂。但他很矛盾，很犹豫，也很苦恼，特别是想到林姑娘给他带来的愉悦和活力，就更加不知所措，也许他对她产生了感情吧。他清楚得很，如果再这样闹下去，伤害的不仅是妻子，还有两个儿子，更重要的是他自己。然而，更大的挑战是今冬明春的村里换届选举，他这被妻子曝光的不检点行为，无疑会被林金龙之流当成靶子。他没有料到妻子会对他有这么大的反抗，低估了她发泄不满、怨恨、痛苦的胆量，他太小瞧妻子了。兄弟俩还在谈着……

这几天，树海、树江、郑跃军、马志超及盟弟马志林，还有杨鸿志等人，或通过电话，或当面规劝，希望树山尽早回到家里。可是，他往往口头应允，无实际行动。

常胜虽然对父亲在外边拈花惹草气愤至极，但顾及脸面，冷静下来之后，还是希望父亲赶快回到家里。不仅他这样想，他的几个姑姑也是这个意思。这几天，他家里不是大姑树芬来劝他妈，就是二姑树花来劝。今天，树芬、树花、树兰、姜文花和王立君凑到一起了。常利双休日回家一看这情景，不知发生了什么事，再看他妈沉着脸坐在炕上，便问道："咋了？"这一问不要紧，他妈立刻掉起了眼泪……知道了事情的原委，他一句话没说，一下跑到东屋。树芬跟过去，嘱咐他："常利，这事你别管。""哼！我能管谁？闹呗！"常利冷冷地说，眼睛红了……

这几天，王春梅明显消瘦了，凌乱的短发里面，白发似乎又添增了许多，两只眼睛明显有血丝，显得很疲惫和沮丧。她低着头，倚着炕头上的被褥，听着人们的劝说。"大嫂，你就别钻牛角尖了。过去的事，也别说谁错谁对了，老夫老妻的，闹过去就完了，有啥了不起的。"树芬和着稀泥。"是啊，想吃就吃，想喝就喝，身体要紧，看你都瘦了一圈。一天就吃那么几口饭，你是不吃饭的人吗？再这样，生病还不是你自己受罪？谁都不能替你担着。"姜文花因儿子的事，深有体会地劝着。"可不是，为了两个孩子也得想开点儿。再说了，常胜在厂里多忙，他老想着你。大哥一个人在外面，时间长了也不是办法。"树兰的话，王春梅不爱听了："你们劝我都是好心，都是为我好，心疼你们的大哥，我也知道。我已经闹到这地步了，要是不答应你们吧，你

537

们肯定在心里骂我蒸不熟、煮不烂。"她停了一下,严肃地说,"他回来可以,但他必须当着你们的面儿说,立马跟那个女人一刀两断!"树芬苦笑了一下,说:"大嫂,你咋不早说啊?明天我去跟大哥说。"姜文花和树兰也一脸轻松。被树民打发过来,一直没有说话的王立君,从心里是不赞成大嫂这种大吵大闹的做法的,她谨慎地说:"大嫂,抓紧让大哥回来就对了。"

　　在一旁的常胜并不乐观,他知道父亲的性格。父母的这次感情危机,他是坚定地站在母亲一边的,觉得她很可怜。母亲刚上小学,姥姥、姥爷就去世了,只能跟着老姥爷生活,后来嫁给了穷得叮当响的父亲。在这次感情危机中,道理、正义在母亲这边。他曾这样想:他要让她母亲的后半生幸福和快乐,以此弥补她童年的不幸。他不能容忍别人对她的轻视,甚至是伤害,哪怕是他的亲生父亲,他也不能原谅。他父亲是强者,不仅在社会上是强者,在家里也是强者,在他母亲面前更是绝对的强者。所以,他要为母亲撑腰,为母亲争理、争尊严。常胜什么话也没说,从屋里出来,到了院子里,深深地吐了一口气。他抬头望着空旷的天空,思绪很乱,想起了被四叔抛弃、患了精神病的四婶田家英,想起了被三叔用金钱打发走的三婶王春柳,还有离异的二姑……他自言自语道:"女人啊女人,咋这么多坑坑坎坎啊!"他似乎又成熟了许多。

　　次日,树芬在工地找到了大哥,把他叫到一边,刚劝了两句,就被他堵了回去:"你别管,我知道咋做!"树芬怏怏不乐,自语道:"霸道!真是霸道!"

六

　　新立沽住宅楼建设,已到了尾声,楼内墙壁的白灰已经抹完,施工队正在铺楼前的小街道。树山背着手在查看施工情况,对施工队长说:"这是收尾工程了,更要注意质量,别让大家伙儿挑出来毛病啊……""你老就放心吧,没问题。"施工队长笑着保证。这时,一个中年男人急匆匆跑过来,向树山报告了一个噩耗:"树山大哥啊,出人命了,庄富贵的老娘儿们喝农药死了!""啥时候?"树山皱着眉头追问。"就刚才。"树山直叹气:"唉,祸不单行啊,撇下三个孩子,咋办!"

第十六章

树山等人来到庄富贵家，二闺女和三闺女泣不成声。大闺女在外地上大学，一两天才能赶回来。树山见这情景，一阵心酸，似乎想到了自己的童年。他一激动，对庄富贵的老叔庄老头儿说："你老跟着张叔到村里，取五千块钱。"庄老头儿急忙谢道："哎哟，树山啊，我可替三个孩子谢谢你了！"说着就要下跪。树山拉着他说："你老别这样，救急要紧。""唉，啥也别说了！"庄老头含着泪……

在村委会办公室，树山沉着脸给树海打了电话："喂，老三，给你揽点儿事，庄富贵的老婆喝农药死了，撇下三个闺女，你和树花出点儿钱，供孩子……"树海一听，愤愤地说："大哥，你说啥呢？让我出钱养庄富贵的三个闺女？门儿都没有！"树山不耐烦地说："孩子是无辜的……"树海又抢过话茬："我谁也不看，有钱我也不填这窟窿。他在世的时候，一回回跟你做对，你忘了？我没忘……""老三，这事就这么定了！你先拿两万！"树山没有闲工夫和他磨嘴皮子，挂了电话。接着，他给树花打了电话。树花觉得孩子怪可怜的，很爽快："行，大哥说，拿多少？""跟树海一样，先拿两万吧！"树山又给一些企业打电话。打完电话，他把张会计叫过来，说："我找企业要了十万多块钱，你老这两天把钱收上来，放在村里。那三个孩子，村里管起来吧，直到她们毕业，不想上学为止。我再找乡里申请提高点儿低保补贴。"张老头兴奋了，激动地说："树山，你可办了一件大好事啊！""啥好事不好事的，怎么也得让三个孩子活下去啊。我张张嘴，舍舍脸。"树山说。接下来，他又做出了两个决定，在村委会例会上提出："……鉴于一些村民出现的生活困难问题，我建议，第一，村里的生活困难户，要保证至少有一个劳动力在村里的企业上班，企业要及时发工资；第二，凡本村村民得大病，医药费超过万元的，国家报销后剩余部分，村里开会审查后报销一半……"这一建议得到了与会者的理解，连林金龙都很配合，但他认为树山是在转移视线，为了消除家事带来的负面影响，也是在为换届选举铺路。林金龙知道这种建议会笼络民心，干脆采取了顺水推舟的态度。这一建议没有受到什么阻力，顺利通过了。

树山走的这几步，如同投入河里的石子，在全村掀起一阵阵涟漪，向四周扩散开去。他的绯闻，似乎被挤到了人们容易忘却的角落，他的难堪程度减轻了不少。然而，他和妻子僵持的局面并没有打破，两人仍各住一方。

这天是姜文花的儿子小东结婚的日子，他的年纪尚轻，但是马志超依旧把喜事办得红红火火。树山没有全天候参加外甥的婚礼。而作为大妗子的王春梅，则是重点被邀请的全天候嘉宾。

晚上，由树山的盟弟马志林陪着他喝喜酒。酒过三巡，马志林提起盟嫂王春梅的事，树山一反兴奋之态，脸一沉，斥责道："你喝多了？哪壶不开提哪壶，喝酒！"马志林只好闷头喝酒。桌上的人们也不敢再提此话题。树山发话了："志林，今天是我大外甥、你大侄子的大喜日子，咱哥俩连喝三杯。""不行！大哥，这样，就一杯，好不好？"马志林似乎成了客人。"志林，你敢不听大哥我的话？你胆子不小啊！"树山似乎有些醉了。"大哥，这话说哪儿去了，我是说……"马志林话没说完，树山就抢过话："你啥也别说，听我的，我大外甥的喜酒，千杯不醉。"说着，他举起足有三两的满满一杯白酒，"咕咚咕咚"喝干了。马志林直皱眉头，没办法，二话没说，一举杯也干了个底儿朝天。"好！这才是好兄弟。"树山称赞着给马志林斟酒，马志林不肯。"我是你大哥，你懂吗？你把杯放在桌子上！"树山命令道。马志林知道盟哥的脾气，只好规规矩矩让他倒酒。树山端起酒杯说："哥俩碰一杯！"马志林龇牙咧嘴，轻轻举杯，和他碰了一下。树山不干，二人又碰了一次。只听"咣当"一声，这次树山认可了，一扬脖子又干了。谁知树山非要来第三杯，不但马志林不想喝了，就连在场的其他人都一个劲儿地好言相劝。树山哪里听得进去，振振有词地说："志林，你陪不好我？酒不管够？不行！你必须再陪我一杯……"马志林胃里一个劲儿向外拱着酒气，强忍着一咬牙，用明显不听使唤的右手拿起白酒瓶子，哆哆嗦嗦，连倒带洒，好歹把两人的酒杯倒满。树山不管三七二十一，端起酒杯又干了。马志林就是死也得干这第三杯酒。在场的人们坐不住了，说什么也不能让他俩这样喝了，有的劝阻，有的到外面搬救兵。没等救兵到来，马志林就在椅子上一个劲儿地往桌子下面出溜，树山在椅子上东倒西歪。突然，树山"哇"的一声吐了一地，人们连忙给他俩架到另外一间屋子里，两人像死猪似的躺在床上。在场的王春梅第一次看见丈夫喝成这个样子，也慌了。马志林的母亲一看，灵机一动，说："这样吧，把他们都送回家里，到家给他们解解酒，好好照顾一下他们。""对！"人们一听，就顺着老人的意思办了。老太太也不看王春梅的反应，对王春梅说："他大妗子啊，你还愣着干啥，还不跟着！"

第十六章

说着就向外推王春梅，王春梅半推半就上了车。送走了他们，人们连连称赞老太太："高！实在是高！"人们一阵哈哈大笑。

到家后，树山呕吐不止，连坐起来的力气都没有了，趴在炕沿上呕吐，呻吟不止："我的妈啊……我……活不了了……"王春梅一句不中听的话也不说了，只顾给丈夫倒水，清理他吐出来的污物。如果放在以前，她嘴才不会闲着呢，一同跟来的马志超等人也忙上忙下。很快，常胜把大夫叫来了。王春梅看着丈夫痛苦难忍的表情，心里也不是滋味，之前那种怨恨、愤怒的情绪，从丈夫被人们架到屋里，似乎消解了许多。输液后，树山痛苦的呻吟还在继续。他这次醉得不轻啊，这样痛苦的叫喊是破天荒的。他这次严重醉酒，多半是因为连日来的郁闷心情。

渐渐地，树山稳定了下来，睡着了，而且睡得很香甜。人们陆续走了，屋里只剩下王春梅和常胜、常利。王春梅默默地看着他，两个儿子微低着头……

树山借醉酒的偶然机会，回到了家，回到了妻子身边。一家人从表面上恢复了往日的状态。树山照样早出晚归，王春梅照样在家忙着家务，常胜照样在钢厂里忙着。

新立沽住宅小区建成了。竣工仪式很隆重，区电视台的记者也受邀来了。会场选在楼群中间十字路口处，主席台是一排课桌椅拼成的，桌面上罩着红绸。会场两边彩旗飘扬。住宅小区的村民围坐在主席台前，个个喜气洋洋。村里自发组织的秧歌队等候在一旁，鼓乐队卖力地吹打着，抒情的旋律回荡在会场："一条大河波浪宽，风吹稻花香两岸，我家就在岸上住……这是美丽的祖国，是我生长的地方，在这片辽阔的土地上，到处都有明媚的阳光……"

仪式上，树山做了简短的发言，向来宾致谢，向承建单位、大力支持小区建设的村民表示衷心的感谢，特别向前期搬迁的老少爷们儿表达了谢意，并向他们深深地鞠了一躬。他说："……没有你们的支持，就没有小区的今天……"王宗斌致贺词，最后赋了一首小诗："……红红火火迁新楼，一改三代为屋愁。平房焉有楼房好，集中供热暖洋洋。观念更新人也新，小区这边又一景……"人们热烈鼓掌。树山宣布："新立沽住宅小区交付使用！"鞭炮齐鸣，全场一片沸腾，炮香飘进了人群，飘进了人们的心里。秧歌队踩着鼓点扭起了欢快的秧歌，人们喜气洋洋地参观了住宅楼、集中供热的锅炉房……

第十七章

一

十一月，初冬的津沽大地寒风瑟瑟，蓟运河水波光粼粼，沟边的芦苇枯黄，各种树木已没有了往日的葱绿。

制衣公司工人的工资被拖欠了近一年，一些工人，特别是外地的熟练工人，正在经理办公室与经理马志超进行交涉。一个女工问："马经理，你说一个时间，俺们的工资啥时候给俺们？""这次我们决不让了，答应我们几次了，都没兑现。"一个小伙子提高了嗓门儿。马志超严肃地说："你们先回车间干活儿，你们这样硬逼着我答复，我能答复吗？""俺们本不愿意这样做，当初你们说一个季度开一次工资，可是快到年底了，一次也没给俺们开，家里孩子老人都等俺们的钱吃饭呢。"一个女工不满地说。马志超看一眼屋子里的十来个工人，央求道："实在对不起了，今年资金实在太紧张，你们先回车间，缓一下，年底前一定兑现。""哼！紧张？买土地盖厂房怎么有钱？莫不是把我们的工资都用在那里了？""不行！三天之内给俺们准信儿！"工人们你一言我一语。马志超不敢激怒他们，不得不好言相劝："哥几个，姐几个，拜托了，这次我马志超绝对不食言！"工人见马经理这样，留下话："我们再相信你一回！"

马志超总算把工人们打发回去了，可是钱怎么办呢？树海盲目扩建厂房，将制衣公司的资金挪作他用，致使工人的工资至今没有着落，连日常的流动资金都捉襟见肘。马志超对树海胡乱插手制衣公司的管理，早已反感。这次工人工资的问题如不妥善解决，将带来严重后果。他本想在电话里通报此事，但觉得还是面谈为宜，就驱车一个多小时，来到了港湾物流公司。一见面，树海就对马志超说："不能被这帮野侉子牵着鼻子走，工资只能发两个季度的。""这样肯定不行。"马志超不同意。"你跟人家许愿了？为什么这么软？怕他们撂挑子不成？"树海问道。马志超反驳他："这不是许愿的问题，而是公司的信誉问题。我们不能随便占用工人的工资，不光外地工

人对咱们有意见，就是本村的工人私下也相当不满……"树海打断马志超的话："行了，只能发两个季度的！"气氛有些紧张，马志超站起来，冷冷地说："这工作我做不了！""你看着办吧！"树海的口气更冷。两人不欢而散。

马志超回到村里，满脸不高兴，跟树山谈了此事。树山也火了，立刻给树海打了电话："老三，你还想让你大哥在村里干吗？"树海丈二和尚摸不着头脑："大哥是啥意思？""啥意思？你压着工人的工资不发，他们能高兴？对老刘家能高兴？村里快选举了，你这不是帮着他们在选票上给你大哥打叉吗？我要的是民心，你懂吗？"树山一针见血。树海解释道："我是想都兑现了，可是哪有那么多资金啊！""你不会从树花那里挤点儿？"树山知道他资金紧张。"大哥，快别提了，前两次寻思找她挤点儿，她说她比我还穷呢。还有老四，他要了几次工程款，银行也催着还贷……"树海开始诉苦。"那是你的事！"树山不耐烦了。

树海来到钢厂，树花、常胜领着他转了一圈，然后回到树花的办公室。树海坐在沙发上，笑着对常胜说："能挤出点儿资金吗？你们能吃肉，也得让三叔吃顿饺子啊。"常胜笑了，知道这话是说给他二姑听的。"你老又逗我了，我还想到三叔那儿吃顿饺子呢。"常胜也跟着打趣。树花不藏不掖，认真地说："我这钢厂，钱是没少进，可是资金也紧张得很啊。为了买这个公司欠村里的，还没还上，租地的贷款刚还上，老四的工程款还欠着呢。我和常胜商量，打算给机械铸造公司添几台数控机床，工人的工资这个月又该发。"树海不耐烦了，脸拉下来，指责道："哼！老四就是小算盘，先欠着！"他吸了口烟，接着说，"我当初咋说来着？工人的工资半年发一次，多好，你们不听，这可好，捆住了自己的手脚，影响得我那里也不好办了。我还是那句话，你们这样做，那帮干活的，也不领你们的情，一时答对不好，照样卷你八辈祖宗……"他振振有词，习惯了用工人的工资暂时作为流动资金。常胜说："那是极少数的，工人给公司干活，按月发工资，是天经地义的事。"树海不屑一顾，打断刘常胜的话："你知道啥叫企业？企业就是挣钱，千方百计、心狠手辣地挣钱！"他激动了，"常胜啊，干企业千万别手软，一定要毒！不毒就不是一个好的企业家……要有全局意识，不要光想着自己的那一亩三分地。哼！我就看不惯树江，压他点儿工程款，你看他这个不受用！"

树海居高临下，一番说教，树花听出来了，微笑一下，试探着问："需

第十七章

要多少？""你想给多少？"树海今天是不惜吵一架的，要体现一下总经理的分量。树花知道，树海对她只顾本公司利益，几次向她拆兑资金未果，颇有意见，今天不让他拿走点儿是过不去了，更何况她大哥树山提前垫了话。她偷偷用食指向常胜比画一下，常胜说："三叔，给你老挤出一百万吧。"树海脸更阴了，冷笑了一下："你当你三叔是要饭的呢？至少三百万！"树花、常胜顿觉语塞。"分两次吧！"树花退了一步。"多长时间？"树海逼问。"半个月之内。"树花想了想说。"十天！"树海好霸道。"好吧！"树花深吸一口气，板起了脸。

树海的手机响了，他接起来，微笑着说："喂，李老兄，我现在在机场呢，准备去香港谈一笔生意……还贷的事啊，待我回来再说吧……你放心，好办，绝不能让老兄为难……"树海见树花、常声在笑他，得意地掩饰道："常胜啊，跟你三叔学着点儿，这也是学问……"树江推门进来了，大大咧咧地往沙发上一坐，说："正好，你们都在，我的工程款该结了吧？人家供料方追着我要钱，让我咋办？你们不给我结算，我哪有钱给人家？"树海阴沉着脸，问："老四，我正想找你呢，你报的工程总造价四百多万，是吧？我告诉你，最少给你砍下三分之一。付款嘛，你听招呼！"树江看了树海一眼，脸一板，说："三哥，你这样说不对。当初咱可是定好的，各分公司单独核算，我给二姐干的工程，我找她结算，没什么不对吧？我这造价是最低的，砍下一分，我都不干！"树海火了，指着树花说："树花，你听着，没有我的话，一分不给！我看你有多大劲儿！"树江更不示弱，腾地站起来，梗着脖子说："你少跟我要威风！我没让你背着抱着，是你硬拉我入伙的……"树花见哥俩互不相让，沉着脸不说话。常胜忙向外推他老叔："你老少说两句。""我告诉你，别拿你这个破总经理吓唬人，我不吃你这套，给我弄烦了，我把钢厂的大门锁了！""别，你老不让我开炉，我拿什么给你老结账？"常胜跟他老叔开着玩笑。"你敢！"树海站起来，指着树江叫板。"你看我敢不敢！"树江寸步不让……

常胜把树江推出门外，送上车。树海在屋里骂了一阵，也走了。树花没有出去送，冷眼看着常胜送树海出了门，叫苦道："这企业没法干了！"常胜回来对树花说："这样管理也不是办法啊！""这次先容他，早晚我得跟他叫板！"树花愤愤不平。"三叔这样不好，好像他就是救世主，工人是

545

他施舍的对象。其实，工人和企业是共同体，给工人按月开工资，是理所应当的，也体现了对人的尊重……"常胜发泄着不满。

常胜的手机响了。他接完电话，对树花说："我妈打来电话，说常利的学校来电话，让家长到学校去一趟。这老二啊，不知又出啥事了！"

晚上，常胜回到家里，王春梅说："我问常利了，他说学校假正经，没啥事，我不信，你明天去一趟吧。"常胜怀疑地说："哼！肯定没好事。"王春梅又唠叨开了："这个小抽筋儿的，我知道他学习不着调啊，再生出别的啥事来，他就别进这个家！"常胜说："你老又来了，常利不听话，是一天半天吗？他说买手机，你老嘴上说不给买，又架不住他软磨硬泡，到最后不还是给他钱买了吗？他要几百块钱，你老到最后也如数给了，都是你老惯的！"王春梅不干了："你也数落我，啊？你那不要脸的爹，拿我不当人，你也嫌弃我？常利不省心，我有啥指望啊？呜呜……"常胜一时的气话，竟惹得母亲发这么大的火儿，他不作声了，垂着头任凭母亲数落……

第二天，常胜不敢违拗母亲的旨意，驾车来到常利的学校。他在门卫登了记，找到学生部，一位五十开外的主任接待了他，介绍了常利的情况："六门功课不及格，经常到校外泡网吧，有时一宿不归，而且带着女朋友……学校教育多次，效果不大。"他拿出学校的处理意见，"鉴于这种情况，学校决定向他提出严重警告，如一个月之内仍无改进，学校将劝退。"常胜面带尴尬，诚恳地做了保证。

常胜从学生部出来，准备给弟弟打电话，只见不远处弟弟正跟女朋友有说有笑地向这边走来。常利看见他哥了，一怔，收起了笑容，拿着一袋小饼干的手垂了下来。那个女生犹豫地跟着往前走。"哥！"常利强装镇静地打招呼，并向女友介绍道，"这是我哥。"女生微笑着点一下头。"你们出去了？"常胜虽然心里有火，但仍礼貌地打了招呼。

哥俩来到校园里的一条林荫道，找了个椅子坐下。常胜问："你咋搞的？六门功课不及格？"常利低着头不语。"你是咋想的？妈问我咋说？"常利反感地侧着头，说："你别用这种口气好不好？"常胜知道，他故技重演，以对方态度不好进行回击，以占据瞬间的主动地位。常胜下意识地看一眼旁边的几个学生，压低声音说："常利，你也别梗脖子瞪眼睛的，你六门功课不及格是事实吧？学校给你警告是事实吧？这次是妈让我来的，学校给家里

第十七章

打了电话。妈和爸的事，你不是不知道，你现在的事情，妈如果知道了，会有啥反应，我不说你也知道。"已无心学习的常利，还是用攻击性的话来堵他哥的追问，无理地说："她老如何反应，就看你怎么汇报了。"常胜坐不住了，站起来，一只手指点着和他父亲一样嘴硬的弟弟："常利啊常利，这是啥时候了，你还嘴硬？我今天来，不是和你吵架的，我只听你一句话，你想咋办？"常利不言语了，无力做出让他哥放心的保证。他迟疑了一下，做出了最低的承诺："不让学校开除不就行了吗？"这底气不足的保证，让常胜哭笑不得。对于这最低的保证，常胜也是心存疑虑的。他没有再逼问下去，而是从人生的角度开导道："常利啊，你也不小了，二十出头的人了，应该有一种很强的责任感、使命感了。人活着就要活出个样子来，千万不要为社会上那些玩世不恭、浑浑噩噩打发光阴的人所谓的潇洒所迷惑……"常利站起来，粗暴地打断他哥的说教："你别假惺惺地给我讲这些，还是给咱们老刘家的大人们讲一讲去吧！我告诉你，我比他们干净得多！也比屁都不会，靠老子把试卷拿回家抄题的同学好得多！"常胜一时语塞，张着嘴愣在那里。"至于我的路如何走，用不着你操心！"常利说完这没轻没重的话，头也不回地走了。常胜真不敢相信，弟弟竟变得如此不近人情，他在弟弟背后近乎咆哮地吼道："你站住！你将会为你的吃喝发愁的！"哥哥的威胁刺痛了常利，他转过身来，一只手指点着哥哥，回敬道："你放心，我就是要饭，也要不到你的门口！"常胜为刚才的冲动后悔了，他犯忌了，犯了急躁的毛病。他知道，如果一个人丧失了前进的动力，别人说什么也无济于事，只能用情感去感化他。他追上去，常利并不理他，仍往前走。哥俩谈崩了，常胜站在那里，呆呆地望着二弟气呼呼地走进宿舍楼。

常胜心情烦乱，在回来的路上给弟弟打了电话，平静地说："常利，刚才是哥不好，哥急躁了……"常利听了这话，停了好长时间，声音有些颤抖："哥，你啥也别说了，我啥都知道……"常胜也激动了，把车停到路边，一字一板地说："常利啊，你知道就好，我到社会这几年确实学到了不少……求学、谋职、婚姻，这几个人生重要的坐标，马虎不得啊！当今社会有各种各样的诱惑，如果把握不住自己，不知哪天就会把自己彻底毁了。咱家大人的事情，你我都左右不了。常利啊，你我都还年轻，将来会遇到好多事，要做好多事，必须积极向上啊……好了，我也不多说了，我相信你会从今天的

547

困境中走出来的。"常利在那边露出迷惘的神情，挂了电话。

二

　　树江和会计、出纳，还有现在跟着他干的王蛋儿，从银行提出三十多万现金，准备给工人发一部分工钱。
　　树江驱车来到他承建的工商行住宅楼的工地。工人们正在这里等待。树江大摇大摆地来到工人中间，一边吸着烟，一边用一只戴了两个钻戒的手点着人群，说："这工钱，我把吃奶的劲儿都使出来了，只凑了三十多万，所以，只能给大伙儿发一部分了。剩下的钱要等到来年开春儿再说了。"工人们议论起来。"老板，让我们老婆孩子过得了这个年就行了。"其中一个中年人无奈地说。"那好，我们就开钱了！"树江进了看堆儿的门房。
　　会计负责点名叫人，出纳负责付款，监督签字。"王强！""刘明柱！"……工人们陆续领着自己的工钱。一胖一瘦两个年轻人进来了。瘦子是马栓，他请求道："老板，给我多发点儿吧，俺娘有病，就等着我挣钱回去给她看病呢。""不行！都说家里有事，我咋办？你说你娘有病，谁看见了？"树江立刻给驳了回去。"那俺就不领了。"马栓拉一下胖子陈贵喜，出去了。树江一看这两个脏兮兮的家伙耍脾气了，不禁生气。人们陆续领完钱走了，这两个人又进来请求。树江骂骂咧咧："你他妈的找别扭是咋的？你们这样的癞皮狗，老子见得多了，活儿不给我好好干，钱要得挺带劲儿。我告诉你们俩，一人四千五，多一分也不给！""老板，高抬贵手，破个例吧，我们家确实急着用钱。"陈贵喜央求道。
　　树江一看这两个人没有罢休的迹象，早就拢不住火了，前些日子从树海那里一分钱没结来的余火，也一股脑儿发泄到这两个民工身上。他向旁边的王蛋儿使个眼色，王蛋儿心领神会，跑到外面打电话叫了几个混混。不一会儿，几个混混打车过来了。王蛋儿抄起一根木棒，一招手，从车里下来的三四个人跟着他冲进了屋。两个民工见事不好，夺路而逃。王蛋儿好不容易有了在未来的老丈人面前表现的机会，举着手中的木棒，追到屋外，冲着奔跑的马栓，来了重重一棒。马栓惨叫一声，栽倒在地。王蛋儿不罢休，往他身上又是一阵乱打。马栓开始还手脚乱动，后来口吐白沫，两眼发直。陈

第十七章

贵喜也被其他人打得抱头乱滚。树江吓坏了，结结巴巴地制止道："住……住……住手！"跑过来一看傻了眼，"谁让你们下这狠手？"他慌了，王蛋儿等人见势不妙，四散而去。

树江惊恐地拨打急救电话，自知横祸已来，六神无主。会计和出纳也吓坏了。他刚才蛮横自大的劲儿，已荡然无存。他的皮大衣，贵重的毛领上柔软的毛被寒风吹得轻轻向后摆动着。他想起了大哥、二哥，慌乱地拨打他们的电话……

马栓被送到医院不久断了气，陈贵喜住进了医院。这在刘家掀起了轩然大波。树民在开会，手机铃声突然响起，他拿出手机一看，是树江打来的。他起身走出会议室接听，电话那边传来树江慌乱的声音："二哥啊，我摊上大事啦，闹出了人命啊……"树民听此噩耗，脱口而出："活该！你作到头儿了，还不自首去！"他气愤地立刻挂了电话，回到会议室，一时想不起接下来要说的话。散会后，他接到树山的电话，气愤地说："他指使人把人活活打死了，还说情？他这是自作自受！"树山无言以对，可又不能不管，为了骨肉之情。

今年冬季比往年寒冷。一大早，北风瑟瑟地吹着，天空阴云密布，大地光秃秃的，宽宽的蓟运河面结了厚厚的一层冰盖，不时从冰盖里发出"啾啾"的声音，像是经不住寒冷而发出的哀鸣和呻吟，人们说这是天气寒冷时才有的现象。

树山坐着轿车，神情显得很凝重。为了树江的案子，他和树海一起出门。可是，林姑娘给他打电话，叫他去一趟，说有事跟他说。他问什么事，她说当面才能告诉他，他只好答应了。他想：是不是她家有事，让她回去？钱不够花了？不对啊，前些日子，从树海那里要来的十万块钱，不可能这么快就花光了。他胡乱地猜想着……这些日子，他被妻子，还有树江的案子，搅得心烦意乱，没有心思顾及林姑娘了。有时她打来电话，他也只是应付几句。

树山和树海从公安局出来，就分开了。树山的车在一个居民小区的一幢楼房前停下来，他对司机留柱也不戒备："你等一会儿，我到干闺女那儿看看就下来。"他上了楼，打开门。林姑娘一看他来了，立刻笑容满面。树山刚关好门，她一头扎进他怀里掉起了眼泪。"好了，别哭了，等明年一开春儿，洗浴中心给你办下来，你当上女老板就不寂寞了。有合适的，再给你

549

介绍一个对象。"林姑娘一听哭得更伤心了，哽咽道："我哪儿也不去，就跟着你。""快别瞎说！"树山多少天的愁容一下子舒展开了。林姑娘抹起眼泪来，吞吞吐吐地说："……我……我两个多月了。"树山一听目瞪口呆，下意识地打量了她一眼，马上矢口否认："不可能！"他慌乱地连连摇头。当他看到她一阵干呕，他顿时感到问题严重了。他赶紧给楼下的司机打了电话，谎称林姑娘家里来人了，让他走了。

树山冷静不下来，脱掉黑色皮衣，露出了王春梅给他添置的灰色鸡心领毛衣，对从卫生间出来的林姑娘试探道："你打算咋办？""我听你的。"她把问题推了过来。"你说。"树山皱着眉头说。"我想生下来。"她看也不看他一眼，坚决而又从容。树山噌地站起来，但没有说话，瞟了她一眼，转身走到餐厅。他掏出烟，手颤抖着点着了烟，深深地吸了一大口，又连吸了两口。这三口下来，餐厅顿时烟雾缭绕。他转过身走进卧室，重新坐在沙发上，说："打掉吧！""不！"她没有盼到她所希望得到的回答，哭了。"你不要任性，你还年轻，这样会害了你自己。"他俨然正人君子，但后半句他没有说：也会害了我。"你……你不用管，孩子……孩子生下来，我……我自己养着。"她哭得跟小孩子似的。树山看她无助的样子，心像刀绞似的难受，非常内疚和后悔。他犯难了，那大男子汉的霸道不知哪里去了。他对这个无助的女孩子真是狠不下心来。这是他有生以来第一次对女人这样投入、倾心，没有了办法。如果她以此相威胁，提高要钱的筹码，他倒不怕，然而她不是。他控制着慌乱，安慰道："别着急，总会有解决的办法。"

树山的脑子从未有像现在这么乱。他与妻子的感情危机还没有解除，又出现了这么棘手的难题。树江犯了命案，弟媳陈美娣一见面就跟他哭哭啼啼。王洪金家的寡妇刘晓芳也总哭着找他，求他救救她儿子王蛋儿。秦亚娟的父亲欠村里的承包费余款，又想拖下去。秦二虎为报复他那一巴掌，满大街放风，致使一部分村民也随着赖账，不交所欠的水电费等款项。马上，村里要换届选举了……

三

树山和树海又为了树江的案子从法院出来。树山愤愤地说："这个老

第十七章

四啊,你把王蛋儿料理起来了,倒是别让他惹祸啊!唉,啥也别说了!"说着打开车门上了车。树海上车打着了火,说:"到树花的酒店吃点儿去吧。""不去了,附近找一个小店吃点儿就行了。我有两句话跟你说。"树海从后视镜看了大哥一眼,他面色阴沉。车子缓缓启动了。

　　树海来到了一个小门脸的饺子馆,停好车,兄弟俩进去了,要了一个单间。哥俩刚坐下,服务员跟了进来。树海点了一斤三鲜馅饺子、四个小菜、四瓶啤酒、一壶菊花茶。树海递给大哥一支烟,给他点上,又端起茶壶,先给大哥斟了一杯,然后给自己斟了一杯。哥俩一边吃菜,一边喝着啤酒。树海也不问大哥有什么事,只是闷头喝酒。"一念之差啊!"树山终于开口了。"啥事?"树海这才问道。"啥也别说了,都是大哥的错。林姑娘说她有了,两个多月了。"树山脸红了。树海顿时大吃一惊:"大哥,你咋也……"他简直不敢相信,曾极力维护家庭伦理道德的大哥,竟重蹈了他的覆辙。他看了一眼垂着头的大哥,急切而又坚定地说道:"赶快上医院!""她要生呢?"树山皱着眉头反问。"对这种女人,就是一个字:钱!多给钱!"树海似乎看透了。"她说不要钱。"树山皱着眉头,吸口烟。"不可能,这种女人没有不见钱眼开的。"树海坚持说。树山不说话了,他为自己酿成的苦果而自责,不知所措。树海为大哥而焦急,同时也为大嫂鸣不平。他从大哥的表情及口气里,觉得他对那个女人有恋恋不舍之意。不行,在这个多事的当口,刘家不能再出什么乱子了。大哥这面旗是刘氏家族凝聚的中心,他不能因此而倒下,必须斩断他这个念头,树海这样想。"我去跟她谈。""不行!弄不好会出事的。"树山马上阻止道。"啥大事?她敢寻死不成?"树海第一次见大哥这样唯唯诺诺,不耐烦了。"她闹出来总归不是好事。"树山顾虑重重。树海无言以对了,但还是甩了一句:"当断不断,必有后患。""让时间解决问题吧!"树山这句话让树海哭笑不得,他刚想提高嗓门儿,又压低声音说:"这是能等的事吗?"兄弟俩就这个问题没理出个头绪来。

　　王春梅这些日子情绪好多了,树山虽然很少跟她说话,但晚上基本上正常回家了。这天,吃过早饭,她对树山说:"我到常胜他大舅家去一趟,他二表兄要结婚了,我去看看。""嗯。"树山应了一声。

　　王春梅乘公交车来到区里哥哥家。退休在家的嫂子,热情地接待了这个老小姑子。姑嫂东拉西扯地说着家常话,老嫂子试探道:"最近他姑父咋

551

样?""啥咋样,稀里糊涂就那么回事呗。"王春梅沉着脸,不愿谈及此话题。她嫂子没再说什么。吃过午饭,嫂子实在憋不住了,神秘地说:"听说他姑父跟那个女人还有来往?"王春梅不由得一惊,追问道:"你咋知道的?"嫂子解释道:"我本不想告诉你,怕你回去生气,我听了也生气。我表妹跟那个女人住一幢楼,人们说闲话,看见他姑父去过不止一次了,那个女人还怀了孩子。"王春梅不听便罢,一听气得浑身直哆嗦。嫂子一个劲儿埋怨自己不该多嘴。前一段闹得就够磕磣了,王春梅没承想连家里的嫂子都比她知道得清楚,这让她无地自容。"你领着我找你表妹,告诉我楼层!"嫂子心里直叫苦,苦劝了多时才把小姑子劝住。嫂子说:"你都这个岁数了,常胜都二十五六了,你消消火,也别提这件事,要犯愁让他自个儿犯去。""嫂子啊,我咽得下这口气吗?"王春梅快要哭出来。

　　王春梅随口答应了回家不闹,嫂子才让她回家了。一路上,她阴沉着脸。回到家,她没有心思做饭,打电话把常胜叫回了家。常胜不安地问:"又有啥事?""能有啥事?"王春梅气呼呼地坐在炕沿上。树山回来了,一看这阵势,没有说话。王春梅站了起来,劈头就问:"今天咱们好说好散,你说一句痛快话,你是想要这个家,还是想跟那个女人?"常胜的火气顶到脑门子上了。树山铁青着脸,转身到外间屋去了。常胜在里间屋愤愤地质问道:"你老为什么这样?你不替我妈着想,也得替我和常利想一想啊!""轮不上你跟我谈这个问题!"树山仍旧拿着长辈的架子。"我今天就要说,你现在不配当我的父亲!不配!从今往后,我永远不认你!"常胜压抑了多日的怨恨,一下爆发出来,情绪激动,难以控制。他掏出四千多元的手机,猛地甩在地上。他真想哭出来,他所崇拜的父亲竟是一个伪君子,他大失所望。儿子的话让树山接受不了了,他含着眼泪,对里间屋的妻子说:"事已至此,闹也没用了!"说罢扭头走了。此时的王春梅却异常冷静。不知过了多长时间,他劝儿子:"常胜啊,别哭了,我跟你爸过到头儿了。有你和常利,我这辈子就知足了。你一定要记住,好好干事业,好好做人……"常胜听着母亲的话,像是诀别,感到一阵不寒而栗。他惊愕地站起来,看着母亲那显得过于平静的表情,走到她跟前,担心地说:"妈,千万别有别的念头,你老……"王春梅看着儿子近乎恐惧的表情,苦笑了一下,含着泪说:"傻儿子,你想到哪里去了?你妈不会做出让你丢脸的事,我还等着抱孙子呢。我不会走你的

552

第十七章

太奶奶的路。"常胜放心了不少,说:"妈,是儿子无能,没有说服他。""唉,傻儿子,这种事是你能管的吗?别提他了,他走了,我更省心。"她努力控制着愤怒、痛苦、怨恨和无奈的情绪。树山的离去,他们母子知道意味着什么。

转天,常胜到钢厂上班,一脸严肃,树花看出来了,问他为什么,他说了。树花听了苦笑一下,冷冷地说:"好啊,老刘家像得了鸡瘟,一个传一个啊!"常胜低头不语。树花走到大侄子跟前,愤愤地说:"常胜啊,看见没有,这就是金钱捣的乱。"常胜见二姑如此动情,紧锁着双眉,仍旧不语。"现在有些女人,就是无耻,她们抢走了父辈的男人,坐享其成,心安理得……"常胜第一次听二姑谈论男人和女人。他理解二姑此时的心境,但觉得她有些偏激,把社会的这些方面看得太阴暗,也过于悲观了。他以年轻人积极向上的态度,开导二姑:"二姑,你老说得有一定的道理,但还是好人多,正派人多。"树花不以为然地质问:"难道你爸、你四叔,还有你三叔,当年不是好人、正派人?"常胜一时回答不上来,也不想就这个话题辩论,他把话拉了回来:"还是说我爸吧。"树花坐回椅子上,心情烦躁地说:"常胜啊,你当你爸是三岁两岁的小孩?都五十几岁的人了,他啥事不懂?他惹的事,让他自己圆去吧!""不行!我得管!"常胜从沙发椅上猛地站起来。敲门声音打断了他们的谈话。推门进来的是汪玉生,树花叫他来汇报机械铸造公司本月的情况。

四

在港湾区的海鲜大酒楼的三〇二雅间,树海和钟建辉又坐到了一起。当年就是在这个房间,他们两人分道扬镳。然而,今非昔比,如今的钟建辉已是宏运物流公司的总经理了。白手起家的钟建辉,公司的业务量和总资产,与树海的公司相差无几。现在,因被钟建辉抢走一大部分业务量,加之物流公司之间激烈的竞争,树海的物流公司每况愈下。而钟建辉的物流公司的状况也明显滑坡,车辆趴窝的现象时有发生。为了摆脱这种被动局面,与其他物流公司抗衡,树海打算尝试与钟建辉搞联合发展,这也是被逼无奈的选择。钟建辉念树海当初带他出来闯荡世界的恩情和友情,抛弃了半路被"扫地出门"的愤恨,压下了自己心头的伤痛。后来,他单枪匹马出来闯荡,一次次遭受挫折和失败，一头扎进大海的心都有。如今钟建辉用哲人的思维，豁达地看待这件事情：如果不是树海把他带到这激烈竞争的商海，如果不是树海在他熟悉了物流行业的商情、人情之后才抛弃他，也许他不会有今天的发展。在他心中，树海是恩人，也是仇人，更是商场上的一位劲敌。此时，他断定树海邀他必有其用意。

　　这酒楼、这房间是树海给他打电话时，钟建辉有意提出来的。今天是钟建辉买单，他点了好酒好菜好烟。两人闲话少叙，一杯酒下肚，树海点上一支烟，问道："老弟，最近业务量咋样？""挺好。"钟建辉警惕而又轻松地说。"不对吧，我听说大板儿车趴窝的不少啊。"树海直盯着昔日的朋友、今日的对手，一语道破。钟建辉微微一笑，说："不好好拉套的，让他趴窝是常事。"树海对钟建辉天衣无缝的回答不以为然："想拉套的没有趴窝的？"钟建辉乐了，话锋一转："老兄那儿，这种情况，我听说挺严重的？"树海一时语塞，但马上掩饰："他们嫌肉少，不愿接单跑车。"两人心照不宣，一阵大笑。

　　自钟建辉另起炉灶，除同学聚会被迫共饮之外，两人这样饮酒，还是第一次。钟建辉吸了一口烟，说："老兄，借这次机会，我敬你三杯。""怎么讲？"树海笑了一下，认真地问。"第一杯，我敬你把我带到这码头，我钟建辉永世不忘！"树海不能不响应，两人碰杯，一仰脖子都干了。"第二杯，我敬你把我逼上梁山，我也永世不忘！"树海脸一沉，说："此言差矣！我刘树海至死不认！"树海猛吸了一口烟。钟建辉也不解释，端起杯"咕咚咕咚"干了个底儿朝天。钟建辉没有要求树海干这第二杯酒，而是又斟上了第三杯，说道："这第三杯，我敬你，我在这码头占有了一席之地，挣了点儿钱，我永远感激你！"树海把手一横，说："建辉，你我都是老同学，何必这样咄咄逼人呢？"他愤愤地盯着钟建辉。钟建辉可有机会一吐积压心中多年的怨恨了，表现得很轻松，明知树海听了这话会有强烈的反应，他要的就是这个效果。他认真地说："老兄，你说这杯酒咋喝？"树海慢慢地端起杯，看着满满的一杯酒说："让我们为未来干杯！""好！"钟建辉端起满满的酒杯和树海碰了杯，两人干掉了他们嘴上说的祝愿酒。树海放下杯子，带着惋惜的口吻说："哥俩在一起滚爬摸打的时光，真的一去不复返了？""一山容不得二虎啊！"钟建辉不知是影射树海，还是自喻。树海瞟了对手一眼，苦笑了一下，说："二虎共御他山之虎，岂不更凶？"钟建辉这才明白树海的真实目的，但他一语双关地说："虎的天性是好耍单儿啊，多了就掐架啊！"树海哑然，给钟建辉和自己又倒了半杯酒，说："好自为之吧！干！"树海的投石问路之举，以失败告终。

　　树山第二次离家搬到楼上去住，很快传开了。一些与他交往较为密切的朋友，私下里纷纷规劝他。将要调到区农委任主任的王宗斌受树民之托，在一家酒楼，约了杨鸿志、马志林等人，对树山这位大哥，进行了最后一次劝说。王宗斌说："大哥，不是小弟说话不中听，你为这么一个水性杨花的女人痴情，实在没有必要。""是啊！说句难听的话，她怀的那个孩子一定是你的吗？"马志林不管这个盟哥是否爱听，把话说透。"就算是你的，等他长大结了婚，你都多大年纪了？叫我说，这个毛丫头是存心这么做的。就冲这个，也不能要她！"杨鸿志接过话茬愤愤地说。树山真是走火入魔了，此时谁的话也听不进去，不耐烦地说："你们哥几个啥也别说了，我啥都明白，走到这步，我他妈的认了！"哥几个一时相对无言。"不谈这个了，掀过去，喝酒！"王宗斌打破沉闷，端起酒杯，大伙儿喝了一小口。"为了这个小毛丫头太不值了！"杨鸿志自言自语道。他有些自责，当初如果不是他领着树山喝酒时结识了这个女人，也许就不会有今天的这一切。

　　事情的发展正如树山自己预料的那样，林金龙抓住他这个把柄，大肆添油加醋。村民被他这么一挑拨，个个义愤填膺、骂骂咧咧。"不行！查村里的账，看他贪污了没有。"其中一个小伙子说。"不是有没有的问题，而是多少的问题。"另一个中年人坚信不疑。"这次选举一定要给他弄下去！"他们似乎达成了一致。

　　树山虽然闹出了绯闻，但并没有放弃争取连任的想法。他想保住这个位置，而且必须保住，他要把他心中的新立沽建设规划，完全变成现实。他不觉得自己是五十多岁的人，认为自己跟二三十岁的小伙子没什么两样。他坚定地认为，即使闹出了绯闻，村里也没有一个能与他一争高低的人选。他自信得很，凭他刘氏家族的巨大影响，凭他为新立沽所做的事情，他的绯闻带来的负面影响，绝不会动摇他在新立沽的地位。

五

　　新立沽的换届选举开始了，乡里派出了选举领导小组，王宗斌重点关注新立沽的选举情况。首先进行的是村支部的选举，在全村党员大会即将召开之际，林金龙一改过去暗中挑拨的做法，先发制人。他向选举领导小组递交了一份书面意见，要求先把村集体的财务账目查清，并向全体党员交代清楚，再进行选举，矛头直指树山。他想得到拱倒树山的经济把柄，不相信树山的手是干净的。在会计、出纳都和树山一心的情况下，他摸不进财务这扇大门。组长不敢怠慢，及时向王宗斌请示。王宗斌说："他们在这当口，目标指向很明确嘛。""他们说了，如果不走这一步，他们将抵制这次选举。"组长说。"看来来头儿不小啊……"王宗斌顿了一下，"这样吧，我们碰碰头再说。"

　　李家沽乡派出了审计人员到新立沽查账。林金龙等人提出，由区里的人员参加才行，王宗斌拒绝了，指出乡里是有审计权的。林金龙等人又提出派村民代表参加查账，王宗斌无法拒绝了，不管他们的目的如何，面上是冠冕堂皇的。最后，王宗斌同意林金龙等二人和审计人员一同审查账目。

　　经过几天的查账，审查结果如下：一、三年的招待费三十万元；二、垫付村民水电费八十万元，其中养殖承包户欠款五十多万元；三、树海从村里的资金中融资五百万元，利息收入十万元……一直跟着查账的林金龙，拿着这些数字，异常兴奋。在全村的党员大会上，树山对每一笔账都进行了说明。林金龙拿着招待费的明细表，对众人说："这么多招待费是不正常的，简直是犯罪！这可是卖厂子、卖地的钱啊……"没等林金龙说完，有几个人抢先发言。其中一个说："哪个是为老百姓干事的，都是变着法子往自个儿兜里捞！""哼！让我看，这次选举得让真正的种地人当官，他们才知道村民的甘苦，不然新立沽的家当都得败在那些败家子儿的手里。"马志林坐不住了，说道："我听了几个人的发言，有的在理，有的就不在理。新立沽现在的发展势头挺好，我们必须知足，要看大方向。有问题不要紧，想方设法解决，不能赌气，这才是可行的方式。我的意思是，看一个人，要看他是不是干事，干了多少事。就拿树山大哥来说吧，好像他待客多了点儿，你们咋

第十七章

不看看他干了多少事？村企业转制一项，村里净得三千多万。修路，建学校，建楼房，等等，这是事实吧？说句不好听的，如果让没有能力的人上来，啥事也干不了，有啥用？""我们宁可新立沽穷点儿，也不能让新立沽变成不正经的地方！"此话一出，整个会场一片寂静，人们一下子把目光投向了树山。树山还是第一次遭受这样明面上的攻击，他微微一笑，说："大伙儿的发言我都听见了，对我意见不小，这个我理解。村里的人骂我，我也理解，但是有一点我想说明，我刘树山是想给大伙儿办点儿事的。有的人不理解，这很正常，每个人考虑的东西不同嘛。当然，我的缺点不少，说话办事有的地方对不住大伙儿。再有，待客费花了不少，我不想开脱。但我要说的是，如今办事是用唾沫星子就能沾来的吗？现在新立沽发展的方向是对路的，工农养殖加上将来的旅游……我刘树山这辈子就干了这一件事，我问心无愧。至于我的家事，纯属我的个人问题，是我不够检点……"他这番话，没有一点儿锋芒，甚至有点儿低三下四，这和他过去的风格很不相称。林金龙听了，感到对手心虚了，感到一阵鼓舞。其实，这是树山被迫采取的以退为进、以守为攻的策略。他想以自己诚恳的表白，打动在座的人，弱化绯闻在人们的心里造成的阴影。然而，他太自信了，低估了绯闻的冲击力，低估了林金龙等人的鼓动能力，更重要的是，低估了刘氏家族被嫉妒的程度，这是最根本的。没有发言的人，想用选票来说话。

这天，新立沽村委会三楼的会议室里，坐满了人。选举按程序进行。第一轮提名选举结束后，提名选票交到了选举领导小组组长手里，当场进行了公开唱票。郑跃军、刘树山、林金龙等五人的票数进入了前五名，被列为候选人。

第二轮投票开始。郑跃军获得三十五票，刘树山获得二十八票，林金龙获得二十一票。树山看到这个结果，受到了重重的一击，不相信这就是事实，他压根儿没有想到自己的妹夫郑跃军会有这样的人缘。选举领导小组组长宣布："我宣布……""等一等！"这位组长一看打断他讲话的不是别人，正是得票最多的郑跃军。郑跃军站起来，对大家说："我说两句话。今天我很高兴，也很感谢大伙儿这么信任我，这是我没有想到的。"树山听到这里，心里很不是滋味，这样的讲话，向来都是他的，没想到这次他却听别人讲，他的心像刀割一样难受。他耐着性子往下听："可是，对不起大伙儿了，我无意当这个村支书，也干不好，我让贤，真的谢谢大伙儿了。"郑跃军坐下了。有的人四下拉选票，为此吃不香、睡不着，他郑跃军倒好，不干。这使在场的人们一时不知说什么好。"不行！个人服从选举结果。"不知哪个人嚷了一句。选举领导小组组长立刻说："大家静一静，静一静。鉴于今天这种情况，我们回去汇报后再做决定，散会！"这戏剧性的变化，让树山看到了希望，但名落第二的难堪并没有消失。他知道郑跃军赢得选票的原因——他的葡萄酒厂赢得了一些人心。今年的葡萄销售又出现了价格偏低的问题，高学军的酿酒公司趁机压低价格，每斤依旧是前些年给出的五角钱的价格，而郑跃军没有这样做，始终以每斤一元钱的价格收购。他虽然是打白条收购的，但还是使葡萄种植户增加了一些收入。

六

几天之后，乡党委经过研究，同意了郑跃军的要求。可是，林金龙等人不认可，要求重新选举。乡党委认为新立沽支部选举符合支部选举程序，驳回了他们的要求。这样，按照所得选票的数量，树山就任。林金龙等人并不死心，要求他辞职。一时间，全村上下议论纷纷。树山感到莫大的耻辱。这些天，他一直在想这个问题：是否辞职？他的自尊心，促使他这样做。最终，他向乡党委提出了辞职。王宗斌知道他的性格，没有多劝，经过研究，同意了。树山的辞职在全村引起的震动不小，有人惋惜，有人高兴。最高兴的莫过于林金龙了，他满以为郑跃军不干了，刘树山不干了，接下来理应是他林金龙了。可是，他高兴得过早了。乡党委又找到郑跃军，王宗斌对郑跃军说："这不仅是新立沽大多数党员的意愿，也是李沽乡党委的意愿，同时也是树山大哥的意思。"郑跃军不再推辞了，勉强答应了。林金龙得知后，气急败坏。

党支部选举尘埃落定后，林金龙并不死心，又瞄上了村主任的选举，想保住他的位置，又开始了新一轮折腾。

树山在楼房里居住多日了。被迫辞职后，他并没有轻松下来，而是有一种深深的失落感，时而伴随着烦躁不安。这天，他洗漱完毕，准备下楼，到村里买点儿早点，然后到给他带来巨大变故的林姑娘那里看看。他一开门儿，魏老汉领着几位村民站在了门前。树山忙问："你老有事？""你还不知道？村里有人想当村主任，用钱拉选票。你跟上边都熟，你问问他们，这事他们管不管？"树山哪有心思管这些事，无奈地笑了一下，说："这事……我就不掺和了吧。"魏老汉拉下脸说："树山啊，不是我说你，你也当干部这么多年了，也是村里的能人吧，就看着他们这么胡来？"树山脸挂不住了，苦笑了一下，说："叫你老说，我还咋管？"大伙儿明白了树山现在的处境，一时没话说了，迟疑了一会儿，扭头走了。树山站在门口，脸色很不好看。

七

晚上，树山应王宗斌的邀请来到一家酒楼，推开雅间的门，一看笑了，杨鸿志、马志林等老熟人已坐在那里，王宗斌忙起身给他让座。都是老熟人，自然随便，抽烟的抽烟，喝水的喝水，交谈的交谈。很快，服务员把酒菜陆续端上来了。王宗斌笑容满面地提议："今天把大哥请来，就是想跟大哥说说话，咱们第一杯酒，祝大哥天天有个好心情，有个好身体！""对！敬大哥了！"哥几个端起满满的一杯白酒，纷纷向树山敬酒。树山笑眯眯地站起来，分别与哥几个碰杯，深深地喝了一大口。大伙儿吃了几口美味佳肴，树山提议："咱们敬敬宗斌老弟。"王宗斌忙摆手，笑着站起来，谦虚地说："不敢当，不敢当！谢谢，谢谢！"随机与他们轻轻碰杯，深深一饮。

树山对自己犯下的错，以及辞职，有些后悔了，特别是听说林金龙、秦二虎不择手段地拉选票，心里就堵得难受。他担心，一旦林金龙或秦二虎当选，新任村支书郑跃军因顾及自家企业而不热心于村里的后续发展。他想起生态村规划，还有几个项目没有实现，一种失落感油然而生。他坐不住了，要有所行动。

树山来到了马志林的纸箱厂，敲开了马志林的办公室的门，谈起了选举的事。马志林说："大哥啊，你咋不嫌累啊！你让我争这个村主任，说实话，我真没有这个心思。"树山说："这不是你想争不想争的问题。我是让你站出来，阻止林金龙、秦二虎他们胡来。他们哪个是干活儿的人？"马志林依旧不松口："有跃军担任村支书，我看他行，有他一个人，村里乱不了。"树山不耐烦了，沉着脸说："我说话现在不好使了？"马志林不说话了。树山点上一支烟，说："跃军是勉强答应干的。"马志林犯难了，沉思起来，长舒一口气,说:"听大哥的,试试吧。"树山并没有高兴,而是严肃地说:"光答应不行,还得动真格的,争取选上。你得提出一个口号,让大家伙儿知道,你上去是为大家伙儿干点儿事。"马志林无奈地笑了,用一只手划拉了几下头发,想了想,说:"口号?啥口号?就叫继续抓好生态村建设呗。"树山笑了,说:"可以,不过别叫'继续'了,让村民一听,有我的影子,兴许不好。叫……努力搞好生态村建设,为村民多办实事。"马志林笑了。树山也露出了笑容,这些日子以来少有的笑容。

晚上,树山给郑跃军打电话,把他叫到了他现居的楼房里。树山对郑跃军说:"跃军啊,你既然干了,就要像回事。这次村主任换届选举,必须让志林上来,当你的搭档,绝不能让林金龙选上,他不会配合你的工作的。他这个人小肚鸡肠,专会背后使绊子,成事不足,败事有余,这些年我体会得透透的了……"郑跃军一笑,没有说话。树山又说:"还有秦二虎,也不能小看他。他在村里的小年轻里有点儿号召力,如今有了点儿钱,在他面前摇头摆尾的人不少。"郑跃军明白大舅哥把他叫来的用意,明确表态:"志林大哥人不错。他能选上,我也省心。助他一臂之力呗。"树山乐了。哥俩坐到沙发上,继续交流。

八

人们陆续来到村委会投票会场,选举村主任的候选人。乡选举领导小组组长向选民宣布:"下面请参加竞选的候选人,向大家说一说竞选的想法,大家欢迎!"林金龙第一个走到台前。他摆出稳稳的样子,说道:"简单两句话,一是还想给大伙儿多服务几年,二是把葡萄地里没硬化的路面都硬化了。希望大伙儿多支持!"稀稀拉拉一阵掌声。马志林上来了,笑一笑,说:"我不会长篇大论,简要说吧,要是我当选为村主任,会和大伙儿一起把咱们的生态村建设得更好,为大伙儿多办点儿实事……"又传来一阵掌声。秦二虎晃悠悠地上来了,似笑非笑地站在众人前面,刚想张嘴讲话,突然卡住了。场外一阵大笑,他脸红了,马上严肃起来,挺了挺身板,提高嗓门儿说:"大伙儿让我当上村主任,我二虎一定从上面多要来些支农资金,有谁求我帮忙的,我一定帮忙,绝不让外人看不起……"场外小青年们顿时助阵鼓掌尖叫。

第十七章

　　一切按程序有条不紊地进行，林金龙尴尬异常，做梦也没想到第一轮候选人提名就把他淘汰出局了。

　　次日，村主任的选举准时开始。唱票时，村主任的候选人马志林、秦二虎名下的"正"字几乎齐头并进。突然，并不是候选人的刘常胜，名字频频出现，他是作为另选他人而被提名的。人们都聚精会神地关注着……最终马志林一千二百零九票，超过选民半数三票，人群中立刻爆发阵阵掌声。秦二虎的选票却是一千二百一十票，超马志林一票。他的支持者顿时鼓起掌来。

　　树山坐在沙发上，接听着郑跃军打来的电话："大哥，秦二虎当选了……"树山听罢吃惊地"啊"了一声，脸上立刻阴沉下来。郑跃军在电话里说："常胜还得了三百多票呢……"树山不想听下去了，说："就这样吧，挂了吧。"他真没想到，秦二虎竟能超过稳重的马志林一票，将成为新立沽新一任村主任。他感慨万分，长长地叹了一口气，沮丧地躺在沙发上。

　　这次虽然是马志林落选，但对树山的打击很大。他无法理解，村民们明明知道马志林站出来参选，就是他刘树山的旨意，这么多年他为村里所做的一切，为什么这么快就被村民视而不见，甚至忘记了呢？他无法接受这个事实。

九

　　树山正在为马志林落选而情绪低落，烦人的家事又逼上门来了。关在看守所里的树江捎信儿说，想大哥了。

　　树山打车来到区看守所。在接待室，隔着玻璃，哥俩见面。树江一看见大哥便哭了，树山沉着脸数落道："这回知道哭了，哭能顶饭吃啊？你听我一句，何必落到今天这地步？"树江耷拉着脑袋，哽咽着说："他们娘几个，大哥多跑几趟，我听天由命……"话未说完，又抽泣上了。

　　树山被迫辞职，对于一般村子来说是无所谓的，然而对于在蓟沽区起到领头雁作用的新立沽村来说，并非如此。树海理解大哥的心境，他和树民一起把大哥拉到港湾区的一家酒楼，请他喝"压惊酒"，或叫"安慰酒"。席间，树山摆出无所谓的样子，对弟弟们说："大哥想得开，我正想清闲清闲呢。"树民一笑。树海愤愤地说："大哥，你这样想就对了！那帮人，你

561

就是干多好，把心掏出来，也白费，你有一个不对，他们就乱咬人。"树山说："都是林金龙一手鼓动的，真他妈的小人！"树民觉得树海说话太偏激，对他说："老三，以后别这么说话，你这种思维会影响你的事业，要从自身找原因。"树海不作声了。

哥几个喝着葡萄酒，树海瞟了大哥一眼，用试探的口气说："树江那摊子，大哥操持一下吧，离开那帮穷……"他说惯了嘴，立刻改口，"离开他们更好。"树山看了树海一眼，心里着实不悦。心想：老三啊老三，你想这样打发你大哥啊……亏你想得出。他把烟头狠狠掐灭了，对树民说："我现在啥也不想干，就希望老四少判几年。"树民小饮一口酒，说："老四的案子被列入了区重点案件……只能依法判决，我还是那句话，他是自作自受。"树山对树民的回答很不满意。树海看出大哥对二哥不满，张罗着喝酒。他此时所关心的是如何安排大哥的问题。这几年，他好不容易才摆脱了大哥的支配，如今又面临受大哥支配的可能。为此，他积极拿钱，让他大哥给林姑娘的许诺——租赁一个洗浴中心，变成现实。树山倒是有意借树民之口，在他一手扶植起来的天远集团总公司里任个董事长，没承想树海却打发他收拾树江的那摊子，他的火儿不打一处来。

树海是有备而来的，早就跟树民渗透了。昨天，他借请大哥到他这里一叙之机，在电话里树民说："大哥刚下来，心情肯定不好。"他话锋一转，"按理说，大哥在家里享清福也是应该的，二哥你说呢？"树民明知他话里有话，笑了一下，说："话是这么说，这得看大哥如何想了。"树海马上说道："那是，大哥是闲不住的人，实在不行，老四那摊子让他操持着正合适。"树民心领神会。树海没有从树民那里得到明确的信息，心里一个劲儿地犯嘀咕，可是这事又不能跟张瑞惠说。所以，今天他单刀直入，抢先把自己的信息传递给大哥。他大哥是什么人？听罢心里凉了半截，他能说什么呢，只有喝酒。这酒不但没有起到"压惊"的作用，反而增加了树山的不悦，树海却踏实了许多。

春节过后，王春梅铁了心，提出离婚，把树海叫到家里，说："你把这个离婚申请给他。"树海没敢接过来，安慰道："事情闹到这样，我啥也不说了。但是，大嫂，到啥时候，你永远是我们的大嫂。""我在离婚申请上写了，我是离婚不离门，至于你们咋看我，那是你们的事。我打进门那一

天起，就对得起你们每一个人……"王春梅说到这里，伤心地落泪了。树海也哽咽了。说实话，他对王春梅是敬重的。他说："大嫂，别哭了，你没有错，都是我大哥一个人的错。"树海临走时，给王春梅留下一万块钱，王春梅说什么也不要，后来拗不过他，只好留下了。

　　他们离婚后不久，树山就和林姑娘结了婚。结婚那天，他只邀请了树海夫妇及外面的几个朋友。晚上的酒宴上，树山喝多了，对酒桌上的王宗斌、杨鸿志等人感慨万分地说："人的一生啊，就是画句号啊，画不圆啊……"说着，他落泪了，他很少落泪。王宗斌、杨鸿志等人搀扶着他说："大哥，别想那么多了，只要对得起自己的良心，画不圆就画不圆吧！""画不圆啊……画不圆……"树山踉踉跄跄，被人们扶上了车，离开了酒楼……

第十八章

一

官场上，人必须小心谨慎，不然不知什么时候马失前蹄，就滚落下来。树民没有那么严重，但一张调令把他调到了异地。他给树山打来电话，说明天就要到港湾区报到。树山急切地问："为什么？""到家里再说吧！"树山觉察出了树民的低落。

晚上，王立君面带微笑地接待了树山，她一向尊重这个大伯哥。虽然她在心里对他的婚变略有微词，但在表面上还是尊重的。树山自婚变还是第一次见到王立君，一时间感觉有些尴尬。特别是一进门与王立君的目光相遇的那一刹那，他不自然地低下了头。

王立君很自然地沏上了一小壶浓茶，笑盈盈地端到大伯哥跟前的小茶几上，轻盈地走开了。自从前几天得知丈夫要调走，她不但不吃惊，反而显得轻松和得意。她下意识地认为这是天赐的良机，终于可以把秦亚娟这块狗皮膏药甩掉了。这些年，她在感情世界里如履薄冰，小心翼翼，维系着与丈夫的感情，这种苦涩只有她自己知道。她生怕哪句话说得不妥，哪件事处理不当，与丈夫之间的感情纽带就断裂了，把他推向别人的怀抱。现在好了，丈夫就要到港湾区任职了，秦亚娟就是再想缠他，也不那么方便了。想到这里，她长期为爱紧绷的这根弦一下子松弛了。然而，这倒使她一时间有些不适应了，似乎有种失落感。那种没有防备的爱，固然甜蜜和幸福，她却觉得似乎缺了点儿什么，一时间弄不明白。后来她似乎明白了，那种强烈的激情和占有欲，往往是因争夺爱，唯恐失去它而产生的。她下意识地骂自己：你怎么这么贱呢？难道你的老爷们儿，非得让人家和你争，你才舒服？

在客厅里，树民简要地跟大哥说着他调走的原因："我主张的人事变动与一把手的安排有些矛盾，当然，还有其他一些原因。总的来说，我的成绩是主要的，开拓精神是可嘉的，但忽略了上下的稳定。为了化解矛盾，上面就采用了常规的解决问题的办法,把我调出,就这么简单。"他脸上;露出淡淡的惆怅。树山忧郁地问道:"没说让你到港湾区担任什么职务吗?"树民笑了:"还是区长。"树山知道港湾区是一个经济强区,兴奋地说:"这是好事啊,是重用啊!"树民向来外露的高傲少了许多,淡淡一笑,沉稳地说:"别说重用不重用,只要让我干事就行。"树山自知此时说话底气不足,但还是嘱咐了几句:"按理说,大哥没脸嘱咐你,今天大哥就说一句话,好好把握自己,一失足成千古恨啊!"树民完全理解大哥的心境,认真地说:"大哥,我明白。"树山的话题沉重而严肃,树民也被感染了。树山吸了一口烟,问道:"知道谁接替你的位置吗?"树民留有余地:"可能是市农委的我的老同学李月朝来任区委书记。"树山不置可否。树民叮嘱大哥:"我调走了,告诉树海他们,一定要规规矩矩干企业,千万不要胡来,真要是惹出事,受罪的是自己。树江不就是一个例子吗?当初我掐着耳朵嘱咐他,别胡来,他听不进去。这回后悔了,晚了!"树民对大哥的婚变没有过多指责,生米已做成熟饭,还能说什么呢?

听说树民即将调走,蓟沽区有些人松了一口气,甚至暗暗叫好。然而,到了送行的茶话会或酒宴上,他们照样面带微笑地与树民推杯换盏,有的甚至激动得掉下几滴眼泪。可是,树民的同学们的依依惜别是真心的。王宗斌、高学军、董振刚、秦亚娟等人的心情最复杂。失落感最重的当属王宗斌和董振刚,如果树民不突然调走,区农委主任非王宗彬莫属,一中校长一职肯定是他董振刚的了,现在都是未知数了。秦亚娟知道树民调走的消息最早,她的心情比谁都复杂。她为这事偷偷地落了几次眼泪。

那天晚上,她把树民约了出来,在蓟运河空旷的河堤上,两人迎着寒风,心情沉重地并肩走着,宽宽的冰面不时发出"啾啾"的响声。"你拍拍屁股走了,甩下我咋办?"秦亚娟十分无助,双手插在防寒服的衣兜里。"你又来了,老毛病又犯了?"树民借着暗淡的月光,看着秦亚娟那十分茫然的脸。秦亚娟突然停下来,一下子抱住了树民,忘情地说:"你不走不行吗?我真的不想你离开。"树民轻轻地推开秦亚娟,说:"你还是这么傻,我既然选择了这条路,听从安排是自然的。"树民对未能继续落实他心中的美好设想,流露出淡淡的遗憾,"好了,一句话,你好好干你的企业,我好好当我的官。好在我走得不远,想我的时候随时电话联系……""去你的,我才不想你呢。"

秦亚娟轻轻地拍了他的后背一下，幸福地一笑。

今天，秦亚娟的心情平静多了。老同学们为树民送行，聚在一起，无拘无束，想说什么就说什么，酒更是一杯接一杯。树民免不了嘱咐两句："我调走了，但我的心没有走，舍不得哥几个啊！"高学军大眼睛一眯缝，坏水又上来了，笑着说："你真舍不得我们？恐怕是想着亚娟吧！""唉，想有什么用，她能撇下老董跟着我？"树民也不回避，趁机打趣道。"你想得美。"秦亚娟红着脸回敬了一句。"哈哈……"人们一阵大笑，董振刚也捡着笑。笑过之后，树民接着说："别看我走了，一旦哥几个有用得着我的地方，我一定帮忙。哥几个一定要好好干事业，让新来的区委书记、我的大学同学李月朝看看，给他捧捧场。他初来乍到，别让他说咱们哥们儿不够意思。""区长，你放心……"王宗斌话没说完，树民就打断道："你又犯忌了！这桌没有区长，全是同学，自罚一杯吧，治治你的健忘症。""好！"大伙儿齐声附和。秦亚娟也趁机起哄："你再犯忌，罚两杯！""对！"树民第一个赞同。王宗斌只好认罚。高学军弄来的红葡萄酒一瓶又一瓶见底儿，大伙儿的情绪也一浪高过一浪。他们借着酒劲儿，嬉笑怒骂，好不畅快。

二

刘氏家族的这一系列变故，使树花想了好多。终于，她做出了一个决定：从企业退出，回到家里，把企业、酒楼都交给常胜，保留她的股份。她要专心照顾孩子上学，她明白了一个非常浅显却常常被她忽视的道理：母亲的天职就是培养好自己的孩子。

一天，在办公室，树花对常胜说："常胜啊，二姑想好了，把企业都交给你，将来彬彬长大成人了，你们哥俩一块儿干，咋样？"常胜吃惊地问："你老干什么去啊？""我想回到家里，专心伺候你弟弟上学。"树花带着复杂的表情说。"啊，是这样，你老这个想法三叔知道不？"常胜没有正面回答。"我先跟你说说，二姑这个想法是不是太幼稚了？""这……"常胜一时也不好回答。"我想到市里买一套房子，有必要的话，给彬彬请一个家庭教师。""二姑，你为什么会有这个想法？"常胜问道。"这些日子我想得很多，一个是咱们家出的这些乱七八糟的事情让我心烦，再有就是你。"树花说。常胜一愣：

"因为我？"树花解释道："你就是刘家的未来，别看你三叔把摊子扑腾得这么大，他不行！我常想，钱算啥？都是人挣的。要是人不行，凭一时的胆大和运气，就是有了点儿钱，也会败落的。你四叔不就是一个例子吗？彬彬他爸那个死鬼不也是吗？我怕啊，怕彬彬将来不成人，像他爸，像你四叔。如果那样，我就是有再多钱，又有啥用？常换的情况你也看见了，不好好上学，如今……"她如此动情，感染了常胜。

树花真的走了，到市里买了一套楼房，专心伺候彬彬上学去了。一些人说她精神不正常，还有人说得难听些："这是找不到合适的汉子急的。"不管怎么说，树花说走就走了。

搬家那天是周六，刘氏家族的人驱车来到了她在市里的新楼房。孩子们喜气洋洋，大人们拉着家常。中午，树花在她的新家附近的酒楼，举行了乔迁家宴。她显得很激动，带着儿子频频向亲人们敬酒。树芬嘱咐彬彬："听你妈的话，你妈为了你，企业都不干了，要理解你妈的这份苦心啊……"其他人也顺着这个话题说了几句，彬彬不住地点头。

饭后，人们回到树花的新居，一帮孩子围着常胜照相，树花却在一旁愣神儿，显出惆怅之色。树芬看到了，坐在她身边，裴洪芹也凑过来。"大嫂能来多好！"树花流露出少有的伤感。"等安顿下来，再看看她去吧。好在市里离咱家也不远，想回去就回去嘛。"树芬红着双眼。

彬彬和常换从酒楼出来，没有随着家人回家，跟长辈打过招呼后到了一家冷食店。常换抹着眼泪说："你有二姑疼你，我呢，啥也没有了……"彬彬的大眼睛也红了，他安慰常换："别哭了，人家都看咱们呢。回去我跟我妈说，你上我们家来住吧，还是上学吧。"常换轻轻地摇头："晚了！""这有啥晚的？你刚十六，插班使劲儿学呗。"彬彬似乎长大了，也会劝人了，他妈要是知道了，定会激动不已。"听二姑的话吧，多亏你有一个疼你的妈妈，不像我，每次我去看我妈，她都眼神直直地跟我说，老二是我害死的啊……"常换说不下去了，抹了一下眼泪，"千万别学我这没出息的……"彬彬被常换打动了，红着眼圈说："你放心，如果你哪天听说我不听我妈的话了，我就不姓裴，你见了我就往我脸上吐唾沫，我保证不吭一声！"常换被彬彬的发誓震撼，说："像个男子汉！"两个孩子不知说了多长时间才离开。

晚上，家人们坐上车走了，树花母子俩不住地跟他们摆手……

过了几天，树花驾车来到了新立沽，叫上树芬，一起到了王春梅家，她一个人住着四间房。树花披着长长的秀发，打扮如年轻的姑娘。王春梅看上去比离婚前还消瘦，齐耳短发中新增了许多白发。她身穿灰色碎格褂子、藏蓝筒裤，脚上穿着一双皮棉鞋。这装束让树花心里一阵发酸。树花给她买来吃的、穿的、用的、一大堆，王春梅嗔怪道："他二姑，何必这么破费呢，在我身上花这么多钱，这不是浪费吗？""大嫂，别这么说，当年想穿没有钱，如今有钱了，为啥不享受享受呢？"树花说着，拿出她买来的衣服，"穿上试一试！"树花、树芬帮着王春梅穿戴整齐。咖啡色对襟羊毛衫、豆沙色直筒裤、黑色半高跟皮靴，王春梅穿上，简直变了一个人，看上去年轻了十岁。"大嫂，明天你剪剪头，再染一下，更年轻。"树芬望着王春梅愉快的神情笑着说。王春梅不好意思地说："都半大老太婆了，有啥可打扮的！""不对，你刚五十多岁，人活的是一种精神。"树花反驳道。"赶明儿，常胜把媳妇领进门了，一看婆婆那么土，常胜也挂不住面子啊。"树芬开导她。"我也不跟他们过，怕啥？"王春梅笑着说。"穿衣打扮不光是给外人看的，就像你整天拾掇屋子似的，一天不拾掇干净，就怕人家笑话……"两个小姑子谁也不提不愉快的事，尤其是不提关于大哥树山的一个字。

吃过午饭，树花和树芬来到了城里的王春柳家。衣食无忧的王春柳，比在刘家时精神好多了，穿戴也很时尚。三个女人很快拉起了家常，什么孩子啊、穿戴啊、护肤啊，聊得很投机。树花试探着问："有目标了吗？"这一问，王春柳露出落寞的神情："眼下我不想这个。"树花没再多说什么。树芬不愿提及此事，毕竟不如大姑娘谈婚论嫁来得愉快和轻松。王春柳岔开话，问树花："在市里习惯不？""唉，真是不习惯，车多，人多，烦死了。"树花皱着眉头说。"时间长了就习惯了。开始，我也不习惯，哪如家里清静，现在也没什么了。"王春柳显得比树花老成多了。树花和树芬在王春柳处没有待太久，便告辞了。

三

常胜正在车间和技术员研究生产中出现的问题，他的手机响了，是王娟打来的："喂，你明天有时间吗？""什么事？"常胜问。"我爸想看看你。"

常胜笑着答应了。

  他们两人自毕业以来，一直保持着联系。王娟放弃了再度考研，到开发区一家外资企业谋了一个会计职位。常胜一有时间就约她到酒店小聚一番，如今两人正在热恋。

  第二天，常胜满脸灿烂地驾车，在海滨大道上快速行驶着，海面宽宽的，海水蓝蓝的，一浪推着一浪，滚滚向前。常胜注视着前方，渐渐收起了笑容，又想起了他爸。这种事，他真不知如何向王娟启齿。不知不觉，到了两人经常相聚的一家酒店门口。两人相见，只见王娟似有愁容，常胜狐疑地问："怎么了？不高兴？"王娟眼睛一下红了，喃喃地说："我爸出了车祸。""啊！什么时候？严重吗？"常胜连忙追问。"十几天了，已脱离了危险。"王娟抹了一下眼泪。"你为什么不早告诉我？"常胜拉下脸来。"我想……"常胜不等王娟把话说完，抢过话茬："什么也别说了，赶快走吧！"王娟上了车。他们来到一家大型超市，购买了一些水果、滋补品，然后直奔王娟的父亲所在的医院。

  在车上，常胜问："在开发区工作还行吗？"王娟说："还行。"常胜望一眼车窗外，艰难地说："有件事……我一直想告诉你。""什么事？"王娟看着他严肃的脸。"我爸妈离婚了。"他的神情很尴尬。"为什么？"王娟吃了一惊，停顿了一会儿，低声问道。"他在外边有人了。"二人沉默下来，只能听见车子轮胎轧着柏油公路行进的声响……

  二人来到医院，王娟的父亲一见到常胜，立刻满脸微笑，示意王娟的母亲扶他坐起来。常胜忙上前说："您躺着，别动。"又抱歉地说，"王娟今天才告诉我……"王娟的父母都笑了。"没什么。"王娟的父亲和蔼地说。王娟见父亲高兴，也满脸笑容。

  常胜回到家里，向母亲汇报了此事，忐忑不安地说："不知她爸妈是啥想法。""啥想法？他们要是连我儿都看不上，还能有看上的？"王春梅看着大儿子的脸，自豪地说。常胜会心一笑。其实，他担心的并不是他自己，而是刚刚发生变故的家……

  次日，刘常胜在办公室打着材料，手机响了，他一看是王娟打来的，赶紧接起来。王娟还在市骨科医院。她对常胜说："咱俩的事，我爸不同意，多气人，你说怎么办？"常胜立刻沉下脸来："是因为我爸……"王娟认真地说:"不是,没看上你。"常胜面露难堪之色:"我……你是啥想法?"王娟说:"我也不好办了。"说着,"扑哧"笑出了声,"我爸说,就你啦!"常胜立刻阴转晴:"好啊,你个王娟,嘿嘿,你拿我寻开心……"然后认真地问道,"我家的事你说了吗?"王娟说:"我爸说,那是大人的事,与你无关。"常胜立刻满脸笑容。

这些日子,树海情绪很不好。大哥被迫辞职,二哥调走了,树江进了看守所,树花退出企业,制衣公司订单一个劲儿地减少,熟练工纷纷辞职另寻他处,物流公司不景气……一想起这些,他就一阵长吁短叹。想到常胜执掌的钢厂依旧红红火火的,他心里才有所安慰。

十二月底的一天晚上,树海独自在家,有人按门铃。"谁?"他看着报纸问。"送水的。"他从猫眼看了看,刚打开门就闯进来好几个人。慌乱之中,他一看,是几年前在服装公司盖职工宿舍楼的马老板。

"刘老板,我打算长住了!"马老板一屁股坐到沙发上,其他几个助威的男子都沉着脸站在客厅一旁。树海见这个来头儿,心里一惊,稳了一下神,说:"如果是这样,那你看着办吧!""你当我愿意这样?现在天天都有人守在我家门口,找我讨工钱,我老婆三天两头儿跟我闹离婚。我这是被你逼的。这二十几万块,可都是大伙儿的血汗钱啊!这五六年你总共给我了六万块钱,我每次来都好话说尽,可你总说没钱,像打发要饭的。你觉得我好拿捏是不是?今天我也撕破脸了,这次你不给齐了,我决不让步!"马老板满脸通红,站起来威胁道。树海知道他势单力薄,硬来肯定不行,冷笑了一下,说:"老兄,话别说得那么难听,不就二十几万块钱吗,你要可以,明天到公司取一张支票就是了。""不行!必须今天!"马老板明知他这是缓兵之计。"公司会计都下班了。"树海两手一摊。"这我不管!"马老板寸步不让。树海瞟了他一眼,压着火气说:"你说咋办吧!""你打电话让他们把钱送过来!"马老板说。树海当着这帮人的面儿,给领着孩子在公园玩的张瑞惠打了电话:"你赶紧找会计,送一张二十二万块钱的转账支票来!"马老板立刻反对:"不行,必须现金!""不!现金!"树海更正道。张瑞惠从手机里听到了嘈杂声,立刻意识到树海在家里遇到麻烦了。她立刻给熟人五黑子打了电话。很快,五黑子扮作送款人,敲开了树海的家门,紧随其后的几个弟兄一拥而进。五黑子高声威胁道:"妈的,谁敢动,老子废

了他！"马老板的几个帮手一看这阵势，自知不是对手，无人敢吭声。树海对马老板说："老兄，你玩这个还嫩点儿，今天的事你说咋办吧。"马老板阴沉着脸，对他带来的几个帮手一摆手，那几个人耷拉着脑袋出去了。五黑子哪肯罢手，一只手抓住马老板的衣襟，另一只手冲着他的脸就是两个耳光。树海忙制止道："五弟，别这样，放了他！"随后，树海对五黑子等人使了个眼色，他们出去了。树海转身对马老板厉声斥责道："我念你以前还算个人，今天饶了你，这点儿小把戏，往后你别跟我使。"马老板一声不吭，突然失声哭了起来，祈求道："刘老板，你这么大个公司，还在乎我这二十几万块钱吗？你整整压了我五六年了，人都要讲点儿良心吧……"树海打断他的哭诉，冷冷地说："你说得不错，你这点儿小钱，对我来说不算什么。我实话告诉你吧，如果今天你自己来，也许我如数给你，可是你这样做，对不起了，给你留点儿念想，扣你五万块钱，给你十七万。你如果愿意，明天马上拿走，否则，一分不给！"马老板继续哀求："刘老板，今天全是我的错，这钱不能再砍了，当初砍得不少了，我求你了！""那好，我高兴了再说吧！"马老板呆呆地看着树海那傲慢的样子，抹了一下眼泪，一拍大腿，认了十七万的数额。"好吧，你听信儿吧！"树海突然变卦了。马老板急了，摆出豁出去的架势，威胁道："刘老板，你是真耍我啊！我也不想活了，我这一百多斤就交给你了！你把钱给我，啥事没有，要不你弄死我！"说完就躺到沙发上不说话了。树海一看这样，一皱眉头妥协了……

四

春暖花开，万物生长，大地有了新绿。今年，常胜的钢厂增加了槽钢的花色品种，有望突破去年三四亿元的产值，达到五六亿元的目标。他已把父母婚变在他心里造成的阴影抛在脑后，也排除了他三叔蛮横、杂乱无章的经营管理作风的干扰，坚定地按照自己的经营理念规划着企业的发展。

常胜专程向他三叔递交了一份关于总公司管理及今后总的努力方向的书面报告。树海接过报告随便翻看着，常胜介绍道："鉴于公司的现状，我的观点是，第一，加强钢厂，维持制衣、物流两家公司，适当拓展建筑公司的房地产业；第二，严格控制公司的基建投资；第三，理顺财务管理制度，严格控制支出；第四，重视人才，重视技术，科学决策，奖勤罚懒，对公司贡献大的，要重奖……"树海笑了，说："我也看好房地产，正好让你爸操持，这是他的老本行。"常胜看了三叔一眼，特意提及工人的利益问题："全公司一定要实行按月发放工资的管理制度，这不单单是对工人利益的尊重，还会增强工人对公司的向心力，更重要的是增强我们管理者的责任感。一定要改变秋后算账的拖拉习惯，年初大手大脚，胡乱铺摊子，年底一算到处欠账，胡乱应付，归根到底就是有章不循、随心所欲造成的……"树海冷笑了一下，骂了一句："你小子，直接说你三叔是骗子不就得了，哈哈……"常胜只是随其一笑，又谈起了给工人上保险的问题，爷俩谈不下去了，树海说道："常胜啊，你涉足太浅，太实在了，这样会吃亏的！你三叔是让人家教出来的。这个世界我算看透了。你以为说大话、说谎话就那么容易？常胜啊，什么时候你也学会说大话，谎话张口就来，连眼睛都不眨，左右逢源，在社会交往中才会游刃有余、如鱼得水。要让对方永远摸不到你的底牌……你爸实在了大半辈子，给村里办了多少事，落下好了吗？"常胜沉下脸来，一句话也不说……

此时此刻，在制衣公司，工人们又向马志超提出了按月发工资的强烈要求：一、公司必须付清去年第四季度的工资，否则他们将告到法院；二、从现在起，按月发放工资，否则他们将辞职。无奈之下，马志超只好把这两条意见传给了树海。树海在电话里气急败坏："这帮东西，给脸不要脸，蹬着鼻子想上天，反了……"骂了一通，又征询马志超的意见，"我听听你的意见。"马志超直抒己见："我想还是按常胜的办法好些。""那你找常胜借钱去吧！"树海把电话挂了。马志超愤愤地自语道："这是啥人，企业经营到这种地步，不都是你自己造成的吗，跟别人撒火犯得着吗？"

在物流公司的总经理办公室，树海打开马志超打发人送来的辞职信，看罢立刻骂开了："姓马的，你拿这个威胁我？老子暂时碰到点儿麻烦，是哥们儿就撑一把，你倒好，借机摔老子！好，成全你！"他一气之下批准了马志超的辞职申请。可是制衣公司的危机并没有随着马志超的辞职而有所缓解。树海像热锅上的蚂蚁，急得团团转，这是他办企业以来，员工与公司发生的最严重的对抗。在制衣公司的办公室里，树海猛地一拍办公桌，把推门进来送材料的车间主任吓得一激灵，他大骂常胜："臭小子，都是你搞的，你让我咋办……"车间主任放下材料，赶紧走了。他拨通了常胜的电话："喂，你给我打过二百万来，打发制衣公司那帮外地佬！"常胜有些为难："三叔，只能挤出来一百万……"树海冷冷地说："不行！你马上把这笔钱打到总公司账上！"常胜沉着脸，挂了电话，喃喃地说："净给你老堵窟窿、擦屁股了！钢厂再挣钱，也架不住这样乱捣蒜啊！"这话真让他言中了，树海打算从这笔借款中匀出一半，送给他大哥树山，用于不久前租下来的一家洗浴中心的装修，以此安慰一下有些失落的大哥。然而，树海此时的处境，犹如破屋偏遇连绵雨，危机四伏。税务机关也找上门来，向他催要他欠的三百多万元税款。为了排解心中的烦恼，树海开车来到了港湾区，找到二哥，谈起了公司的现状。树民直言不讳："让贤吧，让常胜挑大梁！"树海一时目瞪口呆……

五

常胜没有与他三叔达成共识，只好走自己的路，把会计专业的女友王娟请了过来，打算让她帮着制定一套现代化的管理流程。

这天中午，常胜把车停在自家门口，副驾驶的车门打开了，走出来一位披着秀发、身材高挑的年轻女子。这位女子不是别人，正是常胜的女友王娟。她和常胜从后备厢拎出好几包礼物，向院子里走去。在外间屋的王春梅一眼便看见了，忙笑着迎出来。"您好！"王娟微笑着跟未来的婆婆打招呼。"好好好，快进屋。"王春梅笑盈盈地一边向屋里让，一边上下打量着王娟。王娟进了里屋，王春梅忙让未来的儿媳妇坐炕上，冲着常胜说："常胜你这孩子，咋没提前告诉我一声啊，闺女来了，我得准备一下啊，这多不好意思啊！""您别客气，这是我的意思，以后我会常来的。""给你老来一个惊喜嘛。"常胜看一眼王娟，对他母亲说。"你这孩子。"王春梅笑着把常胜拉到外间屋，小声说："快把你树芬姑叫来吧，让她帮我炒几个菜。""不用了，我来时在村里的饭馆点了几个菜，一会儿我去取。"王春梅似乎认可了。她忙着给王娟倒水、洗水果，不时看一眼漂亮文静的王娟。她上身穿一件黄褐色羊绒衫，下身穿一条灰色长筒裤，脚穿一双半高跟棕色皮鞋，看上去得体大方。王春梅满脸喜色，婚变造成的失落和郁闷一扫而光。王娟看着干干净净的屋子，走到王春梅跟前，微笑着说："您坐吧，我自己来。"这标准的普通话，又柔和又好听，王春梅打心眼里爱听。常胜看着娘俩这高兴劲儿，也凑过来洗苹果。"到家了，闺女就别客气了。"王春梅把洗好的水果端到王娟面前。王娟接过来，娘俩一前一后进了里屋。"家里都挺好的？你爸的伤都好利索了？"王春梅微笑着坐下来。"都好了，再养些日子就可以上班了。"王娟回答道。"这就好，别让你爸着急，多养些日子呗。"王春梅尽量控制着说话的口气。王娟微微一笑说："随他老吧。"从窗户上照射进来的阳光，洒在炕上，整个房间暖融融的。王娟的到来，使寂静了多少天的房间洋溢着轻松愉快的气氛……

　　五月，旅游季到来了。年初，常胜征得三叔的勉强同意，组织几家分公司的职工分三批到泰山、曲阜一游。这些农民出身的职工，大多没有出过远门，听到这个消息，异常兴奋。常胜和王娟是第一批带队旅游的，把第二批带队的老姑父汪玉生留在了家里，代他负责生产和管理。借此机会，他带着家人一同出游。王春梅、树芬、树花、树兰，还有常利、小虎、彬彬、常龙、常凤、常换、常雅，都跟着去了。如果不是想去看看王娟，王春梅才没有这种闲情逸致呢。姜文花没来，据说儿子小东又让她闹心了，加之丈夫马志超辞职，她实在没心情。王春柳也没来。

　　出发那天，制衣公司的两辆大客车在机械铸造公司的门口静静地等候人们。职工们换上了崭新的衣服，个个满脸笑容。家属们被安排在第一辆车上。王春梅和常利来得最早，王娟微笑着叫了声"伯母"，便搀扶着王春梅上了车。上了车，王春梅又情不自禁地打量起王娟，觉得今天的王娟更漂亮了，长长的秀发，眉清目秀，言谈举止落落大方，一身咖啡色套裙并不奢华，挺合她的心意。"您坐在头排座位，颠簸轻，不容易晕车。"王娟这话让王春梅顿觉舒服，她忙拉着王娟也坐下。王娟微笑着说："您坐，我下去照应一下。"很快，树芬、树花她们带着孩子们来了，王春梅一一介绍着，王娟一一打招呼。职工们陆续上了车。

　　王娟清点了人数，然后用标准的普通话向大家简要介绍了旅游的地点、行程所需的时间，及旅途注意事项等。王春梅目不转睛地望着王娟。此时的她，早把一切烦恼忘得一干二净了。常胜在后面的车上做着同样的事情。

　　一路上，人们兴奋地说说笑笑。经过七八个小时的奔波，两辆大客车

第十八章

稳稳地停在泰山脚下的一个旅馆门前。颠簸了一路的人们,兴奋地下了车。安顿好住处,休息一段时间,当地的导游带着一百多人来到一楼餐厅吃晚餐。

第二天一大早,人们在导游的带领下,开始登山。常胜和王娟在队伍的最前面,轻松地拾级而上。很快,他们的队伍汇入了人头攒动的登山人流中。大家说说笑笑,常利带领的半大孩子们,更是跑前跑后,好不兴奋。王春梅穿着王娟给买的旅游鞋,走得很起劲儿。树芬、树花看着壮丽的山色,一个劲儿地赞叹。每到一景,导游小姐便讲解一番。开始,人们还兴致勃勃地攀登,不到一个小时,便有人汗流满面,跟不上队伍了。王春梅比较胖,早已气喘吁吁了。树芬、树花、树兰也不停地用小手帕擦拭着脸颊的汗水。常利带着一帮孩子,早已蹿到了最前面。

最富有挑战的是攀登"十八盘"。常胜和王娟夹在国内外游客中间,奋力向上攀登。他们攀过紧十八盘,回头一望,母亲和姑姑们已被甩在下面很远的地方。一位白发苍苍的老奶奶与其他登山者不同,每上一级石阶,便非常虔诚地向着山顶跪拜。常胜好奇,赶紧用相机拍下了这一幕。他刚放下相机,又见一位较胖的中年妇女,由一位较瘦的中年妇女搀扶着,从他身边吃力地下山。那位较胖的中年妇女满脸汗水,神情严肃,每下一级石阶,两腿不住地颤抖,大腿内侧的裤子绽开了半尺长的口子。王娟十分同情地小声说:"这样的人都来登泰山,太难了!她们为什么要来这里?""必有缘由吧。"常胜思量着,擦了一下汗水。他们又开始攀登。

将近中午,常胜和王娟登上了南天门。在南天门,常胜真的感受到了泰山的雄伟、壮丽。他望着远处的层峦叠嶂、雾气缥缈的景象,顿感大自然的鬼斧神工、人的渺小,同时产生了"一览众山小"的豪气。此时,他似乎领悟了,几千年来那些帝王将相千里迢迢到泰山祭祀的意义——泰山会给他们无穷的力量,开拓他们的胸襟。他给王娟照了相,问道:"你说,从古至今中国人为什么喜欢登高?特别是像泰山这样的高山。"王娟不假思索地说:"中国的山多呗。"常胜笑了:"想必是对大自然的膜拜吧。登山,也是一次心灵深处的净化。"王娟望着远处的群峰说:"古人其实早就懂得旅游的乐趣了。中华民族是一个崇尚大自然的民族,那些文人墨客留下颂扬名山大川的千古绝唱,就说明了这一点。"两人你一句,我一句,开始"赛诗",记忆中与山有关的诗句全都被搬了出来。常胜笑着打暂停的手势,说道:"咱别搜肠刮肚了，谢谢老祖宗给咱们留下这么多名篇佳句，让咱们后人享用不尽。"王娟用小手帕擦拭一下额头的汗水，然后把小手帕递给了常胜。他接过来擦了两下，看着心上人，微笑着问："哎，在学校那会儿，你为什么对我迟迟不表态，是什么意思？"王娟露出了甜甜的微笑，红着脸，一语道破："其实，我妈曾经到学校偷偷看了你的尊容，当时你穿戴不讲究，走起路来大大咧咧，回去后我妈大哭了一场。"常胜听罢，一只手指着王娟，哈哈大笑起来，王娟也随着笑了。"好啊，你还使了这小把戏。你妈以为你这朵美丽的鲜花插在了我这堆臭牛粪上？所以，你就抻着我，非把我这堆臭牛粪点变成宝不可，是不是？"常胜微笑着逼问。"我可没有这个功能。"王娟甜甜地笑起来。他们的笑声立刻传过一道道山谷，飘向远方。

　　王春梅在几个小姑子后面一瘸一拐地来到南天门。王娟热情地迎上去，帮她找了一个座位，又轻盈地跑到小摊上买回矿泉水，给亲人们分发，好不周到。常胜看在眼里，喜在心上。人们把从山下带来的吃的、喝的享用了一番，拍了几张照片，又开始行动。他们参观了久负盛名的碧霞祠。刘常胜和王娟又登上了玉皇顶，可惜此时既不是清晨，不能观日出，又不是傍晚，无法观晚霞夕照，更没有云海玉盘。相传汉武帝所立的"无字碑"，倒是让常胜产生了遐想。遥想这位名垂千古的大汉天子，拜天祭山何等虔诚，江山代有人才出，一辈辈留下了长长的历史遗迹。王娟看着心上人那凝神远眺、若有所思的样子，微微一笑。

　　人们走马观花地欣赏了泰山的景色，费了很大力气，流了很多汗水，大饱眼福，也获得了心灵的愉悦。他们拖着疲惫的身体，准备下山了。常胜安排母亲、姑姑通过空中索道下山，他们年轻人拖着胀痛的双腿，照样谈笑风生地下山了。

六

　　第二天，休息了一夜的人们，腿脚更感胀痛难忍，有的竟一瘸一拐，尽管如此，还是兴奋地说说笑笑，又登上了客车，向孔子的故乡——曲阜进发。

　　客车在宽敞平坦的柏油公路上稳稳地行驶。公路两边绿油油的麦田，

576

第十八章

一眼望不到边，远处的山峦郁郁葱葱，兴奋的孩子们叽叽喳喳，大人们似有睡意。导游手提小喇叭讲起了小段子，用山东方言讲起了幽默段子，满车的人听了哈哈大笑，驱散了睡意……

大客车稳稳地停在了孔庙的大门口。人们下了车，映入他们眼帘的是气势恢宏的孔庙。导游讲解着相关历史。观光的游人时而议论几句，时而凝神观看，时而触摸一下浸透历史沧桑的遗迹。虽然在他们的头脑里搜寻不出多少孔夫子的说教，但是他们的行为方式，谁敢说没有这位圣人遗留的条条框框呢？常胜望着这庄严的古建筑群，多少领略了历朝历代用孔夫子的学说统治众生的良苦用心。然而，这位圣人的教诲在他脑海里只有少得可怜的几句。他对身边的王娟说："今天看来，孔夫子的一些观点，还是适用的。""只是咱们懂得太少了。"王娟若有所思地说。"这是专家学者的事了，咱们只是来参观的。"常胜看着庄严的大成殿及殿前高大的龙柱，轻松地说。"照张相吧！"王娟拿起相机，在潮水般的人流间隙，给常胜的亲人们抓拍了几张照片。

从孔庙出来，他们一行又参观了孔府、孔林。高耸挺拔的千年古树，似乎在向人们诉说着历史的沧桑。这两天，走马观花赶景点，王春梅和树芬她们累得不轻，早已没有了闲情雅致，干脆坐在一旁歇息，聊起了天。

第三天，人们悠闲地来到了济南，目睹了著名的大明湖、趵突泉。常胜、王娟来到泉边。据说泉水常年喷涌，到了夏季喷涌如柱。他们定睛一看，微波荡漾下的泉水，蓝蓝的，清清的。孩子们在玩水嬉戏。小桥上，一位位姑娘手持阳伞，摆着各种姿势，笑眯眯地拍照。常胜和王娟也兴奋地加入其中。家里的其他大人，还有孩子们，也在此留下了笑脸……

游玩了一天的人们，回到旅馆歇息了。难得轻松的常胜，和大伙儿玩着扑克牌，时而屏气凝神，时而唉声叹气，时而高声叫牌，非常开心。

突然，常胜的手机响了，一看是老姑父汪玉生打来的，他马上接听。这电话让他震惊不已，汪玉生告知，钢厂一名姓李的工人违反操作规程，掉进足有两米多深的沸水中。当人们把他救出来，人已昏死过去，现在正在市医院抢救。常胜来不及发火，明确告诉汪玉生："你老告诉家属，公司会尽全力抢救他的。"他又硬着头皮给他三叔打了电话。树海听罢，火气不打一处来，把常胜数落得脸红一阵、白一阵："我本来就不愿你组织大伙儿去旅游……这回可好，你们在外开心了，家里闹出了大事！人死了，你咋办？"常胜无言以对。

常胜来不得多想，向母亲、姑姑简要通报了钢厂发生的事故，他决定立即坐飞机赶往家里处理。王春梅立刻皱起了眉头，说："常胜，你非得这么急赶回去吗，要咋处理啊……""你老就别管了，歇着吧。"说着，常胜起身走了。

常胜下了飞机，急忙打车赶到市医院。树海也赶到了。常胜走过去，安慰着家属。几天之后，这名工人经抢救无效死亡。

常胜亲自料理丧事，同时把三十几万元抚恤金送到了家属的手上。涉及此次事故的责任问题，还需解决。常胜进行了调查。在他的办公室，那天当班的几位工人，讲了当时的情况："那天，死鬼邪了门儿了，好像丢了魂似的，手脚不利索。""看他像是喝了酒。""平时他就蹦过这个水池子，这滚烫的水池子是随便蹦的吗？""哼！出事那会儿，车间主任陈老大，还是我们打手机叫来的呢。"常胜皱着眉头问："他当班吗？""可不，喝酒去了。"常胜立刻追问："真的？""那还有假，跟你老姑父一块儿喝的。"工人们走了，常胜阴沉着脸站起来，工人们把他老姑父汪玉生供了出来，他陷入了沉思。

这天一大早，常胜打开办公室，低头一看，门口有一张折叠的小纸条，他拾起来打开一看，只见上面写着："出事那天，你老姑父和陈老大到外面饭馆喝了酒，还去了娱乐场所，这不是头一回了……"常胜看罢，肺都要气炸了，刚要把小纸条狠狠地撕碎，突然停住了，又看了看这张小纸条，把它装进了裤兜里。

几天过去了，常胜就如何处置他的老姑父，拿定了主意。晚上，他把汪玉生叫到了办公室。汪玉生一进门，满脸狐疑。常胜见了他，没有说话，也不让座，而是从裤兜里掏出了那张小纸条，递给他，严肃地说："你老拿回去再看吧。"汪玉生看他这严肃的样子，接过小纸条，没有说什么，扭头走了。

一天早晨，汪玉生阴沉着脸推开常胜的办公室的门，提出了辞职。常胜并不吃惊，看了他一眼，说："你老都想好了？""想好了。"汪玉生面无表情地说。"那好吧，随你老吧。"汪玉生走了。很快，汪玉生辞职的消

息在公司传开了。在财务处工作的王娟得知此事，匆匆来到常胜的办公室，轻声问他："你老姑父辞职了？真的？你没有挽留？""我为什么要挽留呢？"常胜反问。"他是你老姑父啊。"王娟想当然地说。"你认为亲情比公司的规章制度还重要？"常胜反问。王娟忧虑地说："谁接替他的职位呢？""哼，咱也来一次竞聘，不可以吗？"王娟看了常胜一眼，似乎不认得他，不自然地笑了一下，不言语了。

树海火急火燎地打来电话询问："常胜，玉生辞职了？""是啊。"常胜不慌不忙地说。"你咋不跟我汇报一下？啥时候的事？"树海对着手机斥责道。"就今天，我正想给你老打电话呢，他没跟你老说？""哼，因为那点儿事故引咎辞职？你同意了？"常胜回答得很简单："随他去好了。""常胜啊，不能这样啊，让外人笑话啊！你也知道，志超辞职了，制衣公司到现在还没稳定下来呢。你这儿又出这么个乱子，你树兰老姑知道了，能不骂你？你妈能饶你吗？"树海数落起常胜来了。常胜阴沉着脸，打断他三叔，直截了当地说："三叔，他不光喝酒误事，据我所知，还有作风问题。"树海在电话那端不说话了。过了一会儿，树海平静下来，说："他的工作能力还是可以的嘛。""三叔，他走了不好吗？"常胜反问了一句。树海不便回答，冷冷地说："你过来一下吧。"说完把电话挂了。常胜放下手机，脸一沉，猛地一拍桌子，多日积压在心中的愤怒迸发出来："谁愿意骂，就让他骂去吧！"

七

天有不测风云，人有旦夕祸福。林姑娘在给孩子喂奶，树山穿戴好，凑到她近前，用他那大手抚摸了一下小孩，说："等老爸回来抱你。"孩子妈妈说："你别为老四的事过意不去，那是他自己犯下的事。"树山板着脸说："话是这么说，我心里能好受吗？"说着出了家门……

树江和王蛋儿都受到了法律的惩罚，为他们犯下的罪付出了代价。树山从法院出来，一路上一句话不说，脑子嗡嗡直响。他来到树江去年甩下的工商行那栋住宅楼的工地。刚下了车，洗浴中心那边打来了电话，说洗浴中心失火了。他的脑子简直要炸开了。他慌乱地又跳上车，直奔洗浴中心……

半路上，他看到了洗浴中心的方向浓烟滚滚，听到了消防车的鸣笛声。到了现场，他几乎要崩溃。消防队员正在抢救伤者，院子里乱哄哄的，他刚想起身下车，就身子一歪，两眼发直，不省人事了……他被送到了医院，经医生诊断，是脑干出血。

　　第二天，在家里已哭红了眼的王春梅，到了医院，见到树山躺在病床上，输着氧气，双目紧闭，一动不动，她泪如泉涌，一下扑到床前，失声痛哭："你咋得了这个病啊！啊……早知这样，我不跟你闹啊……"床前的人们也都跟着抹泪。

　　大伙儿把王春梅搀扶到休息室。待她平静下来，树海心情沉重地问："大嫂，大哥的情形，你也看见了，到那天……"王春梅擦了一下眼泪，说："让他回家……"她说不下去了。

　　四天后，五十五岁的树山离开了人世。刘家大小无不失声痛哭。"爸！爸！你咋走到这一步啊！"刘常胜撕心裂肺的哭号，让在场的刘家人肝肠寸断……

　　树山后娶的妻子来了，拨开众人，一下扑到树山身上，号啕大哭："你为啥得了这种病啊……俺们可咋活啊……老天爷啊……"一时间，人们不知如何对待这个给刘家带来巨大变故，甚至灾祸的女人。常胜第一次看见她，强压着悲愤和厌恶。不知过了多长时间，树海和张瑞惠走了过去，开始劝她。

　　树山的遗体被运回了新立沽他和王春梅那个家。王春梅不知昏过去几回了，她捶胸顿足："你这没良心的啊，咋这样走了？我的妈啊，我咋这么命苦啊，早知道你有这么一天，我不跟你闹啊……"人们被她这哀怨的哭号，感染得不住地抽泣。陈美娣抽泣得更甚，其中掺杂着树江入狱带来的愁。树芬一边抽泣，一边劝着大嫂："大嫂，歇歇吧！几天了，哭坏了身子，大哥也……"准备带着彬彬出国求学的树花，也在一旁垂泪。还有将要出国打工的汪玉生，默默地在一旁哽咽。准备操持一个机械加工厂的马志超，阴沉着脸低头不语。树民站在门口，直愣愣地看着大哥的遗像，除了为大哥的突然离去而伤心之外，还为处理洗浴中心火灾所造成的后果而伤神。在树山灵前默默烧纸的树海也许想得更多，公司的麻烦事，今后谁来为他把关？常胜跪在父亲的灵前，他的脑子一直因父亲的突然离去而昏昏沉沉。他认为父亲的离世是烦恼缠身所致。曾经让他尊敬、崇拜，又让他失望、怨恨的父亲，从

第十八章

今往后,他再也见不到了,一想到这里,他就心痛不已,不管怎么说,这是生他养他的生身之父啊!他多么希望他们家族不和谐的音符从此销声匿迹啊,一大家子人能拥有温馨的生活……他一抬头,看到了三叔。他在灵前虔诚地烧着纸,一张一张,默默地烧着,眼睛一眨不眨,两片干裂的嘴唇微微颤动,看上去似乎向死去的大哥诉说着什么,或乞求着什么。常利跪在父亲的灵前,垂着头,一动不动……郑跃军与他们不同,有条不紊地操持着葬礼。

树山就这样匆匆地走了,留下了多少疑问,多少遗憾……

五月的津沽大地,一片生机盎然,天蓝蓝,水清清,阳光灿烂夺目。新立沽几千亩的葡萄园又披上了嫩绿的盛装,一眼望不到边。村庄前的大牌楼异常耀眼,路西边高高的教学楼的红顶熠熠生辉,其后一幢幢住宅楼崭新夺目,路东边厂房林立。

天远机械铸造公司大门两侧鲜花怒放。宽敞的厂房内,常胜左臂带着黑纱,神情庄重,在临时搭建的主席台前讲话,几百名员工整齐地坐在下面,目不转睛地注视着他。他郑重地说:"……请大家放心,在本公司,不管是谁,都要照章办事,以诚信为荣,能者上,庸者下,以岗定薪……"台下一片掌声。他继续说道:"我们公司上下,一定要拧成一股绳,每一个员工一定要积极向上,有强烈的责任感,爱企业,爱钻研,安全生产,平安回家。要爱家庭,爱每一个亲人,尊重劳动,勤俭持家……"人们再次热烈鼓掌。"公司决定,今年先建两栋住宅楼,按成本价卖给大家!"人们的掌声更热烈了。随后,他又宣布了一个似乎出格的决定:"从今天起,如果哪位员工下班没事喝酒闹事、赌博、不好好过日子,净干那些乌七八糟的事,经教育无效的,对不起,请自动辞职……"王娟看着未来的丈夫,露出了甜甜的微笑。常胜的讲话赢得了员工们的持久的热烈掌声。

蓟运河水一浪推一浪,不知疲倦地向前奔涌着……